国学经典文库

图文珍藏版

看英雄人物驰骋江山　鉴历史兴亡龙虎争斗

东周列国志

第三册

[明]冯梦龙·原著　王艳军·整理

线装书局

宋闽氏图志

图文参照本

第五十六回　萧夫人登台笑客
逢丑父易服免君

话说荀林父用郤雍治盗，羊舌职度郤雍必不得其死，林父请问其说。羊舌职对曰："周谚有云：'察见渊鱼者不祥，智料隐慝者有殃①。'恃郤雍一人之察，不可以尽群盗，而合群盗之力，反可以制郤雍，不死何为？"未及三日，郤雍偶行郊外，群盗数十人，合而攻之，割其头以去。荀林父忧愤成疾而死。晋景公闻羊舌职之言，召而问曰："子之料郤雍当矣，然弭盗何策？"羊舌职对曰："夫以智御智，如用石压草，草必罅生②。以暴禁暴，如用石击石，石必两碎。故弭盗之方，在乎化其心术，使知廉耻，非以多获为能也。君如择朝中之善人，显荣之于民上，彼不善者将自化，何盗之足患哉？"景公又问曰："当今晋之善人，何者为最？卿试举之。"羊舌职曰："无如士会。其为人，言依于信，行依干义，和而不谄，廉而不矫，直而不亢，威而不猛，君必用之。"及士会定赤狄而还，晋景公献狄俘于周，以士会之功，奏闻周定王。定王赐士会以黻冕③之服，位为上卿，遂代林父之任，为中军元帅，且加太傅之职，改封于范④，是为范氏之始。士会将缉盗科条，尽行除削，专以教化劝民为善。于是奸民皆逃奔秦国，无一盗贼，晋国大治。

景公复有图伯之意，谋臣伯宗进曰："先君文公，始盟践土，列国景从。襄公之世，犹受盟新城，未敢贰也。自令狐失信⑤，始绝秦欢。及齐、宋弑逆，我不能讨，山东诸国⑥，遂轻晋而附楚。至救郑无功，救宋不果，复失二国。晋之宇下，惟卫、曹寥寥三四国耳。夫齐、鲁天下之望，君欲复盟主之业，莫如亲齐、鲁。盍使人行聘于二国，以联属其情，而伺楚之间，可以得志。"晋景公以为然，乃遣上军元帅郤克使鲁及齐，厚其礼币。

却说鲁宣公以齐惠公定位之故，奉事惟谨，朝聘俱有常期。至顷公无野嗣立，犹循旧规，未曾缺礼。郤克至鲁修聘，礼毕，辞欲往齐，鲁宣公亦当聘齐之期，乃使上卿季孙行父同郤克一齐启行。方及齐郊，只见卫上卿孙良夫、曹大夫公子首，也为聘齐来到。四人相见，各道来由，不期而会，足见同志了。四位大夫下了客馆。次日朝见，各致主君之意。礼毕，齐顷公看见四位大夫容貌，暗暗称怪，道："大夫请暂归公馆，即容设飨相待。"四位大夫，退出朝门。

顷公入宫，见其母萧太夫人，忍笑不住。太夫人乃萧君之女，嫁于齐惠公。自惠公薨后，萧夫人日夜悲泣。顷公事母至孝，每事求悦其意，即闾巷中有可笑之事，亦必形容称述，博其一启颜也。是日，顷公干笑，不言其故。萧太夫人问曰："外面有何乐事，而欢笑如此？"顷公对曰："外面别无乐事，乃见一怪事耳！今有晋、鲁、卫、曹四国，各遣大夫来聘。晋大夫郤克，是个瞎子，只有一只眼光着看人。鲁大夫季孙行父，是个秃子，没一根毛发。卫大夫孙良夫，是个跛子，两脚高低的。曹公子首，是个驼背，两眼观地。吾想生人抱疾，五形四体，不全者有之。但四人各占一病，又同时至于吾国，堂上聚着一班鬼怪，岂不可笑？"萧太夫人不信，曰："吾欲一观之可乎？"顷公曰："使臣至国，公宴后，例有私享。来日儿命设宴于后苑，诸大夫赴宴，必从崇台之下经过。母亲登于台上，张帷而窃观之，有何难哉？"

话中略过公宴不题，单说私宴，萧太夫人已在崇台之上了。旧例，使臣来到，几车马仆从，都是主国供应，以暂息客人之劳。顷公主意，专欲发其母之一笑，乃于国中密选眇者⑦、秃者、跛者、驼者各一人，使分御四位大夫之车。郤克眇，即用眇者为御；行父秃，即用秃者为御；孙良夫跛，即用跛者为御；公子首驼，即用驼者为御。齐上卿国佐谏曰："朝聘，国之大事。宾主主敬，敬以成礼，不可戏也。"顷公不听。车中两眇，两秃，双驼，双跛，行过台下，萧夫人启帷望见，不觉大笑，左右侍女，无不掩口，笑声直达于外。

郤克初见御者眇目，亦认为偶然，不以为怪。及闻台上有妇女嬉笑之声，心中大疑。草草数杯，即忙起身，回至馆舍，使人诘问台上何人，乃国母萧太夫人也。须臾，鲁、卫、曹三国使臣皆来告诉郤克，言："齐国故意使执鞭之人，戏弄我等，以供妇人欢笑，是何道理？"郤克曰："我等好意修聘，反被其辱，若不报此仇，非丈夫也！"行父等三人齐声曰："大夫若兴师伐齐，我等奏过寡君，当倾国相助。"郤克曰："众大夫果有同心，便当歃血为盟。伐齐之日，有不竭力共事者，明神殛之！"四位大夫聚于一处，竟夜商量，直至天明，不辞齐侯，竟自登车，命御人星驰，各还本国而去。国佐叹曰："齐患自此始矣！"史臣有诗云：

主宾相见敬为先，残疾何当配执鞭？

台上笑声犹未寂，四郊已报起烽烟。

是时鲁卿东门仲遂、叔孙得臣俱卒，季孙行父为正卿，执政当权。自聘齐被笑而归，誓欲报仇。闻郤克请兵于晋侯，因与太傅士会主意不合，故晋侯未许，行父心下躁急，乃奏知宣公，使人往楚借兵。值楚庄王旅病薨，世子审即位，时年才十岁，是为共王⑧。史臣有楚庄王赞云：

于赫庄王，干父之蛊。始不飞鸣，终能张楚。樊姬内助，孙叔外辅。戮舒⑨播义，纽晋觌武⑩。窥周围宋⑪，威声如虎。蠢尔荆蛮，桓文为伍！

楚共王方有新丧，辞不出师。行父正在愤懑之际，有人自晋国来，述郤克日夜言伐齐之利，不伐齐难以图伯，晋侯感之，士会知郤克意不可回，乃告老让之以政。今郤克为中军元帅，主晋国之事，不日兴师报齐仇。行父大喜，乃使仲遂之子公孙归父行聘于晋，一来答郤克之礼，二来订伐齐之期。

鲁宣公因仲遂得国，故宠任归父，异于群臣。时鲁孟孙、叔孙、季孙三家，子孙众盛，宣公每以为忧，知子孙必为三家所凌，乃于归父临行之日，握其手密嘱之曰："三桓日盛，公室日卑，子所知也。公孙此行，觑便与晋君臣密诉其情，倘能借彼兵力，为我逐去三家，情愿岁输币帛，以报晋德，永不贰志。卿小心在意，不可泄漏！"归父领命，赍重赂至晋，闻屠岸贾复以谀佞得宠于景公，官拜司寇，乃纳赂于岸贾，告以主君欲逐三家之意。岸贾为得罪赵氏，立心结交栾、郤二族，往来甚密。乃以归父之言，告于栾书。书曰："元帅方与季孙氏同仇，恐此谋未必协也，吾试探之。"栾书乘间言于郤克，郤克曰："此人欲乱鲁国，不可听之。"遂写密书一封，遣人星夜至鲁，飞报季孙行父。行父大怒曰："当年弑杀公子恶及公子视，皆是东门遂主谋，我欲图国家安靖，隐忍其事，为之庇护。今其子乃欲见逐，岂非养虎留患耶？"乃以郤克密书，面致叔孙侨如看之。侨如曰："主公不视朝将一月矣，言有疾病，殆托词也。吾等同往问疾，而造主公榻前请罪，看他如何。"亦使人邀仲孙蔑。蔑辞曰："君臣无对质是非之理，蔑不敢往。"乃拉司寇臧孙许同行。三人行至宫门，闻宣公病笃，不及请见，但致问候而返。

次日，宣公报薨矣。时周定王之十六年也。季孙行父等拥立世子黑肱，时年一十三岁，是为成公①。成公年幼，凡事皆决于季氏。季孙行父集诸大夫于朝堂，议曰："君幼国弱，非大明政刑不可。当初杀嫡立庶，专意媚齐，致失晋好，皆东门遂所为也。仲遂有误国大罪，宜追治之。"诸大夫皆唯唯听命。行父遂使司寇臧孙许逐东门氏之族。公孙归父自晋归鲁，未及境，知宣公已薨，季氏方治其先人之罪，乃出奔于齐国，族人俱

从之。后儒论仲遂躬行弑逆，援立宣公，身死未几，子孙被逐，作恶者亦何益哉？髯仙有诗叹云：

援宣富贵望千秋，谁料三桓作寇仇？

楹折东门乔木萎，独馀青简⑬恶名留。

鲁成公即位二年，齐顷公闻鲁与晋合谋伐齐，一面遣使结好于楚，以为齐缓急之助，一面整顿车徒，躬先伐鲁，由平阴⑭进兵，直至龙邑⑮。齐侯之嬖人卢蒲就魁轻进，为北门军士所获。顷公使人登车，呼城上人语之曰："还我卢蒲将军，即当退师。"龙人不信，杀就魁，磔⑯其尸于城楼之上。顷公大怒，令三军四面攻之，三日夜不息。城破，顷公将城北一角，不论军民，尽皆杀死，以泄就魁之恨。正欲深入，哨马探得卫国大将孙良夫，统兵将入齐境。顷公曰："卫窥吾之虚，来犯吾界，合当反戈迎之。"乃留兵戍龙邑，班师而南。行至新筑[17]界口，恰遇卫兵前队副将石稷已到，两下各结营垒。石稷诣中军告于孙良夫曰："吾受命侵齐，乘其虚也。今齐师已归，其君亲在，不可轻敌。不如退兵，让其归路，俟晋、鲁合力并举，可以万全。"孙良夫曰："本欲报齐君一笑之仇，今仇人在前，奈何避之？"遂不听石稷之谏，是夜率中军往劫齐寨。齐人也虑卫军来袭，已有整备。良夫杀入营门，劫了空营。方欲回车，左有国佐，右有高固，两员大将，围裹将来。齐侯自率大军掩至，大叫："跛夫！且留下头颅！"良夫死命相持，没抵当一头处。正在危急，却得宁相、向禽两队车马，前来接应，救出良夫北奔，卫军大败。齐侯招引二将从后追来，卫将石稷之兵亦至，迎着孙良夫叫道："元帅只顾前行，吾当断后。"良夫引军急走，未及一里，只见前面尘头起处，车声如雷。良夫叹曰："齐更有伏兵，吾命休矣！"车马看看近前，一员将在车中鞠躬言曰："小将不知元帅交兵，救援迟误，伏乞恕罪！"良夫问曰："子何人也？"那员将答曰："某乃守新筑大夫仲叔于奚是也。悉起本境之众，有百余乘在此，足以一战，元帅勿忧。"良夫方才放心，谓于奚曰："石将军在后，子可助之。"仲叔于奚应声麾车而去。

再说齐兵遇石稷断后之兵，正欲交战，见北路车尘蔽天，探是仲叔于奚领兵来到。齐顷公身在卫地，恐兵力不继，遂鸣金收军，止掠取辎重而回。石稷和于奚亦不追赶。后与晋人胜齐归国，卫侯因于奚有救孙良夫之功，欲以邑赏之。于奚辞曰："邑不愿受，得赐曲县繁缨，以光宠于缙绅[18]之中，于愿足矣。"按周礼：天子之乐，四面皆县，谓之"宫县"；诸侯之乐，止县三面，独缺南方，谓之"曲县[19]"，亦曰"轩县"；大夫则左右县耳。"繁缨"，乃诸侯所以饰马者。二件皆诸侯之制，于奚自恃其功，以此为请。卫侯笑而从之。孔子修《春秋》，论此事，以为惟名器分别贵贱，不可假人[20]，卫侯为失其赏矣。此是后话，表过不提。

　　却说孙良夫收拾败军，入新筑城中，歇息数日。诸将请示归期，良夫曰："吾本欲报齐，反为所败，何面目归见吾主？便当乞师晋国，生缚齐君，方出我胸中之气！"乃留石稷等屯兵新筑，自己亲往晋国借兵。适值鲁司寇臧宣叔亦在晋请师。二人先通了郤克，然后谒见晋景公，内外同心，彼唱此和，不由晋景公不从。郤克虑齐之强，请车八百乘，晋侯许之。郤克将中军，解张为御，郑丘缓为车右。士燮将上军，栾书将下军，韩厥为司马。于周定王十八年[21]夏六月，师出绛州城，望东路进发。臧孙许先期归报，季孙行父同叔孙侨如帅师来会，同至新筑。孙良夫复约会曹公子首。各军俱于新筑取齐，摆成队伍，次第前行，连接三十余里，车声不绝。

　　齐顷公预先使人于鲁境上觇探，已知臧司寇乞得晋兵消息。顷公曰：

"若待晋师入境，百姓震惊，当以兵逆之于境上。"乃大阅车徒，挑选五百乘，三日三夜，行五百余里，直至鞌^㉒地扎营。前哨报："晋军已屯于靡笄山^㉓下。"顷公遣使请战，郤克许来日决战。大将高固请于顷公曰："齐、晋从未交兵，未知晋人之勇怯，臣请探之。"乃驾单车，径入晋垒挑战。有末将亦乘车自营门而出，高固取巨石掷之，正中其脑，倒于车上，御人惊走。高固腾身一跃，早跳在晋车之上，脚踹晋囚，手挽辔索，驰还齐垒，周围一转，大呼曰："出卖余勇！"齐军皆笑。晋军中觉而逐之，已无及矣。高固谓顷公曰："晋师虽众，能战者少，不足畏也。"

次日，齐顷公亲自披甲出阵，邴夏御车，逢丑父为车右。两家各结阵于鞌。国佐率右军以遏鲁，高固帅左军以遏卫、曹，两下相持，各不交锋，专候中军消息。齐侯自恃其勇，目无晋人，身穿锦袍绣甲，乘着金舆，令军士俱控弓以俟，曰："视吾马足到处，万矢俱发。"一声鼓响，驰车直冲入晋阵。箭如飞蝗，晋兵死者极多。解张手肘连中二箭，血流下及车轮，犹自忍痛，勉强执辔。郤克正击鼓进军，亦被箭伤左胁，摽^㉔血及屦，鼓声顿缓。解张曰："师之耳目，在于中军之旗鼓，三军因之以为进退。伤未及死，不可不勉力趋战！"郑丘缓曰："张侯之言是也！死生命耳！"郤克乃援桴连击，解张策马，冒矢而进。郑丘缓左手执笠，以卫郤克，右手奋戈杀敌。左右一齐击鼓，鼓声震天。晋军只道本阵已得胜，争先驰逐，势如排山倒海，齐军不能当，大败而奔。韩厥见郤克伤重，曰："元帅且暂息，某当力追此贼！"言毕，招引本部驱车来赶，齐军纷纷四散。顷公绕华不注山^㉕而走。韩厥遥望金舆，尽力逐之。逢丑父顾邴夏曰："将军急急出围，以取救兵，某当代将军执辔。"邴夏下车去了。晋兵到者益多，围华不注山三匝。逢丑父谓顷公曰："事急矣！主公快将锦袍绣甲脱下，与臣穿之，假作主公。主公可穿臣之衣，执辔于旁，以误晋人之目。倘有不测，臣当以死代君，君可脱也。"顷公依其言，更换方毕，将及华泉，韩厥之车已到马首。韩厥见锦袍绣甲，认是齐侯，遂手揽其绊马之索，再拜稽首曰："寡君不能辞鲁、卫之请，使群臣询其罪于上

国。臣厥忝在戎行，愿御君侯，以辱临于敝邑！"丑父诈称口渴不能答言，
以瓢授齐侯曰："丑父可为我取饮。"齐侯下车，假作华泉取饮，水至，
又嫌其浊，更取清者。齐侯遂绕山左而遁，恰遇齐将郑周父御副车而至，
曰："邴夏已陷于晋军中矣！晋势浩大，惟此路兵稀，主公可急乘之！"
乃以辔授齐侯，齐侯登车走脱。

韩厥先遣人报入晋军曰："已得齐侯矣。"郤克大喜。及韩厥以丑父
献，郤克见之曰："此非齐侯也！"郤克曾使齐，认得齐侯，韩厥却不认

得，因此被他设计赚去。韩厥怒问丑父曰："汝是何人？"对曰："某乃车右将军逢丑父。欲问吾君，方才往华泉取饮者就是。"郤克亦怒曰："军法：'欺三军者，罪应死。'汝冒认齐侯，以欺我军，尚望活耶？"叱左右缚丑父去。丑父大呼曰："晋军听吾一言，自今无有代其君任患者。丑父免君于患，今且为戮矣！"郤克命解其缚，曰："人尽忠于君，我杀之不祥。"使后车载之。潜渊居士有诗云：

> 绕山戈甲密如林，绣甲君王险被擒。
>
> 千尺华泉源不竭，不知丑父计谋深。

后人名华不注山为金舆山，正以齐侯金舆驻此而得名也。

顷公既脱归本营，念丑父活命之恩，复乘轻车驰入晋军，访求丑父，出而复入者三次。国佐、高固二将，闻中军已败，恐齐侯有失，各引军来救驾，见齐侯从晋军中出，大惊曰："主公何轻千乘之尊，而自探虎穴耶？"顷公曰："逢丑父代寡人陷于敌中，未知生死，寡人坐不安席，是以求之。"言未毕，哨马报："晋兵分五路杀来了。"国佐奏曰："军气已挫，主公不可久留于此。且回国中坚守，以待楚救之至可也。"齐侯从其言，遂引大军，回至临淄去了。郤克引大军，及鲁、卫、曹三国之师，长驱直入，所过关隘，尽行烧毁，直抵国都，志在灭齐。

不知齐国如何应敌，再看下回分解。

【注释】

① "周谚有云"三句：周代谚语。以下二句，乃出自《列子·说符》。意为，明察以至能见到深渊之鱼、智慧足以窥知别人隐私的人，必将给自己带来灾难。慝（tè 特），邪恶。

② 罅（xià 下）生：从空隙中长出。

③ 黻（fú 弗）冕：古代卿大夫祭祀时所穿戴的礼服、礼帽。

④ 范：春秋时邑名。即今河南省范县。

⑤令狐失信：指赵盾背信立灵公，败秦师于令狐一事。见第四十七回。

⑥山东诸国：指太行山以东的各诸侯国，大体包括除秦、晋以外的所有国家。

⑦眇者：瞎了一只眼睛的人。

⑧共王：楚共王芈审，在位三十一年（前590—前560）。

⑨戮舒：指车裂夏征舒一事。见第五十三回。

⑩衄（nǜ 恧）晋觌（dí 敌）武：衄晋，指邲之战大败晋师。见第五十四回。衄，挫折，使失败。觌武，显示武力。《国语·周语中》："觌武无烈。"注："觌，见也。"

⑪窥周围宋：窥周指庄王问鼎一事，见第五十一回。围宋指公子侧围睢阳达九月之久一事，见第五十五回。

⑫成公：鲁成公姬黑肱，在位十八年（前590—前573）。

⑬青简：即竹简，古代以竹简记事。这里用作史籍的代称。

⑭平阴：春秋时齐邑名。在今山东平阴县东北。

⑮龙邑：春秋时鲁邑。在今山东泰安市东南。

⑯磔（zhé 哲）：分裂肢体，古代一种酷刑。

⑰新筑：春秋时卫邑名。在卫、齐交界处，即今河北魏县南。

⑱缙绅：缙，同"搢"，插也。此指插笏。绅，束腰大带。古之为官者，垂绅插笏。后用作官僚、士大夫的代称。

⑲曲县：县，同"悬"，悬挂。天子奏乐，将钟、磬等乐器四面悬挂于架，象征宫室四面有墙。故称"宫县"。诸侯去其南面，称"曲县"。而大夫仅东西两面悬挂，称"判县"。士则仅悬一面，叫"特县"。这里指大夫而想僭用诸侯之礼。

⑳"以为"二句：孔子所言"惟器与名，不可以假人"，见《左传·成二年》，而不见于《春秋》。器，指曲县、繁缨之类器物。名，指当时爵号。

㉑周定王十八年：即公元前589年。

㉒鞌：春秋时齐地名。在今山东济南市西。

㉓靡笄（jī 机）山：齐国山名，即今济南市之千佛山。

㉔摽（biào 鳔）：坠落。

㉕华不注山：古山名。又名华山、金舆山。在今山东济南市东北。孤峰秀出，下有华泉。

第五十七回　娶夏姬巫臣逃晋
围下宫程婴匿孤

　　话说晋兵追齐侯，行四百五十里，至一地，名袁娄^①，安营下寨，打点攻城。齐顷公心慌，集诸臣问计。国佐进曰："臣请以纪侯之甗^②及玉磬，行赂于晋，而请与晋平。鲁、卫二国，则以侵地还之。"顷公曰："如卿所言，寡人之情已尽矣。再若不从，惟有战耳！"国佐领命，捧着纪甗、玉磬二物，径造晋军。先见韩厥，致齐侯之意。韩厥曰："鲁、卫以齐之侵削无已，故寡君怜而拯之，寡君则何仇于齐乎？"国佐答曰："佐愿言于寡君，返鲁、卫之侵地如何？"韩厥曰："有中军主帅在，厥不敢专。"韩厥引国佐来见郤克，克盛怒以待之，国佐辞气俱恭。郤克曰："汝国亡在旦夕，尚以巧言缓我耶？倘真心请平，只依我两件事。"国佐曰："敢问何事？"郤克曰："一来，要萧君同叔之女^③为质于晋；二来，必使齐封内垄亩尽改为东西行。万一齐异日背盟，杀汝质，伐汝国，车马从西至东，可直达也。"国佐勃然发怒曰："元帅差矣！萧君之女非他，乃寡君之母，以齐、晋匹敌言之，犹晋君之母也。那有国母为质人国的道理？至于垄亩纵横，皆顺其地势之自然，若惟晋改易，与失国何异？元帅以此相难，想不允和议了。"郤克曰："便不允汝和，汝奈我何？"国佐曰："无帅勿欺齐太甚也！齐虽褊小，其赋千乘；诸臣私赋，不下数百。今偶一挫衄，未及大亏。元帅必不允从，请收合残兵，与元帅决战于城下！一战不胜，尚可再战，再战不胜，尚可三战，若三战俱败，举齐国皆晋所有，何必质母东亩为哉？佐从此辞矣！"委甗、磬于地，朝上一揖，昂然出营去了。

　　季孙行父与孙良夫在幕后闻其言，出谓郤克曰："齐恨我深矣，必将

致死于我。兵无常胜，不如从之。"郤克曰："齐使已去，奈何？"行父曰："可追而还也。"乃使良马驾车，追及十里之外，强拉国佐，复转至晋营。郤克使与季孙行父、孙良夫相见，乃曰："克恐不胜其事，以获罪于寡君，故不敢轻诺。今鲁、卫大夫合辞以请，克不能违也，克听子矣。"国佐曰："元帅已俯从敝邑之请，愿同盟为信。"齐认朝晋，且反鲁、卫之侵地，晋认退师，秋毫无犯，各立誓书。郤克命取牲血共歃，订盟而

别。释放逢丑父复归于齐，齐顷公进逢丑父为上卿。晋、鲁、卫、曹之师，皆归本国。宋儒论此盟，谓郤克恃胜而骄，出令不恭，致触国佐之怒，虽取成而还，殊不足以服齐人之心也。

晋师归献齐捷，景公嘉战鞍之功，郤克等皆益地。复作新上中下三军：以韩厥为新中军元帅，赵括佐之；巩朔为新上军元帅，韩穿佐之；荀骓为新下军元帅，赵旃佐之，爵皆为卿。自是晋有六军，复兴伯业。司寇屠岸贾见赵氏复盛，忌之益深，日夜搜赵氏之短，谮于景公。又厚结栾、郤二家，以为己援。此事且搁过一边，表白在后。

齐顷公耻其兵败，吊死问丧，恤民修政，志欲报仇。晋君臣恐齐侵伐，复失伯业，乃托言齐国恭顺可嘉，使各国仍还其所侵之地。自此诸侯以晋无信义，渐渐离心。此是后话。

再说陈夏姬嫁连尹襄老未及一年，襄老从军于邲，夏姬遂与其子黑要烝淫。及襄老战死，黑要恋夏姬之色，不往求尸，国人颇有议论。夏姬以为耻，欲借迎尸之名，谋归郑国。申公屈巫遂赂其左右，使传语于夏姬曰："申公相慕甚切，若夫人朝归郑国，申公晚即来聘矣。"又使人谓郑襄公曰："姬欲归宗国，盍往迎之？"郑襄公果然遣使来迎夏姬。楚庄王问于诸大夫曰："郑人迎夏姬何意？"屈巫独对曰："姬欲收葬襄老之尸，郑人任其事，以为可得，故使姬往迎之耳。"庄王曰："尸在晋，郑安从得之？"屈巫对曰："荀罃者，荀首之爱子也。罃为楚囚，首念其子甚切。今首新佐中军，而与郑大夫皇戌素相交厚，其必借郑皇戌居间，使请解于楚，而以王子④及襄老之尸，交易荀罃。郑君以邲之战，惧晋行讨，亦将借此以献媚于晋，此真情无疑矣。"话犹未毕，夏姬入朝辞楚王，奏闻归郑之故。言下泪珠如雨，曰："若不得尸，妾誓不反楚！"楚庄王怜而许之。

夏姬方行，屈巫遂致书于郑襄公，求聘夏姬为内子。襄公不知庄王及公子婴齐⑤欲娶前因，以屈巫方重用于楚，欲结为姻亲，乃受其聘币，楚人无知之者。屈巫复使人至晋，通信于荀罃，教他将二尸易荀罃于楚，以实其言。荀首致书皇戌，求为居间说合。庄王欲得其子公子縠臣之尸，乃归荀莹于晋，晋亦以二尸畀楚。楚人信屈巫之言为实，不疑其有他故也。及晋师伐齐，齐顷公请救于楚，值楚新丧，未即发兵。后闻齐师大败，国佐已及晋盟，楚共王曰：“齐之从晋，为楚失救之故，非齐志也。寡人当为齐伐卫、鲁，以雪鞍耻。谁能为寡人达此意于齐侯者？”申公屈巫应声曰：“微臣愿往！”共王曰：“卿此去经由郑国，就便约郑师以冬十月之望，在卫境取齐，即以此期告于齐侯可也。”

屈巫领命归家，托言往新邑收赋，先将家属及财帛，装载十余车，陆续出城。自己乘辒车⑥在后，星驰往郑，致楚王师期之命。遂与夏姬在馆舍成亲，二人之乐可知矣。有诗为证：

佳人原是老妖精，到处偷情旧有名。

采战一双今作配，这回鏖战定输赢。

夏姬枕畔谓屈巫曰：“此事曾禀知楚王否？”屈巫将庄王及公子婴齐欲娶之事，诉说一遍：“下官为了夫人，费下许多心机，今日得谐鱼水，生平愿足。下官不敢回楚，明日与夫人别寻安身之处，偕老百年，岂不稳便？”夏姬曰：“原来如此。夫君既不回楚，那使齐之命，如何消缴？”屈巫曰：“我不往齐国去了。方今与楚抗衡，莫如晋国，我与汝适晋可也。”次早，修下表章一通，付与从人，寄复楚王，遂与夏姬同奔晋国。

晋景公方以兵败于楚为耻，闻屈巫之来，喜曰：“此天以此人赐我也！”即日拜为大夫，赐邢⑦地为之采邑。屈巫乃去屈姓以巫为氏，名臣，至今人称为申公巫臣。巫臣自此安居于晋。楚共王接得巫臣来表，拆而读之，略云：

蒙郑君以夏姬室臣，臣不肖，遂不能辞。恐君王见罪，暂寓晋国。使齐之事，望君王别遣良臣。死罪！死罪！

共王见表大怒，召公子婴齐、公子侧使观之。公子侧对曰：“楚、晋世仇，今巫臣适晋，是反叛也，不可不讨。”公子婴齐复曰：“黑要烝母，是亦有罪，宜并讨之。”共王从其言，乃使公子婴齐领兵抄没巫臣之族，使公子侧领兵擒黑要而斩之。两族家财，尽为二将分得享用。巫臣闻其家族被诛，乃遗书于二将，略云：

尔以贪谗事君，多杀不辜，余必使尔等疲于道路以死！

婴齐等秘其书，不使闻于楚王。巫臣为晋画策，请通好于吴国⑧，因以车战之法，教导吴人。留其子狐庸仕于吴为行人⑨，使通晋、吴之信，往来不绝。自此吴势日强，兵力日盛，尽夺取楚东方之属国。寿梦⑩遂僭爵为王。楚边境被其侵伐，无宁岁矣。后巫臣死，狐庸复屈姓，遂留仕吴，吴用为相国，任以国政。

冬十月，楚王拜公子婴齐为大将，同郑师伐卫，残破其郊。因移师侵鲁，屯于杨桥⑪之地。仲孙蔑请赂之，乃括国中良匠及织女、针女各百人，献于楚军，请盟而退。晋亦遣使邀鲁侯同伐郑国，鲁成公复从之。周定王二十年，郑襄公坚薨，世子费嗣位，是为悼公⑫。因与许国争田界，许君诉于楚，楚共王为许君理直，使人责郑。郑悼公怒，乃弃楚从晋。是年，郤克以箭疮失于调养，左臂遂损，乃告老，旋卒，栾书代为中军元帅。明年，楚公子婴齐帅师伐郑，栾书救之。

时晋景公以齐、郑俱服，颇有矜慢之心，宠用屠岸贾，游猎饮酒，复如灵公之日。赵同、赵括与其兄赵婴齐不睦，诬以淫乱之事，逐之奔齐，景公不能禁止。时梁山⑬无故自崩，壅塞河流，三日不通。景公使太史卜之。屠岸贾行赂于太史，使以"刑罚不中"为言。景公曰："寡人未常过用刑罚，何为不中？"屠岸贾奏曰："所谓刑罚不中者，失入失出，皆不中也。赵盾弑灵公于桃园，载在史册，此不赦之罪，成公不加诛戮，且以国政任之。延及于今，逆臣子孙，布满朝中，何以惩戒后人乎？且臣闻赵朔、原、屏⑭等，自恃宗族众盛，将谋叛逆。楼婴⑮欲行谏沮，被逐出奔。栾、郤二家，畏赵氏之势，隐忍不言。梁山之崩，天意欲主公声灵公之冤，正赵氏之罪耳。"景公自战时，已恶同、括专横，遂惑其言，问于韩厥，厥对曰："桃园之事，与赵盾何与？况赵氏自成季以来，世有大勋于晋。主公奈何听细人之言，而疑功臣之后乎？"景公意未释然。复问于栾书、郤锜。二人先受岸贾之嘱，含糊其词，不肯替赵氏分辨。景公遂信岸贾之言，以为实然。乃书赵盾之罪于版，付岸贾曰："汝好处分，勿惊国人！"

韩厥知岸贾之谋，夜往下宫⑯，报知赵朔，使预先逃遁。朔曰："吾父抗先君之诛，遂受恶名。今岸贾奉有君命，必欲见杀，朔何敢避？但吾妻见有身孕，已在临月，倘生女不必说了，天幸生男，尚可延赵氏之祀。此一点骨血，望将军委曲保全，朔虽死犹生矣。"韩厥泣曰："厥受知于宣孟⑰，以有今日，恩同父子。今日自愧力薄，不能断贼之头。所命之事，敢不力任？但贼臣蓄愤已久，一时发难，玉石俱焚，厥有力亦无用处。及今未发，何不将公主潜送公宫，脱此大难？后日公子长大，庶有报仇之日也。"朔曰："谨受教。"二人洒泪而别。

赵朔私与庄姬约："生女当名曰文，若生男当名曰武，文人无用，武可报仇。"独与门客程婴言之。庄姬从后门上温车，程婴护送，径入宫中，投其母成夫人去了。夫妻分别之苦，自不必说。

比及天明，岸贾自率甲士，围了下宫，将景公所书罪版，悬于大门，声言奉命讨逆。遂将赵朔、赵同、赵括、赵旃各家老幼男女，尽行诛戮。旃子赵胜，时在邯郸，独免；后闻变，出奔于宋。当时杀得尸横堂户，血浸庭阶。简点人数，单单不见庄姬。岸贾曰："公主不打紧，但闻怀妊将产，万一生男，留下逆种，必生后患。"有人报说："夜半有温车入宫。"

岸贾曰："此必庄姬也。"即时来奏晋侯，言："逆臣一门，俱已诛绝，只有公主走入宫中。伏乞主裁！"景公曰："吾姑^⑱乃母夫人所爱，不可问也。"岸贾又奏曰："公主怀妊将产，万一生男，留下逆种，异日长大，必然报仇，复有桃园之事，主公不可不虑！"景公曰："生男则除之。"岸贾乃日夜使人探伺庄姬生产消息。

数日后，庄姬果然生下一男。成夫人吩咐宫中，假说生女。屠岸贾不信，欲使家中乳媪入宫验之。庄姬情慌，与其母成夫人商议，推说所生女已死。此时景公耽于淫乐，国事全托于岸贾，恣其所为。岸贾亦疑所生非女，且未死，乃亲率女仆，遍索宫中。庄姬乃将孤儿置于袴中，对天祝告曰："天若灭绝赵宗，儿当啼；若赵氏还有一脉之延，儿则无声。"及女仆牵出庄姬，搜其宫，一无所见，袴中绝不闻啼号之声。岸贾当时虽然出宫去了，心中到底狐疑。或言孤儿已寄出宫门去了，岸贾遂悬赏于门："有人首告孤儿真信，与之千金；知情不言，与窝藏反贼一例，全家处斩。"又吩咐宫门上出入盘诘。

却说赵盾有两个心腹门客，一个是公孙杵臼，一个是程婴。先前闻屠岸贾围了下宫，公孙杵臼约程婴同赴其难。婴曰："彼假托君命，布词讨贼，我等与之俱死，何益于赵氏？"杵臼曰："明知无益，但恩主有难，不敢逃死耳！"婴曰："姬氏有孕，若男也，吾与尔共奉之；不幸生女，死犹未晚。"及闻庄姬生女，杵臼泣曰："天果绝赵乎！"程婴曰："未可信也，吾当察之。"乃厚赂宫人，使通信于庄姬。庄姬知程婴忠义，密书一"武"字递出。程婴私喜曰："公主果生男矣！"及岸贾搜索宫中不得，程婴谓杵臼曰："赵氏孤在宫中，索之不得，此天幸也！但可瞒过一时耳。后日事泄，屠贼又将搜索。必须用计，偷出宫门，藏于远地，方保无虞。"杵臼沉吟了半日，问婴曰："立孤与死难，二者孰难？"婴曰："死易耳，立孤难也。"杵臼曰："子任其难，我任其易，何如？"婴曰："计将安出？"杵臼曰："诚得他人婴儿诈称赵孤，吾抱往首阳山中，汝当出首，说孤儿藏处。屠贼得伪孤，则真孤可免矣。"程婴曰："婴儿易得也。必须窃得真孤出宫，方可保全。"杵曰曰："诸将中惟韩厥受赵氏恩最深，可以窃孤之事托之。"程婴曰："吾新生一儿，与孤儿诞期相近，可以代之。然子既有藏孤之罪，必当并诛，子先我而死，我心何忍？"因泣下不止。杵曰怒曰："此大事，亦美事，何以泣为？"

婴乃收泪而去，夜半抱其子付于杵曰之手，即往见韩厥，先以"武"字示之，然后言及杵曰之谋。韩厥曰："姬氏方有疾，命我求医。汝若哄得屠贼亲往首阳山，吾自有出孤之计。"程婴乃扬言于众曰："屠司寇欲得赵孤子，曷为索之宫中？"屠氏门客闻之，问曰："汝知赵氏孤所在乎？"婴曰："果与我千金，当告汝。"门客引见岸贾，岸贾叩其姓氏。对曰："程氏名婴，与公孙杵臼同事赵氏。公主生下孤儿，即遣妇人抱出宫门，托吾两人藏匿。婴恐日后事露，有人出首，彼获千金之赏，我受全家之戮，是以告之。"岸贾曰："孤在何处？"婴曰："请屏左右，乃敢言。"岸贾即命左右退避。婴告曰："在首阳山深处，急往可得，不久当奔秦国矣。然须大夫自往，他人多与赵氏有旧，勿轻托也。"岸贾曰："汝但随吾往，实则重赏，虚则死罪。"婴曰："吾亦自山中来此，腹馁甚，幸赐一饭。"岸贾与之酒食。婴食毕，又催岸贾速行。岸贾自率家甲三千，使程婴前导，径往首阳山。

纤回数里，路极幽僻，见临溪有草庄数间，柴门双掩。婴指曰："此即杵臼孤儿处也。"婴先叩门，杵臼出迎，见甲士甚众，为仓皇走匿之状。婴喝曰："汝勿走，司寇已知孤儿在此，亲自来取，速速献出可也。"言未毕，甲士缚杵臼来见岸贾。岸贾问："孤儿何在？"杵臼赖曰："无有。"岸贾命搜其家，见壁室有锁甚固。甲士去锁，入其室，室颇暗。仿佛竹床之上，闻有小儿惊啼之声，抱之以出，锦绷绣褓⑲，俨如贵家儿。杵臼一见，即欲夺之，被缚不得前。乃大骂曰："小人哉程婴也！昔下宫之难，我约汝同死，汝说：'公主有孕，若死，谁作保孤之人！'今公主将孤儿付我二人，匿于此山，汝与我同谋做事，却又贪了千金之赏，私行出首。我死不足惜，何以报赵宣孟之恩乎？"千小人，万小人，骂一个不住。程婴羞惭满面，谓岸贾曰："何不杀之？"岸贾喝令："将公孙杵臼斩首！"自取孤儿掷之于地，一声啼哭，化为肉饼，哀哉！髯翁有诗云：

一线宫中赵氏危，宁将血胤⑳代孤儿。

屠奸纵有弥天网，谁料公孙已售欺？

屠岸贾起身往首阳山擒捉孤儿，城中那一处不传遍，也有替屠家欢喜的，也有替赵家叹息的，那宫门盘诘，就怠慢了。韩厥却教心腹门客，假作草泽医人，入宫看病，将程婴所传"武"字，粘于药囊之上。庄姬看见，已会其意，诊脉已毕，讲几句胎前产后的套语，庄姬见左右宫人，俱是心腹，即以孤儿裹置药囊之中。那孩子啼哭起来，庄姬手抚药囊祝曰："赵武，赵武！我一门百口冤仇，在你一点血泡身上，出宫之时，切莫啼哭！"吩咐已毕，孤儿啼声顿止，走出宫门，亦无人盘问。韩厥得了孤儿，如获至宝，藏于深室，使乳妇育之，虽家人亦无知其事者。

屠岸贾回府，将千金赏赐程婴。程婴辞不愿赏。岸贾曰："汝原为邀赏出首，如何又辞？"程婴曰："小人为赵氏门客已久，今杀孤儿以自脱，已属非义，况敢利多金乎？倘念小人微劳，愿以此金收葬赵氏一门之尸，亦表小人门下之情于万一也。"岸贾大喜曰："子真信义之士也！赵氏遗尸，听汝收取不禁。即以此金为汝营葬之资。"程婴乃拜而受之。尽收各家骸骨，棺木盛殓，分别葬于赵盾墓侧。事毕，复往谢岸贾。岸贾欲留用之，婴流涕言曰："小人一时贪生怕死，作此不义之事，无面目复见晋人，从此将糊口远方矣。"程婴辞了岸贾，往见韩厥。厥将乳妇及孤儿交付程婴。婴抚为己子，携之潜入盂山藏匿。后人因名其山曰藏山，以藏孤得名也。

后三年，晋景公游于新田①，见其土沃水甘，因迁其国，谓之新绛，以故都为故绛。百官朝贺，景公设宴于内宫，款待群臣。日色过晡②，左右将治烛，忽然怪风一阵，卷入堂中，寒气逼人，在座者无不惊颤。须臾风过，景公独见一蓬头大鬼，身长丈余，披发及地，自户外而入，攘臂大骂曰："天乎！我子孙何罪，而汝杀之？我已诉闻于上帝，来取汝命！"言毕，将铜锤来打景公。景公大叫："群臣救我！"拔佩剑欲斩其鬼，误劈自己之指，群臣不知为何，慌忙抢剑。景公口吐鲜血，闷倒在地，不省人事。

未知性命如何，且看下回分解。

【注释】

①袁娄：春秋时齐地名。在今山东临淄市西。

②甗（yǎn 演）：古代炊饪器，以青铜或陶为之。上体圆，两耳似鼎，下体三足似鬲。纪侯之甗，或是齐灭纪时所得之器。

③萧君同叔之女：萧，宋附庸国名。同叔，萧国君之名。其女即齐国母萧太夫人。郤克讳言其身分，故意以此语称之。

④王子：即楚庄王之次子公子榖臣。又，据第五十四回，公子榖臣被荀首射中右腕，被魏锜活捉，未言战死。但此处却一再言"尸"，前后不

统一。

⑤公子婴齐：据第五十三回，欲娶夏姬者乃公子侧，而非婴齐。此处亦误。

⑥轺（yáo遥）车：仅用一匹马所驾之轻便车。

⑦邢：春秋时晋邑名。在今山西河津市境。

⑧吴国：周时诸侯国名。开国之君为泰伯。泰伯乃周祖先太王（即古父亶父）之长子。太王欲传位给季历及其子昌（即周文王），故泰伯奔江

南，文身断发，开创吴国。其地在今江苏、浙江一带。

⑨行人：古代官名。掌国家宾客之礼籍，以接待四方之使者。

⑩寿梦：吴泰伯十九世孙，僭号称王。在位二十五年（前585—前561）。

⑪杨桥：春秋时鲁地名。地址不详。

⑫悼公：郑悼公姬费（一作溃）。在位两年（前586—前585）。

⑬梁山：晋境内山名，在今陕西韩城市境内。

⑭原、屏：即赵同、赵括。赵同食采于原（原国旧地，今河南济源市西）。赵括食采于屏（地址不详）。

⑮楼婴：即赵婴齐，或称赵婴，因食采于楼（今山西永和县南），故称。

⑯下宫：本指亲庙，祖庙，此处疑为赵氏家族邸舍名。

⑰宣孟：即赵盾。赵氏自盾后，皆称赵孟。盾谥宣，故称宣孟。韩厥自幼育于赵盾之家（见第四十八回），故云"受知""恩同父子"。

⑱吾姑：庄姬乃成公之女，而景公乃成公世子，应称"姊"或"妹"，不应称"姑"。

⑲锦绷绣褓：绷，捆紧。褓，襁褓，指包婴儿的被毯。此指用锦绣包裹着的婴儿。

⑳血胤：亲生儿子。胤，后代。父子气血相承，故称血胤。

㉑新田：春秋时晋地名，即今山西侯马市。

㉒晡：即申时。下午三至五时。

第五十八回　说秦伯魏相迎医
报魏锜养叔献艺

　　话说晋景公被蓬头大鬼所击，口吐鲜血，闷倒在地。内侍扶入内寝，良久方醒。群臣皆不乐而散。景公遂病不能起。左右或言："桑门大巫，能白日见鬼，盍往召之？"桑门大巫奉晋侯之召，甫入寝门，便言："有鬼！"景公问："鬼状何如？"大巫对曰："蓬头披发，身长丈余，以手拍胸，其色甚怒。"景公曰："巫言与寡人所见正合，言寡人枉杀其子孙，不知此何鬼也？"大巫曰："先世有功之臣，其子孙被祸最惨者是也。"景公愕然曰："莫非赵氏之祖乎？"屠岸贾在旁，即奏曰："巫者乃赵盾门客，故借端为赵氏讼冤，吾君不可听信。"景公嘿然①良久，又问曰："鬼可禳②否？"大巫曰："怒甚，禳之无益。"景公曰："然则寡人大限③何如？"大巫曰："小人冒死直言，恐君之病，不能尝新麦也。"屠岸贾曰："麦熟只在月内，君虽病，精神犹旺，何至如此？若主公得尝新麦，汝当死罪！"不繇景公发落，叱之使出。大巫去后，景公病愈深，晋国医生入视，不识其症，不敢下药。

　　大夫魏锜之子魏相言于众曰："吾闻秦有名医二人，高和、高缓，得传授于扁鹊，能达阴阳之理，善攻内外之症，见为秦国太医。欲治主公之病，非此人不可。盍往请之？"众曰："秦乃吾之仇国，岂肯遣良医以救吾君哉？"魏相又曰："恤患分灾，邻国之美事。某虽不才，愿掉三寸之舌，必得名医来晋。"众曰："如此，则举朝皆拜子之赐矣。"

　　魏相即日束装，驰轺车星夜往秦。秦桓公问其来意，魏相奏曰："寡君不幸而沾狂病，闻上国有良医和、缓，有起死回生之术，臣特来敦请，以救寡君。"桓公曰："晋国无理，屡败我兵，吾国虽有良医，岂救汝君

哉？"魏相正色曰："明公之言差矣！夫秦、晋比邻之国，故我献公与尔穆公，结婚定好，世世相亲。尔穆公始纳惠公，复有韩原之来战；继纳文公，又有汜南之背盟④。不终其好，皆尔为之。文公即世，穆公又过听孟明，欺我襄公之幼弱，师出崤山，袭我属国，自取败衄。我获三帅，赦而不诛，旋违誓言，夺我王官⑤。灵、康之世⑥，我一侵崇，尔即伐晋。及我景公问罪于齐，明公又遣杜回兴救齐之师。败不知惩，胜不知止，弃好寻仇，莫不由秦。明公试思：晋犯秦乎？秦犯晋乎？今寡君有负兹⑦之忧，

欲借针砭于高邻，诸臣皆曰：'秦绝我甚，必不许。'臣曰：'不然。秦君屡举不当，安知不悔于厥心？此行也，将假国手以修先君之旧好。'明公若不许，则诸臣之料秦者中矣！夫邻有恤患之谊，而明公废之；医有活人之心，而明公背之，窃为明公不取也。"秦桓公见魏相言辞慷慨，分剖详明，不觉起敬曰："大夫以正见责寡人，敢不听教！"即诏太医高缓往晋。魏相谢恩，遂与高缓同出雍州，星夜望新绛而来。有诗为证：

> 婚媾于今作寇仇，幸灾乐祸是良谋。
>
> 若非魏相澜翻舌，安得名医到绛州？

时晋景公病甚危笃，日夜望秦医不至。忽梦有二竖子⑧，从己鼻中跳出，一竖曰："秦高缓乃当世之名医，彼若至，用药，我等必然被伤，何以避之？"又一竖子曰："若躲在肓之上，膏之下⑨，彼能奈我何哉？"须臾，景公大叫心膈⑩间疼痛，坐卧不安。少顷，魏相引高缓至，入宫诊脉毕，缓曰："此病不可为矣！"景公曰："何故？"缓对曰："此病居肓之上，膏之下，既不可以灸攻，又不可以针达；即使用药之力，亦不能及。此殆天命也。"景公叹曰："所言正合吾梦，真良医矣。"厚其饯送之礼，遣归秦国。

时有小内侍江忠，伏侍景公辛苦，早间不觉失睡。梦见背负晋侯，飞腾于天上，醒来与左右言之。值屠岸贾入宫问疾，闻其梦，贺景公曰："天者阳明，病者阴暗；飞腾天上，离暗就明，君之疾必渐平矣。"晋侯是日亦自觉胸膈稍宽，闻言甚喜。忽报甸人⑪来献新麦，景公欲尝之，命饔人⑫取其半，舂而屑之为粥。屠岸贾恨桑门大巫言赵氏之冤，乃奏曰："前巫者言主公不能尝新麦，今其言不验矣，可召而示之。"景公从其言，召桑门大巫入宫，使岸贾责之曰："新麦在此，犹患不能尝乎？"巫者曰："尚未可知。"景公色变。岸贾曰："小臣咒诅，当斩！"即命左右牵去。大巫叹曰："吾因明于小术，以自祸其身，岂不悲哉！"左右献大巫之首，恰好饔人将麦粥来献，时日已中矣。景公方欲取尝，忽然腹胀欲泄，唤江忠："负我登厕。"才放下厕，一阵心疼，立脚不住，坠入厕中。江忠顾不得污秽，抱他起来，气已绝矣。到底不曾尝新麦，屈杀了桑门大巫，皆屠岸贾之过也！上卿栾书率百官奉世子州蒲举哀即位，是为厉公[13]。众议江忠曾梦负公登天，后负公以出于厕，正应其梦，遂用江忠为殉葬焉。当时若不言其梦，无此祸矣。口舌害身，不可不慎也！因晋景公为厉鬼击死，晋人多有言赵门冤枉之事者，只为栾、郤二家，都与屠岸贾交通相善，只有一个韩厥，孤掌难鸣，是以不敢为赵家伸冤。

时宋共公遣上卿华元行吊于晋，兼贺新君，因与栾书商议，欲合晋、楚之成，免得南北交争，生民涂炭。栾书曰："楚未可信也。"华元曰："元善于子重，可以任之。"栾书乃使其幼子栾鍼同华元至楚，先与公子婴齐相见。婴齐见栾鍼年青貌伟，问于华元，知是中军元帅之子，欲试其才，问曰："上国用兵之法何如？"鍼对曰："整。"又问："更有何长？"鍼答曰："暇。"婴齐曰："人乱我整，人忙我暇，何战不胜？二字可谓简而尽矣！"由此倍加敬重。遂引见楚王，定议两国通和，守境安民，动干戈者，鬼神殛之。遂订期为盟。晋士燮、楚公子罢，共歃血于宋国西门之外。

楚司马公子侧，自以不曾与议，大怒曰："南北之不相通久矣！子重欲擅合成之功，吾必败之。"探知巫臣纠合吴子寿梦，与晋、鲁、齐、宋、卫、郑各国大夫会于钟离[14]，公子侧遂说楚王曰："晋、吴通好，必有谋楚之情。宋、郑俱从，楚之宇下一空矣。"共王曰："孤欲伐郑，奈西门之盟何？"公子侧曰："宋、郑受盟于楚，非一日矣，惟不顾盟，是以附晋。今日之事，惟利则进，何以盟为？"共王乃命公子侧伐郑，郑复背晋从楚。此周简王十年[15]事也。

晋厉公大怒，集诸大夫计议伐郑。时栾书虽则为政，而三郤擅权。那三郤？乃郤锜、郤犨、郤至。锜为上军元帅，犨为上军副将，至为新军副将，犨子郤毅，至弟郤乞，并为大夫用事。伯宗为人，正直敢言，屡向厉公言："郤氏族大势盛，宜分别贤愚，稍抑其权，以保全功臣之后。"厉公不听。三郤恨伯宗入骨，遂谮伯宗谤毁朝政。厉公信之，反杀伯宗。其子伯州犁奔楚，楚用为太宰，与之谋晋。厉公素性骄侈，兼好内外嬖幸甚多。外嬖胥童、夷羊五、长鱼矫、匠丽氏等一班少年，皆拜为大夫。内嬖美姬爱婢，不计其数。日事淫乐，好谀恶直，政事不修，群臣解体。士燮

见朝政日非，不欲伐郑。郤至曰："不伐郑，何以求诸侯？"栾书曰："今日失郑，鲁、宋亦将离心，温季⑯之言是也。"楚降将苗贲皇亦劝伐郑，厉公从其言，独留荀䓨居守，遂亲率大将栾书、士燮、郤锜、荀偃、韩厥、郤至、魏锜、栾鍼等，出车六百乘，浩浩荡荡，杀奔郑国。一面使郤犨往鲁、卫各国，请兵助战。

郑成公闻晋兵势大，欲谋出降。大夫姚句耳曰："郑地褊小，间于两

大，只宜择一强者而事之，岂可朝楚暮晋，而岁岁受兵乎？"郑成公曰：
"然则何如？"句耳曰："依臣之见，莫如求救于楚。楚至，吾与之夹攻，
大破晋兵，可保数年之安也。"成公遂遣句耳往楚求救。楚共王终以西门
之盟为嫌，不欲起兵，问于令尹婴齐。婴齐对曰："我实无信，以致晋师，
又庇郑而与之争，勤民以逞，胜不可必，不如待之。"公子侧进曰："郑
人不忍背楚，是以告急。前不救齐，今又不救郑，是绝归附者之望也。臣
虽不才，愿提一旅，保驾前往，务要再奏掬指之功[17]。"共王大悦，乃拜
司马公子侧为中军元帅，令尹公子婴齐将左军，右尹[18]公子壬夫将右军。
自统亲军两广之众，望北进发，来救郑国。日行百里，其疾如风。

早有哨马报入晋军。士燮私谓栾书曰："君幼不知国事，吾伪为畏楚
而避之，以儆君心，使知戒惧，犹可少安。"栾书曰："畏避之名，书不
敢居也。"士燮退而叹曰："此行得败为幸，万一战胜，外宁必有内忧，
吾甚惧之！"

时楚兵已过鄢陵[19]，晋兵不能前进，留屯彭祖冈[20]，两下各安营下寨。
来日，是六月甲午大尽之日[21]，名为晦日。晦不行兵，晋军不做准备。鼓
漏且尽[22]，天色犹未大明，忽然寨外喊声大振。守营军士忙忙来报："楚
军直逼本营，排下阵势。"栾书大惊曰："彼既压我军而阵，我军不能成
列，交兵恐致不利。且坚守营垒，待从容设计以破之。"诸将纷纷议论，
有言选锐突阵者，有言移兵退后者。

时士燮之子名匄，年才一十六岁，闻众议不决，乃突入中军，禀于栾
书曰："元帅患无战地乎？此易事也。"栾书曰："子有何计？"士匄曰：
"传令牢把营门，军士于寨内暗暗将灶土尽皆削平，并用木板掩盖，不过
半个时辰，结阵有余地矣。既成列于军中，决开营垒，以为战道，楚其奈
我何哉？"栾书曰："井灶乃军中急务，平灶塞井，何以为食？"匄曰：
"先命各军预备干粮净水，足支一二日，俟布阵已定，分拨老弱于营后另
作井灶就之。"士燮本不欲战，见其子进计，大怒，骂曰："兵之胜负，
关系天命。汝童子有何知识，敢在此摇唇鼓舌？"遂拔戈逐之。众将把士

燮抱住，士匄方能走脱。栾书笑曰：“此童子之智，胜于范孟[23]也。”乃从士匄之计，令各寨多造干粮，然后平灶掩井，摆列阵势，准备来日交兵。胡曾咏史诗云：

军中列阵本奇谋，士燮抽戈苦寇仇。

岂是心机逊童子，老成忧国有深筹。

却说楚共王直逼晋营而阵，自谓出其不意，军中必然扰乱，却寂然不见动静，乃问于太宰伯州犁曰：“晋兵坚垒不动，子晋人也，必知其情。”

州犁曰：“请王登巢车而望之。”楚王登巢车，使州犁立于其侧。王问曰：“晋兵驰骋，或左或右者何也？”州犁对曰：“召军吏也。”王曰：“今又群聚于中军矣。"州犁曰:"合而为谋也。"又望曰:"忽然张幕何故?"州犁曰:"虔告于先君也。"又望曰:"今又撤幕矣。"对曰:"将发军令也。"又望曰:"军中为何喧哗,飞尘不止?"对曰:"彼因不得成列,将塞井平灶,为战地耳。"又望曰:"车皆驾马矣,将士升车矣。"对曰:"将结阵也。"又望曰:"升车者何以复下?"对曰:"将战而祷神也。"又望曰:"中军势似甚盛,其君在乎?"对曰:"栾、范之族,挟公而阵,不可轻敌也。"楚王尽知晋国之情,乃戒谕军中,打点来日交锋之事。楚之降将苗贲皇㉔亦侍于晋侯之侧,献策曰:"自令尹孙叔之死,军政无常。两广精兵,久不选换,老不堪战者多矣。且左右二帅,不相和睦。此一战楚可败也。"髯翁有诗云:

楚用州犁本晋良,晋人用楚是贲皇。

人才难得须珍重,莫把谋臣借外邦。

是日,两军各坚垒相持,未战。楚将潘党于营后试射红心,连中三矢,众将哄然赞美。适值养繇基至,众将曰:"神箭手来矣!"潘党怒曰:"我的箭何为不如养叔?"养繇基曰:"汝但能射中红心,未足为奇,我之箭能百步穿杨!"众将问曰:"何为百步穿杨?"繇基曰:"曾有人将颜色认记杨树一叶,我于百步外射之,正穿此叶中心,故曰百步穿杨。"众将曰:"此间亦有杨树,可试射否?"繇基曰:"何为不可。"众将大喜曰:"今日乃得观养叔神箭也!"乃取墨涂记杨枝一叶,使繇基于百步外射之,其箭不见落下,众将往察之,箭为杨枝挂住,其镞正贯于叶心。潘党曰:"一箭偶中耳,若依我说,将三叶次第记认,你次第射中,方见高手。"繇基曰:"恐未必能,且试为之。"潘党于杨树上高低不等,涂记了三叶,写个"一""二""三"字。养繇基也认过了,退于百步之外,将三矢也记个"一""二""三"的号数,以次发之,依次而中,不差毫厘。众将皆拱手曰:"养叔真神人也!"

潘党虽然暗暗称奇,终不免自家要显所长,乃谓繇基曰:"养叔之射,可谓巧矣!然杀人还以力胜,吾之射能贯数层坚甲,亦当为诸君试之。"

众将皆曰："愿观。"潘党教随行组甲之士脱下甲来，叠至五层。众将曰："足矣。"潘党命更迭二层，共是七层。众将想道："七层甲，差不多有一尺厚，如何射得过？"潘党教把那七层坚甲，绷于射鹄[85]之上，也立在百步之外，挽起黑雕弓，拈着狼牙箭，左手如托泰山，右手如抱婴儿，觑得端端正正，尽力发去，扑的一声，叫道："着了！"只见箭上，不见箭落。众人上前看时，齐声喝采起来道："好箭，好箭！"原来弓劲力深，这枝箭直透过七层坚甲，如钉钉物，穿的坚牢，摇也摇不动。潘党面有德色，叫军士将层甲连箭取下，欲以遍夸营中。养繇基且教："莫动！吾亦试射一箭，未知何如？"众将曰："也要看养叔神力。"繇基拈弓在手，欲射复止。众将曰："养叔如何不射？"繇基曰："只依样穿札，未为希罕，我有个送箭之法。"说罢，搭上箭，飕的射去，叫声："正好！"这枝箭不上不下，不左不右，恰恰的将潘党那一枝箭，兜底送出布鹄那边去了。繇基这枝箭，依旧穿于层甲孔内。众将看时，无不吐舌。潘党方才心服，叹曰："养叔妙手，吾不及也！"史传上载楚王猎于荆山，山上有通臂猿[26]，善能接矢。楚兵围之数重，王命左右发矢，俱为猿所接。乃召养繇基。猿闻繇基之名，即便啼号。及繇基到，一发而中猿心。其为春秋第一射手，名不虚传矣。潜渊有诗云：

落乌[27]贯虱[28]名无偶，百步穿杨更罕有。

穿札[29]将军未足奇，强中更有强中手。

众将曰："晋楚相持，吾王正在用人之际，两位将军有此神箭，当奏闻吾王，美玉不可韫椟[30]而藏。"乃命军士将箭穿层甲，抬到楚共王面前，养繇基和潘党一同过去。众将将两人先后赌射之事，细细禀知楚王："我国有神箭如此，何愁晋兵百万？"楚王大怒曰："将以谋胜，奈何以一箭侥幸耶？尔自恃如此，异日必以艺死！"尽收繇基之箭，不许复射。养繇基羞惭而退。

次日五鼓，两军中各鸣鼓进兵。晋上军元帅郤锜攻楚左军，与公子婴齐对敌。下军元帅韩厥攻楚右军，与公子壬夫对敌。栾书、士燮各帅本部车马，中军护驾，与楚共王和公子侧对敌。这边晋厉公是郤毅为御，栾铖为车右将军，郤至等引新军为后队接应。那边楚共王出阵。上午本该乘右广，那右广却是养繇基为将，共王怪繇基恃射夸嘴，不用右广，反乘了左广。却是彭名为御，屈荡为车右将军。郑成公引本国车马为后队接应。

却说厉公头带冲天凤翅盔，身披蟠龙红锦战袍，腰悬宝剑，手提方天大戟，乘着金叶包裹的戎辂，右有栾书，左有士燮，展开军门，杀奔楚阵来。谁知阵前却有一窝泥淖，黎明时候，未曾看得仔细，郤毅御车勇猛，刚刚把晋侯车轮陷于淖中，马不能走。楚共王之子熊茷，他少年好勇，领着前队，望见晋侯车陷，驱车飞赶过来。那边栾铖忙跳下车，立于泥淖之

中，尽平生气力，双手将两轮扶起，车浮马动，一步步挣出泥淖来。那边

熊筏将次赶到，这里栾书的军马亦到，大喝："小将不得无礼！"熊筏见
旗上有"中军元帅"字，知是大军，吃了一惊，回车便走，被栾书追上，
活捉过来。楚军见熊筏有失，一齐来救，却得士燮引兵杀出，后队郤至等
俱到，楚兵恐堕埋伏，收兵回营。晋兵亦不追赶，各自归寨。哨马探听楚
左军持重，晋上军不曾交战，下军战二十余合，互有杀伤。胜负未分，约

定来日再战。栾书将熊茷献功，晋侯欲斩之。苗贲皇进曰："楚王闻其子被擒，明日必来亲自出战，可囚熊茷于军前，往来诱之。"晋侯曰："善。"一夜安息无话。

黎明，栾书命开营索战，大将魏锜告书曰："吾夜来梦见天上一轮明月，遂弯弓射之，正中月心，射出月中一股金光，直泻下来。慌忙退步，不觉失脚，陷于营前泥淖之内，猛然惊觉。此何兆也？"栾书详之曰："周之同姓为日，异姓为月。射月而中，必楚君矣。然泥淖乃泉壤之中，退入于泥，亦非吉兆，将军必慎之！"魏锜曰："苟能破楚，虽死何恨！"栾书遂许魏锜打阵。楚将工尹襄出头。战不数合，晋兵推出囚车，在阵上往来。楚共王见其子熊茷被囚于阵，急得心生烟火，忙叫彭名鞭马上前，来抢囚车。魏锜望见，撇了尹襄，径追楚王，架起一枝箭，飕的射去，正中楚王的左眼。潘党力战，保得楚王回车。楚王负痛拔箭，其瞳子随镞而出，掷于地下。有小卒拾而献曰："此龙睛，不可轻弃。"楚王乃纳于箭袋之中。晋兵见魏锜得利，一齐杀上。公子侧引兵抵死拒敌，救脱了楚共王。郤至围住了郑成公，赖御者将大旆藏于弓衣㉛之内，成公亦走脱。

时楚王怒甚，急唤神箭将军养繇基速来救驾。养繇基闻唤，慌忙驰到，身边并无一箭。楚王乃抽二矢付之曰："射寡人乃绿袍虬髯者，将军为寡人报仇。将军绝艺，想不费多矢也。"繇基领箭，飞车赶入晋阵，正撞见绿袍虬髯者，知是魏锜，大骂："匹夫有何本事，辄敢射伤吾主？"魏锜方欲答话，繇基发箭已到，正射中魏锜项下，伏于弓衣而死。栾书引军夺回其尸。繇基余下一矢，缴还楚王，奏曰："仗大王威灵，已射杀绿袍虬髯将矣！"共王大喜，自解锦袍赐之，并赐狼牙箭百枝。军中称为"养一箭"，言不消第二箭也。有诗为证：

鞭马飞车虎下山，晋兵一见胆生寒。

万人丛里诛名将，一矢成功奏凯还。

却说晋兵追逐楚兵至紧，养繇基抽矢控弦，立于阵前，追者辄射杀之，晋兵乃不敢逼。楚将婴齐、壬夫闻楚王中箭，各来接应，混战一场，晋兵方退。栾鍼望见令尹旗号，知是公子婴齐之军，请于晋侯曰："臣前奉使于楚，楚令尹子重问晋国用兵之法，臣以'整暇'二字对。今混战未见其整，各退未见其暇。臣愿使行人持饮献之，以践昔日之言。"晋侯曰："善。"栾鍼乃使行人执酒榼㉛，造于婴齐之军，曰："寡君乏人，命

鍼持矛车右，故不得亲犒从者，使某代进一觞。"婴齐悟昔日"整暇"之言，乃叹曰："小将军可谓记事矣！"受其榼，对使饮之，谓使者曰："来日阵前，当面谢也。"行人归述其语。栾鍼曰："楚君中矢，其师尚未肯退，奈何？"苗贲皇曰："蒐阅车乘，补益士卒，秣马厉兵，修阵固列，

鸡鸣饱食，决一死战，何畏乎楚？"时郤犨、栾黡从鲁、卫请兵回转，言二国各起兵来助，已在二十里远近。楚谍探知，报闻楚王。楚王大惊曰："晋兵已众，鲁、卫又来，如之奈何？"即使左右召中军元帅公子侧商议。

不知后事如何，且看下回分解。

【注释】

①嘿然：沉默不语的样子。嘿，同"默"。

②禳（ráng 攘）：祈祷以消除灾祸。

③大限：指死期。

④汜南之背盟：指秦、晋同伐郑，秦据汜南，却毁盟班师，并留兵助郑一事。见第四十三回。

⑤夺我王官：指孟明二次兴师，取晋王官城。见第四十六回。

⑥灵、康之世：指晋灵公与秦康公时代。二公同年（前620）嗣位。

⑦负兹：指诸侯患病。天子患病称不豫，诸侯患病称负兹，大夫患病称犬马，士庶患病称采薪。

⑧竖子：小子、童子。指极小之人。

⑨肓（huāng 荒）之上，膏之下：指心脏附近。中医以胸腹间横膈膜为肓，心脏下部为膏。

⑩心膈（gé 格）：胸部。

⑪甸人：官名。掌田野之事及公族死刑。

⑫饔（yōng 拥）人：官名。掌割治烹调之事。

⑬厉公：晋厉公姬州蒲，或作州满，《史记》作寿曼。在位八年（前580—前573）。

⑭钟离：春秋时吴、楚相邻之邑。在今安徽凤阳县东北。

⑮周简王十年：周简王姬夷，周定王子。在位十四年（前585—前572）。简王十年，即公元前五七六年。

⑯温季：即郤至。温为其采邑，季乃排行。

⑰"掬指"之功：指晋楚邲之战，晋败军争先渡河，先乘者以刀断后攀者之指，"舟中之指可掬也"。见第五十四回。

⑱右尹：楚官名。位在令尹之下。

⑲鄢陵：本西周鄢国地。春秋初郑武公灭鄢后，改称鄢陵。在今河南鄢陵县西北。

⑳彭祖冈：古地名。在今鄢陵城北二十里。

㉑大尽之日：即旧历大月三十日。大尽，即大月之末。

㉒五鼓漏尽：古代以鼓报更，五鼓即五更。漏为古代计时器。以滴水计时，昼夜各百刻。漏尽即夜尽。

㉓范孟：即士燮。士燮食邑于范，排行为孟。

㉔苗贲皇：即斗贲皇。斗越椒子，越椒被杀后奔晋。食邑于苗，故称。

㉕射鹄：射箭的靶子。

㉖通臂猿：传说中的一种猿。其两臂可互通，能此长彼短。

㉗落乌：乌，借指太阳，因太阳中有阴影形似乌鸦。相传唐尧时十日并出，草木枯焦，射手羿射落九日。见《淮南子·本经》。此以羿比养

由基。

㉘贯虱：射中虱子，言射技高明。典出《列子·汤问》：纪昌学射于飞卫，飞卫命昌先学视，悬虱于牖而望之。三年之后，见虱大于车轮。乃射之，贯虱之心而悬不绝。

㉙札：指盔甲上的叶片。

㉚韫（yùn 运）椟：藏在匣子里。

㉛弓衣：即箭袋。

㉜榼（kē 科）：古代盛酒器，似杯而大。

第五十九回　宠胥童晋国大乱　诛岸贾赵氏复兴

　　话说楚中军元帅公子侧平日好饮，一饮百觚①不止，一醉竟日不醒。楚共王知其有此毛病，每出军，必戒使绝饮。今日晋楚相持，有大事在身，涓滴不入于口。是日，楚王中箭回寨，含羞带怒，公子侧进曰："两军各已疲劳，明日且暂休息一日，容臣从容熟计，务要与主公雪此大耻。"

　　公子侧辞回中军，坐至半夜，计未得就。有小竖名谷阳，乃公子侧贴身宠用的，见主帅愁思劳苦，客中藏有三重②美酒，暖一瓯以进。公子侧嗅之，愕然曰："酒乎？"谷阳知主人欲饮，而畏左右传说，乃诡言曰："非酒，乃椒汤耳。"公子侧会其意，一吸而尽，觉甘香快嗓，妙不可言，问："椒汤还有否？"谷阳曰："还有。"谷阳只说椒汤，只顾满斟献上。公子侧枯肠久渴，口中只叫："好椒汤，竖子爱我！"斟来便吞，正不知饮了多少，颓然大醉，倒于坐席之上。

　　楚王闻晋令鸡鸣出战，且鲁、卫之兵又到，急遣内侍往召公子侧来，共商应敌之策。谁知公子侧沉沉冥冥，已入醉乡，呼之不应，扶之不起。但闻得一阵酒臭，知是害酒，回复楚王。楚王一连遣人十来次催并。公子侧越催得急，越睡得熟。小竖谷阳泣曰："我本爱元帅而送酒，谁知反以害之！楚王知道，连我性命难保，不如逃之。"时楚王见司马不到，没奈何，只得召令尹婴齐计议。婴齐原与公子侧不合，乃奏曰："臣逆知晋兵势盛，不可必胜，故初议不欲救郑，此来都出司马主张。今司马贪杯误事，臣亦无计可施。不如乘夜悄悄班师，可免挫败之辱。"楚王曰："虽然如此，司马醉在中军，必为晋军所获，辱国非小。"乃召养繇基曰：

"仗汝神箭，可拥护司马回国也。"当下暗传号令，拔寨都起，郑成公亲帅兵护送出境，只留养繇基断后。繇基思想道："等待司马酒醒，不知何时？"即命左右便将公子侧扶起，用革带缚于车上，叱令逐队前行，自己率弓弩手三百人，缓缓而退。

黎明，晋军开营索战，直逼楚营，见是空幕，方知楚军已遁去矣。栾书欲追之，士燮力言不可。谍者报："郑国各处严兵固守。"栾书度郑不可得，乃唱凯而还。鲁、卫之兵，亦散归本国。

却说公子侧行五十里之程，方才酒醒，觉得身子绷急，大叫："谁人缚我？"左右曰："司马酒醉，养将军恐乘车不稳，所以如此。"乃急将革带解去。公子侧双眼尚然朦胧，问道："如今车马往那里走？"左右曰："是回去的路。"又问："如何便回？"左右曰："夜来楚王连召司马数次，司马醉不能起。楚王恐晋军来战，无人抵敌，已班师矣。"公子侧大哭曰："竖子害杀我也！"急唤榖阳，已逃去不知所之矣。楚共王行二百里，不见动静，方才放心。恐公子侧惧罪自尽，乃遣使传命曰："先大夫子玉之败，我先君不在军中；今日之战，罪在寡人，无与司马之事。"婴齐恐公子侧不死，别遣使谓公子侧曰："先大夫子玉之败，司马所知也。纵吾王不忍加诛，司马何面目复临楚军之上乎？"公子侧叹曰："令尹以大义见责，侧其敢贪生乎？"乃自缢而死。楚王叹息不已。此周简王十一年事。髯仙有诗言酒之误事。诗云：

眇目君王资老谋，英雄谁想困糟丘③？

竖子爱我翻成害，谩说能消万事愁。

话分两头。却说晋厉公胜楚回朝，自以为天下无敌，骄侈愈甚。士燮逆料晋国必乱，郁郁成疾，不肯医治，使太祝祈神，只求早死。未几卒，子范匄嗣。时胥童巧佞便给④，最得宠幸，厉公欲用为卿，奈卿无缺。胥童奏曰："今三郤并执兵权，族大势重，举动自专，将来必有不轨之事，不如除之。若除郤氏之族，则位署多虚，但凭主公择爱而立之，谁敢不从？"厉公曰："郤氏反状未明，诛之恐群臣不伏。"胥童又奏曰："鄢陵之战，郤至已围郑君，两下并车，私语多时，遂解围放郑君去了。其间必先有通楚事情。只须问楚公子熊茷，便知其实。"厉公即命胥童往召熊茷。

胥童谓熊茷曰："公子欲归楚乎？"茷曰："思归之甚，恨不能耳！"胥童曰："汝能依我一事，当送汝归。"熊茷曰："惟命。"胥童遂附耳言："若见晋侯，问起郤至之事，必须如此恁般登答。"熊茷应允。胥童遂引至内朝来见。晋厉公屏去左右，问："郤至曾与楚私通否？汝当实言，我放汝回国。"熊茷曰："恕臣无罪，臣方敢言。"厉公曰："正要你说实话，何罪之有？"熊茷曰："郤氏与吾国子重，二人素相交善，屡有书信相通，言：'君侯不信大臣，淫乐无度，百姓嗟怨，非吾主也。人心更思襄公，

襄公有孙名周，见在京师。他日南北交兵，幸而师败，吾当奉孙周以事

楚。'独此事臣素知之，他未闻也。"按晋襄公之庶长子名谈⑤，自赵盾立灵公，谈避居于周，在单襄公⑥门下。后谈生下一子，因是在周所生，故名曰周。当时灵公被弑，人心思慕文公，故迎立公子黑臀。黑臀传欢⑦，欢传州蒲。至是州蒲淫纵无子，人心复思慕襄公，故胥童教熊茷使引孙周，以摇动厉公之意。熊茷言之未已，胥童接口曰："怪得前日鄢陵之战，郤犨与婴齐对阵，不发一矢，其交通之情可见矣。郤至明纵郑君，又何疑焉？主公若不信，何不遣郤至往周告捷，使人窥之，若果有私谋，必与孙周私下相会。"厉公曰："此计甚当。"遂遣郤至献楚捷于周。

胥童阴使人告孙周曰："晋国之政，半在郤氏，今温季来王都献捷，何不见之？他日公孙复还故国，也有个相知。"孙周以为然。郤至至周，公事已毕，孙周遂至公馆相拜。未免详叩本国之事，郤至一一告之，谈论半日而别。厉公使人探听回来，传说如此。熊茷所言，果然是实，遂有除郤氏之意，尚未发也。

一日，厉公与妇人饮酒，索鹿肉为馔甚急，使寺人孟张往市取鹿。市中适当缺乏，郤至自郊外载一鹿于车上，从市中而过。孟张并不分说，夺之以去。郤至大怒，弯弓搭箭，将孟张射死，复取其鹿。厉公闻之，怒曰："季子太欺余也！"遂召胥童、夷羊五等一班嬖人共议，欲杀郤至。胥童曰："杀郤至，则郤锜、郤犨必叛，不如并除之。"夷羊五曰："公私甲士，约可八百人，以君命夜帅以往，乘其无备，可必胜也。"长鱼矫曰："三郤家甲，倍于公宫，斗而不胜，累及君矣。方今郤至兼司寇之职，郤犨又兼士师，不如诈为狱讼，觑便刺之，汝等引兵接应可也。"厉公曰："妙哉！我使力士清沸魋助汝。"

长鱼矫打听三郤是日在讲武堂议事，乃与清沸魋各以鸡血涂面，若争斗相杀者，各带利刀，扭结到讲武堂来，告诉曲直。郤犨不知是计，下坐问之。清沸魋假作禀话，捱到近身，抽刃刺犨，中其腰，扑地便倒。郤锜急拔佩刀来砍沸魋，却是长鱼矫接住，两个在堂下战将起来。郤至捉空趋出，升车而逃。沸魋把郤犨再砍一刀，眼见得不活了，便来夹攻郤锜。锜虽是武将，争奈沸魋有千斤力气的人，长鱼矫且是年少手活，一个人怎战得他两个人过，亦被沸魋攧倒⑧。长鱼矫见走了郤至，道："不好了，我追赶他去。"也是三郤合当同日并命，正走之间，遇着胥童，夷羊五引着八百甲士来到，口中齐叫："晋侯有旨，只拿谋反郤氏，不得放走了！"郤至见不是头，回车转来，劈面撞见长鱼矫，一跃上车。郤至早已心慌，不及措手，被长鱼矫乱砍，便割了头。清沸魋把郤锜、郤犨都割了头，血淋淋的三颗首级，提入朝门。有诗为证：

无道君昏臣不良，纷纷嬖幸擅朝堂。

一朝过听谗人语，演武堂前起战场。

却说上军副将荀偃，闻本帅郤锜在演武堂遇贼，还不知何人，即时驾车入朝，欲奏闻讨贼。中军元帅栾书，不约而同，亦至朝门，正遇胥童引兵到来。书、偃不觉大怒，喝曰："我只道何人为乱，原来是你鼠辈！禁地威严，甲士谁敢近前？还不散去！"胥童也不答话，即呼于众曰："栾书、荀偃，与三郤同谋反叛，甲士与我一齐拿下，重重有赏！"甲士奋勇上前，围裹了书、偃二人，直拥至朝堂之上。厉公闻长鱼矫等干事回来，即时御殿。看见甲士纷纷，倒吃了一惊，问胥童曰："罪人已诛，众军如何不散？"胥童奏曰："拿得叛党书、偃，请主公裁决！"厉公曰："此事与书、偃无与。"长鱼矫跪至晋侯膝前，密奏曰："栾、郤同功一体之人，荀偃又是郤锜部将。三郤被诛，栾、荀二氏必不自安，不久将有为郤氏复仇之事。主公今日不杀二人，朝中不得太平。"厉公曰："一朝而杀三卿，又波及他族，寡人不忍也！"乃恕书、偃无罪，还复原职。书、偃谢恩回家。长鱼矫叹曰："君不忍二人，二人将忍于君矣！"即时逃奔西戎去了。

厉公重赏甲士，将三郤尸首，号令朝门，三日，方听收葬。其郤氏之族，在朝为官者，姑免死罪，尽罢归田。以胥童为上军元帅，代郤锜之位；以夷羊五为新军元帅，代郤犨之位；以清沸魋为新军副将，代郤至之位。楚公子熊筏释放回国。胥童既在卿列，栾书、荀偃羞与同事，每每称病不出。胥童恃晋侯之宠，不以为意。

一日，厉公同胥童出游于嬖臣匠丽氏之家。家在太阴山之南，离绛城二十余里，三宿不归。荀偃私谓栾书曰："君之无道，子所知也。吾等称疾不朝，目下虽得苟安，他日胥童等见疑，复诬我等以怨望之名，恐三郤之祸，终不能免，不可不虑。"栾书曰："然则何如？"荀偃曰："大臣之道，社稷为重，君为轻。今百万之众，在子掌握，若行不测⑨之事，别立贤君，谁敢不从？"栾书曰："事可必济乎？"荀偃曰："龙之在渊，没人⑩不可窥也，及其离渊就陆，童子得而制之。君游于匠丽氏，三宿不返，此亦离渊之龙矣，尚何疑哉？"栾书叹曰："吾世代忠于晋家，今日为社稷存亡，出此不得已之计，后世必议我为弑逆，我亦不能辞矣！"乃商议忽称病愈，欲见晋侯议事。预使牙将⑪程滑，将甲士三百人，伏于太阴山之左右。

二人到匠丽氏谒见厉公，奏言："主公弃政出游，三日不归，臣民失望，臣等特来迎驾还朝。"厉公被强不过，只得起驾。胥童前导，书、偃后随。行至太阴山下，一声炮响，伏兵齐起。程滑先将胥童砍死。厉公大惊，从车上倒跌下来。书、偃吩咐甲士将厉公拿住。屯兵于太阴山下，囚厉公于军中。栾书曰："范、韩二氏，将来恐有异言，宜假君命以召之。"荀偃曰："善。"乃使飞车二乘，分召士匄、韩厥二将。使者至士匄之家。士匄问："主公召我何事？"使者不能答。匄曰："事可疑矣。"即遣心腹左右，打探韩厥行否。韩厥先以病辞。匄曰："智者所见略同也。"栾书见匄、厥俱不至，问荀偃："此事如何？"偃曰："子已骑虎背，尚欲下耶？"栾书点头会意。是夜，命程滑献酖酒于厉公，公饮之而薨。即于军中殡殓，葬于翼城东门之外。士匄、韩厥骤闻君薨，一齐出城奔丧，亦不问君死之故。

葬事既毕，栾书集诸大夫共议立君。荀偃曰："三郤之死，胥童谤谓欲扶立孙周，此乃谶[12]也。灵公死于桃园，而襄遂绝后，天意有在，当往迎之。"群臣皆喜。栾书乃遣荀罃如京师，迎孙周为君。周是时十四岁矣，生得聪颖绝人，志略出众。见荀罃来逆，问其备细，即日辞了单襄公，同荀罃归晋。行至地名清原[13]，栾书、荀偃、士匄、韩厥一班卿大夫，齐集迎接。孙周开言曰："寡人羁旅他邦，且不指望还乡，岂望为君乎？但所贵为君者，以命令所自出也。若以名奉之，而不遵其令，不如无君矣。卿等肯用寡人之命，只在今日，如其不然，听卿等更事他人。孤不能拥空名于上，为州蒲之续也。"栾书等俱战栗再拜曰："群臣愿得贤君而事，敢不从命！"既退，栾书谓诸臣曰："新君非旧比也，当以小心事之。"

孙周进了绛城，朝于太庙，嗣晋侯之位，是为悼公⑭。即位之次日，即面责夷羊五、清沸魋等逢君于恶之罪，命左右推出朝门斩之，其族俱逐出境外。又将厉公之死，坐罪程滑，磔之于市。吓得栾书终夜不寐。次日，即告老致政，荐韩厥以自代。未几，惊忧成疾而卒。悼公素闻韩厥之贤，拜为中军元帅，以代栾书之位。

韩厥托言谢恩，私奏于悼公曰："臣等皆赖先世之功，得侍君左右。然先世之功，无有大于赵氏者。衰佐文公，盾佐襄公，俱能输忠竭悃⑮，取威定伯。不幸灵公失政，宠信奸臣屠岸贾，谋杀赵盾，出奔仅免。灵公遭兵变，被弑于桃园。景公嗣立，复宠岸贾。岸贾欺赵盾已死，假称赵氏弑逆，追治其罪，灭绝赵宗，臣民愤怨，至今不平。天幸赵氏有遗孤赵武尚在，主公今日赏功罚罪，大修晋政，既已正夷羊五等之罚，岂可不追录赵氏之功乎？"悼公曰："此事寡人亦闻先人言之，今赵氏何在？"韩厥对曰："当时岸贾索赵氏孤儿甚急，赵之门客曰公孙杵臼，程婴，杵臼假抱遗孤，甘就诛戮，以脱赵武；程婴将武藏匿于盂山，今十五年矣。"悼公曰："卿可为寡人召之。"韩厥奏曰："岸贾尚在朝中，主公必须秘密其事。"悼公曰："寡人知之矣。"

韩厥辞出宫门，亲自驾车，往迎赵武于盂山。程婴为御，当初从故绛城而出，今日从新绛城而入，城郭俱非，感伤不已。韩厥引赵武入内宫。朝见悼公。悼公匿于宫中，诈称有疾。明日，韩厥率百官入宫问安，屠岸贾亦在。悼公曰："卿等知寡人之疾乎？只为功劳簿上有一件事不明，以此心中不快耳！"诸大夫叩首问曰："不知功劳簿上那一件不明？"悼公曰："赵衰、赵盾，两世立功于国家，安忍绝其宗祀？"众人齐声应曰："赵氏灭族，已在十五年前，今主公虽追念其功，无人可立。"悼公即呼赵武出来，遍拜诸将。诸将曰："此位小郎君何人？"韩厥曰："此所谓孤儿赵武也。向所诛赵孤，乃门客程婴之子耳。"屠岸贾此时魂不附体，如痴醉一般，拜伏于地上，不能措一词。悼公曰："此事皆岸贾所为，今日不族⑯岸贾，何以慰赵氏冤魂于地下？"叱左右："将岸贾绑出斩首！"即命韩厥同赵武，领兵围屠岸贾之宅，无少长皆杀之。赵武请岸贾之首，祭于赵朔之墓。国人无不称快。潜渊咏史诗曰：

岸贾当时灭赵氏，今朝赵氏灭屠家。

只争十五年前后，怨怨仇仇报下差！

晋悼公既诛岸贾，即召赵武于朝堂，加冠，拜为司寇，以代岸贾之职。以前田禄，悉给还之。又闻程婴之义，欲用为军正。婴曰："始吾不死者，以赵氏孤未立也。今已复官报仇矣，岂可自贪富贵，令公孙杵臼独死？吾将往报杵臼于地下！"遂自刎而亡。赵武抚其尸痛哭，请于晋侯，殡殓从厚，与公孙杵臼同葬于云中山，谓之二义冢。赵武服齐衰⑰三年，以报其德。有诗为证：

阴谷^⑱深藏十五年，袴中儿报祖宗冤。

程婴杵臼称双义，一死何须问后先？

再说悼公既立赵武，遂召赵胜^⑲于宋，复以邯郸畀之。又大正群臣之位，贤者尊之，能者使之。录前功，赦小罪，百官济济，各称其职。且说几个有名的官员：韩厥为中军元帅，士匄副之；荀罃为上军元帅，荀偃副之；栾黡为下军元帅，士鲂副之；赵武为新军^⑳元帅，魏相副之；祁奚为

中军尉，羊舌职副之；魏绛为中军司马；张老为候奄^㉑；韩无忌掌公族大夫^㉒，士渥浊为太傅；贾辛为司空；栾纠为亲军戎御；荀宾为车右将军；程郑为赞仆^㉓；铎遏寇为舆尉^㉔；籍偃为舆司马^㉕。百官既具，大修国政，

蠲逋[26]薄敛，济乏省役，振废起滞，恤鳏惠寡，百姓大悦。宋、鲁诸国闻之，莫不来朝。惟有郑成公因楚王为他射损其目，感切于心，不肯事晋。

楚共王闻厉公被弑，喜形于色，正思为复仇之举。又闻新君嗣位，赏善罚恶，用贤图治，朝廷清肃，内外归心，伯业将复兴，不觉喜变为愁，即召群臣商议，要去扰乱中原，使晋不能成伯。令尹婴齐束手无策。公子壬夫进曰："中国惟宋爵尊国大，况其国介于晋、吴之间，今欲扰乱晋伯，必自宋始。今宋大夫鱼石、向为人、鳞朱、向带、鱼府五人，与右师华元相恶，见今出奔在楚。若资以兵力，用之伐宋，取得宋邑，即以封之，此以敌攻敌之计。晋若不救，则失诸侯矣；若救宋，必攻鱼石，我坐而观其成败，亦一策也。"共王乃用其谋。即命壬夫为大将，用鱼石等为向导，统大军伐宋。

不知胜负如何，且看下回分解。

【注释】

①觚（gū 孤）：古代盛酒器，兼作量器。一升曰爵，二升曰觚。

②三重：酒酿三次叫三重。

③糟丘：指酒糟堆积如山。比喻沉溺于酒。

④巧佞便给：指花言巧语谄媚于人。

⑤庶长子名谈：据《史记·晋世家》，晋襄公少子名捷，捷生谈，则姬谈乃晋襄公之孙。上文"襄公有孙名周"，亦误。姬周应为襄公之曾孙。

⑥单（shàn 善）襄公：单本诸侯国名，故址在今河南孟津县北，时属东周畿内。单襄公即周朝卿士单朝。

⑦"黑臀传欢"：黑臀即晋成公。晋成公传景公。景公名獳（见第五十二回），《史记》作"据"。晋公名欢（即骦）者乃文公之子，即晋襄公。见四十四回。此处疑误。

⑧撧（chuò 辍）：刺，扎。

⑨不测：无法料到的情况。常用作死亡之类重大变故。

⑩没人：潜水之人。

⑪牙将：下级将领。

⑫谶（chèn 趁）：预兆，指将来会应验的话。

⑬清原：春秋时晋地名。在今山西稷山县东南。

⑭悼公：晋悼公姬周，晋襄公曾孙。在位十五年（前572—前558）。

⑮输忠竭悃（kǔn 捆）：尽心竭力，忠贞不贰。悃，诚心。

⑯族：指全家斩首之酷刑。

⑰齐衰（zī cuī 资崔）：丧服名。五服之一，仅次于斩衰。其服以粗麻布制成，因缉边缝齐，故名齐衰。三年为最长的丧期。子为母辈始服齐衰三年。

⑱阴谷：指山谷中深密隐秘之处。

⑲赵胜：赵旃之子。赵氏被诛时，因聘齐返至邯郸得免。故奔宋避

祸。见第五十七回。

⑳新军：此时晋有四军。除上、中、下三军外，另设新军。原新上下军俱裁撤。

㉑候奄：官名，一称候正。为军中主管侦察谍报诸事。

㉒公族大夫：古官名。主管教训公族子弟。

㉓赞仆：古官名。主乘马之事。

㉔舆尉：军中官职名。主管辎重。

㉕舆司马：军中官职名。主管兵甲。

㉖蠲（juān 捐）逋：免去拖欠的租赋。蠲，免除。逋，拖欠的租税。

第六十回 智武子分军肆敌 偪阳城三将斗力

话说周简王十三年①夏四月，楚共王用右尹壬夫之计，亲统大军，同郑成公伐宋，以鱼石等五大夫为向导，攻下彭城②，使鱼石等据之，留下三百乘，屯戍其地。共王谓五大夫曰："晋方通吴，与楚为难，而彭城乃吴、晋往来之径。今留重兵助汝，进战则可以割宋国之封，退守亦可以绝吴、晋之使。汝宜用心任事，勿负寡人之托！"共王归楚。

是冬，宋成公③使大夫老佐帅师围彭城。鱼石统戍卒迎战，为老佐所败。楚令尹婴齐闻彭城被围，引兵来救。老佐恃勇轻敌，深入楚军，中箭而亡。婴齐遂进兵侵宋。宋成公大惧，使右师华元至晋告急。韩厥言于悼公曰："昔文公之伯，自救宋始。兴衰之机，在此一举，不可以不勤也。"乃大发使，征兵于诸侯。悼公亲统大将韩厥、荀偃、栾黡等，先屯兵于台谷④。婴齐闻晋兵大至，乃班师归楚。

周简王十四年，悼公帅宋、鲁、卫、曹、莒、邾、滕、薛八国之兵，进围彭城。宋大夫向戌使士卒登轈车，向城上四面呼曰："鱼石等背君之贼，天理不客！今晋统二十万之众，蹂破孤城，寸草不留。汝等若知顺逆，何不擒逆贼来降？免使无辜被戮。"如此传呼数遍，彭城百姓闻之，皆知鱼石理亏，开门以纳晋师。时楚戍虽众，鱼石等不加优恤，莫肯效力。晋悼公入城，戍卒俱奔散。韩厥擒鱼石，栾黡、荀偃擒鱼府，宋向戌擒向为人、向带，鲁仲孙蔑擒鳞朱，各解到晋悼公处献功。悼公命将五大夫斩首，安置其族于河东壶丘⑤之地。遂移师问罪于郑。楚右尹壬夫侵宋以救郑，诸侯之师还救宋，因各散归。

是年，周简王崩，世子泄心即位，是为灵王⑥。灵王自始生时，口上便有髭须，故周人谓之髭王。髭王元年夏，郑成公疾笃，谓上卿公子騑曰："楚君以救郑之故，矢及于目，寡人未之敢忘。寡人死后，诸卿切勿背楚！"嘱罢遂薨。公子騑等奉世子髡顽即位，是为僖公⑦。

晋悼公以郑人未服，大合诸侯于戚⑧以谋之。鲁大夫仲孙蔑献计曰："郑地之险，莫如虎牢，且楚、郑相通之要道也。诚筑城设关，留重兵以逼之，郑必从矣。"楚降将巫臣献计曰："吴与楚一水相通，自臣往岁聘吴，约与攻楚，吴人屡次侵扰楚属，楚人苦之。今莫若更遣一介⑨，导吴伐楚，楚东苦吴兵，安能北与我争郑乎？"晋悼公两从之。时齐灵公亦遣世子光，同上卿崔杼来会所，听晋之命。悼公乃合九路诸侯兵力，大城虎牢，增置墩台⑩。大国抽兵千人，小国五百三百，共守其地。郑僖公果然恐惧，始行成于晋。晋悼公乃还。

时中军尉祁奚年七十余矣，告老致政。悼公问曰："孰可以代卿者？"奚对曰："莫如解狐。"悼公曰："闻解狐卿之仇也，何以举之？"奚对曰："君问可，非问臣之仇也。"悼公乃召解狐，未及拜官，狐已病死。悼公复问曰："解狐之外，更有何人？"奚对曰："其次莫如午。"悼公曰："午非卿之子耶？"奚对曰："君问可，非问臣之子也。"悼公曰："今中军尉副羊舌职亦死，卿为我并择其代。"奚对曰："职有二子，曰赤，曰肦，二人皆贤，惟君所用。"悼公从其言，以祁午为中军尉，羊舌赤副之。诸大夫无不悦服。

话分两头。再说巫臣之子巫狐庸，奉晋侯命如吴，见吴王寿梦，请兵伐楚。寿梦许之，使世子诸樊为将，治兵于江口。早有谍人报入楚国。楚令尹婴齐奏曰："吴师从未至楚，若一次入境，后将复来，不如先期伐之。"共王以为然。婴齐乃大阅舟师，简精卒二万人，由大江袭破鸠兹⑪，遂欲顺流而下。骁将邓廖进曰："长江水溜，进易退难。小将愿率一军前行，得利则进，失利亦不至于大败。元帅屯兵于郝山矶⑫，相机观变，可以万全。"婴齐然其策，乃选组甲⑬三百人，被练袍者⑭三千人，皆气强力大，一可当十者，大小舟共百艘，一声炮响，船头望东进发。

早有哨船探知鸠兹失事，来报世子诸樊。诸樊曰："鸠兹既失，楚兵必乘胜东下，宜预备之。"乃使公子夷眛帅舟师数十艘，于东西梁山⑮诱敌，公子馀祭伏兵于采石港⑯。邓廖兵过郝山矶，望梁山有兵船，奋勇前进。夷眛略战，即佯败东走。邓廖追过采石矶，遇诸樊大军，方接战，未十余合，采石港中炮声大振，馀祭伏兵从后夹攻，前后矢发如雨点，邓廖面中三矢，犹拔箭力战。夷眛乘艨艟⑰大舰至，舰上俱精选勇士，以大枪乱捣敌船，船多覆溺。邓廖力尽被执，不屈而死。余军得逃者，惟组甲八十，被练甲者三百人而已。婴齐惧罪，方欲掩败为功。谁知吴世子诸樊乘胜，反进兵袭楚，婴齐大败而回，鸠兹仍复归吴。婴齐羞愤成疾，未至郢都，遂卒。史臣有诗云：

乘车射御教吴人，从此东方起战尘。

组甲成擒名将死，当年错着族巫臣。

共王乃进右尹壬夫为令尹。壬夫赋性贪鄙，索赂于属国。陈成公不能堪，乃使辕侨如请服[18]于晋。晋悼公大合诸侯于鸡泽[19]，再会诸侯于戚。吴子寿梦亦来听好，中国之势大振。楚共王怒失陈国，归罪于壬夫，杀之，用其弟公子贞字子囊者代为令尹。大阅师徒，出车五百乘伐陈。时陈成公午已薨，世子弱嗣位，是为哀公[20]。惧楚兵威，复归附于楚。

晋悼公闻之大怒，欲起兵与楚争陈。忽报无终国君嘉父，遣大夫孟乐至晋，献虎豹之皮百个，奏言："山戎诸国，自齐桓公征服，一向平靖。近因燕、此微弱，山戎窥中国无伯，复肆侵掠。寡君闻晋君精明，将绍桓、文之业，因秦宣晋威德，诸戎情愿受盟。因此寡君遣微臣奉闻，惟赐定夺。"悼公集诸将商议，皆曰："戎狄无亲，不如伐之。昔者，齐桓公之伯，先定山戎，后征荆楚，正以豺狼之性，非兵威不能制也。"司马魏绛独曰："不可。今诸侯初合，大业未定，若兴兵伐戎，楚兵必乘虚而生事，诸侯必叛晋而朝楚。夫夷狄，禽兽也。诸侯，兄弟也。今得禽兽而失兄弟，非策也。"悼公曰："戎可和乎？"魏绛对曰："和戎之利有五：戎与晋邻，其地多旷，贱土贵货，我以货易土，可以广地，其利一也；侵掠既息，边民得安意耕种，其利二也；以德怀远，兵车不劳，其利三也；戎狄事晋，四邻震动，诸侯畏服，其利四也；我无北顾之忧，得以专意于南方，其利五也。有此五利，君何不从？"悼公大悦，即命魏绛为和戎之使，同孟乐先至无终国，与国王嘉父商议停当。嘉父乃号召山戎㉑诸国，并至无终，歃血定盟："方今晋侯嗣伯，主盟中华，诸戎愿奉约束，捍卫北方，不侵不叛，各保宁宇。如有背盟，天地不佑！"诸戎受盟，各各欢喜，以土宜㉒献魏绛，绛分毫不受。诸戎相顾曰："上国使臣，廉洁如此！"倍加敬重。魏绛以盟约回报悼公，悼公大悦。

时楚令尹公子贞已得陈国，又移兵伐郑。因虎牢有重兵戍守，不走氾水一路，却由许国望颍水㉓而来。郑僖公髡顽大惧，集六卿共议。那六卿：公子騑字子駟，公子发字子国，公子嘉字子孔，三位俱穆公之子，于僖公为叔祖辈；公孙辄字子耳，乃公子去疾之子；公孙虿字子蟜，乃公子偃之子；公孙舍之字子展，乃公子喜之子，三位俱穆公之孙，袭父爵为卿，于僖公为叔辈。这六卿都是尊行，素执郑政。僖公髡顽心高气傲，不甚加礼，以此君臣积不相能㉔。上卿公子騑尤为枘凿㉕。今日会议之际，僖公主意，欲坚守以待晋救。公子騑开言曰："谚云：'远水岂能救近火？'不如从楚。"僖公曰："从楚则晋师又至，何以当之？"公子騑对曰："晋与

楚谁怜我者？我亦何择于二国？惟强者则事之。今后请以牺牲玉帛待于境外，楚来则盟楚，晋来则盟晋。两雄并争，必有大屈。强弱既分，吾因择强者而庇民焉，不亦可乎？"僖公不从其计，曰："如驷言，郑朝夕待盟，无宁岁矣！"欲遣使求援于晋。诸大夫惧违公子騑之意，莫肯往者。僖公发愤自行，是夜宿于驿舍。公子騑使门客伏而刺之，托言暴疾，立其弟嘉为君，是为简公㉖。使人报楚曰："从晋皆髡顽之意，今髡顽已死，愿听盟罢兵！"楚公子贞受盟而退。

晋悼公闻郑复从楚，乃问于诸大夫曰："今陈、郑俱叛，伐之何先？"荀罃对曰："陈国小地偏，无益于成败之数。郑为中国之枢，自来图伯，必先服郑。宁失十陈，不可失一郑也。"韩厥曰："子羽识见明决，能定郑者必此人，臣力衰智耄，愿以中军斧钺㉗让之。"悼公不许，厥坚请不已，乃从之。韩厥告老致政，荀罃遂代为中军元帅，统大军伐郑。兵至虎牢，郑人请盟，荀罃许之。比及晋师返旆，楚共王亲自伐郑，复取成而归。

悼公大怒，问于诸大夫曰："郑人反覆，兵至则从，兵撤复叛，今欲得其坚附，当用何策？"荀罃献计曰："晋所以不能收郑者，以楚人争之甚力也。今欲收郑，必先敝楚，欲敝楚，必用以逸待劳之策。"悼公曰："何谓以逸待劳之策？"荀罃对曰："兵不可以数动，数动则疲；诸侯不可以屡勤，屡勤则怨。内疲而外怨，以此御楚，臣未见其胜也。臣请举四军之众，分而为三，将各国亦分派配搭。每次只用一军，更番出入，楚进则我退，楚退则我复进，以我之一军，牵楚之全军。彼求战不得，求息又不得，我无暴骨㉘之凶，彼有道涂之苦，我能亟往，彼不能亟来，如是而楚可疲，郑可固也。"悼公曰："此计甚善！"即命荀罃治兵于曲梁㉒，三分四军，定更番之制。

荀罃登坛出令，坛上竖起一面杏黄色大旆，上写"中军元帅智"。他本荀氏，为何却写"智"字？因荀罃、荀偃叔侄同为大将，军中一姓，嫌无分别。罃父荀首食采于智㉚，偃父荀庚自晋作三行时，曾为中行将军，故又以智氏、中行氏别之。自此荀罃号为智罃，荀偃号为中行偃，军中耳目，就不乱了。这都是荀罃的法度。坛下分立三军：

第一军，上军元帅荀偃，副将韩起，鲁、曹、邾三国以兵从，中军副将范匄接应；

第二军，下军元帅栾黡，副将士鲂，齐、滕、薛三国以兵从，中军上大夫魏颉接应；

第三军，新军元帅赵武，副将魏相，宋、卫、郳㉛三国以兵从，中军下大夫荀会接应。

荀罃传令：第一次上军出征，第二次下军出征，第三次新军出征。中军兵将，分配接应，周而复始。但取盟约归报，便算有功，更不许与楚兵交战。

公子扬干，乃悼公之同母弟，年方一十九岁，新拜中军戎御①之职，血气方刚，未经战阵。闻得治兵伐郑，磨拳擦掌，巴不得独当一队，立刻上前厮杀。不见智䓨点用，心中一股锐气，按纳不住，遂自请为先锋，愿效死力。智䓨曰："吾今日分军之计，只要速进速退，不以战胜为功。分派已定，小将军虽勇，无所用之。"扬干固请自效。荀䓨曰："既小将军坚

请，权于荀大夫部下接应新军。"扬干又道："新军派在第三次出征，等待不及，求拨在第一军部下。"智䓨不从。扬干恃自家是晋侯亲弟，径将本部车卒，自成一队，列于中军副将范匄之后。司马魏绛奉将令整肃行

伍，见扬干越次成列，即鸣鼓告于众曰："扬干故违将令，乱了行伍之序，论军法本该斩首。念是晋侯亲弟，姑将仆御代戮，以肃军政。"即命军校擒其御车之人斩之，悬首坛下，军中肃然。

扬干素骄贵自恣，不知军法，见御人被戮，吓得魂不附体，十分惧怕中，又带了三分羞，三分恼，当下驾车驰出军营，径奔晋悼公之前，哭拜于地，诉说魏绛如此欺负人，无颜见诸将之面。悼公爱弟之心，不暇致详，遂拂然大怒曰："魏绛辱寡人之弟，如辱寡人。必杀魏绛，不可纵也！"乃召中军尉副羊舌职往取魏绛。羊舌职入宫见悼公曰："绛志节之士，有事不避难，有罪不避刑，军事已毕，必当自来谢罪，不须臣往。"顷刻间，魏绛果至，右手仗剑，左手执书，将入朝待罪。至午门，闻悼公欲使人取己，遂以书付仆人，令其申奏，便欲伏剑而死。只见两位官员，喘吁吁的奔至，乃是下军副将士鲂，主候^㉝大夫张老。见绛欲自刎，忙夺其剑曰："某等闻司马入朝，必为扬公子之事，所以急趋而至，欲合词禀闻主公。不识司马为何轻生如此？"魏绛具说晋侯召羊舌大夫之意。二人曰："此乃国家公事，司马奉法无私，何必自丧其身？不须令仆上书，某等愿代为启奏。"三人同至宫门，士鲂、张老先入，请见悼公，呈上魏绛之书。悼公启而览之，略云：

> 君不以臣为不肖，使承中军司马之乏。臣闻："三军之命，系于元帅；元帅之权，在乎命令。"有令不遵，有命不用，此河曲之所以无功，邲城之所以致败也^㉞。臣戮不用命者，以尽司马之职。臣自知上触介弟，罪当万死，请伏剑于君侧，以明君侯亲亲之谊。

悼公读罢其书，急问士鲂、张老曰："魏绛安在？"鲂等答曰："绛惧罪欲自杀，臣等力止之，见在宫门待罪！"悼公悚然起席，不暇穿履，遂跣足步出宫门，执魏绛之手，曰："寡人之言，兄弟之情也；子之所行，军旅之事也。寡人不能教训其弟，以犯军刑，过在寡人，于卿无与，卿速就职。"羊舌职在旁大声曰："君已恕绛无罪，绛宜退！"魏绛乃叩谢不杀之恩。羊舌职与士鲂、张老，同时稽首称贺曰："君有奉法之臣如此，何患伯业不就？"四人辞悼公一齐出朝。

悼公回宫，大骂扬干："不知礼法，几陷寡人于过，杀吾爱将！"使内侍押往公族大夫韩无忌处，学礼三月，方许相见。扬干含羞郁郁而去。髯翁有诗云：

> 军法无亲敢乱行，中军司马面如霜。
> 悼公伯志方磨励^㉟，肯使忠臣剑下亡？

智䓨定分军之令，方欲伐郑，廷臣传报宋国有文书到来。悼公取览，乃是楚、郑二国相比^㊱，屡屡兴兵，侵掠宋境，以偪阳^㊲为东道，以此告急。上军元帅荀偃请曰："楚得陈、郑而复侵宋，意在与晋争伯也。偪阳为楚伐宋之道，若兴师先向偪阳，可一鼓而下。前彭城之围，宋向戌有功，因封之以为附庸，使断楚道，亦一策也。"智罃曰："偪阳虽小，其城甚固，若围而不下，必为诸侯所笑。"中军副将士匄曰："彭城之役，我方伐郑，楚则侵宋以救之。虎牢之役，我方平郑，楚又侵宋以报之。今欲得郑，非先为固宋之谋不可。偃言是也。"荀罃曰："二子能料偪阳必可灭乎？"荀偃、士匄同声应曰："都在小将二人身上。如若不能成功，甘当军令！"悼公曰："伯游倡之，伯瑕助之，何忧事不济乎？"乃发第一军往攻偪阳，鲁、曹、邾三国皆以兵从。

偪阳大夫坛斑献计曰："鲁师营于北门，我伪启门出战，其师必入攻；俟其半入，下悬门以截之。鲁败，则曹、邾必惧，而晋之锐气亦挫矣。"偪阳子用其计。

却说鲁将孟孙蔑率其部将叔梁纥、秦堇父、狄虒弥等攻北门，只见悬门不闭，堇父同虒弥恃勇先进，叔梁纥继之。忽闻城上豁喇一声，将悬门当着叔梁纥头顶上放将下来。纥即投戈于地，举双手把悬门轻轻托起。后军就鸣金起来。堇父、虒弥二将，恐后队有变，急忙回身。城内鼓角大振，坛斑引着大队人车，尾后追逐。望见一大汉，手托悬门，以出军将。坛斑大骇，想道："这悬门自上放下，不是千斤力气，怎抬得住？若闯出去，反被他将门放下，可不利害！"且自停车观望。叔梁纥待晋军退尽，大叫道："鲁国有名上将叔梁纥在此，有人要出城的，趁我不曾放手，快些出去！"城中无人敢应。坛斑弯弓搭箭，方欲射之。叔梁纥把双手一掀，就势撒开，那悬门便落了闸口。纥回至本营，谓堇父、虒弥曰："二位将军之命，悬于我之两腕也。"堇父曰："若非鸣金，吾等已杀入偪阳城，成其大功矣。"虒弥曰："只看明日，我要独攻偪阳，显得鲁人本事。"

至次日，孟孙蔑整队向城上搦战[注]，每百人为一队。狄虒弥曰："我不要人帮助，只单身自当一队足矣。"乃取大车轮一个，以坚甲蒙之，紧紧束缚，左手执以为橹[注]，右握大戟，跳跃如飞。偪阳城上，望见鲁将施

逞勇力，乃悬布于城下，叫曰："我引汝登城，谁人敢登，方见真勇。"
言犹未已，鲁军队中一将出应曰："有何不敢！"此将乃秦堇父也。即以
手牵布，左右更换，须臾盘至城堞。偪阳人以刀割断其布，堇父从半空中
蹾将下来。偪阳城高数仞，若是别人，这一跌，踪然不死，也是重伤。堇
父全然不觉。城上布又垂下，问道："再敢登么？"堇父又应曰："有何不
敢！"手借布力，腾身复上。又被偪阳人断布扑地，又一大跌。才爬起来，
城上布又垂下，问道："还敢不敢？"堇父声愈厉，答曰："不敢不算好
汉！"挽布如前。偪阳人看见堇父再坠再登，全无畏惧，倒着了忙。急割
布时，已被堇父捞着一人，望城下一摔，跌个半熟。堇父亦随布坠下，反
向城上叫道："你还敢悬布否？"城上应曰："已知将军神勇，不敢复悬

矣。"董父遂取断布三截，遍示诸队，众人无不吐舌。孟孙蔑叹曰："诗云：'有力如虎。'此三将足当之矣！"

妘斑见鲁将凶猛，一个赛一个，遂不敢出战，吩咐军民竭力固守。各军自夏四月丙寅日围城，至五月庚寅，凡二十四日，攻者已倦，应者有余。忽然天降大雨，平地水深三尺，军中惊恐不安。荀偃、士匄虑水患生变，同至中军来禀智罃，欲求班师。

不知智罃肯听从否，再看下回分解。

【注释】

①周简王十三年：即公元前 573 年。

②彭城：春秋时宋邑名。即今江苏省徐州市。

③宋平公：名子成，宋共公少子。在位四十四年（前 575—前 532）。

④台谷：古地名。故址不详。疑为宋地。

⑤壶丘：春秋时晋地名。在今山西垣曲县东南。

⑥灵王：周灵王姬泄心，在位二十七年（前 571—前 545）。

⑦僖公：郑僖公姬髡顽，在位五年（前 570—前 566）。

⑧戚：春秋时卫邑名。在今河南濮阳县北。

⑨介：本指使臣之副手，此指使臣。

⑩墩（dūn 敦）台：报警台。

⑪鸠兹：春秋时吴地名。在今安徽芜湖市东南。

⑫郝山矶：古地名。即《左传》中之衡山，乃今安徽当涂县东北之横山。

⑬组甲：指用丝绵所织之带以穿甲片而成的甲衣。此指士兵。

⑭被（pī 披）练袍者：练是煮熟的生丝，用以穿甲片成衣，故称练袍。被练袍者为徒兵。组甲乃驾车之武士。

⑮东西梁山：古山名。在今安徽和县、当涂县间。在和县者为西梁山，在当涂者为东梁山。两山隔江对峙如门，故又称天门山。

⑯采石港：古地名。即今安徽马鞍山市西南采石镇。

⑰艨艟（méng chōng 蒙充）：大型战船。

⑱请服：意同请成，即求和。服，服从，服侍。

⑲鸡泽：春秋时地名，在今河北邯郸市东北。

⑳哀公：陈哀公妫弱，在位三十五年（前 568—前 534）。

㉑山戎：北方少数民族部族名。散处于今河北迁安、卢龙一带。即第

九回、二十一回之北戎、令支。

㉒土宜：当地土特产。

㉓颍水：古河流名，即今颍河。经登封、禹县南流至临颍。楚兵由陈至郑，经许至颍河，是走南路。而由氾水经虎牢，乃为东路。

㉔积不相能：意同素不相能，即多年不和。能，和睦，融洽。

㉕枘（ruì 锐）凿：卯眼和榫头。意指方枘圆凿，两不相容。

㉖简公：郑简公姬嘉，在位三十六年（前565—前530）。

㉗斧钺（yuè 月）：钺即大斧。斧、钺均为兵器。此作元帅指挥权的

象征物。

㉘暴骨：暴露尸骨，指战死沙场。

㉙曲梁：春秋时地名。本潞国地，后属晋。在今山西潞城县北。

㉚智：晋邑名，在今山西永济市北。

㉛郳（ní 泥）：周代附庸国名，一称小邾。故址在今山东滕州境。

㉜戎御：军中官职名。乃兵车驾御者，即车右。《国语·晋语七》韦昭注："戎御，御公戎车。"

㉝主候：军中官职名。主管斥候之事，即负责侦察敌情者。

㉞"此河曲"二句：前句指秦晋河曲之战，见第四十八回。后句指晋楚邲之战，见第五十四回。两次战争皆因部将骄纵，破坏军令，才导致无功或失败。

㉟磨励：即磨炼。

㊱比：勾结。

㊲偪（fú 扶）阳：周代诸侯国名。妘姓，子爵。地在今山东峄县南。

㊳搦（nuò 懦）战：挑战。

㊴橹（lǔ 鲁）：兵器，即大盾。

第六十一回　晋悼公驾楚会萧
孙林父因歌逐主

　　话说晋及诸侯之兵，围了偪阳城二十四日，攻打不下。忽然天降大雨，平地水深三尺。荀偃、士匄二将，虑军心有变，同至中军来禀智䓨曰："本意谓城小易克，今围久不下，天降大雨，又时当夏令，水潦①将发。泡水②在西，薛③水在东，漷④水在东北，三水皆与泗水相通。万一连雨不止，三水横溢，恐班师不便。不如暂归，以俟再举。"智䓨大怒，取所凭之几，向二将掷之，骂曰："老夫可曾说来，'城小而固，未易下也'。竖子自任可灭，在晋侯面前，一力承当，牵帅老夫，至于此地！攻围许久，不见尺寸之效，偶然天雨，便欲班师。来由得你，去由不得你！今限汝七日之内，定要攻下偪阳。若还无功，照军令状斩首！速去！勿再来见！"

　　二将吓得面如土色，喏喏连声而退。谓本部军将曰："元帅立下严限，七日若不能破城，必取吾等之首。今我亦与尔等立限，六日不能破城，先斩汝等，然后自到，以申军法。"众将皆面面相觑。偃、匄曰："军中无戏言！吾二人当亲冒矢石，昼夜攻之，有进无退。"约会鲁、曹、邾三国，一齐并力。时水势稍退，偃、匄乘辇车，身先士卒，城上矢石如雨，全然不避。自庚寅日攻起，至甲午日，城中矢石俱尽。荀偃附堞⑤先登，士匄继之，各国军将，亦乘势蚁附而上。妘斑巷战而死。智䓨入城，偪阳君率群臣迎降于马首。智䓨尽收其族，留于中军。计攻城至城破之日，才五日耳。若非智䓨发怒，此举无功矣。髯翁有诗云：

仗钺登坛天地无，偏裨何事敢侵权？

一人投机⑥三军惧，不怕隆城铁石坚。

时悼公恐偪阳难下，复挑选精兵二千人，前来助战。行至楚丘⑦，闻智䓨已成大功，遂遣使至宋，以偪阳之地封宋向戌。向戌同宋平公亲至楚丘来见晋侯。向戌辞不受封，悼公乃归地于宋公。宋、卫二君，各设享款待晋侯。智䓨述鲁三将之勇，悼公各赐车服，乃归。悼公以偪阳子助楚，废为庶人，选其族人之贤者，以主妘姓之祀，居于霍城⑧。其秋，荀会卒，悼公以魏绛能执法，使为新军副将。以张老为司马。

是冬，第二军伐郑，屯于牛首⑨，复添虎牢之戍。适郑人尉止作乱，杀公子騑、公子发、公孙辄于西宫之朝。騑之子公孙夏字子西，发之子公孙侨字子产，各帅家甲攻贼，贼败走北宫⑩。公孙虿亦率众来助，遂尽诛尉止之党，立公子嘉为上卿。栾黡请曰："郑方有乱，必不能战，急攻之可拔也。"智罃曰："乘乱不义。"命缓其攻。公子嘉使人行成，智罃许之。比及楚公子贞来救郑，则晋师已尽退矣。郑复与楚盟。传称："晋悼公三驾服楚。"此乃"三驾"之一，周灵王九年⑪事也。

明年夏，晋悼公以郑人未服，复以第三军伐郑。宋向戍之兵，先至东门，卫上卿孙林父帅师同邾人屯于北鄙，晋新军元帅赵武等，营于西郊之外，荀罃帅大军自北林⑫而西，扬兵于郑之南门，约会各路军马，同日围郑。郑君臣大惧，又遣使行成。荀罃又许之，乃退师于宋地。郑简公亲至亳城⑬之北，大犒诸军，与荀罃等歃血为盟，晋宋各军方散。此乃"三驾"之二。楚共王大怒，使公子贞往秦借兵，约共伐郑。时秦景公之妹嫁为楚王夫人，两国有姻好，乃使大将嬴詹帅车三百乘助战。共王亲帅大军，望荥阳进发，曰："此番不灭郑，誓不班师！"

却说郑简公自亳城北盟晋而归，逆知楚军旦暮必至，大集群臣计议。诸大夫皆曰："方今晋势强盛，楚不如也。但晋兵来甚缓，去甚速，两国未尝见个雌雄，所以交争不息。若晋肯致死于我，楚力不逮，必将避之，从此可专事于晋矣。"公孙舍之献策曰："欲晋致死于我，莫如怒之。欲激晋之怒，莫如伐宋。宋与晋最睦，我朝伐宋，晋夕伐我。晋能骤来，楚必不能，我乃得有词于楚也。"诸大夫皆曰："此计甚善。"

正计议间，谍人探得楚国借兵于秦的消息来报。公孙舍之喜曰："此天使我事晋也！"众人不解其意。舍之曰："秦、楚交伐，郑必重困。乘其未入境，当往迎之，因导之使同伐宋国。一则免楚之患，二则激晋之来，岂非一举两得？"郑简公从其谋，即命公孙舍之乘单车星夜南驰。渡了颍水，行不一舍，正遇楚军，公孙舍之下车拜伏于马首之前。楚共王厉色问曰："郑反覆无信，寡人正来问罪，汝来却是何意？"舍之奏曰："寡君怀大王之德，畏大王之威，所愿终身宇下，岂敢离遏⑭？无奈晋人暴虐，与宋合兵，侵扰无已。寡君惧社稷颠覆，不能事君，姑与之和，以退其师。晋师既退，仍是大王贡献之邑也。恐大王未鉴敝邑之诚，特遣下臣奉迎，布其心腹。大王若能问罪于宋，寡君愿执鞭为前部，稍效犬马，以明

誓不相背之意。”共王回嗔作喜曰："汝君若从寡人伐宋，寡人又何说乎？"舍之又奏曰："下臣束装之日，寡君已悉索敝赋，俟大王于东鄙，不敢后也。"共王曰："虽然如此，但秦庶长约在荥阳城下相会，须与同事方可。"舍之复奏曰："雍州辽远，必越晋过周，方能至郑。大王遣一介之使，犹可及止。以大王之威，楚兵之劲，何必借助于西戎哉？"共王悦其言，果使人辞谢秦师，遂同公孙合之东行。及有莘之野⑮，郑简公帅师来会，遂同伐宋国，大掠而还。

宋平公遣向戌如晋，诉告楚、郑连兵之事。悼公果然大怒，即日便欲兴师。此番又轮该第一军出征了。智䓨进曰："楚之借师于秦者，正以连年奔走道路，不胜其劳也。我一岁而再伐，楚其能复来乎？此番得郑必矣。当示以强盛之形，坚其归志。"悼公曰："善。"乃大合宋、鲁、卫、齐、曹、莒、邾、滕、薛、杞、小邾各国，一齐至郑，观兵于郑之东门，一路俘获甚众。此师乃"三驾"之三也。郑简公谓公孙舍之曰："子欲激晋之怒，使之速来，今果至矣，为之奈何？"舍之对曰："臣请一面求成于晋，一面使人请救于楚。楚兵若能飕来，必当交战，吾择其胜者而从之。若楚不能至，吾受晋盟，因以重赂结晋，晋必庇我，又何楚之足患乎？"简公以为然。乃使大夫伯骈行成于晋，使公孙良霄、太宰石㚟如楚告曰："晋师又至郑矣，从者十一国，兵势甚盛，郑亡已在旦夕。君王若能以兵威慑晋，孤之愿也。不然，孤惧社稷不保，不得不即安于晋，惟君王怜之恕之！"楚共王大怒，召公子贞问计。公子贞曰："我兵乍归，喘息未定，岂能复发？姑让郑于晋，后取之，何患无日。"共王余怒未平，乃囚良霄、石㚟于军府，不放归国。髯仙有诗云：

楚晋争锋结世仇，晋兵迭至楚兵休。

行人何罪遭拘执？始信分军是善谋。

时晋军营于萧鱼[16]，伯骈来至晋军，悼公召人，厉声问曰："汝以行成哄我，已非一次矣。今番莫非又是缓兵之计？"伯骈叩首曰："寡君已别遣行人先告绝于楚，敢有二心乎？"悼公曰："寡人以诚信待汝，汝若再怀反覆，将犯诸侯之公恶，岂独寡人！汝且回去，与汝君商议详确，再来回话。"伯骈又奏曰："寡君薰沐而遣下臣，实欲委国于君侯，君侯勿疑。"悼公曰："汝意既决，交盟可也。"乃命新军元帅赵武，同伯骈入城，与郑简公歃血订盟。简公亦遣公孙舍之随赵武出城，与悼公要约。

是冬十二月，郑简公亲入晋军，与诸侯同会，因请受歃。悼公曰："交盟已在前矣，君若有信，鬼神鉴之，何必再歃？"乃传令："将一路俘获郑人，悉解其缚，放归本国。禁诸军不得犯郑国分毫，如有违者，治以军法。虎牢戍兵，尽行撤去，使郑人自为守望。"诸侯皆谏曰："郑未可恃也。倘更有反覆，重复设戍难矣。"悼公曰："久劳苦诸国将士，恨无了期。今当与郑更始[17]，委以腹心，寡人不负郑，郑其负寡人乎？"乃谓郑简公曰："寡人知尔苦兵，欲相与休息。今后从晋从楚，出于尔心，寡人不强。"简公感激流涕曰："伯君以诚待人，虽禽兽可格[18]，况某犹人类，敢忘覆庇？再有异志，鬼神必殛！"简公辞去，明日使公孙舍之献赂

为谢：乐师三人，女乐十六人，歌钟[19]三十二枚，镈磬相副[20]，针指女工

三十人，轺车、广车^㉑共十五乘，他兵车复百乘，甲兵具备。悼公受之。以女乐八人、歌钟十二赐魏绛曰："子教寡人和诸戎狄，以正诸华。诸侯亲附，如乐之和，愿与子同此乐也。"又以兵车三分之一，赐智罃曰："子教寡人分军敝楚，今郑人获成，皆子之功。"绛、罃二将，皆顿首辞曰："此皆仗君之灵，与诸侯之劳，臣等何力之有？"悼公曰："微二卿，寡人不能至此，卿勿固却。"乃皆拜受。于是十二国车马同日班师。悼公复遣使行聘各国，谢其向来用师之劳，诸侯皆悦。自此郑国专心归晋，不敢萌二三之念矣。史臣有诗云：

郑人反覆似猱狙^㉒，晋伯偏将诈力锄。

二十四年归宇下，方知忠信胜兵戈。

时秦景公伐晋以救郑，败晋师于栎^㉓，闻郑已降晋，乃还。

明年为周灵王十一年^㉔，吴子寿梦病笃，召其四子诸樊、馀祭、夷昧、季札至床前，谓曰："汝兄弟四人，惟札最贤，若立之，必能昌大吴国。我一向欲立为世子，奈札固辞不肯。我死之后，诸樊传馀祭，馀祭传夷昧，夷昧传季札，传弟不传孙。务使季札为君，社稷有幸。违吾命者，即为不孝，上天不祐！"言讫而绝。诸樊让国于季札曰："此父志也。"季札曰："弟辞世子之位于父生之日，肯受君位于父死之后乎？兄若再逊，弟当逃之他国矣。"诸樊不得已，乃宣明次传之约，以父命即位^㉕。晋悼公遣使吊贺，不在话下。

又明年为周灵王十二年，晋将智罃、士鲂、魏相相继而卒。悼公复治兵于绵山，欲使士匄将中军，匄辞曰："伯游长。"乃使中行荀偃代智罃之任，士匄为副。又欲使韩起将上军，起曰："臣不如赵武之贤。"乃使赵武代荀偃之任，韩起为副。栾魇将下军如故，魏绛为副。其新军尚无帅。悼公曰："宁可虚位以待人，不可以人而滥位。"乃使其军吏，率官属卒乘，以附于下军。诸大夫皆曰："君之慎于名器如此。"乃各修其职，弗敢懈怠。晋国大治，复兴文、襄之业。未几，废新军并入三军，以守侯国之礼。

　　是年秋九月，楚共王审薨，世子昭立，是为康王㉖。吴王诸樊命大将公子党帅师伐楚。楚将养繇基迎敌，射杀公子党，吴师败还。诸樊遣使告败于晋，悼公合诸侯于向㉗以谋之。晋大夫羊舌肸进曰："吴伐楚之丧，自取其败，不足恤也。秦、晋邻国，世有姻好，今附楚救郑，败我师于栎，此宜先报。若伐秦有功，则楚势益孤矣。"悼公以为然。使荀偃率三军之众，同鲁、宋、齐、卫、郑、曹、莒、邾、滕、薛、杞、小邾十二国大夫伐秦，晋悼公待于境上。

秦景公闻晋师将至，使人以毒药数囊，沉于泾水之上流。鲁大夫叔孙豹同莒师先济，军士饮水中毒，多有死者。各军遂不肯济。郑大夫公子蟜谓卫大夫北宫括曰："既已从人，敢观望乎？"公子蟜帅郑师渡泾，北宫括继之。于是诸侯之师皆进，营于棫林^㉘。谍报秦军相去不远。荀偃令各军："鸡鸣驾车，视我马首所向而行！"下军元帅栾黡素不服中行偃，及闻令，怒曰："军旅之事，当集众谋，即使偃能独断，亦宜明示进退，乌有使三军之众，视其马首者？我亦下军之帅也，我马首欲东。"遂帅本部东归。副将魏绛曰："吾职在从帅，不敢俟中行伯矣。"亦随栾黡班师。早有人报知中行偃。偃曰："出令不明，吾实有过。令既不行，何望成功？"乃命诸侯之师，各归本国，晋师亦还。时栾鍼为下军戎右，独不肯归，谓范匄之子范鞅曰："今日之役，本为报秦，若无功而返，是益耻也。吾兄弟二人，并在军中，岂可一时皆返？子能与我同赴秦师乎？"范鞅曰："子以国耻为念，鞅敢不从！"乃各引本部驰入秦军。

却说秦景公引大将嬴詹及公子无地，帅车四百乘，离棫林五十里安营，正遣人探听晋兵进止。忽见东角尘头起处，一彪车马飞来，急使公子无地率军迎敌。栾鍼奋勇上前，范鞅助之，连刺杀甲将十余人。秦军披靡欲走，望其后军无继，复鸣鼓合兵围之。范鞅曰："秦兵势大，不可当也！"栾鍼不听。嬴詹大军又到，栾鍼复手杀数人，身中七箭，力尽而死。范鞅脱甲，乘单车疾驰得免。栾黡见范鞅独归，问曰："吾弟何在？"鞅曰："已没于秦军矣！"黡大怒，拔戈直刺范鞅。鞅不敢相抗，走入中军。黡随后赶来，鞅避去。其父范匄迎谓曰："贤婿何怒之甚也？"黡妻栾祁，乃范匄之女，故以婿呼之。黡怒气勃勃，不能制，大声答曰："汝子诱吾弟同入秦师，吾弟战死，而汝子生还，是汝子杀吾弟也。汝必逐鞅，犹可恕，不然，我必杀鞅，以偿吾弟之命！"范匄曰："此事老夫不知也，今当逐之。"

范鞅闻其语，遂从幕后出奔秦国。秦景公问其来意，范鞅叙述始末。景公大喜，待以客卿之礼。一日，问曰："晋君何如人？"对曰："贤君也，知人而善任。"又问："晋大夫谁最贤？"对曰："赵武有文德，魏绛勇而不乱，羊舌肸习于《春秋》，张老笃信有智，祁午临事镇定，臣父匄能识大体，皆一时之选。其他公卿，亦皆习于令典，克守其官，鞅未敢轻议也。"景公又曰："然则晋大夫中，何人先亡？"鞅对曰："栾氏将先亡。"景公曰："岂非以汰侈㉒故乎？"范鞅曰："栾黡虽汰侈，犹可及身，

其子盈必不免。"景公曰："何故？"鞅对曰："栾武子㉚恤民爱士，人心所

归，故虽有弑君之恶③，而国中不以为非，戴其德也。思召公者，爱及甘棠②，况其子乎？魇若死，盈之善未能及人，而武之德已远，修魇之怨者，必此时矣。"景公叹曰："卿可谓知存亡之故者也！"乃因范鞅而通于范匄，使庶长武聘晋，以修旧好，并请复范鞅之位。悼公从之，范鞅归晋。悼公以鞅及栾盈并为公族大夫，且谕栾魇勿得修怨。自此秦、晋通和，终春秋之世，不相加兵。有诗为证：

> 西邻东道世婚姻，一旦寻仇斗日新。
>
> 玉帛既通兵革偃，从来好事是和亲。

是年栾魇卒，子栾盈代为下军副将。

话分两头。却说卫献公名衎③，自周简王十年，代父定公即位。因居丧不戚，其嫡母定姜，逆知其不能守位，屡屡诫谕，献公不听。及存位，日益放纵，所亲者无非谗谄面谀之人，所喜者不过鼓乐田猎之事。自定公之世，有同母弟公子黑肩，怙宠专政。黑肩之子公孙剽，嗣父爵为大夫，颇有权略。上卿孙林父、亚卿宁殖见献公无道，皆与剽结交。林父又暗结晋国为外援，将国中器币宝货，尽迁于戚，使妻子居之。献公疑其有叛心，一来形迹未著，二来畏其强家，所以含忍不发。

忽一日，献公约孙、宁二卿共午食。二卿皆朝服待命于门，自朝至午，不见使命来召，宫中亦无一人出来，二卿心疑。看看日斜，二卿饥困已甚，乃叩宫门请见。守阍内侍答曰："主公在后圃演射，二位大夫若要相见，可自往也。"孙、宁二人心中大怒，乃忍饥径造后圃，望见献公方带皮冠，与射师公孙丁较射。献公见孙、宁二人近前，不脱皮冠，挂弓于臂而见之，问："二卿今日来此何事？"孙、宁二人齐声答曰："蒙主公约共午食，臣等伺候至今，腹且馁矣。恐违君命，是以来此。"献公曰："寡人贪射，偶尔忘之。二卿且退，俟改日再约可也。"言罢，适有鸿雁飞鸣而过，献公谓公孙丁曰："与尔赌射此鸿。"孙、宁二人，含羞而退。林父曰："主公耽于游戏，狎近群小，全无敬礼大臣之意。我等将来必不免于祸，如何？"宁殖曰："君无道，止自祸耳，安能祸人？"林父曰：

“我意欲奉公子剽为君，子以为何如？”宁殖曰：“此举甚当，你我相机而动便了。”言罢各别。

林父回家，饭毕，连夜径往戚邑，密唤家臣庾公差、尹公佗等，整顿家甲，为谋叛之计。遣其长子孙蒯往见献公，探其口气。孙蒯至卫，见献公于内朝，假说：“臣父林父，偶染风疾，权且在河上调理，望主公宽宥。”献公笑曰：“尔父之疾，想因过饿所致，寡人今不敢复饿子。”命内侍取酒相待，唤乐工歌诗侑酒。太师㉞请问：“歌何诗？”献公曰：“《巧言》㉟之卒章，颇切时事，何不歌之？”太师奏曰：“此诗语意不佳，恐非欢宴所宜。”师曹喝曰：“主公要歌便歌，何必多言！”原来师曹善于鼓琴，献公使教其嬖妾，嬖妾不率教，师曹鞭之十下，妾泣诉于献公，献公当嬖妾之前，鞭师曹三百，师曹怀恨在心，今日明知此诗不佳，故意欲歌之，以激孙蒯之怒。遂长声而歌曰：

彼何人斯，居河之糜㊱？无拳㊲无勇，职为乱阶㊳。

献公的主意，因孙林父居于河上，有叛乱之形，故借歌以惧之。孙蒯闻歌，坐不安席，须臾辞去。献公曰：“适师曹所歌，子与尔父述之。尔父虽在河上，动息寡人必知，好生谨慎，将息病体。”孙蒯叩头，连声“不敢”而退。回戚，述于林父。林父曰：“主公忌我甚矣！我不可坐而待死。大夫蘧伯玉，卫之贤者，若得彼同事，无不济矣。”乃私至卫，往见蘧瑗曰：“主公暴虐，子所知也。恐有亡国之事，将若之何？”瑗对曰：“人臣事君，可谏则谏，不可谏则去之，他非瑗所知矣。”林父度瑗不可动，遂别去。瑗即日逃奔鲁国。

林父聚徒众于丘宫㊴，将攻献公。献公惧，遣使至丘宫，与林父讲和，林父杀之。献公使视宁殖，已戒车将应林父矣。乃召北宫括，括推病不出。公孙丁曰：“事急矣，速出奔，尚可求复。”献公乃集宫甲约二百余人为一队，公孙丁挟弓矢相从，启东门而出，欲奔齐国。孙蒯、孙嘉兄弟二人，引兵追及于河泽，大杀一阵，二百余名宫甲，尽皆逃散，存者仅十数人而已。赖得公孙丁善射，矢无虚发，近者辄中箭而死，保着献公，且

战且走。二孙不敢穷追而返。才走不上三里，只见庾公差、尹公佗二将引兵而至，言："奉相国之命，务取卫侯回报。"孙蒯，孙嘉曰："有一善箭者相随，将军可谨防之！"庾公差曰："得非吾师公孙丁乎？"原来尹公佗学射于庾公差，公差又学射于公孙丁，三人是一线传授，彼此皆知其能。尹公佗曰："卫侯前去不远，姑且追之。"

　　约驰十五里，赶着了献公，因御人被伤，公孙丁在车执辔，回首一望，远远的便认得是庾公差了，谓献公曰："来者是臣之弟子，弟子无害师之事，主公勿忧。"乃停车待之。庾公差既到，谓尹公佗曰："此真吾师也。"乃下车拜见。公孙丁举手答之，麾之使去。庾公差登车曰："今日之事，各为其主。我若射，则为背师，若不射，则又为背主，我如今有两尽之道。"乃抽矢叩轮，去其镞，扬声曰："吾师勿惊！"连发四矢，前

中轼，后中轸[40]，左右中两旁，单单空着君臣二人，分明显个本事，卖个人情的意思。庾公差射毕，叫声："师傅保重！"喝教回车。公孙丁亦引辔而去。尹公佗先遇献公，本欲逞艺，因庾公差是他业师，不敢自专；回至中途，渐渐懊悔起来，谓庾公差曰："子有师弟之分，所以用情，弟子

已隔一层，师恩为轻，主命为重。若无功而返，何以复吾恩主？"庾公差曰："吾师神箭，不下养繇基，尔非其敌，枉送性命！"尹公佗不信庾公之言，当下复身来追卫侯。

不知结末如何，再看下回分解。

【注释】

①水潦（lǎo 老）：积水。

②泡水：古水名。出山东单县，经江苏丰县北至沛县南流入泗水。

③薛水：古水名。即薛河，源于山东滕县，南流至沛县入泗水。

④漷（huò 货）水：古水名。即南沙河。源出山东滕县东北述山，西南流至江苏沛县入泗水。

⑤堞（dié 蝶）：城上如齿状的矮墙。

⑥杌（wù 务）：坐具。此指前文智罃"所凭之几"。

⑦楚丘：春秋时宋地名。在今山东城武县西南。

⑧霍城：本周代诸侯国霍之都城。霍亦姬姓，后为晋所并。故城在今山西霍县西南。

⑨牛首：春秋时郑地名。在今河南通许县东北。

⑩北宫：郑国君宫殿名。上句之"西宫"亦同。

⑪周灵王九年：即公元前 563 年。

⑫北林：春秋时郑地名。一称斐林。在今河南新郑市北。

⑬亳（bó 薄）城：春秋时郑邑名。在今河南郑州市商城遗址。

⑭离遏：或作离逖，远离、疏远。

⑮有莘之野：指古代莘国故地。此时属宋。在今河南范县西北。

⑯萧鱼：春秋时郑地名，在今河南许昌市境内。

⑰更（gēng 耕）始：重新开始。

⑱格：纠正。

⑲歌钟：即编钟。铜制，每组音高各不相同，故可配曲。

⑳镈磬（bó qìng 薄庆）：乐器名。其顶制成编环钮状的金属磬。相副：即与三十二枚歌钟相配之数。

㉑广（guàng 逛）车：一种可以纵横排列用以自固的兵车。

㉒猱狙（náo jū 挠居）：猿猴一类。

㉓栎（yuè 越）：春秋时郑邑名。在今河南禹县境内。

㉔周灵王十一年：即公元前 561 年。

㉕即位：吴王诸樊在位十三年（前 560—前 548）。

㉖康王：楚康王芈昭，楚共王子。在位十五年（前559—前545）。

㉗向：春秋时吴地名。在今安徽怀远县西。

㉘棫（yù 域）林：春秋时秦地名。在今陕西泾阳鄂邑区境内。

㉙汰（tài 太）侈：骄奢。

㉚栾武子：即栾书。栾魇之父。谥为武，故称。

㉛弑君之恶：指栾书与荀偃酖死晋厉公一事。见第五十九回。

㉜"思召公者"二句：传说召公奭巡行南国，曾憩于甘棠树下，处理政务。后人怀其德，不敢砍伐此树，并作《甘棠》诗以颂之。

㉝卫献公名衎（kàn 刊）：卫献公姬衎。卫定公子。两次在位。第一次十八年（前576—前559），后被孙林父逐走。第二次在位三年（前

546—前544）。

㉞太师：古代乐官之长。

㉟《巧言》：《诗经·小雅》中篇目。据《诗序》："巧言，刺幽王也。大夫伤于谗，故作是诗也。"

㊱糜（mí 迷）：水草卑湿之地。

㊲拳：力。此句言彼谮人并无勇力可以作乱。

㊳职为乱阶：职，唯，只。乱阶，动乱的阶梯，犹言祸端、祸根。

㊴丘宫：地名，地近卫之戚邑，在今河南濮阳境内。

㊵轸（zhěn 诊）：车后的横木。

第六十二回　诸侯同心围齐国
　　　　　晋臣合计逐栾盈

话说尹公佗不信庾公之言，复身来追卫侯，驰二十余里，方才赶着。公孙丁问其来意，尹公佗曰："吾师庾公，与汝有师弟之恩。我乃庾公弟子，未尝受业，于子如路人耳。岂可徇情于路人，而废公义于君父乎？"公孙丁曰："汝曾学艺于庾公，可想庾公之艺从何而来？为人岂可忘本！快快回转，免伤和气。"尹公佗不听，将弓拽满，望公孙丁便射。公孙丁不慌不忙，将辔授与献公，候箭到时，用手一绰，轻轻接住。就将来箭搭上弓弦，回射尹公佗。尹公佗急躲避时，扑的一声，箭已贯其左臂。尹公佗负痛，弃弓而走。公孙丁再复一箭，结果了尹公性命。吓得随行军士，弃车逃窜。献公曰："若非吾子神箭，寡人一命休矣。"公孙丁仍复执辔奔驰。又十余里，只见后面车声震动，飞也似赶来。献公曰："再有追兵，何以自脱？"正在慌急之际，后车看看相近，视之，乃同母之弟公子鱄冒死赶来从驾。献公方才放心，遂做一路奔至齐国。齐灵公馆之于莱城^①。宋儒有诗谓献公不敬大臣，自取奔亡。诗曰：

尊如天地赫如神，何事人臣敢逐君？

自是君纲先缺陷，上梁不正下梁蹲。

孙林父既逐献公，遂与宁殖合谋迎公子剽为君，是为殇公^②，使人告难于晋。晋悼公问于中行偃曰："卫人出一君复立一君，非正也。当何以处之？"偃对曰："卫衎无道，诸侯莫不闻，今臣民自愿立剽，我勿与知可也。"悼公从之。齐灵公闻晋侯不讨孙、宁逐君之罪，乃叹曰："晋侯之志惰矣！我不乘此时图伯，更待何时？"乃帅师伐鲁北鄙，围郎③，大掠而还。时周灵王之十四年④也。

原来齐灵公初娶鲁女颜姬为夫人，无子，其媵鬷姬⑤，生子曰光，灵公先立为太子。又有嬖妾戎子，亦无子，其娣仲子生子曰牙，戎子抱牙以为己子。他姬生公子杵臼，无宠，戎子恃爱，要得立牙为太子，灵公许之。仲子谏曰："光之立也久矣，又数会诸侯，今无故而废之，国人不服，后必有悔。"灵公曰："废立在我，谁敢不服？"遂使太子光率兵守即墨。光去后，即传旨废之，更立牙为太子，使上卿高厚为太傅，寺人夙沙卫强而有智，以为少傅。鲁襄公闻齐太子光之废，遣使来请其罪。灵公不能答，反虑鲁国将来助光争国，所以与鲁为仇，首先加兵，欲以兵威胁鲁，然后杀光。此乃灵公无道之极也。鲁使人告急于晋，因悼公抱病，不能救鲁。

是冬，晋悼公薨，群臣奉世子彪即位，是为平公⑥。鲁又使叔孙豹吊贺，且告齐患。荀偃曰："俟来春当会诸侯，若齐不赴会，讨之未晚。"周灵王十五年，晋平公元年，大合诸侯于溴梁⑦。齐灵公不至，使大夫高厚代。荀偃大怒，欲执高厚，高厚逃归。复兴师伐鲁北鄙，围⑧防，杀守臣臧坚。叔孙豹再至晋国求救。平公乃命大将中行偃合诸侯之兵，大举伐齐。

中行偃点军方回，是夜得一梦，梦见黄衣使者，执一卷文书，来拘偃对证。偃随之行，至一大殿宇，上有王者冕旒端坐。使者命偃跪于丹墀之下。觑同跪者，乃是晋厉公、栾书、程滑、胥童、长鱼矫、三郤一班人众。偃心中暗暗惊异。闻胥童等与三郤争辩良久，不甚分明。须臾狱卒引去，止留厉公、栾书、中行偃、程滑四人。厉公诉被弑始末。栾书辩曰："下手者，程滑也。"程滑曰："主谋皆出书、偃，滑不过奉命而已，安得独归罪于我？"殿上王者降旨曰："此时栾书执政，宜坐首恶，五年之内，子孙绝灭。"厉公忿然曰："此事亦由逆偃助力，安得无罪？"即起身抽戈击偃之首，梦中觉首坠于前，偃以手捧其首，跪而戴之，走出殿门，遇梗阳⑨巫者灵皋，皋谓曰："子首何歪也？"代为正之。觉痛极而醒，深以为异。

次日入朝，果遇见灵皋于途，乃命之登车，将夜来所梦，细述一遍。灵皋曰："冤家已至，不死何为？"偃问曰："今欲有事东方，犹可及乎？"皋对曰："东方恶气太重，伐之必克，主虽死，犹可及也。"偃曰："能克齐，虽死可矣！"乃帅师济河，会诸侯于鲁济之地。晋、宋、鲁、卫、郑、曹、莒、邾、滕、薛、杞、小邾共十二路车马，一同往齐国进发。齐灵公使上卿高厚辅太子牙守国，自帅崔杼、庆封、析归父、殖绰、郭最、寺人夙沙卫等，引着大军，屯于平阴⑩之城。城南有防⑪，防有门，使析归父

于防门之外，深掘壕堑，横广一里，选精兵把守，以遏敌师。寺人夙沙卫进曰："十二国人心不一，乘其初至，当出奇击之。败其一军，则余军俱丧气矣。如不欲战，莫如择险要而守之，区区防门之堑，未可恃也。"齐灵公曰："有此深堑，彼军安能飞渡耶？"

却说中行偃闻齐师掘堑而守，笑曰："齐畏我矣，必不能战，当以计破之。"乃传令使鲁、卫之兵，自须句⑫取路；使邾、莒之兵，自城阳⑬取路，俱由琅琊⑭而入。我等大兵，从平阴攻进，约定在临淄城下相会。四国领计去了。使司马张君臣凡山泽险要之处，俱虚张旗帜，布满山谷。又束草为人，蒙以衣甲，立于空车之上，将断木缚于车辕，车行木动，扬尘蔽天，力士挽大斾引车，往来于山谷之间，以为疑兵。荀偃、士匄率宋、郑之兵居中，越武、韩起率上军，同滕、薛之兵在右，魏绛、栾盈率下军，同曹、杞、小邾之兵在左，分作三路，命车中各载木石，步卒每人携土一囊。行至防门，三路炮声相应，各将车中木石，抛于堑中，加以土囊数万，把壕堑顷刻填平，大刀阔斧，杀将进去。齐兵不能当抵，杀伤大半。析归父几为晋兵所获，仅以身免。逃入平阴城中，告诉灵公，言："晋兵三路填堑而进，势大难敌。"灵公始有惧色，乃登巫山⑮以望敌军。见到处山泽险要之地，都有旗帜飘扬，车马驰骤，大惊曰："诸侯之师，何其众也！且暂避之。"问诸将："谁人敢为后殿？"夙沙卫曰："小臣愿引一军断后，力保主公无虞。"灵公大喜。忽有二将并出奏曰："堂堂齐国，岂无一勇力之士？而使寺人殿其师，岂不为诸侯笑乎？臣二人情愿让夙沙卫先行。"二将者，乃殖绰、郭最也，俱有万夫不当之勇。灵公曰："将军为殿，寡人无后顾之忧矣。"夙沙卫见齐侯不用，羞惭满面而退，只得随齐侯先走。约行二十余里，至石门山⑯，乃是险隘去处，两边俱是大石，只中间一条路径。夙沙卫怀恨绰、最二人，欲败其功，候齐军过尽，将随行马三十余匹，杀之以塞其路，又将大车数乘，联络如城，横截山口。

再说绰、最二将，领兵断后，缓缓而退。将及石门隘口，见死马纵横，又有大车拦截，不便驰驱，乃相谓曰："此必夙沙卫衔恨于心，故意为此。"急教军士搬运死马，疏通路径。因前有车阻，逐一匹要退后抬出，撤于空处，不知费了多少工夫。军士虽多，其奈路隘，有力无用。背后尘头起处，晋骁将州绰一军早到。殖绰方欲回车迎敌，州绰一箭飞来，恰射中殖绰的左肩。郭最弯弓来救，殖绰摇手止之。州绰见殖绰如此光景，亦不动手。殖绰不慌不忙，拔箭而问曰："来将何人？能射殖绰之肩，也算好汉了！愿通姓名。"对曰："吾乃晋国名将州绰也。"殖绰曰："小将非别，齐国名将殖绰的便是。将军岂不闻人语云：'莫相谑，怕二绰？'我与将军以勇力齐名，好汉惜好汉，何忍自相戕贼乎？"州绰曰："汝言虽当，但各为其主，不得不然。将军若肯束身归顺，小将力保将军不死。"
殖绰曰："得无相欺否？"州绰曰："将军如不见信，请为立誓！若不能保
全将军之命，愿与俱死。"殖绰曰："郭最性命，今亦交付将军。"言罢，
二人双双就缚。随行士卒，尽皆投降。史臣有诗云：

绰最赳赳二虎臣，相逢狭路志难伸。

覆军擒将因私怨，辱国依然是寺人。

州绰将绰、最二将解至中军献功，且称其骁勇可用。中行偃命暂囚于
中军，候班师定夺。大军从平阴进发，所过城郭，并不攻掠，径抵临淄外
郭之下。鲁、卫、邾、莒兵俱到。范鞅先攻雍门^⑰。雍门多芦荻，以火焚

之。州绰焚申池⑱之竹木。各军一齐俱火攻，将四郭尽行焚毁。直逼临淄城下，四面围住，喊声震地，矢及城楼。城中百姓慌乱。灵公十分恐惧，暗令左右驾车，欲开东门出走。高厚知之，疾忙上前，抽佩剑断其辔索，涕泣而谏曰："诸军虽锐，然深入岂无后虞？不久将归矣。主公一去，都城不可守也。愿更留十日，如力竭势亏，走犹未晚。"灵公乃止。高厚督率军民，协力固守。

却说各兵围城，至第六日，忽有郑国飞报来到，乃是大夫公孙舍之与公孙夏连名缄封，内中有机密至紧之事。郑简公发而视之，略云：

臣舍之、臣夏奉命与子孔守国，不意子孔有谋叛之心，私自送款于楚欲招引楚兵伐郑，已为内应。今楚兵已次鱼陵⑲，旦夕将至。事在危急，幸星夜返斾，以救社稷。

郑简公大惧，即持书至晋军中，送与晋平公看了。平公召中行偃议之。偃对曰："我兵不攻不战，竟走临淄，指望乘此锐气，一鼓而下。今齐守未亏，郑国又有楚警。若郑国有失，咎在于晋，不如且归，为救郑之计。此番虽不曾破齐，料齐侯已丧胆，不敢复侵犯鲁国矣。"平公是其言，乃解围而去。郑简公辞晋先归。

诸侯行至祝阿⑳，平公以楚师为忧，与诸侯饮酒，不乐。师旷曰："臣请以声卜之。"乃吹律歌《南风》，又歌《北风》。《北风》和平可听，《南风》声不扬，且多肃杀之声。旷奏曰："《南风》不竞㉑，其声近死，不惟无功，且将自祸。不出三日，当有好音至矣。"师旷字子野，乃晋国第一聪明之士。从幼好音乐，苦其不专，乃叹曰："技之不精，由于多心；心之不一，由于多视。"乃以艾叶薰瞎其目，专意音乐。遂能察气候之盈虚，明阴阳之消长，天时人事，审验无差，风角鸟㉒鸣，吉凶如见。为晋太师掌乐之官，平时为晋侯所深信，故行军必以相随。至是闻其言，乃驻军以待之，使人前途远探。未三日，探者同郑大夫公孙虿来回报，言："楚师已去。"晋平公讶问其详，公孙虿对曰："楚自子庚代子囊为令尹，欲报先世之仇，谋伐郑国。公子嘉阴与楚通，许楚兵到日，诈称迎敌，以兵出城相会。赖公孙舍之、公孙夏二人，预知子嘉之谋，敛甲守城，严讥[23]出入。子嘉不敢出会楚师。子庚涉颍水，不见内应消息，乃屯兵于鱼

齿山[24]下。值大雨雪，数日不止，营中水深尺余，军人皆择高阜处躲雨，寒甚，死者过半，士卒怨詈，子庚只得班师而回矣。寡君讨子嘉之罪，已行诛戮，恐烦军师，特遣下臣虿连夜奔告。"平公大喜曰："子野真圣于音者矣！"乃将楚伐郑无功，遍告诸侯，各回本国。史臣有诗赞师旷云：

歌罢《南风》又《北风》，便知两国吉和凶。

音当精处通天地，师旷从来是瞽宗。

时周灵王十七年㉕，冬十二月事也。比及晋师济河，已在十八年之春矣。

中行偃行至中途，忽然头上生一疡疽，痛不可忍，乃逗留于著雍㉖之地。延至二月，其疡溃烂，目睛俱脱而死。坠首之梦，与梗阳巫者之言，至是俱验矣。殖绰、郭最乘偃之变，破械而出，逃回齐国去了。范匄同偃之子吴，迎丧以归。晋侯使吴嗣为大夫，以范匄为中军元帅，以吴为副将，仍以荀为氏，称荀吴。

是年夏五月，齐灵公有疾，大夫崔杼与庆封商议，使人用温车迎故太子光于即墨。庆封帅家甲夜叩太傅高厚之门，高厚出迎，执而杀之。太子光同崔杼入宫，光杀戎子，又杀公子牙。灵公闻变大惊，呕血数升，登时气绝。光即位，是为庄公㉗。寺人夙沙卫率其家属奔高唐㉘，齐庄公使庆封帅师追之，夙沙卫据高唐以叛。齐庄公亲引大军围而攻之，月余不下。高唐人工偻，有勇力，沙卫用之以守东门。工偻知沙卫不能成事，乃于城上射下羽书，书中约夜半于东北角伺候大军登城。庄公犹未准信。殖绰、郭最请曰："彼既相约，必有内应。小将二人愿往，当生擒奄狗，以雪石门山阻隘之恨！"庄公曰："汝小心前往，寡人自来接应。"绰、最引兵至东北角，候至夜半，城上忽放长绳下来，约有数处。绰、最各附绳而上，军士陆续登城。工偻引著，竟来拿夙沙卫。郭最便去砍开城门，放齐兵入城。城中大乱，互相杀伤，约有一个更次方定。齐庄公入城，工偻同殖绰绑缚夙沙卫解到。庄公大骂："奄狗！寡人何负于汝，汝却辅少夺长？今公子牙何在！汝既为少傅，何不相辅于地下？"夙沙卫垂首无言。庄公命牵出斩之，以其肉为醢，遍赐从行诸臣。即用工偻守高唐，班师而退。

时晋上卿范匄，以前番围齐，未获取成，乃请于平公，复率大军侵齐。才济黄河，闻齐灵公凶信，乃曰："齐新有丧，伐之不仁。"即时班师。早有人报知齐国。大夫晏婴进曰："晋不伐我丧，施仁于我，我背之不义，不如请成，免两国干戈之苦。"那晏婴字平仲，身不满五尺，乃是齐国第一贤智之士。庄公亦以国家粗定，恐晋师复至，乃从婴之言，使人如晋谢罪，请盟。晋平公大合诸侯于澶渊㉙，范匄为相，与齐庄公歃血为盟，结好而散。自此年余无事。

却说下军副将栾盈，乃栾黡之子。黡乃范匄之婿，匄女嫁黡，谓之栾祁。栾氏自栾宾㉚、栾成㉛、栾枝、栾盾、栾书、栾黡，至于栾盈，顶针㉜七代卿相，贵盛无比。晋朝文武，半出其门，半属姻党。魏氏有魏舒，智氏有智起，中行氏有中行喜，羊舌氏有叔虎，籍氏有籍偃，箕氏有箕遗，皆与栾盈声势相倚，结为死党。更兼盈自少谦恭下士，散财结客，故死士多归之。如州绰、邢蒯、黄渊、箕遗，都是他部下骁将。更有力士督戎，力举千钧，手握二戟，刺无不中，是他随身心腹，寸步不离的。又有家臣辛俞、州宾等，奔走效劳者不计其数。

栾黡死时，其夫人栾祁才及四旬，不能守寡，因州宾屡次入府禀事，栾祁在屏后窥之，见其少俊，遂密遣侍儿道意，因与私通。栾祁尽将室中器币，赠与州宾。盈从晋侯伐齐，州宾公然宿于府中，不复避忌。盈归，闻知其事，尚碍母亲面皮，乃把他事，鞭治内外守门之吏，严稽家臣出入。栾祁一来老羞变怒，二则淫心难绝，三则恐其子害了州宾性命，因父范匄生辰，以拜寿为名，来至范府，乘间诉其父曰："盈将为乱，奈何？"范匄询其详，栾祁曰："盈尝言：'鞅杀吾兄，吾父逐之，复纵之归国，不诛已幸，反加宠位。今父子专国，范氏日盛，栾氏将衰，吾宁死，与范氏誓不两立！'日夜与智起、羊舌虎等，聚谋密室，欲尽去诸大夫，而立其私党。恐我泄其消息，严敕守门之吏，不许与外家相通。今日勉强来此，异日恐不得相见。吾以父子恩深，不敢不言。"时范鞅在旁，助之曰："儿亦闻之，今果然矣。彼党羽至盛，不可不防也。"一子一女，声口相同，不由范匄不信。乃密奏于平公，请逐栾氏。

平公私问于大夫阳毕。阳毕素恶栾黡而睦于范氏，乃对曰："栾书实弑厉公；黡世其凶德，以及于盈，百姓昵于栾氏久矣。若除栾氏，以明弑逆之罪，而立君之威，此国家数世之福也。"平公曰："栾书援立先君，盈罪未著，除之无名，奈何？"阳毕对曰："书之援立先君，以掩罪也。先君忘国仇而徇私德，君又纵之，滋害将大。若以盈恶未著，宜翦除其党，赦盈而遣之。彼若求逞，诛之有名；若逃死于他方，亦君之惠也。"平公以为然，召匄入宫，共议其事。范匄曰："盈在而翦其党，是速之为乱也。君不如使盈往筑著邑③之城，盈去，其党无主，乃可图矣。"平公曰："善。"乃遣栾盈往城著邑。

盈临行，其党箕遗谏曰："栾氏多怨，主所知也。赵氏以下宫之难④怨栾氏，中行氏以伐秦之役⑤怨栾氏，范氏以范鞅之逐怨栾氏，智朔妖死，智盈尚少，而听于中行⑥，程郑⑦嬖于公，栾氏之势孤矣。城著非国之急事，何必使子？子盍辞之，以观君意之若何，而为之备。"栾盈曰："君命不可辞也。盈如有罪，其何敢逃死？如其无罪，国人将怜我，孰能害之?"乃命督戎为御，出了绛州，望著邑而去。

盈去三日，平公御朝，谓诸大夫曰："栾书昔有弑逆之罪，未正刑诛。今其子孙在朝，寡人耻之，将若之何？"诸大夫同声应曰："宜逐之。"乃宣布栾书罪状，悬于国门，遣大夫阳毕，将兵往逐栾盈。其宗族在国中

者，尽行逐出，收其栾邑。栾乐、栾鲂率其宗人，同州绰、邢蒯，俱出了绛城，竟往奔栾盈去了。叔虎拉了箕遗、黄渊随后出城，城门已闭，传闻将搜治栾氏之党，乃商议各聚家丁，欲乘夜为乱，斩东门而出。赵氏有门客章鞕，居于叔虎家相邻，闻其谋，报知赵武。赵武转报范匄。匄使其子范鞅，率甲士三百，围叔虎之第。

不知后事如何，且看下回分解。

【注释】

①莱城：莱，本诸侯国名。后为齐灭。故城在今山东昌邑县东南。

②殇公：卫殇公在位十二年（前558—前547）。

③郕（chéng 成）：春秋时鲁邑名。在今山东宁阳县东北。

④周灵王之十四年：即公元前558年。

⑤鬷（zōng 宗）姬：亦鲁女，颜姬之侄女，皆姬姓。颜姬之母姓颜，

甗姬之母姓甗。古代诸侯娶妇，常以其娣或侄女陪嫁，称媵。

⑥平公：晋平公姬彪，在位二十六年（前557—前532）。

⑦溴（jú 菊）梁：即溴水的大堤。溴水在河南西北部，源出济源市西，东流入黄河。溴梁当亦在今济源市境内。

⑧防：春秋时鲁邑名。鲁有东防、西防。此应为东防，在今山东费县东北。

⑨梗阳：春秋时晋邑名。在今山西清徐县境。

⑩平阴：春秋时齐邑名。在今山东平阴县东北。

⑪城南有防：旧平阴城南有长城，东至海，西至济水。此长城称防。防有门，距平阴三里。

⑫须句（gōu 勾）：本诸侯国名。后为邾所灭，复并入鲁。地在今山东东平县东南。

⑬城阳：春秋时莒邑名。在今山东莒县境内。

⑭琅邪：春秋时齐邑名。在今山东黄岛区西南。

⑮巫山：古山名。一名孝堂山。在今山东平阴县东北。

⑯石门山：古山名。在今山东长清区西南。

⑰雍门：齐都临淄外郭西门。

⑱申池：临淄外郭申门外之池。

⑲鱼陵：春秋时郑地名。地址不详。

⑳祝柯：春秋时齐地名。在今山东长清区东北。

㉑不竞：衰微，不强劲。

㉒风角：古代战候之术。《后汉书·郎颛传》注："风角谓候四方四隅之风，以占吉凶也。"

㉓讥：盘查，稽查。

㉔鱼齿山：古山名。在今河南平顶山市西北。

㉕周灵王十七年：即公元前555年。

㉖著雍：春秋时晋地名。地址不详。

㉗庄公：齐庄公吕光，在位六年（前553—前548）。

㉘高唐：春秋时齐邑名。在今山东高唐县东。

㉙澶渊：春秋时地名。本属卫，后属晋。在河南濮阳县西北。

㉚栾宾：本晋侯宗室，乃晋靖侯之庶孙。封于栾（今河北栾城县），故以栾为氏。栾宾曾任曲沃桓叔之相。栾氏世代卿相自栾宾始。

㉛栾成：栾宾之子。晋哀侯时大夫。曲沃武公伐翼，杀哀侯，栾成死之。

㉜顶针：本指诗词联句中后句首字用前句末字的做法。此借指世代相袭，中无间断。

㉝著邑：春秋时晋邑。一称著雍。地址不详。或说在曲沃附近。

㉞下宫之难：指屠岸贾尽诛赵氏，兵围下宫一事。见第五十七回。

㉟伐秦之役：指中行偃伐秦时因出令不明，栾黡领兵独归一事。见第六十一回。

㊱听于中行：因中行偃与智荦系叔侄关系，同为荀氏。参见第六十回。

㊲程郑：程郑为荀氏别族，乃荀骓之曾孙。此时正受晋侯宠爱。

第六十三回　老祁奚力救羊舌
小范鞅智劫魏舒

话说箕遗正在叔虎家中，只等黄渊到来，夜半时候，一齐发作。却被范鞅领兵围住府第，外面家丁，不敢聚集，远远观望，亦多有散去者。叔虎乘梯向墙外问曰："小将军引兵至此，何故？"范鞅曰："汝平日党于栾盈，今又谋斩关出应，罪同叛逆，吾奉晋侯之命，特来取汝。"叔虎曰："我并无此事，是何人所说？"范鞅即呼章鞒上前，使证之。叔虎力大，扳起一块墙石，望章鞒当头打去，打个正着，把顶门都打开了。范鞅大怒，教军士放火攻门。叔虎慌急了，向箕遗说："我等宁可死里逃生，不可坐以待缚。"遂提戟当先，箕遗仗剑在后，发声喊，冒火杀出。范鞅在火光中，认得二人，教军士一齐放箭。此时火势熏灼，已难躲避，怎当得箭如飞蝗，二人纵有冲天本事，亦无用处，双双被箭射倒。军士将挠钩搭出，已自半死，绑缚车中。救灭了火。只听得车声辚辚轔轔①，火炬烛天而至，乃是中军副将荀吴，率本部兵前来接应。中途正遇黄渊，亦被擒获。范、荀合兵一处，将叔虎、箕遗、黄渊，解到中军元帅范匄处。范匄曰："栾党尚多，只擒此三人，尚未除患，当悉拘之！"乃复分路搜捕。绛州城中，闹了一夜。直至天明，范鞅拘到智起、籍偃、州宾等，荀吴拘到中行喜、辛俞，及叔虎之兄羊舌赤，弟羊舌肸②，都囚于朝门之外，俟候晋平公出，启奏定夺。

单说羊舌赤字伯华，羊舌肸字叔向，与叔虎虽同是羊舌职之子，叔虎是庶母所生。当初叔虎之母，原是羊舌夫人房中之婢，甚有美色，其夫欲之，夫人不遣侍寝。时伯华、叔向俱已年长，谏其母勿妒。其母笑曰：
"吾岂妒妇哉！吾闻有甚美者，必有甚恶。深山大泽，实生龙蛇。恐其生

龙蛇，为汝等之祸，是以不遣耳。"叔向等顺父之意，固请于母，乃遣之。
一宿而有孕，生叔虎。及长成，美如其母，而勇力过人。栾盈自幼与之同
卧起，相爱宛如夫妇。他是栾党中第一个相厚的，所以兄弟并行囚禁。

大夫乐王鲋字叔鱼，其时方嬖幸于平公。平日慕羊舌赤、肸兄弟之
贤，意欲纳交而不得。至是，闻二人被囚，特到朝门，正遇羊舌肸，抚而

慰之曰："子勿忧，吾见主公，必当力为子请。"羊舌肸嘿然不应。乐王鲋有惭色。羊舌赤闻之，责其弟曰："吾兄弟毕命于此，羊舌氏绝矣！乐大夫有宠于君，言无不从，倘借其片语，天幸赦宥，不绝先人之宗，汝奈何不应，以失要人③之意。"羊舌肸笑曰："死生命也。若天意降祐，必由祁老大夫，叔鱼何能为哉？"羊舌赤曰："以叔鱼之朝夕君侧，汝曰'不能'，以祁老大夫之致政闲居，而汝曰'必由之'。吾不知其解也。"羊舌肸曰："叔鱼行媚者也，君可亦可，君否亦否。祁老大夫外举不避仇，内举不避亲，岂独遗羊舌氏乎？"

少顷，晋平公临朝，范匄以所获栾党姓名奏闻。平公亦疑羊舌氏兄弟三人皆在其数，问于乐王鲋曰："叔虎之谋，赤与肸实与闻否？"乐王鲋心愧叔向，乃应曰："至亲莫如兄弟，岂有不知？"平公乃下诸人于狱，使司寇议罪。

时祁奚已告老，退居于祁④。其子祁午与羊舌赤同僚相善，星夜使人报信于父，求其以书达范匄，为赤求宽。奚闻信大惊曰："赤与肸皆晋国贤臣，有此奇冤，我当亲往救之。"乃乘车连夜入都，未及与祁午相会，便叩门来见范匄。匄曰："大夫老矣，冒风露而降之，必有所谕。"祁奚曰："老夫为晋社稷存亡而来，非为别事。"范匄大惊，问曰："不知何事关系社稷，有烦老大夫如此用心？"祁奚曰："贤人，社稷之卫也。羊舌职有劳于晋室，其子赤、肸，能嗣其美。一庶子不肖，遂聚而歼之，岂不可惜！昔郤芮为逆，郤缺升朝。父子之罪不相及也，况兄弟乎？子以私怨，多杀无辜，使玉石俱焚，晋之社稷危矣。"范匄蹴然⑤离席曰："老大夫所言甚当。但君怒未解，匄与老大夫同诣君所言之。"于是并车入朝见平公，奏言："赤、肸与叔虎，贤不肖不同，必不与闻栾氏之事。且羊舌之劳，不可废也。"平公大悟，宣赦赦出赤、肸二人，使复原职。智起、中行喜、籍偃、州宾、辛俞皆斥为庶人。惟叔虎与箕遗、黄渊处斩。赤、肸二人蒙赦，入朝谢恩，事毕，羊舌赤谓其弟曰："当往祁老大夫处一谢。"肸曰："彼为社稷，非为我也，何谢焉？"竟登车归第。羊舌赤心中不安，自往祁午处请见祁奚。午曰："老父见过晋君，即时回祁去矣，未尝少留须臾也。"羊舌赤叹曰："彼固施不望报者，吾自愧不及肸之高见也！"髯翁有诗云：

尺寸微劳亦望酬，拜恩私室岂知羞。

必如奚肸才公道，笑杀纷纷货赂求。

州宾复与栾祁往来，范匄闻之，使力士刺杀州宾于家。

却说守曲沃大夫胥午，昔年曾为栾书门客。栾盈行过曲沃，胥午迎款，极其殷勤。栾盈言及城著，胥午许以曲沃之徒助之。留连三日，栾乐等报信已至，言："阳毕领兵将到。"督戎曰："晋兵若至，便与交战，未

必便输与他。"州绰、邢蒯曰："专为此事，恐恩主手下乏人，吾二人特

来相助。"栾盈曰："吾未尝得罪于君，特为怨家所陷耳。若与拒战，彼有辞矣。不如逃之，以俟君之见察。"胥午亦言拒战之不可。即时收拾车乘，盈与午洒泪而别，出奔于楚。比及阳毕兵到著邑，邑人言："盈未曾到此，在曲沃已出奔了。"阳毕班师而归，一路宣布栾氏之罪。百姓皆知栾氏功臣，且栾盈为人，好施爱士，无不叹惜其冤者。范匄言于平公，严禁栾氏故臣，不许从栾盈，从者死。

家臣辛俞初闻栾盈在楚，乃收拾家财数车出城，欲往从之。被守门吏盘住，执辛俞以献于平公。平公曰："寡人有禁，汝何犯之？"辛俞再拜言曰："臣愚甚，不知君所以禁从栾氏者，诚何说也？"平公曰："从栾氏者无君，是以禁之。"辛俞曰："诚禁无君，则臣知免于死矣。臣闻之：'三世仕其家则君之[6]，再世则主之。事君以死，事主以勤。'臣自祖若[7]父，以无大援[8]于国，世隶于栾氏，食其禄，今三世矣。栾氏固臣之君也。臣惟不敢无君，是以欲从栾氏，又何禁乎？且盈虽得罪，君逐之而不诛，得无念其先世犬马之劳，赐以生全乎？今羁旅他方，器用不具，衣食不给，或一朝填于沟壑，君之仁德，无乃不终？臣之此去，尽臣之义，成君之仁，且使国人闻之曰：'君虽危难，不可弃也。'于以禁无君者，大矣。"平公悦其言曰："子姑留事寡人，寡人将以栾氏之禄禄子。"辛俞曰："臣固言之矣：'栾氏，臣之君也。'舍一君又事一君，其何以禁无君者？必欲见留，臣请死！"平公曰："子往，寡人姑听子，以遂子之志。"辛俞再拜稽首，仍领了数车辎重，昂然出绛州城而去。史臣有诗称辛俞之忠。诗曰：

翻云覆雨世情轻，霜雪方知松柏荣。

三世为臣当效死，肯将晋主换栾盈？

却说栾盈居楚境上数月，欲往郢都见楚王，忽转念曰："吾祖父宣力国家，与楚世仇，倘不相容，奈何？"欲改适齐，而资斧空乏，却得辛俞驱辎重来到，得济其用。遂修整车徒，望齐国进发。此周灵王二十一年[9]事也。

　　再说齐庄公为人，好勇喜胜，不屑居人之下，虽然受命澶渊，终以平阴之败为耻。尝欲广求勇力之士，自为一队，亲率之以横行天下。由是于卿大夫士之外，别立"勇爵"，禄比大夫，必须力举千斤，射穿七札者，方与其选。先得殖绰、郭最，次又得贾举、邴师、公孙傲、封具、铎甫、襄尹、偻堙等，共是九人。庄公日日召至宫中，相与驰射击刺，以为笑乐。一日，庄公视朝，近臣报道："今有晋大夫栾盈被逐，来奔齐国。"庄公喜曰："寡人正思报晋之怨，今其世臣来奔，寡人之志遂矣。"欲遣人往迎之。大夫晏婴出奏曰："不可，不可！小所以事大者，信也。吾新与晋盟，今乃纳其逐臣，倘晋人来责，何以对之？"庄公大笑曰："卿言差矣！齐、晋匹敌，岂分小大？昔之受盟，聊以纾^①一时之急耳。寡人岂终事晋，如鲁、卫、曹、邾者耶？"遂不听晏婴之言，使人迎栾盈入朝。盈谒见，稽首哭诉其见逐之繇。庄公曰："卿勿忧，寡人助卿一臂，必使卿复还晋国。"栾盈再拜称谢。庄公赐以大馆，设宴相款。州绰、邢蒯侍于栾盈之旁，庄公见其身大貌伟，问其姓名，二人以实告。庄公曰："向日平阴之役，擒我殖绰、郭最者非尔耶？"绰、蒯叩首谢罪。庄公曰："寡人慕尔久矣！"命赐酒食。因谓盈曰："寡人有求于卿，卿不可辞。"盈对曰："苟可以应君命者，即发肤无所爱。"庄公曰："寡人无他求，欲暂乞二勇士为伴耳。"栾盈不敢拒，只得应允，怏怏登车，叹曰："幸彼未见督戎，不然，亦为所夺矣！"

　　庄公得州绰、邢蒯，列于"勇爵"之末，二人心中不服。一日，与殖绰，郭最同侍于庄公之侧，二人假意佯惊，指绰、最曰："此吾国之囚，何得在此？"郭最应曰："吾等昔为奄狗所误，须不比你跟人逃窜也。"州绰怒曰："汝乃我口中之虱，尚敢跳动耶？"殖绰亦怒曰："汝今日在我国中，也是我盘中之肉矣。"邢蒯曰："既然汝等不能相容，即当复归吾主。"郭最曰："堂堂齐国，难道少了你两人不成！"四人语硬面赤，各以手抚佩剑，渐有相并之意。庄公用好言劝解，取酒劳之。谓州绰、邢蒯曰："寡人固知二卿不屑居齐人之下也。"乃更"勇爵"之名为"龙"

"虎"二爵，分为左右。右班"龙爵"，州绰、邢蒯为首，又选得齐人卢蒲癸、王何，使列其下。左班"虎爵"，则以殖绰、郭最为首，贾举等七人，依旧次序。众人与其列者，皆以为荣，惟州、邢、殖、郭四人，到底心下各不和顺。时崔杼、庆封以援立庄公之功，位皆上卿，同执国政。庄公常造其第，饮酒作乐，或时舞剑射棚⑪，无复君臣之隔。

单说崔杼之前妻，生下二子，曰成，曰疆，数岁而妻死。再娶东郭氏，乃是东郭偃之妹，先嫁与棠公为妻，谓之棠姜。生一子，名曰棠无咎。那棠姜有美色，崔杼因往吊棠公之丧，窥见姿容，央东郭偃说合，娶为继室。亦生一子，曰明。崔杼因宠爱继室，遂用东郭偃、棠无咎为家臣，以幼子崔明托之。谓棠姜曰："俟明长成，当立为适子。"此一段话，且搁过一边。

且说齐庄公一日饮于崔杼之室，崔杼使棠姜奉酒，庄公悦其色，乃厚赂东郭偃，使之通意，乘间与之私合。来往多遍，崔杼渐渐知觉，盘问棠姜。棠姜曰："诚有之。彼挟国君之势以临我，非一妇人所敢拒也。"杼曰："然则汝何不言？"棠姜曰："妾自知有罪，不敢言耳。"崔杼嘿然久之，曰："此事与汝无干。"自此有谋弑庄公之意。

周灵王二十二年，吴王诸樊求婚于晋，晋平公以女嫁之。齐庄公谋于

崔杼曰："寡人许纳栾盈，未得其便。闻曲沃守臣乃栾盈之厚交，今欲以送媵为名，顺便纳栾盈于曲沃，使之袭晋。此事如何？"崔杼衔恨齐侯，私心计较，正欲齐侯结怨于晋，待晋侯以兵来讨，然后委罪于君，弑之以为媚晋之计。今日庄公谋纳栾盈，正中其计，乃对曰："曲沃人虽为栾氏，恐未能害晋。主公必然亲率一军，为之后继。若盈自曲沃而入，主公扬言伐卫，由濮阳⑫自南而北，两路夹攻，晋必不支。"庄公深以为然。以其谋告于栾盈，栾盈甚喜。家臣辛俞谏曰："俞之从主，以尽忠也，亦愿主之忠于晋君也！"盈曰："晋君不以我为臣，奈何？"辛俞曰："昔纣囚文

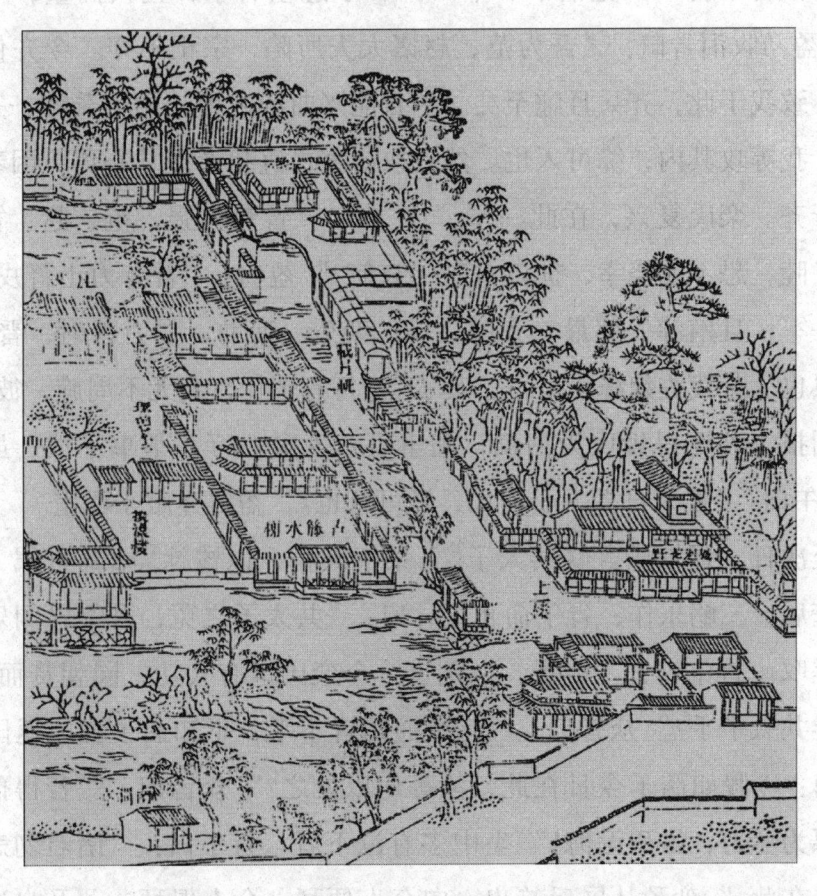

王于羑里，文王三分天下，以服事殷。晋君不念栾氏之勋，黜逐吾主，糊口于外，谁不怜之？一为不忠，何所容于天地之间耶？"栾盈不听。辛俞

泣曰：“吾主此行，必不免！俞当以死相送！”乃拔佩刀自刎而死。史臣有赞云：

> 盈出则从，盈叛则死。公不背君，私不背主。卓哉辛俞，晋之义士！

齐庄公遂以宗女姜氏为媵，遣大夫析归父送之于晋。多用温车，载栾盈及其宗族，欲送至曲沃。州绰、邢蒯请从。庄公恐其归晋，乃使殖绰、郭最代之，嘱曰：“事栾将军，犹事寡人也。”行过曲沃，盈等遂易服入城。夜叩大夫胥午之门，午惊异，启门而出，见栾盈，大惊曰：“小恩主安得到此？”盈曰：“愿得密室言之。”午乃迎盈入于深室之中。盈执胥午之手，欲言不言，不觉泪下。午曰：“小恩主有事，且共商量，不须悲泣。”盈乃收泪告曰：“吾为范、赵诸大夫所陷，宗祀不守。今齐侯怜其非罪，致我于此，齐兵且踵至矣。子若能兴曲沃之甲，相与袭绛，齐兵攻其外，我等攻其内，绛可入也。然后取诸家之仇我者而甘心焉，因奉晋侯以和于齐。栾氏复兴，在此一举。”午曰：“晋势方强，范、赵、智、荀诸家又睦，恐不能侥幸，徒以自贼，奈何？”盈曰：“吾有力士督戎一人，可当一军；且殖绰、郭最，齐国之雄；栾乐、栾鲂，强力善射，晋虽强，不足惧也。昔我佐魏绛于下军，其子[13]舒每有请托，我无不周旋，彼感吾，每思图报，若更得魏氏为内助，此事可八九矣。万一举事不成，虽死无恨！”午曰：“俟来日探人心何如，乃可行也。”盈等遂藏于深室。

至次日，胥午托言梦共太子[14]，祭于其祠，以馂馀[15]飨其官属，伏栾盈于壁后。三觞乐作，胥午命止之，曰：“共太子之冤，吾等忍闻乐乎？”众皆嗟叹。胥午曰：“臣子，一例也。今栾氏世有大功，同朝赞而逐之，亦何异共太子乎？”众皆曰：“此事通国皆不平，不知孺子犹能返国否？”胥午曰：“假如孺子今日在此，汝等何以处之？”众皆曰：“若得孺子为主，愿为尽力，虽死无悔！”坐中多有泣下者。胥午曰：“诸君勿悲，栾孺子见在此。”栾盈从屏后趋出，向众人便拜，众人俱拜。盈乃自述还晋之意：“若得重到绛州城中，死亦瞑目。”众人俱踊跃愿从。是日畅饮而散。

次日，栾盈写密信一封，托曲沃贾人送至绛州魏舒处。舒亦以范、赵所行太过，得此密信，即写回书，言其襄甲以待，只等曲沃兵到，即便相迎。栾盈大喜。胥午搜括曲沃之甲，共二百二十乘，栾盈率之。栾之族人能战者皆从，老弱俱留曲沃。督戎为先锋，殖绰、栾乐在右，郭最、栾鲂在左，黄昏起行，来袭绛都。自曲沃至绛，止隔六十余里，一夜便到。坏郭而入，直抵南门，绛人全然不知，正是"疾雷不及掩耳"，刚刚掩上城门，守御一无所设，不消一个时辰，被督戎攻破，招引栾兵入城，如入无人之境。

时范匄在家，朝饔方彻，忽然乐王鲋喘吁而至，报言栾氏已入南门。

范匄大惊，急呼其子范鞅敛甲拒敌。乐王鲋曰："急事矣！奉主公走固宫，犹可坚守。"固宫者，晋文公为吕、郤焚宫之难，乃于公宫之东隅，别筑

此宫，以备不测，广袤十里有余，内有宫室台观，积粟甚多，轮选国中壮甲三千人守之，外掘沟堑，墙高数仞，极其坚固，故曰固宫。范匄忧国中有内应，鲋曰："诸大夫皆栾怨家，可虑惟魏氏耳。若速以君命召之，犹可得也。"范匄以为然。乃使范鞅以君命召魏舒，一面催促仆人驾车。乐王鲋又曰："事不可知，宜晦其迹。"时平公有外家[17]之丧，范匄与乐王鲋俱衷甲加墨缞，以经[18]蒙其首，诈为妇人，直入宫中，奏知平公，即御公

以入于固宫。

却说魏舒家在城北隅，范鞅乘轺车疾驱而往，但见车徒已列门外，舒戎装在车，南向将往迎栾盈矣。范鞅下车，急趋而进曰："栾氏为逆，主公已在固宫，鞅之父与诸大臣，皆聚于君所，使鞅来迎吾子。"魏舒未及答语，范鞅踊身一跳，早已登车，右手把剑，左手牵魏舒之带，唬得魏舒不敢做声。范鞅喝令："速行！"舆人请问："何往？"范鞅厉声曰："东行往固宫！"于是车徒转向东行，径到固宫。

未知后事何如，再看下回分解。

【注释】

①辌（guó 郭）辌辘（luò 落）辘：车轮滚动的声音。

②兄羊舌赤、羊舌肹：二人与羊舌叔虎均为同父异母之兄弟。原文"羊舌肹"前有一"弟"字，但下文载明，赤、肹乃叔虎之嫡兄。叔虎尚未出生，二人均已成年。"弟"应为衍文，故删。

③要（yāo 邀）人：求人。

④祁：春秋时晋邑名。大夫祁奚之采邑，在今山西祁县东南。

⑤蹴（cù 促）然：惊惧的样子。

⑥君之：以之为君。

⑦若：连接词，及，和。

⑧大援：有力的引荐。

⑨周灵王二十一年：即公元前551年。

⑩纾（shū 舒）：解除，缓和。

⑪射棚：即箭靶。筑土为台，上设木制箭靶，以供习射之用。

⑫濮阳：卫邑名，即曾为卫都之帝丘。在今河南濮阳县南。

⑬其子：原文为"其孙"，据《左传》改。本书之"子"、"孙"二字，颇多混淆处。如第六十一、六十二回之公孙剽，就有两处误为"公子

剥"（但明刊本不误）。

⑭共（gōng 恭）太子：晋献公之太子申生，惠公时谥为共太子，见第二十九回。

⑮馂（jùn 俊）馀：指祭祀后的食品。

⑯朝饔（yōng 拥）方彻：早餐刚结束。

⑰外家：此指外祖父母家。

⑱绖（dié 迭）：古时守丧期结在头上或腰间的麻带。

第六十四回　曲沃城栾盈灭族
　　　　　　且于门杞梁死战

　　却说范匄虽遣其子范鞅往迎魏舒，未知逆顺如何，心中委决不下，亲自登城而望，见一簇车徒，自西北方疾驱而至，其子与魏舒同在一车之上，喜曰："栾氏孤矣！"即开宫门纳之。魏舒与范匄相见，兀自颜色不定。匄执其手曰："外人不谅，颇言将军有私于栾氏，匄固知将军之不然也。若能共灭栾氏者，当以曲沃相劳。"舒此时已落范氏牢笼之内，只得唯唯惟命，遂同谒平公，共商议应敌之计。须臾、赵武、荀吴、智朔、韩无忌、韩起、祁午、羊舌赤、羊舌肹、张孟趯诸臣，陆续而至，皆带有车徒，军势益盛。固宫止有前后两门，俱有重关。范匄使赵、荀两家之军协守南关二重，韩无忌兄弟协守北关二重，祁午诸人周围巡徼。匄与鞅父子，不离平公左右。

　　栾盈已入绛城，不见魏舒来迎，心内怀疑。乃屯于市口，使人哨探，回报："晋侯已往固宫，百官皆从，魏氏亦去矣。"栾盈大怒曰："舒欺我，若相见，当手刃之！"即抚督戎之背曰："用心往攻固宫，富贵与子共也！"督戎曰："戎愿分兵一半，独攻南关，恩主率诸将攻北关，且看谁人先入。"此时殖绰、郭最虽则与盈同事，然州绰、邢蒯却是栾盈带往齐国去的，齐侯作兴①了他，绰、最每受其奚落，俗语云"怪树怪丫叉"，绰、最与州、邢二将有些心病，原原本本，未免迁怒到栾盈身上。况栾盈口口声声只夸督戎之勇，并无俯仰②绰、最之意，绰、最怎肯把热气去呵他冷面，也有坐观成败的意思，不肯十分出力。栾盈所靠，只是督戎一人。

　　当下督戎手提双戟，乘车径往固宫，要取南关。在关外阅看形势，一驰一骤，威风凛凛，杀气腾腾，分明似一位黑煞神下降。晋军素闻其勇

名，见之无不胆落。赵武啧啧叹羡不已。武部下有两员骁将，叫做解雍、解肃，兄弟二人，皆使长枪，军中有名，闻主将叹羡，心中不服曰："督戎虽勇，非有三头六臂，某弟兄不揣③，欲引一枝兵下关，定要活捉那厮献功！"赵武曰："汝须仔细，不可轻敌。"二将装束齐整，飞车出关，隔

堑大叫：“来将是督将军否？可惜你如此英勇，却跟随叛臣。早早归顺，犹可反祸为福。”督戎闻叫大怒，喝教军士填堑而渡。军士方负土运石，督戎性急，将双戟按地，尽力一跃，早跳过堑北。二解倒吃了一惊，挺枪来战督戎。督戎舞戟相迎，全无惧怯。解雍的驾马，早被督戎一戟打去，折了背脊，车不能动。连解肃的驾马，嘶鸣起来，也不行走。二解欺他单身，跳下车来步战。督戎两枝大戟，一左一右，使得呼呼的响。解肃一枪刺来，督戎一戟拉去，戟势去重，磅的一声，那枝枪碏④为两段。解肃撇了枪杆便走。解雍也着了忙，手中迟慢，被督戎一戟刺倒。便去追赶解肃。解肃善走，径奔北关，缒城而上。督戎赶不着，退转来要结果解雍，已被军将救入关去了。督戎气忿忿的，独自挺戟而立，叫道：“有本事的，多着几个出来，一总厮杀，省得费了工夫！”关上无人敢应。督戎守了一会，仍回本营，吩咐军士，打点明日攻关。

　　是夜解雍伤重而死，赵武痛惜不已。解肃曰：“明日小将再决一战，誓报兄仇，虽死不恨！”荀吴曰：“我部下有老将牟登，他有二子，牟刚、牟劲，俱有千斤之力，见在晋侯麾下侍卫。今夜使牟登唤来，明日同解将军出战，三人战一个，难道又输与他？”赵武曰：“如此甚好！”荀吴自去吩咐牟登去了。

　　次早，牟刚、牟劲俱到。赵武看之，果然身材魁伟，气象狰狞，慰劳了一番，命解肃一同下关。那边督戎早把坑堑填平，直逼关下搦战。这里三员猛将，开关而出。督戎大叫：“不怕死的都来！”三将并不打话，一枝长枪，两柄大刀，一齐都奔督戎。督戎全无惧怯。杀得性起，跳下车来，将双戟飞舞，尽著气力，落戟去处，便有千钧之重。牟劲车轴被督戎打折，只得跳下车来，着了督戎一戟，打得稀烂。牟刚大怒，拼命上前，怎奈戟风如箭，没处进步。老将牟登喝叫：“且歇！”关上鸣起金来。牟登亲自出关，接应牟刚，解肃进去。督戎教军士攻关，关上矢石如雨，军士多有伤损，惟督戎不动分毫，真勇将也。

　　赵武与荀吴连败二阵，遣人告急于范匄。范匄曰：“一督戎胜他不得，安能平栾氏乎？"是夜秉烛而坐，闷闷不已。有一隶人侍侧，叩首而问曰："元帅心怀郁郁，莫非忧督戎否？"范匄视其人，姓斐名豹，原是屠岸贾手下饶将斐成之子，因坐屠党，没官为奴，在中军服役。范匄奇其言，问曰："尔若有计除得督戎，当有重赏。"斐豹曰："小人名在丹书⑤，枉有

冲天之志，无处讨个出身。元帅若干丹书上除去豹名，小人当杀督戎，以报厚德。"范匄曰："尔若杀了督戎，吾当请于晋侯，将丹书尽行焚弃，收尔为中军牙将。"斐豹曰："元帅不可失信。"范匄曰："若失信，有如红日！但不知用车徒多少？"斐豹曰："督戎向在绛城，与小人相识，时

常角力赌胜。其人恃勇性躁，专好独斗，若以车徒往，不能胜也。小人情愿单身下关，自有擒督戎之计。"范匄曰："汝莫非去而不返？"斐豹曰："小人有老母，今年七十八岁，又有幼子娇妻，岂肯罪上加罪，作此不忠不孝之事？如有此等，亦如红日！"范匄大喜，劳以酒食，赏兕甲⑥一副。

次日，斐豹穿甲于内，外加练袍，扎缚停当，头带韦弁⑦，足穿麻屦，腰藏利刃，手中提一铜锤，重五十二斤，来辞范匄曰："小人此去，杀得督戎，奏凯而回。不然，亦死于督戎之手，决不两存。"范匄曰："我当亲往，看汝用力。"即时命驾车，使斐豹骖乘，同至南关。赵武、荀吴接见，诉以督戎如此英雄，连折二将。范匄曰："今日斐豹单身赴敌，只看晋侯福分。"言犹未已，关下督戎大呼搦战。斐豹在关上呼曰："督君还认得斐大否？"豹行大，故自称斐大，乃昔年彼此所呼也。督戎曰："斐大，汝今还敢来赌一死生么？"斐豹曰："他人怕你，我斐豹不怕你！你把兵车退后，我与你两人，只地下赌斗，双手对双手，兵器对兵器，不是你死我活，就是我死你活，也落得个英名传后。"督戎曰："此论正合吾意。"遂将军士约退。这里关门开处，单单放一个斐豹出来。两个就在关下交战，约二十余合，未分胜败。斐豹诈言道："我一时内急⑧，可暂住手。"督戎那里肯放。斐豹先瞧见西边空处，有一带短墙，捉个空隙就走。督戎随后赶来，大喝："走向那里去？"范匄等在关上，看见督戎追斐豹，慌捏一把汗。谁知斐豹却是用计，奔近短墙，扑的跳将进去。督戎见斐豹进墙去了，亦逾墙而入。只道斐豹在前面，却不知斐豹隐身在一棵大树之下，专等督戎进墙，出其不意，提起五十二斤的铜锤，自后击之，正中其脑。脑浆迸裂，扑地便倒，兀自把右脚飞起，将斐豹胸前兕甲碾去一片。斐豹急拔出腰间利刃，剁下首级，复跳墙而出。关上望见斐豹手中提有血淋淋的人头，已知得胜，大开关门。解肃、牟刚引兵杀出，栾军大败，一半杀了，一半投降，逃去者十无一二。范匄仰天沥酒曰："此晋侯之福也！"即酌酒亲赐斐豹，就带他往见晋侯。晋侯赏以兵车一乘，注功绩第一。潜渊先生有诗云：

督戎神力世间无，敌手谁知出隶夫？

始信用人须破格，笑他肉食⑨似雕瓠⑩！

再说栾盈引大队车马，攻打北关，连接督戎捷报，盈谓其下曰："吾若有两督戎，何患固宫不破耶？"殖绰践郭最之足，郭最以目答之，各低头不语。惟有栾乐、栾鲂思欲建功，不避矢石。韩无忌、韩起，因前关屡败，不敢轻出，只是严守。到第三日，栾盈得败军之报，言："督戎被杀，全军俱没。"吓得手足无措，方请殖绰、郭最商议。绰、最笑曰："督戎且失利，况我曹乎？"栾盈垂泪不已。栾乐曰："我等死生，决于今夜，当令将士毕聚北门，于三更之后，悉登轒车，放火烧关，或可入也。"栾盈从其计。

晋侯喜督戎之死，置酒庆贺，韩无忌、韩起俱来献觞上寿，饮至二更方散。才回北关，点视方毕，忽然车声轰起，栾氏军马大集，轒车高与关齐，火箭飞蝗般射来，延烧关门。火势凶猛，关内军士，存扎⑪不牢，栾乐当先，栾鲂继之，乘势遂占了外关。韩无忌等退守内关，遣人飞报中军求救。范匄命魏舒往南关，替回荀吴一枝军马，往北关帮助二韩。遂同晋侯登台，望见栾兵屯于外关，寂然无声，范匄曰："此必有计。"传令内门用心防御。守至黄昏，栾兵复登轒车，仍用火器攻门。这里预备下皮帐，帐用牛皮为之，以水浸透，撑开遮蔽，火不能人。乱了一夜，两下暂息。

范匄曰："贼已逼近，傥久而不退，齐复乘之，国必殆矣。"遂命其子范鞅率斐豹引一枝军，从南关转至北门，从外而攻，刻定时辰，约会二韩守关，荀吴率牟刚引一枝兵，从内关杀出外关，腹背夹攻，教他两下不能相顾。使赵武、魏舒，移兵屯于关外，以防南逸。调度已毕，奉晋侯登台观战。范鞅临行，请于匄曰："鞅年少望轻，愿假以中军旗鼓。"匄许之。鞅仗剑登车，建旆而行。方出南关，谓其下曰："今日之战，有进无退！若兵败，吾先自到，必不令诸君独死！"众皆踊跃。

却说荀吴奉范匄将令，使将士饱食结束，专等时候。只见栾兵纷纷扰

扰，俱退出外关，心知外兵已到，一声鼓响，关门大开，牟刚在前，荀吴在后，甲士步卒，一齐杀出。栾盈亦虑晋军内外夹攻，使栾鲂用铁叶车[12]塞外门之口，分兵守之。荀吴之兵，不能出外。范鞅兵到，栾乐见大旆，惊曰："元帅亲至乎？"使人察之，回报曰："小将军范鞅也。"乐曰："不足虑矣！"乃张弓挟矢，立于车中，顾左右曰："多带绳素，射倒者则牵之。"驰入晋军，左射右射，发无不中。其弟栾荣同在车中，谓曰："矢可惜也！多射无名。"乐乃不射。少顷，望见一车远远而来，车中一将，韦弁练袍[13]，形容古怪。栾荣指曰："此人名斐豹，即杀我督将军者，可以射之。"栾乐曰："俟近百步，汝当为我喝采！"言未毕，又一车从旁经过，栾乐认得车中乃是小将军范鞅，想道："若射得范鞅，却不胜如斐豹？"乃驱车逐范鞅而射之。栾乐之箭，从来百发百中，偏是这一箭射个落空。范鞅回顾，见是栾乐，大骂："反贼！死在头上，尚敢射我？"栾乐便教回车退走。他不是真惧范鞅，因射他不着，欲回车诱他赶来，觑得亲切，好端的放箭。谁知殖绰、郭最亦在军中，忌栾乐善射，惟恐其成功，一见他退走，遂大呼曰："栾氏败矣！"御人闻呼，又错认别枝兵败了，举头四望，辔乱马逸。路上有大槐根，车轮误触之而覆，把栾乐跌将出来。恰恰的斐豹赶到，用长戟钩之，断其手肘。可怜栾乐是栾族第一个战将，今日死于槐根之侧，岂非天哉！髯翁有诗云：

猿臂将军[14]射不空，偏教一矢误英雄。

老天已绝栾家祀，肯许军中建大功？

栾荣先跳下车，不敢来救栾乐，急逃而免。殖绰、郭最难回齐国，郭最奔秦，殖绰奔卫。

栾盈闻栾乐之死，放声大哭，军士无不哀涕。栾鲂守不住门口，收兵保护栾盈，望南而奔。荀吴与范鞅合兵，从后追来，盈、鲂同曲沃之众，抵死拒敌，大杀一场，晋兵才退。盈、鲂亦身带重伤，行至南门，又遇魏舒引兵拦住。栾盈垂泪告曰："魏伯独不忆下军共事之日乎？盈知必死，然不应死于魏伯之手也！"魏舒意中不忍，使车徒分列左右，让栾盈一路。栾盈、栾鲂引着残兵，急急奔回曲沃去了。须臾，赵武军到，问魏舒曰："栾孺子已过，何不追之？"魏舒曰："彼如釜中之鱼，瓮中之鳖，自有庖人动手。舒念先人僚谊，诚不忍操刀也！"赵武心中恻然，亦不行追赶。范匄闻栾盈已去，知魏舒做人情，置之不言。乃谓范鞅曰："从盈者，皆曲沃之甲，此去必还曲沃。彼爪牙已尽，汝率一军围之，不忧不下也。"荀吴亦愿同往，范匄许之。二将帅车三百乘，围栾盈于曲沃。范匄奉晋平公复回公宫，取丹书焚之，因斐豹得脱隶籍者二十余家。范匄遂收斐豹为牙将。

　　话分两头。却说齐庄公自打发栾盈转身，便大选车徒，以王孙挥为大将，申鲜虞副之，州绰、邢蒯为先锋，晏氂为合后，贾举、邴师等随身扈驾，择吉出师。先侵卫地，卫人徼守，不敢出战。齐兵也不攻城，遂望帝丘而北，直犯晋界，围朝歌⑮，三日取之。庄公登朝阳山犒军。遂分军为二队：王孙挥同诸将为前队，从左取路孟门⑯隘；庄公自率"龙""虎"

二爵为后队，从右取路共山；俱于太行山取齐。一路杀掠，自不必说。邢蒯露宿共山[17]之下，为毒蛇所螫，腹肿而死。庄公甚惜之。不一日，两军俱至太行，庄公登山以望二绛，正议袭绛之事。闻栾盈败走曲沃，晋侯悉起大军将至，庄公曰："吾志不遂矣！"遂观兵[18]于少水[19]而还。守邯郸大夫赵胜，起本邑之兵追之。庄公只道大军来到，前队又已先发，仓皇奔走，只留晏氂断后。氂兵败，被赵胜斩之。

范鞅、荀吴围曲沃月余，盈等屡战不胜，城中死者过半，力尽不能守，城遂破。胥午伏剑而死，栾盈、栾荣俱被执。盈曰："吾悔不用辛俞之言，乃至于此！"荀吴欲囚栾盈，解至绛城。范鞅曰："主公优柔不断，万一乞哀而免之，是纵仇也。"乃夜使人缢杀之，并杀栾荣，尽诛灭栾氏之族。惟栾鲂缒城而遁，出奔宋国去了。鞅等班师回奏，平公命以栾氏之事，播告于诸侯。诸侯多遣人来称贺。史臣有赞云：

宾傅桓叔，枝佐文君。传盾及书，世为国桢[20]。靥一汏侈，遂坠厥勋。盈虽好士，适殒其身。保家有道，以诫子孙。

于是范匄告老，赵武代之为政。不在话下。

再说齐庄公以伐晋未竟其功，雄心不死，还至齐境，不肯入，曰："平阴之役，莒人欲自其乡袭齐，此仇亦不可不报也！"乃留屯于境上，大蒐[21]车乘。州绰、贾举等各赐坚车五乘，名为"五乘之宾"。贾举称临淄人华周、杞梁之勇，庄公即使人召之。周、梁二人来见，庄公赐以一车，使之同乘，随军立功。华周退而不食，谓杞梁曰："君之立'五乘之宾'，以勇故也。君之召我二人，亦以勇故也。彼一人而五乘，我二人而一乘，此非用我，乃辱我耳！盍辞之他往乎？"杞梁曰："梁家有老母，当禀命而行之。"杞梁归告其母，母曰："汝生而无义，死而无名，虽在'五乘之宾'，人孰不笑汝！汝勉之，君命不可逃也。"杞梁以母之语述于华周。华周曰："妇人不忘君命，吾敢忘乎？"遂与杞梁共车，侍于庄公。

庄公休兵数日，传令留王孙挥统大军屯扎境上，单用"五乘之宾"及选锐三千，衔枚卧鼓，往袭莒国。华周、杞梁自请为前队。庄公问曰：

"汝用甲乘几何？"华周杞梁曰："臣等二人，只身谒君，亦愿只身前往。君所赐一车，已足吾乘矣。"庄公欲试其勇，笑而许之。华周、杞梁约更番为御，临行曰："更得一人为戎右，可当一队矣。"有小卒挺身出曰："小人愿随二位将军一行，不知肯提挈否？"华周曰："汝何姓名？"小卒对曰："某乃本国人隰侯重也。慕二位将军之义勇，是以乐从。"三人遂同一乘，建一旗一鼓，风驰而去。

先到莒郊，露宿一夜。次早，莒黎比公知齐师将到，亲率甲士三百人巡郊，遇华周、杞梁之车，方欲盘问，周、梁瞋目大呼曰："我二人，乃齐将也，谁敢与我决斗？"黎比公吃了一惊，察其单车无继，使甲士重重围之。周、梁谓隰侯重曰："汝为我击鼓勿休！"乃各挺长戟，跳下车来，左右冲突，遇者辄死，三百甲士，被杀伤了一半。黎比公曰："寡人已知二将军之勇矣！不须死战，愿分莒国与将军共之！"周、梁同声对曰："去国归敌，非忠也；受命而弃之，非信也。深入多杀者，为将之事，若莒国之利，非臣所知！"言毕，奋戟复战。黎比公不能当，大败而走。

齐庄公大队已到，闻知二将独战得胜，使人召之还，曰："寡人已知二将军之勇矣！不必更战，愿分齐国，与将军共之！"周、梁同声对曰："君立'五乘之宾'，而吾不与焉，是少②吾勇也。又以利啖我，是污吾行

也。深入多杀者，为将之事，若齐国之利，非臣所知！"乃揖去使者，弃车步行，直逼且于门㉓。黎比公令人于狭道掘沟炙炭，炭火腾焰，不能进步。隰侯重曰："吾闻古之士能立名于后世者，惟捐生也。吾能使子逾沟。"乃仗楯自伏于炭上，令二子乘之而进。华周、杞梁既逾沟，回顾隰

侯重，已焦灼矣。乃向之而号。杞梁收泪，华周哭犹未止。杞梁曰："汝畏死耶？何哭之久也？"华周曰："我岂怕死者哉？此人之勇，与我同也，乃能先我而死，是以哀之！"黎比公见二将已越火沟，急召善射者百人，伏于门之左右，俟其近，即攒射之。华周、杞梁直前夺门，百矢俱发，二将冒矢突战，复杀二十七人。守城军士，环立城上，皆注矢下射。杞梁重伤先死。华周身中数十箭，力尽被执，气犹未绝，黎比公载归城中。有诗为证：

> 争羡赳赳五乘宾，形如熊虎力千钧。
>
> 谁知陷阵捐躯者，却是单车殉义人！

却说齐庄公得使者回信，知周、梁有必死之心，遂引大队前进。至且于门，闻三人俱已战死，大怒，便欲攻城。黎比公遣使至齐军中谢曰："寡君徒见单车，不知为大国所遣，是以误犯。且大国死者三人，敝邑被杀者已百余人矣。彼自求死，非敝邑敢于加兵也。寡君畏君之威，特命下臣百拜谢罪，愿岁岁朝齐，不敢有贰。"庄公怒气方盛，不准行成。黎比公复遣使相求，欲送还华周，并归杞梁之尸，且以金帛犒军。庄公犹未许。忽传王孙挥有急报至，言："晋侯与宋、鲁、卫、郑各国之君，会于夷仪㉔，谋伐齐国。请主公作速班师。"庄公得此急信，乃许莒成。莒黎比公大出金帛为献，以温车载华周，以辇载杞梁之尸，送归齐军。惟隰侯重尸在炭中，已化为灰烬，不能收拾。庄公即日班师，命将杞梁殡于齐郊之外。

庄公方入郊，适遇杞梁之妻孟姜，来迎夫尸。庄公停车，使人吊之。孟姜对使者再拜曰："梁若有罪，敢辱君吊？若其无罪，犹有先人之敝庐在。郊非吊所㉕，下妾敢辞！"庄公大惭曰："寡人之过也！"乃为位于杞梁之家而吊焉。孟姜奉夫棺，将空于城外，乃露宿三日，抚棺大恸，涕泪俱尽，继之以血。齐城忽然崩陷数尺，由哀恸迫切，精诚之所感也。后世传秦人范杞梁差筑长城而死，其妻孟姜女送寒衣至城下，闻夫死痛哭，城为之崩，盖即齐将杞梁之事而误传之耳。华周归齐，伤重，未几亦死。其妻哀恸，倍于常人。按《孟子》称"华周、杞梁之妻，善哭其夫而变国俗"，正谓此也。史臣有诗云：

忠勇千秋想杞梁，颓城悲恸亦非常。

至今齐国成风俗，婺妇[26]哀哀学孟姜。

按此乃周灵王二十二年[27]之事。是年大水，穀水[28]与洛水斗，黄河俱泛滥，平地水溕尺余。晋侯伐齐之议遂中止。

却说齐右卿崔杼恶庄公之淫乱，巴不得晋师来伐，欲行大事，已与左卿庆封商议事成之日，平分齐国，及闻水阻，心中郁郁。庄公有近侍贾竖，尝以小事，受鞭一百，崔杼知其衔怨，乃以重赂结之，凡庄公一动一息，俱令相报。

毕竟崔杼做出甚事来，再看下回分解。

【注释】

①作兴：抬举。

②俯仰：尊敬，重用之意。

③不揣：不自量力。

④磖（lā 拉）：折断。

⑤丹书：罪人名册。古时用红笔书写，故称。

⑥兕（sì 四）甲：犀牛甲。兕，犀牛类动物，皮厚，可以制甲。

⑦韦弁（biān 变）：古冠名。熟皮制成，赤色。可作头盔之用。

⑧内急：腹胀，急欲大便的隐语。

⑨肉食：指享受厚禄的官僚。

⑩雕瓠（hú 胡）：雕画的葫芦。外表华美，内里空无一物。

⑪存札：驻札，停留。

⑬练袍：见第六十回注⑭。

⑭猿臂将军：指善射的将军。李广善射，《汉书》称其"为人长，猿臂，其善射亦天性也"。此处借指栾乐。

⑮朝歌：古邑名。本属卫，后并于晋。在今河南淇县。

⑯孟门：古地名。在今河南卫辉市西，为太行山著名隘道。

⑰共山：太行山诸峰之一。疑在共邑境内，共邑在今河南卫辉市。

⑱观兵：检阅军队，示人以兵威。

⑲少水：古水名。即今之沁水。沁水出山西沁源县北，经安泽、阳城至河南武涉入黄河。

⑳国桢：国家的支柱。桢，筑墙时竖立在两边的木柱。引申为骨干、支柱。

㉑大蒐：本指五年一次的军事大检阅。此指大肆聚集。

㉒少：轻视。

㉓且于门：且于本莒邑，在今山东莒县。路狭如隧，莒人因势筑塞，故称之为且于门。

㉔夷仪：春秋时晋邑名。在今河北邢台市西。

㉕郊非吊所：依古礼，对贱者方可郊吊。杞梁为国而死，当进秩为大夫，郊吊乃是对死者的不尊重。

㉖嫠（lí 离）妇：寡妇。

㉗周灵王二十二年：即公元前 550 年。

㉘榖水：古水名。出河南渑池县，流至东周王城汇入洛水。

第六十五回　弑齐光崔庆专权
纳卫衍宁喜擅政

话说周灵王二十三年夏五月，莒黎比公因许齐侯岁岁来朝，是月，亲自至临淄朝齐。庄公大喜，设飨于北郭，款待黎比公。崔氏府第，正在北郭。崔杼有心拿庄公破绽，诈称寒疾不能起身，诸大夫皆侍宴，惟杼不往，密使心腹叩信于贾竖。竖密报云："主公只等席散，便来问相国之病。"崔杼笑曰："君岂忧吾病哉？正以吾病为利，欲行无耻之事耳。"乃谓其妻棠姜曰："我今日欲除此无道昏君，汝若从吾之计，吾不扬汝之丑，当立汝子为适嗣；如不从吾言，先斩汝母子之首。"棠姜曰："妇人，从夫者也。子有命，焉敢不依？"崔杼乃使棠无咎伏甲士百人于内室之左右，使崔成、崔疆伏甲于门之内，使东郭偃伏甲于门之外。分拨已定，约以鸣钟为号。再使人送密信于贾竖："君若来时，须要如此恁般。"

且说庄公爱棠姜之色，心心念念，寝食不忘，只因崔杼防范严密，不便数数①来往。是日，见崔杼辞病不至，正中其怀，神魂已落在棠姜身上。燕享之仪，了事而已。事毕，趋驾往崔氏问疾。阍者谬对曰："病甚重，方服药而卧。"庄公曰："卧于何处？"对曰："卧于外寝。"庄公大喜，竟入内室。时州绰、贾举、公孙傲、偻堙四人从行。贾竖曰："君之行事，子所知也。盍待于外，无混入以惊相国。"州绰等信以为然，遂俱止于门外。惟贾举不肯出，曰："留一人何害？"乃独止堂中。贾竖闭中门而入。阍者复掩大门，拴而锁之。

庄公至内室，棠姜艳妆出迎。未交一言，有侍婢来告："相国口燥，

欲饮蜜汤。"棠姜曰:"妾往取蜜即至也。"棠姜同侍婢自侧户冉冉而去。庄公倚槛待之,望而不至,乃歌曰:

室之幽兮,美所游兮。室之邃兮,美所会兮。不见美兮,忧心胡底[2]兮!

歌方毕,闻廊下有刀戟之声。庄公讶曰:"此处安得有兵?"呼贾竖不应。须臾间,左右甲士俱起。庄公大惊,情知有变,急趋后户,户已闭。庄公力大,破户而出,得一楼登之。棠无咎引甲士围楼,声声只叫:"奉相国之命,来拿淫贼!"庄公倚槛谕之曰:"我,尔君也,幸舍我去!"无咎曰:"相国有命,不敢自专。"庄公曰:"相国何在?愿与立盟,誓不相害!"无咎曰:"相国病不能来也。"庄公曰:"寡人知罪矣!容至太庙中自尽,以谢相国何如?"无咎又曰:"我等但知拿奸淫之人,不知有君。君既知罪,即请自裁,毋徒取辱。"庄公不得已,从楼牖中跃出,登花台,欲逾墙走。无咎引弓射之,中其左股,从墙上倒坠下来。甲士一齐俱上,刺杀庄公。无咎即使人鸣钟数声。

时近黄昏，贾举在堂中侧耳而听，忽见贾竖启门，携烛而出曰："室中有贼，主公召尔。尔先入，我当报州将军等。"贾举曰："与我烛。"贾竖授烛，失手坠地，烛灭。举仗剑摸索，才入中门，遇绊索踬地。崔疆从门旁突出，击而杀之。州绰等在门外，不知门内之事。东郭偃伪为结好，邀至旁舍中，秉烛具酒肉，且劝使释剑乐饮，亦遍饮从者。忽闻宅内鸣钟，东郭偃曰："主公饮酒矣。"州绰曰："不忌相国乎？"偃曰："相国病甚，谁忌之？"有顷，钟再鸣，偃起曰："吾当入视。"偃去，甲士悉起。州绰等急简兵器，先被东郭偃使人盗去了。州绰大怒，视门前有升车石③，磔④以投人。偻堙适趋过，误中堙，折其一足，惧而走。公孙傲拔系马柱而舞，甲士多伤。众人以火炬攻之，须发尽燎。时大门忽启，崔成、崔疆复率甲士自内而出，公孙傲以手拉崔成，折其臂，崔疆以长戈刺傲，立死，并杀偻堙。州绰夺甲士之戟，复来寻斗，东郭偃大呼："昏君奸淫无道，已受诛戮，不干众人之事，何不留身以事新主？"州绰乃投戟于地曰："吾以羁旅亡命，受齐侯知己之遇，今日不能出力，反害偻堙，殆天意也！惟当舍一命以报君宠，岂肯苟活，为齐、晋两国所笑乎？"即以头触石垣三四，石破头亦裂。邴师闻庄公之死，自刭于朝门之外。封具缢于家。铎父与襄尹相约，往哭庄公之尸，中路闻贾举等俱死，遂皆自杀。髯翁有诗云：

似虎如龙勇绝伦，因怀君宠命轻尘。

私恩只许私恩报，殉难何曾有大臣。

时王何约卢蒲癸同死，癸曰："无益也，不如逃之，以俟后图。幸有一人复国，必当相引。"王何曰："请立誓！"誓成，王何遂出奔莒国。卢蒲癸将行，谓其弟卢蒲嫳曰："君之立勇爵，以自卫也。与君同死，何益于君？我去，子必求事崔、庆而归我，我因以为君报仇。如此，则虽死不虚矣！"嫳许之。癸乃出奔晋国。卢蒲嫳遂求事庆封，庆封用为家臣。申鲜虞出奔楚，后仕楚为右尹。

　　时齐国诸大夫闻崔氏作乱，皆闭门待信，无敢至者。惟晏婴直造崔氏，入其室，枕庄公之股，放声大哭。既起，又踊跃三度⑤，然后趋出。棠无咎曰："必杀晏婴，方免众谤。"崔杼曰："此人有贤名，杀之恐失人心。"晏婴遂归，告于陈须无曰："盍议立君乎？"须无曰："守有高、国，权有崔、庆，须无何能为？"婴退，须无曰："乱贼在朝，不可与共事也。"驾而奔宋。晏婴复往见高止、国夏，皆言："崔氏将至，且庆氏在，非吾所能张主也。"婴乃叹息而去。

　　未几，庆封使其子庆舍，搜捕庄公余党，杀逐殆尽。以车迎崔杼入朝，然后使召高、国，共议立君之事。高、国让于崔、庆，庆封复让于崔杼。崔杼曰："灵公之子杵臼，年已长，其母为鲁大夫叔孙侨如之女，立之可结鲁好。"众人皆唯唯。于是迎公子杵臼为君，是为景公⑥。时景公年幼，崔杼自立为右相，立庆封为左相。盟群臣于太公之庙⑦，刑牲歃血，誓其众曰："诸君有不与崔、庆同心者，有如日！"庆封继之，高、国亦从其誓。轮及晏婴，婴仰天叹曰："诸君能忠于君，利于社稷，而婴不与同心者，有如上帝！"崔、庆俱色变。高、国曰："二相今日之举，正忠君利社稷之事也。"崔、庆乃悦。时莒黎比公尚在齐国，崔庆奉景公与黎比公为盟，黎比公乃归莒。

崔杼命棠无咎敛州绰、贾举等之尸，与庄公同葬于北郭，灭其礼数，不用兵器，曰："恐其逞勇于地下也。"命太史伯以疟疾书庄公之死，太史伯不从，书于简曰："夏五月乙亥，崔杼弑其君光。"杼见之大怒，杀太史。太史有弟三人，曰仲、叔、季。仲复书如前，杼又杀之；叔亦如之，杼复杀之。季又书，杼执其简谓季曰："汝三兄皆死，汝独不爱性命乎？若更其语，当免汝。"季对曰："据事直书，史氏之职也。失职而生，不如死！昔赵穿弑晋灵公，太史董狐以赵盾位为正卿，不能讨贼，书曰：'赵盾弑其君夷皋。'盾不为怪。知史职不可废也。某即不书，天下必有书之者。不书不足以盖相国之丑，而徒贻识者之笑，某是以不爱其死，惟相国裁之！"崔杼叹曰："吾惧社稷之陨，不得已而为此。虽直书，人必谅我。"乃掷简还季。季捧简而出，将至史馆，遇南史氏方来，季问其故。南史氏曰："闻汝兄弟俱死，恐遂没夏五月乙亥之事⑧，吾是以执简而来也。"季以所书简示之，南史氏乃辞去。髯翁读史至此，有赞云：

朝纲纽解，乱臣接迹。斧钺不加，诛之以笔。不畏身死，而畏溺职。南史同心，有遂无格⑨。皓日青天，奸雄夺魄。彼哉谀语，羞此史册！

崔杼愧太史之笔，乃委罪贾竖而杀之。

是月，晋平公以水势既退，复大合诸侯于夷仪，将为伐齐之举。崔杼使左相庆封以庄公之死，告于晋师，言："群臣惧大国之诛，社稷不保，已代大国行讨矣。新君杵曰，出自鲁姬，愿改事上国，勿替旧好。所攘朝歌之地，仍归上国，更以宗器若干，乐器若干为献。"诸侯亦皆有赂。平公大悦，班师而归，诸侯皆散。自此晋、齐复合。时殖绰在卫，闻州绰、邢蒯皆死，复归齐国。卫献公衎出奔在齐，素闻其勇，使公孙丁以厚币招之，绰遂留事献公。此事搁过一边。

是年吴王诸樊伐楚，过巢⑩，攻其门。巢将牛臣隐身于短墙而射之，诸樊中矢而死。群臣守寿梦临终之戒，立其弟馀祭为王。馀祭曰："吾兄非死于巢也，以先王之言，国当次及，欲速死以传季弟，故轻生耳。"乃夜祷于天，亦求速死。左右曰："人所欲者，寿也。王乃自祈早死，不亦远于人情乎？"馀祭曰："昔我先人太王，废长立幼，竟成大业[11]。今吾兄弟四人，以次相承，若俱考终命，札且老矣。吾是以求速也。"此段话且搁过一边。

却说卫大夫孙林父、宁殖既逐其君衍，奉其弟剽为君。后宁殖病笃，召其子宁喜谓曰："宁氏自庄、武[12]以来，世笃忠贞。出君之事，孙子为之，非吾意也。而人皆称曰'孙、宁'。吾恨无以自明，即死，无颜见祖父于地下！子能使故君复位，盖吾之愆，方是吾子。不然，吾不享汝之祀矣。"喜泣拜曰："敢不勉图！"殖死，喜嗣为左相，自是日以复国为念。奈殇公剽屡会诸侯，四境无故，上卿孙林父又是献公衍的嫡仇，无间可乘。

周灵王二十四年[13]，卫献公袭夷仪[14]据之，使公孙丁私入帝丘城，谓宁喜曰："子能反父之意，复纳寡人，卫国之政，尽归于子，寡人但主祭祀而已。"宁喜正有遗嘱在心，今得此信，且有委政之言，不胜之喜。又思："卫侯一时求复，故以甜言相哄，倘归而悔之，奈何？公子鱄贤而有信，若得他为证明，他日定不相负。"乃为复书，密付来使，书中大约言："此乃国家大事，臣喜一人，岂能独力承当？子鲜乃国人所信，必得他到此面订，方有商量。"子鲜者，公子鱄之字也。献公谓公子鱄曰："寡人复国，全由宁氏，吾弟必须为我一行。"子鱄口虽答应，全无去意。献公屡屡促之，鱄对曰："天下无无政之君。君曰'政由宁氏'，异日必悔之。是使鱄失信于宁氏也，鱄所以不敢奉命。"献公曰："寡人今窜身一隅，犹无政也。倘先人之祀，延及子孙，寡人之愿足矣，岂敢食言，以累吾弟。"鱄对曰："君意既决，鱄何敢避事，以败君之大功。"乃私入帝丘城，来见宁喜，复申献公之约。宁喜曰："子鲜若能任其言，喜敢不任其事！"鱄向天誓曰："鱄若负此言，不能食卫之粟。"喜曰："子鲜之誓，重于泰山矣。"公子鱄回复献公去了。

宁喜以殖之遗命，告于蘧瑗。瑗掩耳而走曰："瑗不与闻君之出，又敢与闻君之入乎？"遂去卫适鲁。喜复告于大夫石恶、北宫遗，二人皆赞成之。喜乃告于右宰穀，穀连声曰："不可，不可！新君之立十二年矣，未有失德。今谋复故君，必废新君，父子得罪于两世，天下谁能容之？"喜曰："吾受先人遗命，此事断不可已。"右宰穀曰："吾请往见故君，观其为人视往日如何，而后商之。"喜曰："善。"

右宰穀乃潜往夷仪，求见献公。献公方濯足，闻穀至，不及穿履，徒跣而出，喜形于面，谓穀曰："子从左相处来，必有好音矣。"穀对曰："臣以便道奉候，喜不知也。"献公曰："子第为寡人致左相，速速为寡人图成其事。左相纵不思复寡人，独不思得卫政乎？"穀对曰："所乐为君者，以政在也。政去，何以为君？"献公曰："不然。所谓君者，受尊号，

享荣名，美衣玉食，崇阶华宫，乘高车，驾上驷，府库充盈，使令[15]满前，入有嫔御姬侍之奉，出有田猎毕弋[16]之娱，岂必劳心政务，然后为乐哉？"觳嘿然而退。复见公子鲜，觳述献公之言，鲜曰："君淹恤[17]日久，苦极望甘，故为此言。夫所谓君者，敬礼大臣，录用贤能，节财而用之，恤民而使之，作事必宽，出言必信，然后能享荣名，而受尊号，此皆吾君之所熟闻也。"右宰觳归谓宁喜曰："吾见故君，其言粪土耳！无改于旧。"喜曰："曾见子鲜否？"谷曰："子鲜之言合道，然非君所能行也。"喜曰："吾恃子鲜矣。吾有先臣之遗命，虽知其无改，安能已乎？"觳曰："必欲举事，请俟其间。"

时孙林父年老，同其庶长子孙蒯居戚。留二子孙嘉、孙襄在朝。周灵王二十五年春二月，孙嘉奉殇公之命，出使聘齐，惟孙襄居守。适献公又遣公孙丁来讨信，右宰觳谓宁喜曰："子欲行事，此其时矣。父兄不在，襄可取也，得襄，则子叔无能为矣。"喜曰："子言正合吾意。"遂阴集家甲，使右宰觳同公孙丁帅之以伐孙襄。孙氏府第壮丽，亚于公宫，墙垣坚厚，家甲千人，有家将雍鉏、褚带二人，轮班值日巡警。是日褚带当班，右宰穀兵到，褚带闭门登楼问故。穀曰："欲见舍人^⑱，有事商议。"褚带曰："议事何须用兵?"欲引弓射之。穀急退，帅卒攻门。孙襄亲至门上，督视把守。褚带使善射者，更番迭进，将弓持满，临楼牖而立，近者辄射之，死者数人。雍鉏闻府第有事，亦起军丁来接应。两下混战，互有杀

伤。右宰穀度不能取胜，引兵而回。孙襄命开门，亲自驰良马追赶，遇右宰穀，以长铙^⑲挽其车。右宰穀大呼："公孙为我速射!"公孙丁认得是孙襄，弯弓搭箭，一发正中其胸，却得雍、褚二将齐上，救回去了。胡曾先生咏史诗云：

孙氏无成宁氏昌，天教一矢中孙襄。

安排兔窟^⑳千年富，谁料寒灰发火光^㉑。

右宰穀转去，回复宁喜，说孙家如此难攻："若非公孙神箭，射中孙襄，追兵还不肯退。"宁喜曰："一次攻他不下，第二次越难攻了。既然箭中其主，军心必乱，今夜吾自往攻之。如再无功，即当出奔，以避其

祸。我与孙氏，已无两立之势矣。"一面整顿车仗，先将妻子送出郊外，恐一时兵败，脱身不及。一面遣人打听孙家动静。约莫黄昏时候，打探者回报："孙氏府第内有号哭之声，门上人出入，状甚仓皇。"宁喜曰："此必孙襄伤重而亡也。"言未毕，北宫遗忽至，言："孙襄已死，其家无主，可速攻之。"

时漏下已三更，宁喜自行披挂，同北宫遗、右宰穀、公孙丁等，悉起家众，重至孙氏之门。雍鉏、褚带方临尸哭泣，闻报宁家兵又到，急忙披挂，已被攻入大门。鉏等急闭中门，奈孙氏家甲先自逃散，无人协守，亦被攻破。雍鉏逾后墙而遁，奔往戚邑去了，褚带为乱军所杀。其时天已大明，宁喜灭孙襄之家，断襄之首，携至公宫，来见殇公，言："孙氏专政日久，有叛逆之情，某已勒兵往讨，得孙襄之首矣。"殇公曰："孙氏果谋叛，奈何不令寡人闻之？既无寡人在目，又来见寡人何事？"宁喜起立，抚剑言曰："君乃孙氏所立，非先君之命，群臣百姓，复思故君，请君避位，以成尧、舜之德。"殇公怒曰："汝擅杀世臣，废置任意，真乃叛逆之臣也！寡人南面为君，已十三载，宁死不能受辱！"即操戈以逐宁喜。喜趋出宫门。殇公举目一看，只见刀枪济济，戈甲森森，宁家之兵，布满宫外，慌忙退步。宁喜一声指麾，甲士齐上，将殇公拘住。世子角闻变，仗剑来救，被公孙丁赶上，一戟刺死。宁喜传令，囚殇公于太庙，逼使饮鸩而亡。此周灵王二十五年春二月辛卯日事也。宁喜使人迎其妻子，复归府第。乃集群臣于朝堂，议迎立故君。各官皆到，惟有太叔仪乃是卫成公之子，卫文公之孙，年六十余，独称病不至。人问其故，仪曰："新旧皆君也。国家不幸有此事，老臣何忍与闻乎？"

宁喜迁殇公之宫眷于外，扫除宫室，即备法驾，遣右宰穀、北宫遗同公孙丁往夷仪迎接献公。献公星夜驱驰，三日而至。大夫公孙免余，直至境外相见。献公感其远迎之意，执其手曰："不图今日复为君臣。"自此免余有宠。诸大夫皆迎于境内，献公自车揖之。既谒庙临朝，百官拜贺，太叔仪尚称病不朝。献公使人责之曰："太叔不欲寡人返国乎？何为拒寡人?"仪顿首对曰:"昔君之出,臣不能从,臣罪一也;君之在外,臣不能怀贰心,以通内外之言,罪二也;及君求入,臣又不能与闻大事,罪三也。君以三罪责臣,臣敢逃死!"即命驾车,欲谋出奔。献公亲往留之。仪见献公,垂泪不止,请为殇公成丧,献公许之,然后出就班列。

献公使宁喜独相卫国,凡事一听专决,加食邑三千室。北宫遗、右宰穀、石恶、公孙免余等,俱增秩禄。公孙丁、殖绰有从亡之劳,公孙无地、公孙臣,其父有死难之节,俱进爵大夫。其他太叔仪、齐恶、孔羁、褚师申等,俱如旧。召蘧瑗于鲁,复其位。

却说孙嘉聘齐而回,中道闻变,径归戚邑。林父知献公必不干休,乃以戚邑附晋,诉说宁喜弑君之恶,求晋侯做主。恐卫侯不日遣兵伐戚,乞赐发兵,协力守御。晋平公以三百人助之。孙林父使晋兵专戍茅氏㉒之地。孙蒯谏曰:"戍兵单薄,恐不能拒卫人,奈何?"林父笑曰:"三百人不足为吾轻重,故委之东鄙。若卫人袭杀晋戍,必然激晋之怒,不愁晋人不助我也。"孙蒯曰："大人高见，儿万不及。"宁喜闻林父请兵，晋仅发三百人，喜曰："晋若真助林父，岂但以三百人塞责哉？"乃使殖绰将选卒千人，往袭茅氏。

不知胜负如何，且看下回分解。

【注释】

①数数（shuò 硕）：常常，屡次。

②胡底（zhì 治）：何所止，即无边无际之意。底，同"厎"，到达。

③升车石：指登车脚踏之石。

④磔（zhé 哲）：古时分裂肢体之刑叫磔。这里引申为击碎。

⑤踊跃三度：指多次顿足哀哭。古代丧礼，有擗踊之仪。男踊女擗，

辟即椎胸，踊乃顿足，都是表示哀痛的动作。

⑥景公：齐景公吕杵臼，灵公吕环之子，庄公吕光庶弟。在位五十八年（前547—前490）。

⑦太公之庙：齐开国之君姜太公吕尚之庙，乃齐之祖庙。

⑧夏五月乙亥之事：隐指崔抒弑齐庄公一事。此事发生在五月十七日，当日干支为乙亥。

⑨有遂无格：意谓只能完成，不能停止。遂，成也。格，阻止。

⑩巢：本古国名。后并于楚，地在今安徽巢县东北。

⑪"昔我先人"三句：太王即周之始祖古公亶父。因其少子季历之子昌（即周文王）甚贤，乃废长子太伯立季历。太伯至江南为吴之始祖。而文王昌实奠定周朝，成就大业。

⑫庄、武：指宁殖祖父宁速，谥庄子；宁殖父宁俞，谥武子。

⑬周灵王二十四年：即公元前548年。

⑭夷仪：春秋时邑名。在今山东省聊城市西南。与上两段晋侯"复大

合诸侯于夷仪"并非一地。前一夷仪在今河北（参见第六十四回注

⑮，属晋。此夷仪为邢地，齐桓公救邢时曾迁其都于此。公元前635年，邢为卫并，乃属卫。

⑯使令：指供使唤命令的人，即仆役。

⑰毕弋（yì义）：均捕鸟器。毕为长柄之网，弋乃带丝绳之箭。

⑱淹恤：久遭忧患。

⑲舍人：古时王公贵族的侍从宾客、亲近左右，通称为舍人。此实为对主人孙襄的宛转说法。

⑳长铙（náo挠）：古代军中乐器。长柄，头似铃而无舌，用槌击之以止众。此用以拉对方之车。

㉑兔窟：狡兔之窟，常有数穴，以保安全。借喻孙氏经营之戚邑。

㉒寒灰发火光：意同死灰复燃。比喻卫献公被篡逐后又得返国复辟。

㉓茅氏：春秋时卫地名。在今河南濮阳东北，即戚邑之东。

第六十六回　杀宁喜子鲋出奔
戮崔杼庆封独相

　　话说殖绰帅选卒千人，去袭晋戍，三百人不勾一扫，遂屯兵于茅氏，遣人如卫报捷。林父闻卫兵已入东鄙，遣孙蒯同雍鉏引兵救之。探知晋戍俱已杀尽，又知殖绰是齐国有名的勇将，不敢上前拒敌，全军而返，回复林父。林父怒曰："恶鬼尚能为厉①，况人乎？一个殖绰不能与他对阵，倘卫兵大至，何以御之？汝可再往，如若无功，休见我面！"

　　孙蒯闷闷而出，与雍鉏商议。雍鉏曰："殖绰勇敌万夫，必难取胜，除非用诱敌之计方可。"孙蒯曰："茅氏之西，有地名围村，四围树木茂盛，中间一村人家。村中有小小土山，我使人于山下掘成陷坑，以草覆之，汝先引百人与战，诱至村口，我屯兵于山上，极口詈骂，彼怒，必上山来擒我，中吾计矣。"雍鉏如其言，帅一百人驰往茅氏，如探敌之状，一遇殖绰之兵，佯为畏惧，回头便走。殖绰恃勇，欺雍鉏兵少，不传令开营，单带随身军甲数十人，乘轻车追之。雍鉏弯弯曲曲，引至围村，却不进村，径打斜往树林中去了。殖绰也疑心林中有伏，便教停车。只见土山之上，又屯着一簇步卒，约有三百人数，簇拥着一员将。那员将小小身材，金鍪②绣甲，叫着殖绰的姓名，骂道："你是齐邦退下来的歪货！栾家用不着的弃物！你今挨身在我卫国吃饭，不知羞耻，还敢出头！岂不晓得我孙氏是八代世臣，敢来触犯！全然不识高低，禽兽不如！"殖绰闻之大怒。卫兵中有人认得的指道："这便是孙相国的长子，叫做孙蒯。"殖绰曰："擒得孙蒯，便是半个孙林父了。"那土山平稳，颇不甚高。殖绰

喝教："驱车！"车驰马骤，刚刚到山坡之下，那车势去得凶猛，踏着陷

坑，马就牵车下去，把殖绰掀下坑中。孙蒯恐他勇力难制，预备弓弩，一等陷下，攒箭射之。可怜好一员猛将，今日死于庸人之手！正是："瓦罐不离井上破，将军多在阵前亡。"有诗为证：

神勇将军孰敢当？无名孙蒯已奔忙。

只因一激成奇绩，始信男儿当自强。

孙蒯用挠钩搭起殖绰之尸，割了首级，杀散卫军，回报孙林父。林父曰："晋若责我不救戍卒，我有罪矣。不如隐其胜而以败告。"乃使雍鉏如晋告败。

晋平公闻卫杀其戍卒，大怒，命正卿赵武，合诸大夫于澶渊，将加兵于卫。卫献公同宁喜如晋，面诉孙林父之罪，平公执而囚之。齐大夫晏婴，言于齐景公曰："晋侯为孙林父而执卫侯，国之强臣，皆将得志矣。君盍如晋请之，寓莱之德③，不可弃也。"景公曰："善。"乃遣使约会郑

简公一同至晋，为卫求解。晋平公虽感其来意，然有林父先人之言，尚未肯统口④。晏平仲私谓羊舌肸曰："晋为诸侯之长，恤患补阙，扶弱抑强，乃盟主之职也。林父始逐其君，既不能讨，今又为臣而执君，为君者不亦难乎？昔文公误听元咺之言，执卫成公归于京师，周天子恶其不顺，文公愧而释之。夫归于京师，而犹不可，况以诸侯囚诸侯乎？诸君子不谏，是党臣而抑君，其名不可居也。婴惧晋之失伯，敢为子私言之。"肸乃言于赵武，固请于平公，乃释卫侯归国，尚未肯释宁喜。右宰穀劝献公饰女乐十二人，进于晋以赎喜。晋侯悦，并释喜。喜归，愈有德色，每事专决，全不禀命。诸大夫议事者，竟在宁氏私第请命，献公拱手安坐而已。

　　时宋左师向戌，与晋赵武相善，亦与楚令尹屈建相善。向戌聘于楚，言及昔日华元欲为晋、楚合成之事。屈建曰："此事甚善，只为诸侯各自分党，所以和议迄于无成。若使晋、楚属国互相朝聘，欢好如同一家，干

戈可永息矣。"向成以为然。乃倡议晋、楚二君，相会于宋，面定弭兵交
见之约。楚自共王至今，屡为吴国侵扰，边境不宁，故屈建欲好晋以专事
于吴。而赵武亦因楚兵屡次伐郑，指望和议一成，可享数年安息之福。两
边皆欣然乐从，遂遣使往各属国订期。晋使至于卫国，宁喜不通知献公，
径自委石恶赴会。献公闻之大怒，诉于公孙免余。免余曰："臣请以礼责

之。"免余即往见宁喜，言："会盟大事，岂可使君不与闻？"宁喜艴
然⑤曰："子鲜有约言矣，吾岂犹臣⑥也乎哉？"免余回报献公曰："喜无礼
甚矣！何不杀之？"献公曰："若非宁氏，安有今日？约言实出自寡人，
不可悔也。"免余曰："臣受主公特达之知⑦，无以为报，请自以家属攻宁
氏，事成则利归于君，不成则害独臣当之。"献公曰："卿斟酌而行，勿
累寡人也。"免余乃往见其宗弟公孙无地、公孙臣曰："相国之专，子所
知也。主公犹执硁硁⑧之信，隐忍不言，异日养成其势，祸且倚⑨于孙氏
矣。奈何？"无地与臣同辞而对曰："何不杀之？"免余曰："吾言于君，

君不从也。若吾等伪为作乱，幸而成，君之福；不成，不过出奔耳。"无地曰："吾弟兄愿为前驱。"免余请歃血为信。

时周灵王二十六年[10]，宁喜方治春宴，无地谓免余曰："宁氏治春宴，必不备，吾请先尝之，子为之继。"免余曰："盍卜之?"无地曰："事在必行，何卜之有?"无地与臣悉起家众以攻宁氏。宁氏门内，设有伏机。伏机者，掘地为深窟，上铺木板，别以木为机关，触其机，则势从下发，板启而人陷，日间去机，夜则设之。是日因春宴，家属皆于堂中观优，无

守门者，乃设机以代巡警。无地不知，误触共机，陷于窟中。宁氏大惊，争出捕贼，获无地。公孙臣挥戈来救，宁氏人众，臣战败被杀。宁喜问无地曰："子之此来，何人主使?"无地瞋目大骂曰："汝恃功专恣，为臣不忠，吾兄弟特为社稷诛尔，事之不成，命也！岂由人主使耶?"宁喜怒，缚无地于庭柱，鞭之至死，然后斩之。

右宰穀闻宁喜得贼，夜乘车来问。宁氏方启门，免余帅兵适至，乘之

而入。先斩右宰穀于门。宁氏堂中大乱，宁喜惊忙中，遽问："作贼者何人？"免余曰："举国之人皆在，何问姓名乎？"喜惧而走，免余夺剑逐之，绕堂柱三周，喜身中两剑，死于柱下。免余尽灭宁氏之家，还报献公。献公命取宁喜及右宰穀之尸，陈之于朝。

公子鱄闻之，徒跣入朝，抚宁喜之尸，哭曰："非君失信，我实欺子。子死，我何面目立卫之朝乎？"呼天长号者三，遂趋出，即以牛车载其妻小，出奔晋国。献公使人留之，鱄不从。行及河上，献公复使大夫齐恶驰驿追及之，齐恶致卫侯之意，必要子鱄回国。子鱄曰："要我还卫，除是宁喜复生方可！"齐恶犹强之不已，子鱄取活雉一只，当齐恶前拔佩刀剁落雉头，誓曰："鱄及妻子，今后再履卫地，食卫粟，有如此雉！"齐恶知不可强，只得自回。子鱄遂奔晋国，隐于邯郸，与家人织屦易粟而食，终身不言一"卫"字。史臣有诗云：

他乡不似故乡亲，织屦萧然竟食贫。

只为约言金石重，违心恐负九泉人。

齐恶回复献公，献公感叹不已，乃命收殓二尸而葬之。欲立免余为正卿，免余曰："臣望轻，不如太叔。"乃使太叔仪为政，自此卫国稍安。

话分两头。却说宋左师向戌，倡为弭兵之会，面议交见之事。晋正卿赵武、楚令尹屈建，俱至宋地，各国大夫陆续俱至。晋之属国鲁、卫、郑，从晋营于左；楚之属国蔡、陈、许，从楚营于右。以车为城，各据一偏。宋是地主，自不必说。议定照朝聘常期，楚之属朝聘于晋，晋之属亦朝聘于楚。其贡献礼物，各省其半，两边分用。其大国齐、秦，算做敌体与国，不在属国之数，各不相见。晋属小国，如邾、莒、滕、薛，楚属小国，如顿、胡、沈、麇①，有力者自行朝聘，无力者从附庸一例，附于邻近之国。遂于宋西门之外，歃血订盟。楚屈建暗暗传令，衷甲②将事，意欲劫盟，袭杀赵武，伯州犁固谏乃止。赵武闻楚衷甲，以问羊舌肸，欲预备对敌之计。羊舌肸曰："本为此盟以弭兵也。若楚用兵，彼先失信于诸侯，诸侯其谁服之！子守信而已，何患焉。"及将盟，楚屈建又欲先歃，使向戌传言于晋。向戌造晋军，不敢出言，其从人代述之。赵武曰："昔我先君文公，受王命于践土，绥服四国，长有诸夏，楚安得先于晋？"向戌还述于屈建。建曰："若论王命，则楚亦尝受命于惠王③矣。所以交见者，谓楚、晋匹敌也。晋主盟已久，此番合当让楚。若仍先晋，便是楚弱于晋了，何云敌国？"向戌复至晋营言之。赵武犹未肯从，羊舌肸谓赵武曰："主盟以德不以势，若其有德，歃虽后，诸侯戴之。如其无德，歃虽先，诸侯叛之。且合诸侯以弭兵为名，夫弭兵天下之利也，争歃则必用兵，用兵则必失信，是失所以利天下之意矣。子姑让楚。"赵武乃许楚先歃，定盟而散。时卫石恶与盟，闻宁喜被杀，不敢归卫，遂从赵武留于晋国。自是晋、楚无事。不在话下。

再说齐右相崔杼，自弑庄公，立景公，威震齐国。左相庆封性嗜酒，好田猎，常不在国中。崔杼独秉朝政，专恣益甚，庆封心中阴怀嫉忌。崔杼原许棠姜立崔明为嗣，因怜长子崔成损臂，不忍出口。崔成窥其意，请让嗣于明，愿得崔邑^⑭养老。崔杼许之。东郭偃与棠无咎不肯，曰："崔，宗邑也，必以授宗子。"崔杼谓崔成曰："吾本欲以崔予汝，偃、无咎皆不听，奈何？"崔成诉于其弟崔彊。崔彊曰："内子之位，且让之矣，一邑尚吝不予乎？吾父在，东郭等尚然把持；父死，吾弟兄求为奴仆不能矣。"崔成曰："姑浼^⑯左相为我请之。"成、彊二人求见庆封，告诉其事。庆封曰："汝父惟偃与无咎之谋是从，我虽进言，必不听也。异日恐为汝父之害，何不除之？"成、彊曰："某等亦有此心，但力薄，恐不能济事。"庆封曰："容更商之。"成、彊去，庆封召卢蒲嫳述二子之言。卢蒲嫳曰："崔氏之乱，庆氏之利也。"庆封大悟。

过数日，成、彊又至，复言东郭偃、棠无咎之恶。庆封曰："汝若能举事，吾当以甲助子。"乃赠之精甲百具，兵器如数。成、彊大喜，夜半率家众披甲执兵，散伏于崔氏之近侧。东郭偃、棠无咎每日必朝崔氏，候其入门，甲士突起，将东郭偃、棠无咎攒戟刺死。

崔杼闻变大怒，急呼人使驾车，舆仆逃匿皆尽，惟圉人在廐。乃使圉人驾马，一小竖为御，往见庆封，哭诉以家难。庆封佯为不知，讶曰："崔、庆虽为二氏，实一体也。孺子敢无上至此！子如欲讨，吾当效力。"崔杼信以为诚，乃谢曰："倘得除此二逆，以安崔宗，我使明也拜子为父。"庆封乃悉起家甲，召卢蒲嫳使率之，吩咐如此如此。卢蒲嫳受命而往。崔成、崔彊见卢蒲嫳兵至，欲闭门自守。卢蒲嫳诱之曰："吾奉左相之命而来，所以利子，非害子也。"成谓彊曰："得非欲除孽弟⑰明乎？"

彊曰："容有之。"乃启门纳卢蒲嫳。嫳入门，甲士俱入。成、彊阻遏不住，乃问嫳曰："左相之命何如？"嫳曰："左相受汝父之诉，吾奉命来取汝头耳！"喝令甲士："还不动手！"成、彊未及答言，头已落地。卢蒲嫳纵甲士抄掳其家，车马服器，取之无遗，又毁其门户。棠姜惊骇，自缢于房。惟崔明先在外，不及于难。

卢蒲嫳悬成、彊之首于车，回复崔杼。杼见二首，且愤且悲，问嫳曰："得无震惊内室否？"嫳曰："夫人方高卧未起。"杼有喜色，谓庆封曰："吾欲归，奈小竖不善执辔，幸借一御者。"卢蒲嫳曰："某请为相国御。"崔杼向庆封再三称谢，登车而别。行至府第，只见重门大开，并无一人行动。比入中堂，直望内室，窗户门闼，空空如也。棠姜悬梁，尚未解索。崔杼惊得魂不附体，欲问卢蒲嫳，已不辞而去矣。遍觅崔明不得，放声大哭曰："吾今为庆封所卖，吾无家矣，何以生为?"亦自缢而死。杼之得祸，不亦惨乎? 髯翁有诗曰：

　　昔日同心起逆戎，今朝相轧便相攻。

　　莫言崔杼家门惨，几个奸雄得善终!

　　崔明半夜潜至府第，盗崔杼与棠姜之尸，纳于一枢之中，车载以出，掘开祖墓之穴，下其枢，仍加掩覆，惟圉人一同做事，此外无知者。事毕，崔明出奔鲁国。庆封奏景公曰："崔杼实弑先君，不敢不讨也。"景公唯唯而已。庆封遂独相景公。以公命召陈须无复归齐国。须无告老，其子陈无宇代之。此周灵王二十六年事也。

　　时吴、楚屡次相攻，楚康王治舟师以伐吴，吴有备，楚师无功而还。吴王馀祭方立二年，好勇轻生，怒楚伐，使相国屈狐庸诱楚之属国舒鸠[18]叛楚。楚令尹屈建帅师伐舒鸠，养繇基自请为先锋。屈建曰："将军老矣，舒鸠蕞尔国，不忧不胜，无相烦也。"养繇基曰："楚伐舒鸠，吴必救之。某屡拒吴兵，熟知军情，愿随一行，虽死不恨!"屈建见他说个"死"字，心中恻然。基又曰："某受先王知遇，尝欲以身报国，恨无其地。今须发俱改，脱一旦病死牖下，乃令尹负某矣。"屈建见其意已决，遂允其请，使大夫息桓助之。

　　养繇基行至离城[19]，吴王之弟夷昧同相国屈狐庸率兵来救。息桓欲俟大军，养繇基曰："吴人善水，今弃舟从陆，且射御非其长，乘其初至未定，当急击之。"遂执弓贯矢，身先士卒，所射辄死，吴师稍却。基追之，遇狐庸于车，骂曰："叛国之贼[20]! 敢以面目见我耶?"欲射狐庸。狐庸引车而退，其疾如风，基骇曰："吴人亦善御耶? 恨不早射也。"说犹未毕，只见四面铁叶车围裹将来，把基困于垓心。乘车将士，皆江南射手，万矢

齐发，养繇基死于乱箭之下。楚共王曾言其恃艺必死，验于此矣。息桓收拾败军，回报屈建。建叹曰："养叔之死，乃自取也！"乃伏精兵于梓山，使别将子彊以私属诱吴交锋，才十余合遂走，狐庸意其有伏不追。夷昧登高望之，不见楚军，曰："楚已遁矣！"遂空壁逐之。至梓山之下，子彊回战，伏兵尽起，将夷昧围住，冲突不出。却得狐庸兵到，杀退楚兵，救出夷昧。吴师败归。屈建遂灭舒鸠。

明年，楚康王复欲伐吴，乞师于秦，秦景公使弟公子鍼帅师助之。吴盛兵以守江口，楚不能入，以郑久服事晋，遂还师侵郑。楚大夫穿封戌擒郑将皇颉于阵。公子围欲夺之，穿封戌不与。围反诉于康王，言："已擒皇颉，为穿封戌所夺。"未几，穿封戌解皇颉献功，亦诉其事。康王不能决，使太宰伯州犁断之。犁奏曰："郑囚乃大夫，非细人也，问囚自能言之。"乃立囚于庭下，伯州犁立于右，公子围与穿封戌立于左，犁拱手向上曰："此位是王子围，寡君之介弟也。"复拱手向下曰："此位为穿封戌，乃方城外之县尹也。谁实擒汝？可实言之！"皇颉已悟犁之意，有心要奉承王子围，伪张目视围，对曰："颉遇此位王子不胜，遂被获。"穿封戍大怒，遂于架上抽戈欲杀公子围，围惊走，戍逐之不及。伯州犁追上，劝解而还，言于康王，两分其功，复自置酒，与围、戍二人讲和。今人论徇私曲庇之事，辄云上下其手，盖本伯州犁之事也。后人有诗叹云：

斩擒功绩辨虚真，私用机门媚贵臣。

幕府计功多类此，肯持公道是何人？

却说吴之邻国名越，子爵，乃夏王禹之后裔，自无余[21]始封，自夏历周，凡三十馀世，至于允常[22]。允常勤于为治，越始强盛，吴忌之。馀祭立四年，始用兵伐越，获其宗人，刖其足，使为阍，守馀皇[23]大舟。馀祭观舟醉卧，宗人解馀祭之佩刀，刺杀馀祭。从人始觉，共杀宗人。馀祭弟

夷昧，以次嗣立，以国政任季札。札请戢兵[24]安民，通好上国，夷昧从之。乃使札首聘鲁国，求观五代[25]及列国之乐，札一一评品，辄当其情，鲁人

以为知音。次聘齐，与晏婴相善。次聘郑，与公孙侨相善。及卫，与蘧瑗相善。遂适晋，与赵武、韩起、魏舒相善。所善皆一时贤臣，札之贤亦可知矣。

要知后事，再看下回分解。

【注释】

①厉：凶猛之鬼。

②金鍪（móu 谋）：铜制头盔。

③寓莱之德：指卫献公衎被逐奔齐，齐灵公馆之于莱城，对卫侯有恩德。见第六十二回。

④统口：改口。

⑤艴（bó 薄）然：气愤的样子。

⑥犹臣：普通的臣子。

⑦特达之知：特别的恩惠。知，指知遇之恩。

⑧硁硁（kēng 坑）：微小。

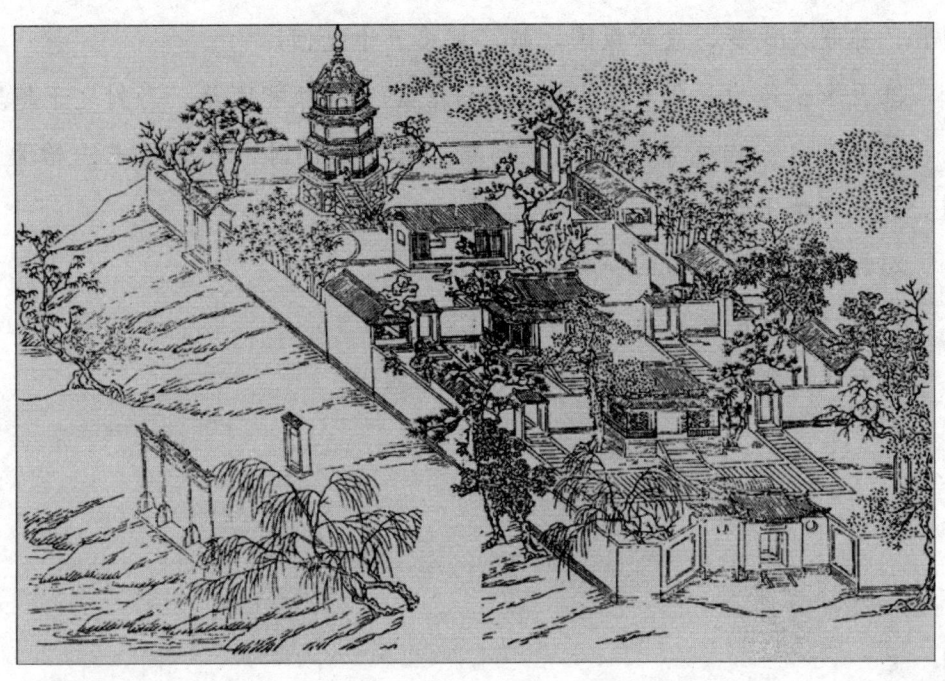

⑨倚：《广韵》："倚，加也。"引申为超过。

⑩周灵王二十六年：即公元前 546 年。

⑪顿、胡、沈、麇（jūn 军）：均为春秋时小国名。顿，故城在今河南项城市。胡，故城在今安徽阜阳西北。沈，故城在今河南汝南县东。麇，故城在今湖北郧阳区西。

⑫衷甲：内披衣甲。

⑬受命于惠王：指楚贡色茅，周惠王以胙赐楚曰："镇尔南方，毋侵中国。"见第二十四回。

⑭崔邑：春秋时齐邑名。地在今山东济阳县东北。

⑮内子：本指大夫之嫡夫人，这里借指立嗣的嫡长子。

⑯浼（měi 美）：恳求。

⑰蘖弟：庶弟。树木分出之旁枝叫蘖。

⑱舒鸠：春秋时群舒国之一，偃姓。故址在今安徽舒城县一带。

⑲离城：春秋时舒鸠之都城。在今安徽舒城县西。

⑳叛国之贼：因屈狐庸之父屈巫本为楚国大夫，后为娶夏姬，乃叛楚归晋，并联吴伐楚，故称叛国之贼。见第五十七回。

㉑无余：传为夏代君主少康的庶子，恐宗庙祭祀断绝，乃封之于越。

㉒允常：一作元常。其父为夫谭。越至允常时，开拓疆土，始为大国。其子即越王勾践。

㉓馀皇：吴国制造的一种大型船只。

㉔戢（jí 极）兵：休兵，息兵。

㉕五代：指尧、舜、夏、商、周五个朝代。

第六十七回　卢蒲癸计逐庆封
楚灵王大合诸侯

　　话说周灵王长子名晋，字子乔，聪明天纵①，好吹笙，作凤凰鸣。立为太子，年十七，偶游伊、洛，归而死。灵王甚痛之。有人报道："太子于缑岭②上，跨白鹤吹笙，寄语士人曰：'好谢天子，吾从浮丘公③住嵩山，甚乐也，不必怀念。'"浮丘公，古仙人也。灵王使人发其冢，惟空棺耳，乃知其仙去矣。至灵王二十七年，梦太子晋控鹤④来迎，既觉，犹闻笙声在户外。灵王曰："儿来迎我，我当去矣。"遗命传位次子贵，无疾而崩。贵即位，是为景王⑤。是年，楚康王亦薨。令尹屈建与群臣共议，立其母弟麇⑥为王。未几，屈建亦卒，公子围代为令尹。此事叙明，且搁过一边。

　　再说齐相国庆封，既专国政，益荒淫自纵。一日，饮于卢蒲嫳之家，卢蒲嫳使其妻出而献酒，封见而悦之，遂与之通。因以国政交付于其子庆舍，迁其妻妾财币于卢蒲嫳之家，封与嫳妻同宿，嫳亦与封之妻妾相通，两不禁忌。有时两家妻小，合做一处，饮酒欢谑，醉后啰唣⑦，左右皆掩口，封与嫳不以为意。嫳请召其兄卢蒲癸于鲁，庆封从之。癸既归齐，封使事其子庆舍。舍膂力兼人，癸亦有勇，且善谀，故庆舍爱之，以其女庆姜妻癸，翁婿相称，宠信弥笃。癸一心只要报庄公之仇，无同心者，乃因射猎，极口夸王何之勇。庆舍问："王何今在何处？"癸曰："在莒国。"庆舍使召之。王何归齐，庆舍亦爱之。自崔、庆造乱之后，恐人暗算，每出入，必使亲近壮士执戈，先后防卫，自后遂以为例。庆舍因宠信卢蒲

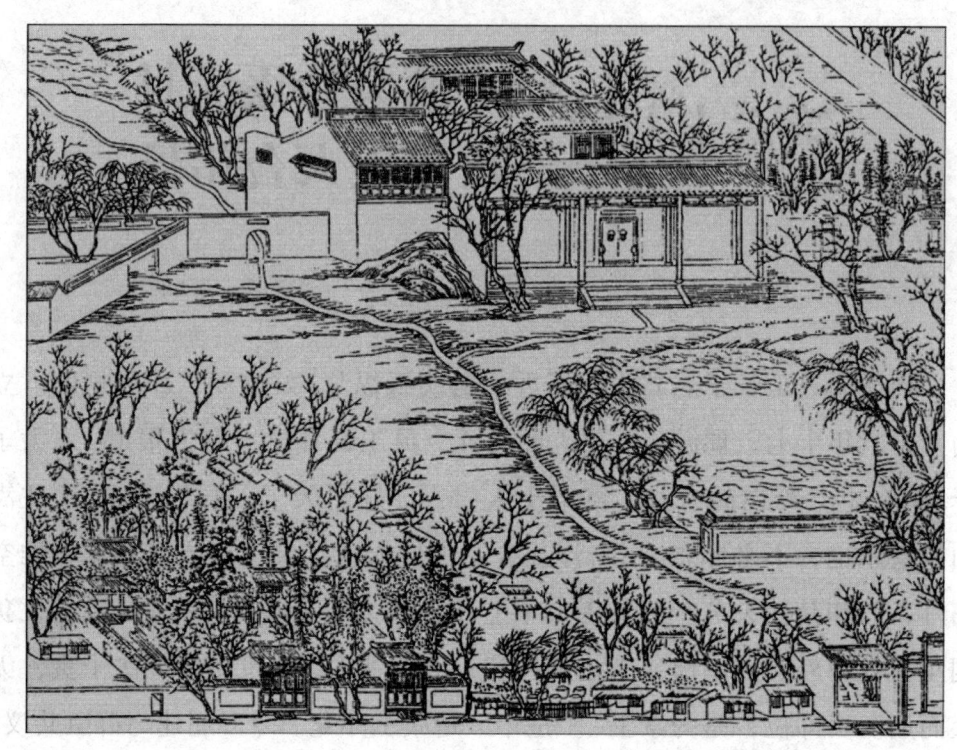

国学经典文库

东周列国志

第六十七回

图文珍藏版

1046

旧规，公家供卿大夫每日之膳，例用双鸡。时景公性爱食鸡跖⑧，一食数千，公卿家效之，皆以鸡为食中之上品，因此鸡价腾贵。御厨以旧额不能供应，往庆氏请益。卢蒲嫳有心欲扬庆氏之短，劝庆舍勿益，谓御厨曰："供膳任尔，何必鸡也？"于是御厨乃以鹜⑨代之。仆辈疑鹜非膳品，又窃食其肉。是日，大夫高虿字子尾、栾灶字子雅⑩，侍食于景公。见食品无鸡，但鹜骨耳，大怒曰："庆氏为政，刻减公膳，而慢我至此！"不食而出。高虿欲往责庆封，栾灶劝止之。早有人告知庆封，庆封谓卢蒲嫳曰："子尾、子雅怒我矣！将若之何？"卢蒲嫳曰："怒则杀之，何惧焉！"卢蒲嫳告其兄癸。癸与王何谋曰："高、栾二家，与庆氏有隙，可借助也。"何乃夜见高虿，诡言庆氏谋攻高、栾二家。高虿大怒曰："庆封实与崔杼同弑庄公。今崔氏已灭，惟庆氏在，吾等当为先君报仇。"王何曰：

"此何之志也！大夫谋其外，何与卢蒲氏谋其内，事蔑不济矣。"高虿阴与栾灶商议，乘间而发。陈无宇、鲍国、晏婴等，无不知之，但恶庆氏之专横，莫肯言者。卢蒲癸与王何卜攻庆氏，卜者献繇词曰：

　　虎离穴，彪⑪见血。

　　癸以龟兆问于庆舍曰："有欲攻仇家者，卜得其兆，请问吉凶？"庆舍视兆曰："必克。虎与彪，父子也；离而见血，何不克焉？所仇者何人？"癸曰："乡里之平人耳。"庆舍更不疑惑。

　　秋八月，庆封率其族人庆嗣、庆遗，往东莱⑫田猎，亦使陈无宇同往。无宇别其父须无，须无谓曰："庆氏祸将及矣，同行恐与其难，何不辞之？"无宇对曰："辞则生疑，故不敢。若诡以他故召我，可图归也。"遂从庆封出猎。去讫，卢蒲癸喜曰："卜人所谓'虎离穴'者，此其验矣。"将乘尝祭⑬举事。陈须无知之，恐其子与于庆封之难，诈称其妻有病，使人召无宇归家。无宇求庆封卜之，暗中祷告，却通陈庆氏吉凶。庆封曰："此乃'灭身'之卦。下剋其上，卑剋其尊，恐老夫人之病，未得痊也。"无宇捧龟，涕泣不止，庆封怜之，乃遣归。庆嗣见无宇登车，问："何往？"曰："母病不得不归。"言毕而驰。庆嗣谓庆封曰："无字言母病，殆诈也。国中恐有他变，夫子当速归！"庆封曰："吾儿在彼何虑？"无宇既济河，乃发梁⑭凿舟，以绝庆封之归路，封不知也。

　　时八月初旬将尽矣。卢蒲癸部署家甲，匆匆有战斗之色，其妻庆姜谓癸曰："子有事而不谋于我，必不捷矣！"癸笑曰："汝妇人也，安能为我谋哉？"庆姜曰："子不闻有智妇人胜于男子乎？武王有乱臣⑮十人，邑姜⑯与焉，何为不可谋也？"癸曰："昔郑大夫雍纠，以郑君之密谋，泄于其妻雍姬，卒致身死君逐，为世大戒。吾甚惧之！"庆姜曰："妇人以夫为天，夫唱则妇随之，况重以君命乎？雍姬惑于母言，以害其夫，此闺阃之蟊贼⑰，何足道哉？"癸曰："假如汝居雍姬之地，当若何？"庆姜曰："能谋则共之，即不能，亦不敢泄。"癸曰："今齐侯苦庆氏之专，与栾、高二大夫谋逐汝族，吾是以备之，汝勿泄也。"庆姜曰："相国方出猎，

时可乘矣。"癸曰："欲俟尝祭之日。"庆姜曰："夫子刚愎自任，耽于酒色，怠于公事，无以激之，或不出，奈何？妾请往止其行，彼之出乃决矣。"癸曰："吾以性命托子，子勿效雍姬也。"庆姜往告庆舍曰："闻子尾、子雅将以尝祭之隙，行不利于夫子，夫子不可出也！"庆舍怒曰："二子者，譬如禽兽，吾寝处之！谁敢为难？即有之，吾亦何惧！"庆姜归报卢蒲癸，预作准备。

至期，齐景公行尝祭于太庙，诸大夫皆从，庆舍莅事，庆绳主献爵[18]，庆氏以家甲环守庙宫。卢蒲癸、王何执寝戈[19]，立于庆舍之左右，寸步不离。陈、鲍二家，有围人善为优戏，故意使在鱼里街[20]上搬演。庆氏有马，惊而逸走，军士逐而得之，乃尽縶其马，解甲释兵，共往观优。栾、高、陈、鲍四族家丁，俱集于庙门之外，卢蒲癸托言小便，出外约会停当，密围太庙。癸复入，立于庆舍之后，倒持其戟，以示高虿。虿会意，使从人以阄击门扉三声，甲士蜂拥而入。庆舍惊起，尚未离坐，卢蒲癸从背后刺之，刀入于胁；王何以戈击其左肩，肩折。庆舍目视王何曰："为乱者乃汝曹乎？"以右手取俎壶投王何，何立死。卢蒲癸呼甲士先擒庆绳杀之。庆舍伤重，负痛不能忍，只手抱庙柱摇撼之，庙脊俱为震动，大叫一声而绝。景公见光景利害，大惊欲走避。晏婴密奏曰："群臣为先君，欲诛庆氏以安社稷，无他虑也。"景公方才心定，脱了祭服，登车入于内宫。卢蒲癸为首，同四姓之甲，尽灭庆氏之党。各姓分守城门，以拒庆封，防守严密，水泄不通。

却说庆封田猎而回，至于中途，遇庆舍逃出家丁，前来告乱。庆封闻其子被杀，大怒，遂还攻西门。城中守御严紧，不能攻克，卒徒渐渐逃散。庆封惧，遂出奔鲁国。齐景公使人让鲁不当收留作叛之臣，鲁人将执庆封以畀齐人，庆封闻而惧，复奔吴国。吴王夷眛以朱方㉑居之，厚其禄入，视齐加富，使伺察楚国动静。鲁大夫子服何闻之，谓叔孙豹曰："庆封又富于吴，殆天福淫人乎？"叔孙豹曰："'善人富，谓之赏；淫人富，谓之殃。'庆氏之殃至矣，又何福焉。"

庆封既奔，于是高虿、栾灶为政，乃宣崔、庆之罪于国中，陈庆舍之尸于朝以殉。求崔杼之枢不得，悬赏购之，有能知枢处来献者，赐以崔氏之拱璧。崔之圉人贪其璧，遂出首。于是发崔氏祖墓，得其枢，斫之，见二尸，景公欲并陈之。晏婴曰："戮及妇人，非礼也。"乃独陈崔杼之尸于市，国人聚观，犹能识认，曰："此真崔子矣！"诸大夫分崔、庆之邑，以庆封家财，俱在卢蒲嫳之室，责嫳以淫乱之罪，放之于北燕，卢蒲癸亦从之，二氏家财，悉为众人所有。惟陈无宇一无所取。庆氏之庄，有木材百余车，众议纳之陈氏。无宇悉以施之国人，由是国人咸颂陈氏之德。此周景王初年事也。

其明年，栾灶卒，子栾施嗣为大夫，与高虿同执国政。高虿忌高厚之子高止，以二高并立为嫌，乃逐高止。止亦奔北燕。止之子高竖，据卢邑㉓以叛。景公使大夫闾丘婴帅师围卢。高竖曰："吾非叛，惧高氏之不祀也。"闾丘婴许为高氏立后，高竖遂出奔晋国。闾丘婴复命于景公。景公乃立高酀以守高偃之祀。高蛋怒曰："本遣闾丘欲除高氏，去一人，立一人，何择焉。"乃潜杀闾丘婴。诸公子子山、子商、子周等，皆为不平，纷纷讥议。高蛋怒，以他事悉逐之，国中侧目。未几，高蛋卒，子高彊嗣为大夫。高彊年幼，未立为卿，大权悉归于栾施矣。此段话且搁过一边。

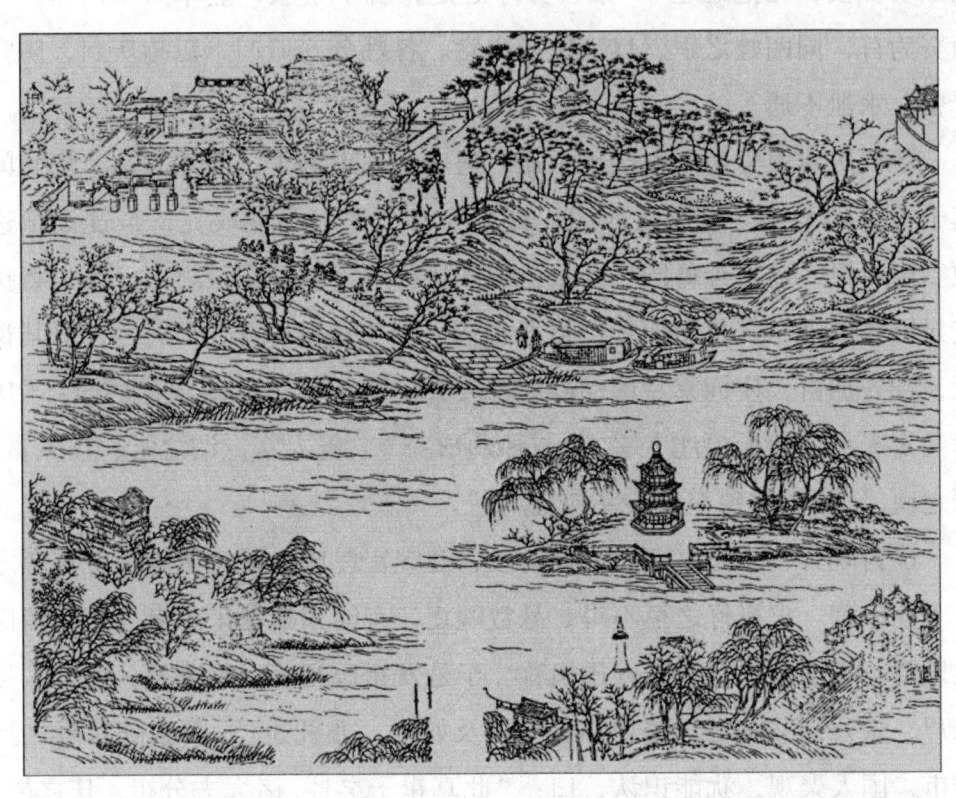

是时晋、楚通和，列国安息。郑大夫良霄字伯有，乃公子去疾之孙，公孙辄之子，时为上卿执政。性汰侈，嗜酒，每饮辄通宵。饮时恶见他人，恶闻他事，乃窟地为室，置饮具及钟鼓于中，为长夜之饮，家臣来朝者，皆不得见。日中乘醉入朝，言于郑简公，欲遣公孙黑往楚修聘。公孙黑方与公孙楚争娶徐吾犯之妹，不欲远行，来见良霄求免。阍人辞曰："主公已进窟室，不敢报也。"公孙黑大怒，遂悉起家甲，乘夜同印段围其第，纵火焚之。良霄已醉，众人扶之上车，奔雍梁㉔。良霄方醒，闻公孙黑攻己，大怒。居数日，家臣渐次俱到，述国中之事，言："各族结盟，以拒良氏，惟国氏、罕氏不与盟。"霄喜曰："二氏助我矣！"乃还攻郑之北门。公孙黑使其侄驷带同印段率勇士拒之。良霄战败，逃于屠羊之肆，为兵众所杀，家臣尽死。

公孙侨闻良霄死，亟趋雍梁，抚良霄之尸而哭之曰："兄弟相攻㉕，天乎，何不幸也！"尽敛家臣之尸，与良霄同葬于斗城之村。公孙黑怒曰："子产乃党良氏耶？"欲攻之。上卿罕虎止之曰："子产加礼于死者，况生者乎？礼，国之干也，杀有礼不祥！"黑乃不攻。郑简公使罕虎为政，罕虎曰："臣不如子产。"乃使公孙侨为政。时周景王之三年㉖也。公孙侨既执郑政，乃使都鄙有章㉗，上下有服㉘，田有封洫㉙，庐井有伍㉚，尚忠俭，抑泰侈。公孙黑乱政，数其罪而杀之。又铸《刑书》㉛以威民，立乡校㉜以闻过。国人乃歌诗曰：

　　我有子弟，子产诲之。我有田畴，子产殖㉝之。子产而㉞死，谁其一日，郑人出北门，恍惚间遇见良霄，身穿介胄，提戈而行；曰："带与段害我，我必杀之！"其人归述于他人，遂患病。于是国中风吹草动，便以为良霄来矣！男女皆奔走若狂，如避戈矛。未几驷带病卒。又数日，印段亦死。国人大惧，昼夜不宁。公孙侨言于郑君，以良霄之子良止为大夫，主良氏之祀，并立公子嘉之子公孙泄㊟，于是国中讹言顿息。行人游吉字子羽，问于侨曰："立后而讹言顿息，是何故也？"侨曰："凡凶人恶死，其魂魄不散，皆能为厉。若有所归依，则不复然矣。吾立祀为之归㊟也。"游吉曰："若然，立良氏可矣，何以并立公孙泄？岂虑子孔亦为厉乎？"侨曰："良霄有罪，不应立后，若因为厉而立之，国人皆惑于鬼神之说，不可以为训。故吾托言于存七穆㊟之绝祀，良、孔二氏并立，所以除民之惑也。"游吉乃叹服。

再说周景王二年，蔡景公为其世子般娶楚女芈氏为室。景公私通于芈氏。世子般怒曰："父不父，则子不子矣！"乃伪为出猎，与心腹内侍数人，潜伏于内室。景公只道其子不在，遂入东宫，径造芈氏之室。世子般率内侍突出，砍杀景公，以暴疾讣于诸侯，遂自立为君，是为灵公。史臣论般以子弑父，千古大变，然景公淫于子妇，自取悖逆，亦不能无罪也。有诗叹云：

新台丑行㊟污青史，蔡景如何复蹈之？

逆刃忽从宫内起，因思急子可怜儿！

蔡世子般虽以暴疾讣于诸侯，然弑逆之迹，终不能掩，自本国传扬出来，各国谁不晓得。但是时盟主偷惰，不能行诛讨之法耳！

其年秋，宋宫中夜失火，夫人乃鲁女伯姬也。左右见火至，禀夫人避火。伯姬曰："妇人之义，傅母㊟不在，宵不下堂。火势虽迫，岂可废义？"比及傅母来时，伯姬已焚死矣。国人皆为叹息。时晋平公以宋有合成之功，怜其被火，乃大合诸侯于澶渊，各出财币以助宋。宋儒胡安国㊟论此事，以为不讨蔡世子弑父之罪，而谋恤宋灾，轻重失其等矣。此平公所以失霸也。

　　周景王四年，晋、楚以宋之盟故将复会于虢[41]。时楚公子围代屈建为令尹。围乃共王之庶子，年齿最长，为人桀骜不恭，耻居人下，恃其才器，阴畜不臣之志，欺熊麇微弱，事多专决。忌大夫蒍掩之忠直，诬以谋叛，杀之而并其室。交结大夫蒍罢、伍举为腹心，日谋篡逆。尝因出田郊外，擅用楚王旌旗，行至芋邑[42]，芋尹申无宇数其僭分，收其旌旗于库，围稍戢。至是，将赴虢之会，围请先行聘于郑，欲娶丰氏之女。临行，谓楚王曰：“楚已称王位，在诸侯之上。凡使臣乞得用诸侯之礼，庶使列国知楚之尊。”熊麇许之。

　　公子围遂僭用国君之仪，衣服器用，拟于侯伯，用二人执戈前导。将及郑郊，郊人疑为楚王，惊报国中。郑君臣俱大骇，星夜匍匐出迎，及相见，乃公子围也。公孙侨恶之，恐其一入国中，或生他变，乃使行人游吉辞以城中舍馆颓坏，未及修葺，乃馆于城外。公子围使伍举入城，议婚丰

氏，郑伯许之。既行聘，筐筐^㊸甚盛。临娶时，公子围忽萌袭郑之意，欲

借迎女为名，盛饰车乘，乘机行事。公孙侨曰："围之心不可测也，必去众而后可。"游吉曰："吉请再往辞之。"于是游吉往见公子围曰："闻令尹将用众迎，敝邑褊小，不足以容从者，请除地于城外，以听迎妇之命。"公子围曰："君辱贶^㊹寡大夫^㊺围，赐以丰氏之婚，若迎于野外，何以成礼？"游吉曰："礼，军容不入国，况婚姻乎？令尹若必用众，以壮观瞻，请去兵备。"伍举密言于围曰："郑人知备我矣，不如去兵。"乃使士卒悉弃弓矢，垂櫜^㊻而入。迎丰氏于馆舍，遂赴会所。

晋赵武及宋、鲁、齐、卫、陈、蔡、郑、许各国大夫，俱已先在。公子围使人言于晋曰："楚、晋有盟在前，今此番寻好，不必再立誓书，重复歃血。但将盟宋旧约，表白一番，令诸君勿忘足矣。"祁午谓赵武曰："围之此言，恐晋争先也。前番让楚先晋，今番晋合先楚，若读旧书，楚

常先矣。子以为何如？"赵武曰："围之在会，缉蒲[47]为王宫，威仪与楚王无二。其志不惟外亢[48]，将有内谋，不如姑且听之，以骄其志。"祁午曰："虽然，前番子木衷甲赴会，幸而不发，今围更有甚焉，吾子宜为之备。"赵武曰："所以寻好者，寻弭兵之约也。武知有守信而已，不知其他。"既登坛，公子围请读旧书，加于牲上。赵武唯唯。既毕事，公子围遽归。诸大夫皆知围之将为楚君也。史臣有诗云：

任教贵倨称公子，何事威仪效楚王？

列国尽知成跋扈，郏敖燕雀尚怡堂[49]。

赵武心中，终以读旧书先楚为耻，恐人议论，将守信之语，向各国大夫再三分剖，说了又说。及还过郑，鲁大夫叔孙豹同行，武复言之。豹曰："相君谓弭兵之约，可终守乎？"武曰："吾等偷食[50]，朝夕图安，何暇问久远？"豹退谓郑大夫罕虎曰："赵孟将死矣！其语偷，不为远计，且年未五十，而谆谆焉如八九十岁老人，其能久乎？"未几，赵武卒，韩起代之为政。不在话下。

再说楚公子围归国，值熊麇抱病在宫。围入宫问疾，托言有密事启奏，遣开嫔侍，解冠缨加熊麇之颈，须臾而死。麇有二子，曰幕，曰平夏，闻变，挺剑来杀公子围，勇力不敌，俱为围所杀。麇弟右尹熊比字子干，宫厩尹[51]熊黑肱字子皙，闻楚王父子被杀，惧祸，比出奔晋，黑肱出奔郑。公子围赴于诸侯曰："寡君麇不禄[52]即世，寡大夫围应为后。"伍举更其辞曰："共王之子围为长。"围于是嗣即王位，改名熊虔，是为灵王[53]。以蒍罢为令尹，郑丹为右尹，伍举为左尹，鬬成然为郊尹[54]。太宰伯州犁有公事在郑[55]，楚王虑其不服，使人杀之。因葬楚王麇于郏，谓之郏敖。以蒍启彊代为太宰。立长子禄为世子。灵王既得志，愈加骄恣，有独霸中原之意。使伍举求诸侯于晋；又以丰氏女族微，不堪为夫人，并求婚于晋侯。晋平公新丧赵武，惧楚之强，不敢违抗，一一听之。

周景王六年，为楚灵王之二年，冬十二月，郑简公、许悼公如楚，楚灵王留之，以待伍举之报。伍举还楚复命，言："晋侯二事俱诺。"灵王大悦，遣使大征会于诸侯，约以明年春三月为会于申⑤。郑简公请先往申地，迎待诸侯。灵王许之。至次年之春，诸国赴会者，接踵不绝。惟鲁、卫托故不至，宋遣大夫向戌代行。其他蔡、陈、徐、滕、顿、胡、沈、小邾等国君，俱亲身赴会。

楚灵王大率兵车，来至申地，诸侯俱来相见。右尹伍举进曰："臣闻欲图霸者，必先得诸侯；欲得诸侯者，必先慎礼。今吾王始求诸侯于晋，宋向戌、郑公孙侨，皆大夫之良，号为知礼者，不可不慎也。"灵王曰："古者合诸侯之礼何如？"伍举曰："夏启有钧台之享⑤，商汤有景亳之命⑤，周武有孟津之誓⑤，成王有岐阳之蒐⑥，康王有酆宫之朝⑥，穆王有涂山之会⑥，齐桓公有召陵之师⑥，晋文公有践土之盟⑥，此六王二公所以合诸侯者，莫不有礼，惟君所择。"灵王曰："寡人欲霸诸侯，当用齐桓公召陵之礼，但不知其礼如何？"伍举对曰："夫六王二公之礼，臣闻其名，实未之习也。以所闻齐桓公伐楚，退师召陵，楚使先大夫屈完如齐师，桓公大陈八国车乘，以众强夸示屈完，然后合诸侯与屈完盟会。今诸侯新服，吾王亦惟示以众强之势，使其怖畏，然后征会讨贰，不敢不从矣。"灵王曰："寡人欲用兵诸侯，效桓公伐楚之事，谁当先者？"伍举对曰："齐庆封弑其君，逃于吴国，吴不讨其罪，又加宠焉，处以朱方之地，聚族而居，富于其旧，齐人愤怨。夫吴，我之仇也。若用兵伐吴，以诛庆封为名，则一举而两得矣。"灵王曰："善。"

于是盛陈车乘，以恐胁诸侯，即申地为会盟。以徐君是吴姬所出，疑其附吴，系之三日。徐子愿为伐吴向导，乃释之。使大夫屈申，率诸侯之师伐吴，围朱方，执齐庆封，尽灭其族。屈申闻吴人有备，遂班师，以庆封献功。灵王欲戮庆封，以徇于诸侯。伍举谏曰："臣闻'无瑕者⑥可以戮人'。若戮庆封，恐其反唇而稽也。"灵王不听，乃负庆封以斧钺，绑示军前，以刀按其颈，迫使自言其罪曰："各国大夫听者：无或如齐庆封弑其君，弱其孤，以盟其大夫。"庆封遂大声叫曰："各国大夫听者：无或如楚共王之庶子围，弑其君兄之子麇而代之，以盟诸侯。"观者皆掩口而笑。灵王大惭，使速杀之。胡曾先生咏史诗云：

乱贼还将乱贼诛，虽然势屈肯心输。

楚虔空自夸天讨，不及庄王戮夏舒。

灵王自申归楚，怪屈申从朱方班师，不肯深入，疑其有贰心于吴，杀之，以屈生代为大夫。薳罢如晋，迎夫人姬氏以归，薳罢遂为令尹。

是年冬，吴王夷昧帅师伐楚，入棘、栎、麻[66]，以报朱方之役。楚灵王大怒，复起诸侯之师伐吴。越君允常恨吴侵掠，亦使大夫常寿过帅师来会。楚将薳启彊为先锋，引舟师先至鹊岸[67]，为吴人所败。楚灵王自引大兵，至于罗汭[68]。吴王夷昧使其宗弟蹶繇犒师。灵王怒而执之，将杀其血，以衅[69]军鼓，先使人问曰："汝来时曾卜吉凶否？"蹶繇对曰："卜之甚

吉！"使者曰："君王将取汝血以衅军鼓，何吉之有！"蹶繇对曰："吴所卜，乃社稷之事，岂为一人吉凶哉？寡君之遣繇犒师，盖以察王怒之疾徐，而为守御之缓急。君若欢焉，好逆使臣，使敝邑忘于儆备，亡无日矣。若以使臣衅鼓，敝邑知君之震怒，而修其武备，于以御楚有余矣，吉孰大焉！"灵王曰："此贤士也！"乃赦之归。

楚兵至吴界，吴设守甚严，不能攻入而还。灵王乃叹曰："向乃枉杀屈申矣！"灵王既归，耻其无功，乃大兴土木，欲以物力制度⑦，夸示诸侯。筑一宫名曰章华⑦，广袤四十里，中筑高台，以望四方。台高三十仞，曰章华台，亦名三休台。以其高峻，凡登台必三次休息，始陟⑦其颠也。其中宫室亭榭，极其壮丽，环以民居。凡有罪而逃亡者，皆召使归国，以实其宫。宫成，遣使征召四方诸侯，同来落成⑦。

不知诸侯几位到来，且看下回分解。

【注释】

①天纵：意同天赐。

②缑（gōu 沟）岭：古山名。在今河南偃师县，又名缑氏山。

③浮丘公：相传为黄帝时得道的仙人。

④控鹤：驾鹤，乘鹤。

⑤景王：周景王姬贵，在位二十五年（前544—前520）。

⑥母弟麇（jūn 军）：此处有误。熊麇应为楚康王之子，而非其弟。回末庆封也说他是灵王围之"兄之子"。第六十九回复有康王兄弟五人名字，亦无麇。

⑦罗唣（zào 躁）：吵闹。

⑧鸡跖（zhí 直）：鸡脚掌。

⑨鹜（wù 务）：鸭子。

⑩高虿、栾灶：俱为齐惠公之孙，亦称公孙虿、公孙灶。高虿乃公子

高祈之子，栾灶乃公子栾坚之子。故分别以高、栾为氏。

⑪彪：据《韵会》："彪，小虎也。"故称彪与虎为父子。

⑫东莱：春秋时齐地名。在今山东昌邑县东南。

⑬尝祭：秋祭叫尝祭。

⑭发梁：折毁桥梁。

⑮乱臣：善于治理国家的臣子。乱，反训为治。《尚书·泰誓》："予有乱臣十人。"予，周武王自称。

⑯邑姜：周武王之妻，姜太公之女，周成王之母。邑姜为十名"乱臣"之一。

⑰蟊（máo 毛）贼：本指食禾稼之害虫。借喻那些危害社会的败类。

⑱献爵：敬酒。此指祭典中主持莫酒之人。

⑲寝戈：《左传·襄二十八年》杜注："寝戈，亲近兵杖。"即近身护卫用的武器。

⑳鱼里街：齐都临淄太庙前街名。

㉑朱方：春秋时吴邑名。在今江苏镇江市东。

㉒拱璧：古璧玉名，平圆形，正中有孔，形如两手合围，故称拱璧。古代贵族相聘、祭祀或丧葬时佩用。

㉓卢邑：春秋时齐邑名。在今山东长清区西南。

㉔雍梁：春秋时郑邑名。在今河南禹县东北。

㉕兄弟相攻：良霄之祖父公子去疾与公孙黑之父公子騑，均为郑穆公之子。故两家乃兄弟之族，而公孙黑与良霄则为叔侄。

㉖周景王三年：即公元前542年。

㉗都鄙有章：都指城内，鄙为郊野。章，区别。指对城市和农村有不同的政策。

㉘上下有服：上下，指从贵至贱不同等级的人士。服指职务、役使。

㉙封洫（xù 序）：田界和水沟。古代以深广各四尺者为沟，深广各八尺者为洫。

㉚庐井有伍：庐井，指庐舍和水井，代农家。有伍，指有一定的行列和规则。因田地调整疆界，又作大小水渠，则庐舍亦须另作布置。另一说谓伍即赋税，亦通。

㉛铸《刑书》：将《刑书》铸刻在鼎上，公布于众，以示不变。子产所铸之《刑书》，是我国第一部成文法典。

㉜乡校：古代的一种成人学校。国人常可在其中议论朝政。

㉝殖：繁殖。指增加产量。

㉞而：假若，如果。

㉟"并立"句：指同时立公孙泄为大夫，以主公子嘉之祀。公子嘉字子孔，因暗通楚国获罪被杀（见第六十二回），亦属"凶人恶死"一类。

㊱为之归：让它得到归宿。因立其子为大夫，则恶死凶人的灵魂就能享受祭祀。

㊲七穆：指郑穆公的七支后代，当时俱为郑之大夫。郑穆公十一子，子孔、子然、公子志皆因子孔之乱而亡，另一子子羽不愿为卿。其余七族均当政。此七族即罕氏（公孙舍之）、驷氏（公孙夏）、国氏（公孙侨）、良氏（良霄）、游氏（公孙虿）、丰氏（公孙段）、印氏（印段）。

㊳新台丑行：指父占有儿媳为妻。见第十二回。

㊴傅母：古代负责辅导、保育贵族子女的老年妇人。此指保护国君夫人的年老媬姆，常选择无夫无子而又晓习妇道者为之。《公羊传》："不见傅母不下堂。"

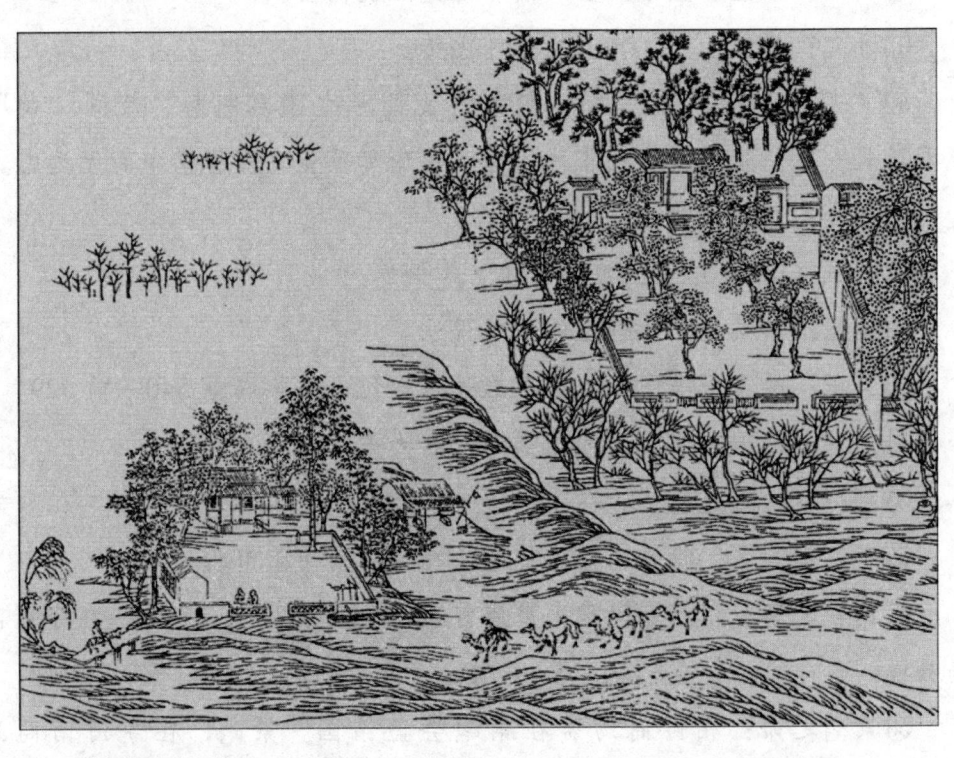

㊵胡安国（1074—1138）：南宋哲学家。字康侯，建宁崇安（今属福建）人。曾官宝文阁直学士，卒谥文定。著有《春秋传》三十卷。以下议论即出此书。又：诸本多作"胡安定"应为"胡安国"或"胡文定"

㊶虢：此为东虢，西周末已为郑所并。地在今河南郑州市北。

㊷芊邑：东周时无芊邑地名。《左传》有"芊尹"一词，乃楚国及陈国之官名，职掌不详，但并非芊邑之尹。作者不察，故而傅会。

㊸筐筐（fěi 匪）：均为盛物的竹器，方的叫筐，圆的叫筐。此指装好了的礼品。

㊹辱贶（kuàng 况）：承蒙加惠于。谦辞。

㊺寡大夫：本国大夫对他国人士的谦称。

㊻垂櫜（gāo 高）：櫜乃古时收藏弓箭或甲衣的一种口袋。垂櫜，表示内无兵器。

㊼缉蒲：修理、整治蒲宫。蒲宫乃楚王之离宫。

㊽外亢：扬威于外。亢，指好斗之势。

㊾"郟（jiá 夹）敖"句：楚人称无谥号之国君叫敖。敖同"獒"，意同酋长。此指楚王麇。燕雀尚怡堂，比喻如燕雀之安居堂中而无远虑。

㊿偷食：苟且偷安。

51官厩（jiù 救）尹：楚国官名。掌饲养。

52不禄：诸侯死，讣告上的宛转说法。

53灵王：楚灵王芈围，楚共王庶子。在位十二年（前540—前529）。

54郊尹：楚国官名。治理国都郊区的大夫。

55郏：春秋时楚邑名。在今河南郏县境内。

56申：本国名，此时已并为楚邑。在今河南南阳市北。

57钧台之享：相传夏代君王夏启曾在钧台享祭百神。钧台，在今河南禹县境。

58景亳之命：相传商汤曾在景亳会盟诸国。景亳，在今河南商丘市北。

59孟津之誓：周武王曾两次会诸侯于孟津。第二次盟会时曾作《太誓》。孟津，一称盟津，在今河南孟州市南十八里。

(60)岐阳之蒐：《国语·晋语八》："昔（周）成王盟诸侯于岐阳。"岐阳即今陕西岐山县。蒐，检阅。

(61)酆宫之朝：此事诸书未载。似指诸侯朝见周康王于酆宫。周康王姬钊，成王子，西周第三个君王。酆宫，即丰宫，当为周文王庙，在今陕西鄠邑区东五里。

(62)涂山之会：周穆王曾在涂山会见诸侯。此事仅见《竹书纪年》。涂山，在今安徽怀远县东南。

(63)召陵之师：齐桓公率八路诸侯与楚臣屈完订盟一事，见第二十四回。

(64)践土之盟：指晋文公率九国诸侯于践土朝见周襄王一事。见第四十一回。

(65)无瑕者：没有过失的人。瑕，玉的疵点。

66棘、栎（yuè 越）、麻：均为春秋后期楚邑名。棘，在今河南永城市南。栎，在今河南新蔡县北。麻，在今安徽砀山县东北。

67鹊岸：春秋时地名。在今安徽无为县南至铜陵市北沿长江北岸一带。

68罗汭（ruì 芮）：罗水弯曲之处。古有罗水，在今河南罗山县，北入于淮。

69衅（xìn 信）：血祭。指古代杀生取血涂器物以祭。

70制度：借指规模、气度。

71章华：楚宫名，一说台名。在今湖北监利县西北离湖上。一说在今湖北江陵县东。

72陟（zhì 治）：登上。

73落成：古代宫室建成时举行的祭礼叫落，或称落成。

第六十八回 贺虒祁师旷辨新声
散家财陈氏买齐国

话说楚灵王有一癖性，偏好细腰，不问男女，凡腰围粗大者，一见便如眼中之钉。既成章华之宫，选美人腰细者居之，以此又名曰细腰宫。宫人求媚于王，减食忍饿，以求腰细，甚有饿死而不悔者。国人化之，皆以腰粗为丑，不敢饱食。虽百官入朝，皆用软带紧束其腰，以免王之憎恶。灵王恋细腰之宫，日夕酣饮其中，管弦之声，昼夜不绝。

一日，登台作乐，正在欢宴之际，忽闻台下喧闹之声。须臾，潘子臣拥一位官员至前，灵王视之，乃芊尹申无宇也。灵王惊问其故。潘子臣奏曰："无宇不由王命，闯入王宫，擅执守卒，无礼之甚。责在于臣，故拘使来见，惟我王详夺。"灵王问申无宇曰："汝所执何人？"申无宇对曰："臣之阍人也。托使守阍，乃逾墙盗臣酒器，事觉逃窜，访之岁余不得。今窜入王宫，谬充守卒，臣是以执之。"灵王曰："既为寡人守宫，可以赦之。"申无宇对曰："天有十日①，人有十等②。自王以下，公、卿、大夫、士、皂、舆、僚、仆、台，递相臣服，以上制下，以下事上，上下相维，国以不乱。臣有闻人，而臣不能行其法，使借王宫以自庇，苟得所庇，盗贼公行，又谁禁之？臣宁死不敢奉命。"灵王曰："卿言是也。"遂命以闻人畀无宇，免其擅执之罪。无宇谢恩而出。

越数日，大夫蘧启彊邀请鲁昭公③至，楚灵王大喜。启彊奏言："鲁侯初不肯行，臣以鲁先君成公与先大夫婴齐盟蜀④之好，再三叙述，胁以攻伐之事，方始惧而束装。鲁侯习于礼仪，愿我王留心，勿贻鲁笑。"灵王问曰："鲁侯之貌如何？"启疆曰："白面长身，须垂尺余，威仪甚可观也。"灵王乃密传一令，精选国中长躯长髯，出色大汉十人，伟其衣冠，

使习礼三日，命为傧相⑤，然后接见鲁侯。鲁侯乍见，错愕不已，遂同游章华之宫，鲁侯见土木壮丽，夸奖之声不绝。灵王曰："上国亦有此宫室之美乎？"鲁侯鞠躬对曰："敝邑褊小，安敢望上国万分之一。"灵王面有骄色。遂陟章华之台。怎见台高？有诗为证：

高台半出云，望望高不极。草木无参差，山河同一色。

台势高峻逶迤，盘数层而上，每层俱有明廊曲槛。预选楚中美童年二十以内者，装束鲜丽，略如妇人，手捧雕盘玉斝，唱郢歌劝酒，金石丝竹，纷然响和。既升绝顶，乐声嘹亮，俱在天际，觥筹交错，粉香相逐，飘飘乎如入神仙洞府，迷魂夺魄，不自知其在人间矣。大醉而别，灵王赠鲁侯以大屈之弓⑥。大屈者，弓名，乃楚库所藏之宝弓也。

次日，灵王心中不舍此弓，有追悔之意，与蒍启彊言之。启彊曰："臣能使鲁侯以弓还归于楚。"启彊乃造公馆，见鲁侯，佯为不知，问曰："寡君昨宴好之际，以何物遗君？"鲁侯出弓示之。启彊见弓，即再拜称贺。鲁侯曰："一弓何足为贺？"启彊曰："此弓名闻天下，齐、晋与越三国，皆遣人相求，寡君嫌有厚薄，未敢轻许，今特传之于君。彼三国者，将望鲁而求之，鲁其备御三邻，慎守此宝。敢不贺乎？"鲁侯蹴然⑦曰："寡人不知弓之为宝若此，何敢登受？"乃遣使还弓于楚，遂辞归。伍举闻之，叹曰："吾王其不终乎！以落成召诸侯，诸侯无有至者，仅一鲁侯辱临，而一弓之不忍，甘于失信。夫不能舍己，必将取人，取人必多怨，亡无日矣。"此周景王十年事也。

却说晋平公闻楚以章华之宫，号召诸侯，乃谓诸大夫曰："楚，蛮夷之国，犹能以宫室之美，夸示诸侯，岂晋而反不如耶？"大夫羊舌肸进曰："伯者之服诸侯，闻以德，不闻以宫室。章华之筑，楚失德也，君奈何效之！"平公不听，乃于曲沃汾水之旁，起造宫室，略仿章华之制，广大不及，而精美过之，名曰虒祁⑧之宫。亦遣使布告诸侯。髯翁有诗叹云：

章华筑怨万民愁，不道虒祁复效尤。

堪笑伯君无远计，却将土木召诸侯！

列国闻落成之命，莫不窃笑其为者，然虽如此，却不敢不遣使来贺。惟郑简公因前赴楚灵王之会，未曾朝晋，卫灵公元新嗣位，未见晋侯，所以二国之君，亲自至晋。二国中又是卫君先到。

单表卫灵公行至濮水⑨之上，天晚宿于驿舍，夜半不能成寝，耳中如闻鼓琴之声，乃披衣起坐，倚枕而听之。其音甚微，而泠泠⑩可辨，从来乐工所未奏，真新声也。试问左右，皆曰："弗闻。"灵公素好音乐，有太师名涓，善制新声，能为四时之曲，灵公爱之，出入必使相从。乃使左右召师涓。师涓至，曲犹未终。灵公曰："子试听之，其状颇似鬼神。"师涓静听，良久声止。师涓曰："臣能识其略矣。更须一宿，臣能写之。"灵公乃复留一宿，夜半，其声复发。师涓援琴而习之，尽得其妙。

既至晋，朝贺礼毕，平公设宴于虒祁之台。酒酣，平公曰："素闻卫有师涓者，善为新声，今偕来否？"灵公起对曰："见在台下。"平公曰：

"试为寡人召之。"灵公召师涓登台。平公亦召师旷，相者^⑪扶至。二人于阶下叩首参谒。平公赐师旷坐，即令师涓坐于旷之旁。平公问师涓曰："近日有何新声？"师涓奏曰："途中适有所闻，愿得琴而鼓之。"平公命左右设几，取古桐之琴，置于师涓之前。涓先将七弦调和，然后拂指而弹。才奏数声，平公称善。曲未及半，师旷遽以手按琴曰："且止。此亡国之音，不可奏也。"平公曰："何以见之？"师旷奏曰："殷末时，乐师名延者，与纣为靡靡之乐，纣听之而忘倦，即此声也。及武王伐纣，师延抱琴东走，自投于濮水之中。有好音者过此，其声辄自水中而出。涓之途中所闻，其必在濮水之上矣。"卫灵公暗暗惊异。平公又问曰："此前代之乐，奏之何伤？"师旷曰："纣因淫乐，以亡其国，此不祥之音，故不可奏。"平公曰："寡人所好者，新声也。涓其为寡人终之。"师涓重整弦声，备写抑扬之态，如诉如泣。平公大悦，问师旷曰："此曲名为何调？"师旷曰："此所谓《清商》也。"平公曰："《清商》固最悲乎？"师旷曰："《清商》虽悲，不如《清徵》。"平公曰："《清徵》可得而闻乎？"师旷曰："不可。古之听《清徵》者，皆有德义之君也。今君德薄，不当听此曲耳。"平公曰："寡人酷嗜新声，子其无辞。"

　　师旷不得已，援琴而鼓。一奏之，有玄鹤一群，自南方来，渐集于宫门之栋，数之得八双；再奏之，其鹤飞鸣，序立于台之阶下，左右各八；三奏之，鹤延颈而鸣，舒翼而舞，音中宫商，声达霄汉。平公鼓掌大悦，满坐生欢，台上台下，观者莫不踊跃称奇。平公命取白玉卮，满斟醇酿，亲赐师旷，旷接而饮之。平公叹曰："音至《清徵》，无以加矣！"师旷曰："更不如《清角》。"平公大惊曰："更有加于《清徵》者乎？何不并使寡人听之？"师旷曰："《清角》更不比《清徵》，臣不敢奏也。昔者黄帝合鬼神于泰山，驾象车而御蛟龙，毕方[12]并辖，蚩尤居前，风伯清尘，雨师洒道，虎狼前驱，鬼神后随，螣蛇[13]伏地，凤凰覆上，大合鬼神，作为《清角》。自后君德日薄，不足以服鬼神，神人隔绝。若奏此声，鬼神毕集，有祸无福。"平公曰："寡人老矣！诚一听《清角》，虽死不恨。"师旷固辞。平公起立，迫之再三。师旷不得已，复援琴而鼓。一奏之，有玄云从西方而起；再奏之，狂风骤发，裂帘幕，摧俎豆，屋瓦乱飞，廊柱俱拔。顷之，疾雷一声，大雨如注，台下水深数尺，台中无不沾湿。从者惊散。平公恐惧，与灵公伏于廊室之间。良久，风息雨止，从者渐集，扶携两君下台而去。

是夜，平公受惊，遂得心悸之病。梦中见一物，色黄，大如车轮，蹒跚[14]而至，径入寝门。察之，其状如鳖，前二足，后一足，所至水涌。平公大叫一声曰："怪事！"忽然惊醒，怔忡[15]不止。及旦，百官至寝门问安。平公以梦中所见告之，群臣皆莫能解。须臾，驿使报："郑君为朝贺，已到馆驿。"平公遣羊舌肹往劳。羊舌肹喜曰："君梦可明矣。"众问其故，羊舌肹曰："吾闻郑大夫子产，博学多闻，郑伯相礼，必用此人，吾当问之。"肹至馆驿致饩，兼道晋君之意，病中不能相见。时卫灵公亦以同时受惊，有微恙告归。郑简公亦遂辞归，独留公孙侨候疾。羊舌肹问曰："寡君梦见有物如鳖，黄身三足，入于寝门，此何祟也？"公孙侨曰："以侨所闻，鳖三足者，其名曰'能'。昔禹父曰鲧，治水无功，舜摄尧政，乃殛鲧于东海之羽山[16]，截其一足，其神化为黄能，入于羽渊。禹即帝位，郊祀其神。三代以来，祀典不缺。今周室将衰，政在盟主，宜佐天子，以祀百神。君或者未之祀乎？"羊舌肹以其言告于平公。平公命大夫韩起祀鲧如郊礼。平公病稍定，叹曰："子产真博物君子也！"以莒国所贡方鼎赐之。公孙侨将归郑，私谓羊舌肹曰："君不恤民隐[17]，而效楚人

之侈，心已僻[18]矣，疾更作，将不可为。吾所对，乃权词以宽其意也。"

其时有人早起，过魏榆[19]地方，闻山下有若数人相聚之声，议论晋事。近前视之，惟顽石十余块，并无一人。既行过，声复如前。急回顾之，声自石出。其人大惊，述于土人。土人曰："吾等闻石言数日矣，以其事怪，未敢言也。"此语传闻于绛州。平公召师旷问曰："石何以能言？"旷对曰："石不能言，乃鬼神凭之耳。夫鬼神以民为依，怨气聚于民，则鬼神不安，鬼神不安，则妖兴。今君崇饰宫室，以竭民之财力，石言其在是乎。"平公嘿然。师旷退，谓羊舌肸曰："神怒民怨，君不久矣！侈心之兴，实起于楚，虽楚君之祸，可计日而俟也。"月余，平公病复作，竟成不起。自筑虒祁宫至薨日，不及三年，又皆在病困之中，枉害百姓，不得安享，岂不可笑。史臣有诗云：

崇台广厦奏新声，竭尽民脂怨黩[20]盈。

物怪神妖催命去，虒祁空自费经营！

平公薨后，群臣奉世子夷嗣位，是为昭公[21]。此是后话。

再说齐大夫高彊，自其父虿逐高止，谮杀闾丘婴，举朝皆为不平，及彊嗣为大夫，年少嗜酒，栾施亦嗜酒，相得甚欢，与陈无宇、鲍国踪迹少疏，四族遂分为二党。栾、高二人每聚饮，醉后辄言陈、鲍两家长短。陈、鲍闻之，渐生疑忌。忽一日，高彊因醉中鞭扑小竖，栾施复助之。小竖怀恨，乃乘夜奔告陈无宇，言："栾、高欲聚家众，来袭陈、鲍二家，期在明日矣。"复奔告鲍国，鲍国信之。忙令小竖往约陈无宇，共攻栾、高。无宇授甲于家众，即时登车，欲诣鲍国之家。途中遇见高彊，亦乘车而来。彊已半醉，在车中与无宇拱手，问："率甲何往？"无宇谩应曰："往讨一叛奴耳？"亦问："子良何往？"彊对曰："吾将饮于栾氏也。"既别，无宇令舆人速骋，须臾，遂及鲍门。只见车徒济济，戈甲森森，鲍国亦贯甲持弓，方欲升车矣。二人合做一处商量。无宇述子良之言："将饮于栾氏，未知的否，可使人探之。"鲍国遣使往栾氏觇视，回报："栾、高二位大夫，皆解衣冠，蹲踞而赛饮。"鲍国曰："小竖之语妄矣。"无宇曰："竖言虽不实，然子良于途中见我率甲，问我何往，我谩应以将讨叛奴。今无所致讨，彼心必疑，倘先谋逐我，悔无及矣。不如乘其饮酒，不做准备，先往袭之。"鲍国曰："善。"两家甲士同时起行，无宇当先，鲍国押后，杀向栾家，将前后府门，团团围住。

栾施方持巨觥欲吸，闻陈、鲍二家兵到，不觉觥坠于地。高彊虽醉，尚有三分主意，谓栾施曰："亟聚家徒，授甲入朝，奉主公以伐陈、鲍，无不克矣。"栾施乃悉聚家众。高彊当先，栾施在后，从后门突出，杀开一条血路，径奔公宫。陈无宇、鲍国恐其挟齐侯为重，紧紧追来。高氏族人闻变，亦聚众来救。景公在宫中，闻四族率甲相攻，正不知事从何起，急命阍者紧闭虎门[22]，以宫甲守之。使内侍召晏婴入宫。栾施、高彊攻虎门不能入，屯于门之右；陈、鲍之甲，屯于门之左，两下相持。

须臾，晏婴端冕委弁^㉓，驾车而至。四家皆使人招之，婴皆不顾，谓使者曰："婴惟君命是从，不敢自私。"阍者启门，晏婴入见。景公曰："四族相攻，兵及寝门，何以待之？"晏婴奏曰："栾、高怙^㉔累世之宠，专行不忌，已非一日。高止之逐，闾丘之死，国人胥怨，今又伐寝门^㉕，罪诚不宥。但陈、鲍不候君命，擅兴兵甲，亦不为无罪也。惟君裁之。"景公曰："栾、高之罪，重于陈、鲍，宜去之。谁堪使者？"晏婴对曰：

"大夫王黑可使也。"景公传命，使王黑以公徒助陈、鲍攻栾、高，栾、高兵败，退于大衢。国人恶栾、高者，皆攘臂助战。高彊酒犹未醒，不能力战。栾施先奔东门，高彊从之。王黑同陈、鲍追及，又战于东门。栾、高之众，渐渐奔散，乃夺门而出，遂奔鲁国。陈、鲍逐两家妻子，而分其家财。

晏婴谓陈无宇曰："子擅命以逐世臣，又专其利，人将议子。何不以所分得者，悉归诸公，子无所利，人必以让德称子，所得多矣。"无宇曰：，"多谢指教，无宇敢不从命。"于是将所分食邑及家财，尽登簿籍，献于景公。景公大悦。景公之母夫人曰孟姬，无宇又私有所献。孟姬言于景公曰："陈无宇诛翦强家，以振公室，利归于公，其让德不可没也，何不以高唐之邑㉖赐之?"景公从其言，陈氏始富。陈无宇有心要做好人，言："群公子向被高虿所逐，实出无辜，宜召而复之。"景公以为然。无宇以公命召子山、子商、子周等，凡幄幕器用，及从人之衣屦，皆自出家财，私下完备，遣人分头往迎。诸公子得归故国，已自欢喜，及见器物毕具，知是陈无宇所赐，感激无已。无宇又大施恩惠于公室，凡公子公孙之无禄者，悉以私禄分给之。又访求国中之贫约孤寡者，私与之粟。凡有借贷，以大量出，以小量入；贫不能偿者，即焚其券。国中无不诵陈氏之德，愿为效死而无地也。史臣论陈氏厚施于民，乃异日移国之渐，亦由君不施德，故臣下得借私恩小惠，以结百姓之心耳。有诗云：

威福君权敢上侵，辄将私惠结民心。

请看陈氏移齐计，只为当时感德深。

景公用晏婴为相国，婴见民心悉归陈氏，私与景公言之，劝景公宽刑薄敛，兴发补助㉗，施泽于民，以挽留人心。景公不能从。

话分两头。再说楚灵王成章华之宫，诸侯落成者甚少，闻晋筑虒祁宫，诸侯皆贺，大有不平之意，召伍举商议，欲兴师以侵中原。伍举曰："王以德义召诸侯，而诸侯不至，是其罪也。以土木召诸侯，而责其不至，何以服人？必欲用兵以威中华，必择有罪者征之，方为有名。"灵王曰："今之有罪者何国?"伍举奏曰："蔡世子般弑其君父，于今九年矣。王初合诸侯，蔡君来会，是以隐忍不诛。然弑逆之贼，虽子孙犹当伏法，况其

身乎？蔡近于楚，若讨蔡而兼其地，则义利两得矣。"说犹未了，近臣报："陈国有讣音到，言陈侯溺^㉘已薨，公子留嗣位。"伍举曰："陈世子偃师，名在诸侯之策^㉙，今立公子留，置偃师于何地？以臣度之，陈国必有变矣。"

　　毕竟陈事如何，且看下回分解。

【注释】

①天有十日：指天有甲、乙、丙、丁、戊、己、庚、辛、壬、癸十个天干。见《左传·昭公七年》杜预注。

②人有十等：远古的等级制度。据《左传·昭公七年》，十等人中无卿而舆下有隶。其中：皂为吏役，舆指一般卫士，隶指罪人没为奴者，僚为苦役差人，仆为三代之奴，台乃逃亡之奴而又被抓回者，亦称陪台，为奴隶中最下等。

③鲁昭公：名姬稠，襄公子。在位三十二年（前541—前510）。

④盟蜀：蜀，春秋时鲁地名，在今山东泰安西。盟蜀一事在鲁成公二

年（前589年）。楚师伐卫，伐鲁，至蜀。成公请与楚将盟。与盟者尚有卫、郑、陈、蔡、宋、许等国。本书未记述。

⑤傧相：赞礼者。

⑥大屈之弓：宝弓名。一名大曲。疑屈曲度特强，故弹力甚大。

⑦蹴（cù 促）然：不安的样子。

⑧虒（sī 斯）祁：宫殿名。故址在今山西侯马市附近。有柱三十，柱径五尺，可见其宏伟。

⑨濮水：古水名。其上游流经今河南原阳、封丘、长垣诸县流入山东菏泽。

⑩泠泠（líng 铃）：形容声音清越。

⑪相者：扶持者。因师旷眼盲，故需人搀扶。

⑫毕方并辖：毕方为传说中神名，一说为木精。并辖，一起驾车。

⑬螣（téng 腾）蛇：传说中神蛇，能兴云雾而游其中。

⑭蹒跚（pán shān 盘删）：盘旋的样子。

⑮怔忡：惊恐不安。

⑯羽山：神话中地名。后人多以为在朐山县，即今江苏连云港市。下

文之羽渊即当地之羽潭。

⑰隐：痛苦，疾苦。

⑱僻：偏，不正。

⑲魏榆：春秋时晋地名。在今山西榆次县北。

⑳怨黩（dú 独）：怨愤之言。与"怨讟"同。

㉑昭公：晋昭公姬夷，在位六年（前531—前526）。

㉒虎门：齐寝宫之南门。门画虎，故称。

㉓端冕委弁（biàn 变）：应为端委弁冕。即身穿朝服，头戴大冠。朝服之端正而宽长者叫端委。弁、冕皆男子冠名。吉礼之服用冕，常礼之服用弁。

㉔怙（hù 户）：倚仗，依靠。

㉕寝门：寝宫之门，即前之虎门。寝宫，即后宫。

㉖高唐之邑：春秋时齐邑。在今山东高唐县东南。

㉗兴发补助：指开仓出粟，救助贫民。语出《孟子·梁惠王下》："于是始兴发补不足。"

㉘陈侯弱：即陈哀公妫弱，陈成公之子，在位三十五年（前568—前534）。

㉙策：即策书。古代立嗣授官，均用策书作为符信。诸侯凡立世子，还需以策书报于同盟诸国。

国学经典文库

东周列国志

第六十八回

图文珍藏版

第六十九回　楚灵王挟诈灭陈蔡
晏平仲巧辩服荆蛮

话说陈哀公名溺，其元妃郑姬生子偃师，已立为世子矣。次妃生公子留，三妃生公子胜。次妃善媚得宠，既生留，哀公极其宠爱，但以偃师已立，废之无名，乃以其弟司徒公子招为留太傅，公子过为少傅，嘱付招、过："异日偃师当传位于留。"周景王十一年①，陈哀公病废在床，久不视朝。公子招谓公子过曰："公孙吴且长矣，若偃师嗣位，必复立吴为世子，安能及留？是负君之托也。今君病废已久，事在吾等掌握，及君未死，假以君命，杀偃师而立留，可以无悔。"公子过以为然，乃与大夫陈孔奂商议。孔奂曰："世子每日必入宫问疾三次，朝夕在君左右，命不可假也。不若伏甲于宫巷，俟其出入，乘便刺之，一夫之力耳。"过遂与招定计，以其事托孔奂，许以立留之日，益封大邑。孔奂自去阴召心腹力士，混于守门人役数内，阍人又认做世子亲随，并不疑虑。世子偃师问安毕，夜出宫门，力士灭其火，刺杀之，宫门大乱。须臾，公子招同公子过到，佯作惊骇之状，一面使人搜贼，一面倡言："陈侯病笃，宜立次子留为君。"陈哀公闻变，愤恚②自缢而死。史臣有诗云：

> 嫡长宜君国本安，
> 如何宠庶起争端？
> 古今多少偏心父，
> 请把陈哀仔细看！

司徒招奉公子留主丧即位，遣大夫干徵师以病薨赴告于楚。时伍举侍

于灵王之侧，闻陈已立公子留为君，不知世子偃师下落，方在疑惑。忽

报："陈侯第三子公子胜同侄儿公孙吴求见。"灵王召之，问其来意。二人哭拜于地。公子胜开言："嫡兄世子偃师，被司徒招与公子过设谋枉杀，致父亲自缢而死。擅立公子留为君，我等恐其见害，特来相投。"灵王诘问干徵师。徵师初犹抵赖，却被公子胜指实，无言可答。灵王怒曰："汝即招、过之党也！"喝教刀斧手将徵师绑下斩讫。伍举奏曰："王已诛逆臣之使，宜奉公孙吴以讨招、过之罪，名正言顺，谁敢不服？既定陈国，次及于蔡，先君庄王之绩，不足道也。"灵王大悦，乃出令兴师伐陈。公子留闻干徵师见杀，惧祸不愿为君，出奔郑国去了。或劝司徒招："何不

同奔？"招曰："楚师若至，我自有计退之。"

却说楚灵王大兵至陈，陈人皆怜偃师之死，见公孙吴在军中，无不踊跃，成箪食壶浆，以迎楚师。司徒招事急，使人请公子过议事。过来，坐定，问曰："司徒云有计退楚，计将安出？"招曰："退楚只须一物，欲问

汝借。"过又问："何物？"招曰："借汝头耳！"过大惊，方欲起身，招左右鞭捶乱下，将过击倒，即拔剑斩其首，亲自持赴楚军，稽首诉曰："杀世子立留，皆公子过之所为。招今仗大王之威，斩过以献，惟君赦臣不敏之罪！"灵王听其言词卑逊，心中已自欢喜。招又膝行而前，行近王座，密奏曰："昔庄王定陈之乱，已县陈矣，后复封之，遂丧其功。今公子留惧罪出奔，陈国无主，愿大王收为郡县，勿为他姓所有也。"灵王大喜曰：

"汝言正合吾意。汝且归国，为寡人辟除宫室，以候寡人之巡幸。"司徒招叩谢而去。

公子胜闻灵王放招还国，复来哭诉，言："造谋俱出于招，其临时行事，则过使大夫孔奂为之。今乃委罪于过，冀以自解，先君、先太子目不瞑于地下矣。"言罢，痛哭不已，一军为之感动。灵王慰之曰："公子勿悲，寡人自有处分。"

次日，司徒招备法驾仪从，来迎楚王入城。灵王坐于朝堂，陈国百官俱来参谒。灵王唤陈孔奂至前，责之曰："戕贼世子，皆汝行凶，不诛何以儆众！"叱左右将孔奂斩讫，与公子过二首，共悬于国门。复诮③司徒招曰："寡人本欲相宽，奈公论不容何？今赦汝一命，便可移家远窜东海。"招仓皇不敢措辩，只得拜辞。灵王使人押往越国安置去讫。公子胜率领公孙吴拜谢讨贼之恩。灵王谓公孙吴曰："本欲立汝，以延胡公④之祀。但招、过之党尚多，怨汝必深，恐为汝害，汝姑从寡人归楚。"乃命毁陈之宗庙，改陈国为县。以穿封戍争郑囚皇颉事⑤，不为谄媚，使守陈地，谓之陈公。陈人大失望。髯翁有诗叹云：

本兴义旅诛残贼，却爱山河立县封。

记得蹊田夺牛语，恨无忠谏似申公！

灵王携公孙吴以归，休兵一载，然后伐蔡。伍举献谋曰："蔡般怙恶已久，忘其罪矣。若往讨，彼反有词，不如诱而杀之。"灵王从其计。乃托言巡方⑥，驻军于申地，使人致币于蔡，请灵公至申地相会。使人呈上国书，蔡侯启而读之，略云：

寡人愿望君侯之颜色，请君侯辱临于申。不腆之仪，预以犒从者。

蔡侯将戎车起行，大夫公孙归生谏曰："楚王为人，贪而无信。今使人之来，币重而言卑，殆诱我也，君不可往。"蔡侯曰："蔡之地不能当楚之一县，召而不往，彼若加兵，谁能抗之？"归生曰："然则请立世子而后行。"蔡侯从之，立其子有为世子，使归生辅之监国。即日命驾至申，谒见灵王。灵王曰："自此地一别，于今八年矣，且喜君丰姿如旧。"蔡侯对曰："般荷上国辱收盟籍，以君王之灵，镇抚敝邑，感恩非浅。闻君王拓地商墟⑦，方欲驰贺，使命下临，敢不趋承。"灵王即于申地行宫，设宴款待蔡侯，大陈歌舞，宾主痛饮甚乐。复迁席于他寝，使伍举劳从者于外馆。蔡侯欢饮，不觉酕醄⑧大醉。壁衣中伏有甲士，灵王掷杯为号，

甲士突起，缚蔡侯于席上。蔡侯醉中，尚不知也。灵王使人宣言于众曰："蔡般弑其君父，寡人代天行讨。从者无罪，降者有赏，愿归者听。"原来蔡侯待下，极有恩礼，从行诸臣，无一人肯降者。灵王一声号令，楚军围裹将来，俱被擒获。蔡侯方才酒醒，方知身被束缚，张目视灵王曰："般得何罪？"灵王曰："汝亲弑其父，悖逆天理，今日死犹晚矣。"蔡侯

叹曰："吾悔不用归生之言也！"灵王命将蔡侯磔死，从死者共七十人，舆隶最贱者，俱诛不赦。大书蔡侯般弑逆之罪于版，宣布国中。遂命公子弃疾统领大军，长驱入蔡。宋儒论蔡般罪固当诛，然诱而杀之，非法也。髯翁有诗云：

蔡般无父亦无君，鸣鼓方能正大伦。

莫怪诱诛非法典，楚灵原是弑君人。

却说蔡世子有，自其父发驾之后，旦晚使谍者探听。忽报蔡侯被杀，楚兵不日临蔡，世子有即时纠集兵众，授兵登埤⑨。楚兵至，围之数重。公孙归生曰："蔡虽久附于楚，然晋、楚合成，归生实与载书。不若遣人求救于晋，傥惠顾前盟，或者肯来相援。"世子有从其计，募国人能使晋者。蔡洧之父蔡略，从蔡侯于申，在被杀七十人之中。洧欲报父仇，应募而出，领了国书，乘夜缒城北走，直达晋国，来见晋昭公，哭诉其事。

昭公集群臣问之。荀吴奏曰："晋为盟主，诸侯依赖以为安。既不救陈，又不救蔡，盟主之业堕矣。"昭公曰："楚虔暴横，吾兵力不逮，奈何？"韩起对曰："虽知不逮，可坐视乎？何不合诸侯以谋之？"昭公乃命韩起约诸国会于厥愁⑩。宋、齐、鲁、卫、郑、曹，各遣大夫至会所听命。韩起言及救蔡之事，各国大夫人人伸舌，个个摇首，没一个肯担当主张的。韩起曰："诸君畏楚如此，将听其蚕食乎？倘楚兵由陈、蔡渐及诸国，寡君亦不敢与闻矣。"众人面面相觑，莫有应者。时宋国右师华亥在会，韩起独谓华亥曰："盟宋之役，汝家先右师⑪实倡其谋，约定南北弭兵，有先用兵者，各国共伐之。今楚首先败约，加兵陈、蔡，汝袖手不发一言，非楚无信，乃尔国之欺谩也。"华亥觳觫对曰："下国何敢欺谩，得罪主盟？但蛮夷不顾信义，下国无如之何耳。今各国久弛武备，一旦用兵，胜负未卜。不若遵弭兵之约，遣一使为蔡请宥，楚必无辞。"

韩起见各国大夫俱有惧楚之意，料救蔡一事，鼓舞不来，乃商议修书一封，遣大夫狐父，径至申城，来见楚灵王。蔡洧见各国不肯发兵救蔡，号泣而去。狐父到申城将书呈上，灵王拆书看之，略云：

日者⑫宋之盟，南北交见，本以弭兵为名。虢之会，再申旧约，鬼神临之。寡君率诸侯恪守成言，不敢一试干戈。今陈、蔡有罪，上国赫然震怒，兴师往讨，义愤所激，聊以从权。罪人既诛，兵犹未解，上国其何说之辞？诸国大夫执政，皆走集敝邑，责寡君以拯溺解纷之义，寡君愧焉！犹惧以征发师徒，自干⑬盟约，遣下臣起合诸大夫共此尺书，为蔡请命。倘上国惠顾前好，存蔡之宗庙，寡君及同盟，咸受君赐，岂惟蔡人。

书末，宋齐各国大夫，俱署有名字。灵王览毕笑曰："蔡城旦暮且下，汝以空言解围，以三尺童子待寡人耶？汝去回复汝君，陈、蔡乃孤家属国，与汝北方无与，不劳照管。"狐父再欲哀恳，灵王遽起身入内，亦无片纸回书。狐父怏怏而回。晋君臣虽则恨楚，无可奈何。正是：

有力无心空负力，有心无力枉劳心。

若还心力齐齐到，涸海移山孰敢禁！

蔡洧回至蔡国，被楚巡军所获，解到公子弃疾帐前。弃疾胁使投降，蔡洧不从，乃囚于后军。弃疾知晋救不至，攻城益力。归生曰："事急矣，臣当拚一命，径往楚营，说之退兵。万一见听，免至生灵涂炭。"世子有曰："城中调度，全赖大夫，安可舍孤而去？"归生对曰："殿下若不相舍，臣子朝吴可使也。"世子召朝吴至，含泪遣之。

朝吴出城往见弃疾，弃疾待之以礼。朝吴曰："公子重兵加蔡，蔡知亡矣。然未知罪之在也。若以先君般失德，不蒙赦宥，则世子何罪？蔡之宗社何罪？幸公子怜而察之。"弃疾曰："吾亦知蔡无灭亡之道，但受命攻城，若无功归报，必得罪矣。"朝吴曰："吴更有一言，请屏左右。"弃疾曰："汝第言之，吾左右无妨也。"朝吴曰："楚王得国非正，公子宁不知之？凡有人心，莫不怨愤！又内竭脂膏于土木，外竭筋骨于干戈，用民不恤，贪得无厌，昔岁灭陈，今复诱蔡。公子不念君仇，奉其驱使，怨黩方作，公子将分其半矣！公子贤明著誉，且有当璧之祥，楚人皆欲得公子为君，诚反戈内向，诛其弑君虐民之罪，人心响应，谁能为公子抗者！孰与事无道之君，敛万民之怨乎？公子倘幸听愚计，吴愿率死亡之余，为公子先驱。"弃疾怒曰："匹夫敢以巧言离间我君臣，本该斩首，姑寄汝头于颈上，传语世子，速速面缚出降，尚可保全余喘也。"叱左右牵朝吴出营。

原来当初楚共王有宠妾之子五人：长曰熊昭，即康王；次曰围，即灵王虔；三曰比，字子干；四曰黑肱，字子皙；末即公子弃疾也。共王欲于五子之中，立一人为世子，心中不决，乃大祀群神，奉璧密祷曰："请神于五人中，择一贤而有福者，使主社稷。"乃以璧密埋于太室⑭之庭中，暗记其处，使五子各斋戒三日后，五更入朝，次第谒祖。视其拜当璧处者，即神所选立之人矣。康王先入，跨过埋璧，拜于其前。灵王拜时，手肘及于璧上。子干、子皙，去璧甚远。弃疾时年尚幼，使傅母⑮抱之入拜，正当璧纽⑯之上。共王心知神佑弃疾，宠爱益笃。因共王薨时，弃疾年尚未长，所以康王先立，然楚大夫闻埋璧之事者，无不知弃疾之当为楚王矣。今日朝吴说及当璧之祥，弃疾恐此语传扬，为灵王所忌，故佯怒而遣之。

朝吴还入城中，述弃疾之语。世子有曰："国君死社稷，乃是正理。某虽未成丧嗣位，然既摄位守国，便当与此城相为存亡，岂可屈膝仇人，自同奴隶乎？"于是固守益力。自夏四月围起，直至冬十一月，公孙归生积劳成病，卧不能起，城中食尽，饿死者居半，守者疲困，不能御敌。楚师蚁附而上，城遂破。世子端坐城楼，束手受缚。弃疾入城，抚慰居民，将世子有上了囚车，并蔡洧解到楚灵王处报捷。以朝吴有当璧之言，留之不遣。未几，归生死，朝吴遂留事弃疾。此周景王十四年[17]事也。

时灵王驾已回郢，梦有神人来谒，自称九冈山[18]之神，曰："祭我，我使汝得天下。"既觉大喜，遂命驾至九冈山。适弃疾捷报到，即命取世子有充作牺牲，杀以祭神。申无宇谏曰："昔宋襄用鄫子于次睢之社，诸侯叛之，王不可蹈其覆辙。"灵王曰："此逆般之子，罪人之后，安得比于诸侯？正当六畜用之耳。"申无宇退而叹曰："王汰虐已甚，其不终乎！"遂告老归田，去讫。

蔡洧见世子被杀，哀泣三日，灵王以为忠，乃释而用之。蔡洧之父，先为灵王所杀，阴怀复仇之志，说灵王曰："诸侯所以事晋而不事楚者，以晋近而楚远也。今王奄有陈、蔡，与中华接壤，若高广其城，各赋千乘，以威示诸侯，四方谁不畏服？然后用兵吴、越，先服东南，次图西北，可以代周而为天子。"灵王悦其谀言，日渐宠用。于是重筑陈、蔡之城，倍加高广，即用弃疾为蔡公，以酬其灭蔡之功。又筑东西二不羹城[19]，据楚之要害，自以天下莫强于楚，指顾可得天下。召太卜将守龟[20]卜之，问："寡人何日为王？"太卜曰："君既已称王矣，尚何问？"灵王曰："楚、周并立，非真王也，得天下者，方为真王耳。"太卜爇龟，龟裂。太卜曰："所占无成。"灵王掷龟于地，攘臂大呼曰："天乎，天乎！区区天下，不肯与我，生我熊虔何用？"蔡洧奏曰："事在人为耳，彼朽骨者何知。"灵王乃悦。

诸侯畏楚之强，小国来朝，大国来聘，贡献之使，不绝于道。就中单表一人，乃齐国上大夫晏婴，字平仲，奉齐景公之命，修聘楚国。灵王谓群下曰："晏平仲身不满五尺[21]，而贤名闻于诸侯。当今海内诸国，惟楚最盛，寡人欲耻辱晏婴，以张楚国之威，卿等有何妙计？"太宰薳启彊密奏曰："晏平仲善于应对，一事不足以辱之，必须如此如此。"灵王大悦。薳启彊夜发卒徒于郢城东门之傍，另凿小窦，刚刚五尺，吩咐守门军士："候齐国使臣到时，却将城门关闭，使之由窦而入。"

不一时，晏婴身穿破裘，轻车羸马，来至东门。见城门不开，遂停车不行，使御者呼门。守者指小门示之曰："大夫出入此窦，宽然有余，何用启门？"晏婴曰："此狗门，非人所出入也！使狗国者，从狗门入；使

人国者，还须从人门入。"使者以其言，飞报灵王。王曰："吾欲戏之，反被其戏矣。"乃命开东门，延之入城。晏子观看郢都城郭坚固，市井稠密，真乃地灵人杰，江南胜地也。怎见得？宋学士苏东坡有咏荆门诗为证：

> 游人出三峡，楚地尽平川。北客随南广，吴樯开蜀船。
>
> 江侵平野断，风掩白沙旋。欲问兴亡意，重城自古坚。

晏婴正在观览，忽见有车骑二乘，从大衢来，车上俱长躯长鬣[22]，精

选的出色大汉，盔甲鲜明，手握大弓长戟，状如天神，来迎晏子，欲以形晏子之短小。晏子曰："今日为聘好而来，非为攻战，安用武士！"叱退一边，驱车直进。将入朝，朝门外有十余位官员，一个个峨冠博带，济济彬彬^㉓，列于两行。晏子知是楚国一班豪杰，慌忙下车。众官员向前逐一相见，权时分左右叙立，等候朝见。就中一后生，先开口问曰："大夫莫非夷维^㉔晏平仲乎？"晏子视之，乃鬬韦龟之子鬬成然也，官拜郊尹。晏子答曰："然。大夫有何教益？"成然曰："吾闻齐乃太公所封之国，兵甲敌于奏，楚，货财通于鲁、卫。何自桓公一霸之后，篡夺相仍，宋、晋交伐，今日朝晋暮楚，君臣奔走道路，殆无宁岁？夫以齐侯之志，岂下桓公，平仲之贤，不让管子，君臣合德，乃不思大展经纶，丕振^㉕旧业，以光先人之绪，而服事大国，自比臣仆，诚愚所不解也。"晏子扬声对曰："夫识时务者为俊杰，通机变者为英豪。夫自周纲失驭，五霸迭兴，齐、晋霸于中原，秦霸西戎，楚霸南蛮，虽曰人材代出，亦是气运使然，夫以晋文雄略，丧次被兵^㉖；秦穆强盛，子孙遂弱；庄王之后，楚亦每受晋、吴之侮；岂独齐哉？寡君知天运之盛衰，达时务之机变，所以养兵练将，待时而举。今日交聘，乃邻国往来之礼，载在王制，何谓臣仆？尔祖子文，为楚名臣，识时通变，倘子非其嫡裔^㉗耶？何言之悖也。"成然满面羞惭，缩颈而退。

须臾，左班中一士问曰："平仲固自负识时通变之士，然崔、庆之难，齐臣自贾举以下，效节死义者无数，陈文子有马十乘，去而违之^㉘。子乃齐之世家，上不能讨贼，下不能避位，中不能致死，何恋恋于名位耶？"晏子视之，乃楚上大夫阳匄字子瑕，乃穆王之曾孙^㉙也。晏子即对曰："抱大节者，不拘小谅；有远虑者，岂在近谋？吾闻君死社稷，臣当从之。今先君庄公，非为社稷而死；其从死者，皆其私暱。婴虽不才，何敢厕身宠幸之列，以一死沽名哉？且人臣遇国家之难，能则图之，不能则去之。吾之不去，欲定新君，以保宗祀，非贪位也。使人人尽去，国事何赖？况君父之变，何国无之？子谓楚国诸公在朝列者，人人皆讨贼死难之士乎？"

这一句话，暗指着楚熊虔弑君，诸臣反戴之为君，但知责人，不知责己。公孙瑕无言可答。

少顷，右班中又一人出曰："平仲，汝云'欲定新君，以保宗祀'，言太夸矣。崔、庆相图，栾、高、陈、鲍相并，汝依违观望其间，并不见出奇画策，无非因人成事。尽心报国者，止于此乎？"晏子视之，乃右尹郑丹，字子革。晏子笑曰："子知其一，未知其二。崔、庆之盟，婴独不与。四族之难，婴在君所。宜刚宜柔，相机而动，主于保全君国，此岂旁观者所得而窥哉？"

左班中又一人出曰："大丈夫匡时㉚遇主，有大才略，必有大规模，以愚观平仲，未免为鄙吝之夫矣。"晏子视之，乃太宰薳启彊也。晏子曰："足下何以知婴鄙吝乎？"启彊曰："大丈夫身仕明主，贵为相国，固当美服饰，盛车马，以彰君之宠锡。奈何敝裘羸马，出使外邦，岂不足于禄食耶？且吾闻平仲，少服狐裘，二十年不易。祭祀之礼，豚肩不能掩豆㉛，非鄙吝而何？"晏子抚掌大笑曰："足下之见，何其浅也！婴自居相位以来，父族皆衣裘，母族皆食肉，至于妻族，亦无冻馁。草莽之士㉜，待婴而举火者七十余家。吾家虽俭，而三族肥；身似吝，而群士足。以此彰君之宠锡，不亦大乎？"

言未毕，右班中又一人出，指晏子大笑曰："吾闻成汤身长九尺，而作贤王；子桑㉝力敌万夫，而为名将。古之明君达士，皆由状貌魁梧，雄勇冠世，乃能立功当时，垂名后代。今子身不满五尺，力不胜一鸡，徒事口舌，自以为能，宁不可耻！"晏子视之，乃公子真之孙囊瓦，字子常，见为楚王车右之职。婴乃微微而笑，对曰："吾闻秤锤虽小，能压千斤；舟桨空长，终为水役。侨如身长而戮于鲁，南宫万绝力而戮于宋，足下身长力大，得无近之？婴自知无能，但有问则对，又何敢自逞其口舌耶？"囊瓦不能复对。忽报："令尹薳罢来到。"众人俱拱立候之。伍举遂揖晏子入于朝门，谓诸大夫曰："平仲乃齐之贤士，诸君何得以口语相加？"

须臾，灵王升殿，伍举引晏子入见。灵王一见晏子，遽问曰："齐国固无人耶？"晏子曰："齐国中呵气成云，挥汗成雨，行者摩肩，立者并迹，何谓无人？"灵王曰："然则何为使小人来聘吾国？"晏子曰："敝邑出使有常典，贤者奉使贤国，不肖者奉使不肖国，大人则使大国，小人则使小国。臣小人，又最不肖，故以使楚。"楚王惭其言，然心中暗暗惊异。

使事毕，适郊人献合欢橘至，灵王先以一枚赐婴，婴遂带皮而食。灵王鼓掌大笑曰："齐人岂未尝橘耶？何为不剖？"晏子对曰："臣闻'受君赐者，瓜桃不削，橘柑不剖'。今蒙大王之赐，犹吾君也，大王未尝谕剖，敢不全食？"灵王不觉起敬，赐坐命酒。少顷，武士三四人，缚一囚从殿下而过。灵王遽问："囚何处人？"武士对曰："齐国人。"灵王曰："所犯何罪?"武士对曰:"坐盗㉞。"灵王乃顾谓晏子曰:"齐人惯为盗耶?"晏子知其故意设弄,欲以嘲己,乃顿首曰:"臣闻'江南有橘,移之江北,则化而为枳'。所以然者,地土不同也。今齐人生于齐不为盗,至楚则为盗,楚之地土使然,于齐何与焉?"灵王嘿然良久,曰:"寡人本将辱子,今反为子所辱矣。"乃厚为之礼,遣归齐国。

　　齐景公嘉晏婴之功,尊为上相,赐以千金之裘,欲割地以益其封,晏子皆不受。又欲广晏子之宅,晏子亦力辞之。一日,景公幸晏子之家,见其妻,谓晏子曰:"此卿之内子耶?"婴对曰:"然。"景公笑曰:"嘻!老且丑矣!寡人有爱女,年少而美,愿以纳之于卿。"婴对曰:"人以少姣事人者,以他年老恶可相托也。臣妻虽老且丑,然向已受其托矣,安忍倍⑳之?"景公叹曰:"卿不倍其妻,况君父乎?"于是深信晏子之忠,益隆委任。

要知后事,且看下回分解。

【注释】

①周景王十一年:即公元前534年。

②愤恚(huì 汇):愤怒懊恼。

③诮(qiào 窍):责备。

④胡公:陈国始封之君,妫氏,名满。

⑤争郑囚皇颉事:指穿封戍俘郑将皇颉,公子围(即楚灵王)与之争,穿不让一事,见第六十六回。

⑥巡方:巡行四方。本专指天子或天子委派之大臣。楚僭王爵,故亦自称巡方。

⑦商墟:即殷商旧都,应在黄河、淇水一带。这里代指陈国。

⑧酕醄(máo táo 毛桃):大醉后昏昏乎乎的样子。

⑨授兵登埤(pì 辟):发给武器,登上城墙。埤,指城上有孔矮墙。

⑩厥愁(yìn 印):春秋时卫地名,在今河南新乡县境。

⑪汝家先右师:指宋右师华元。华亥乃华元之后,亦嗣官右师。

⑫日者:往日,前些时候。

⑬干:犯。

⑭太室:太庙当中之室。参见第四十一回注⑭。

⑮傅母:见第六十七回注㉟。

⑯璧纽:系璧之孔,即璧之中心。

⑰周景王十四年:公元前531年。

⑱九冈山:《左传》作冈山,楚国境内山名,故址在湖北松滋市境内。

⑲东西二不羹(láng 狼)城:楚王所修筑之新城。东不羹城在今河南

舞阳县北，西不羹城在今河南襄城县东南。

⑳守龟：各诸侯国均有龟甲，藏于府库，以卜大事。此龟甲有专人掌守，故称。

㉑不满五尺：周尺约当今尺八寸馀。五尺略等于今尺四尺。

㉒鬣（liè 烈）：胡须。

㉓济济彬彬：指人才众多而又颇见文采。

㉔夷维：晏婴之籍贯，乃春秋时齐邑名。在今山东高密市境内。

㉕丕振：大力振兴。

㉖丧次被兵：丧葬期间遭遇战争。指"晋襄公墨衰败秦"一事。

㉗倘：这里有难道之意。嫡裔：斗成然乃令尹子文之五代孙。

㉘"陈文子"二句：文子即陈须无。崔杼弑齐庄公时，曾驾而奔宋。马十乘，即马四十匹。这两句出《论语·公冶长》。事见本书第六十五回。

㉙阳匄：父阳尹，祖王子扬，乃楚穆王子。故阳匄乃穆王之曾孙。后曾为楚平王令尹。

㉚匡时：挽救艰危的时局。

㉛"豚（tún 屯）肩"句：言小猪的肘子很小，装不满木盘子。豚，小猪。豆，盛物礼器，类似高足盘。木制。

㉜草莽之士：指无官职的在野之人。

㉝子桑：指秦将公孙枝。

㉞坐盗：因为偷盗。

㉟枳（zhǐ 止）：乔木名。似橘而小叶多刺，果小味酸，不能食，可入药。《周礼·考工记序》曰："橘逾淮北而为枳。"

㊱倍：同"背"。

第七十回 杀三兄楚平王即位
劫齐鲁晋昭公寻盟

话说周景王十二年①，楚灵王既灭陈、蔡，又迁许、胡、沈、道②、房、申六小国于荆山之地，百姓流离，道路嗟怨。灵王自谓天下可唾手而得，日夜宴息于章华之台，欲遣使至周，求其九鼎，以为楚国之镇。右尹郑丹曰："今齐、晋尚强，吴、越未服，周虽畏楚，恐诸侯有后言也。"灵王愤然曰："寡人几忘之！前会申之时，赦徐子之罪，同于伐吴，徐旋附吴，不为尽力。今寡人先伐徐，次及吴，自江以东，皆为楚属，则天下已定其半矣。"乃使薳罢同蔡洧奉世子禄居守，大阅车马，东行狩③于州来④，次于颍水之尾⑤。使司马督⑥率车三百乘伐徐，围其城。灵王大军屯于乾溪⑦，以为声援。时周景王之十五年，楚灵王之十一年也。

冬月，值大雪，积深三尺有余。怎见得？有诗为证：

彤云蔽天风怒号，飞来雪片如鹅毛。

忽然群峰失青色，等闲平地生银涛。

千树寒巢僵鸟雀，红炉不暖重裘薄。

此际从军更可怜，铁衣冰凝愁难著。

灵王问左右："向有秦国所献复陶裘⑧，翠羽被⑨，可取来服之。"左右将裘被呈上。灵王服裘加被，头带皮冠，足穿豹舄⑩，执紫丝鞭，出帐前看雪。有右尹郑丹来见，灵王去冠被，舍鞭，与之立而语。灵王曰："寒甚！"郑丹对曰："王重裘豹舄，身居虎帐，犹且寒甚，况军士单褐⑪露踝，顶兜穿甲⑫，执兵于风雪之中，其苦何如？王何不返驾国都，召回伐徐之师，俟来春天气和暖，再图征进，岂不两便？"灵王曰："卿言甚善！然吾自用兵以来，所向必克，司马旦晚必有捷音矣。"郑丹对曰：

"徐与陈、蔡不同。陈、蔡近楚，久在宇下，而徐在楚东北三千余里，又附吴为重。王贪伐徐之功，使三军久顿于外，受劳冻之苦，万一国有内变，军士离心，窃为王危之。"灵王笑曰："穿封戌在陈，弃疾在蔡，伍举与太子居守，是三楚也。寡人又何虑哉？"

　　言未毕，左史[13]倚相趋过王前，灵王指谓郑丹曰："此博物之士也。凡《三坟》《五典》《八索》《九丘》[14]，无不通晓，子革其善视之。"郑丹对曰："王之言过矣。昔周穆王乘八骏之马，周行天下，祭公谋父[15]作《祈招》[16]之诗，以谏止王心，穆王闻谏返国，得免于祸。臣曾以此诗问倚相，相不知也。本朝之事，尚然不知，安能及远乎？"灵王曰："《祈招》之诗如何？能为寡人诵之否？"郑丹对曰："臣能诵之。诗曰：'祈招之愔愔[17]，式昭德音。思我王度，如玉如金。形[18]民之力，而无醉饱之心。'"灵王曰："此诗何解？"郑丹对曰："愔愔者，安和之貌。言祈父[19]所掌甲兵，享安和之福，用能昭我王之德音，比于玉之坚，金之重。所以然者，由我王能恤民力，适可而止，去其醉饱过盈之心故也。"灵王知其讽己，默然无言。良久，曰："卿且退，容寡人思之。"是夜，灵王意欲班师。忽谍报："司马督屡败徐师，遂围徐。"灵王曰："徐可灭也。"遂留乾溪。自冬逾春，日逐射猎为乐，方役百姓筑台建宫，不思返国。

时蔡大夫归生之子朝吴，臣事蔡公弃疾，日夜谋复蔡国，与其宰观从[20]商议。观从曰："楚王黩兵远出，久而不返，内虚外怨，此天亡之日也。失此机会，蔡不可复封矣。"朝吴曰："欲复蔡，计将安出？"观从曰："逆虔之立，三公子心皆不服，独力不及耳。诚假以蔡公之命，召子干、子晳，如此恁般，楚可得也。得楚，则逆虔之巢穴已毁，不死何为？及嗣王之世，蔡必复矣。"朝吴从其谋，使观从假传蔡公之命，召子干于晋，召子晳于郑，言："蔡公愿以陈、蔡之师，纳二公子于楚，以拒逆虔。"子干、子晳大喜，齐至蔡郊，来会弃疾。观从先归报朝吴。朝吴出郊谓二公子曰："蔡公实未有命，然可劫而取也。"子干、子晳有惧色。朝吴曰："王佚游不返，国虚无备，而蔡洧念杀父之仇，以有事为幸。鬬成然为郊尹，与蔡公相善，蔡公举事，必为内应。穿封戌虽封于陈，其意不亲附王，若蔡公召之必来。以陈、蔡之众，袭空虚之楚，如探囊取物，公子勿虑不成也。"这几句话，说透利害，子干、子晳方才放心，曰："愿终听教。"朝吴请盟，乃刑牲歃血，誓为先君郏敖报仇。口中说誓，虽则如此，誓书上却把蔡公装首，言欲与子干、子晳共袭逆虔。掘地为坎，用牲加书于上而埋之。事毕，遂以家众导子干、子晳袭入蔡城。

蔡公方朝餐，猝见二公子到，出自意外，大惊，欲起避。朝吴随至，直前执蔡公之袂曰："事已至此，公将何往？"子干，子晳抱蔡公大哭，

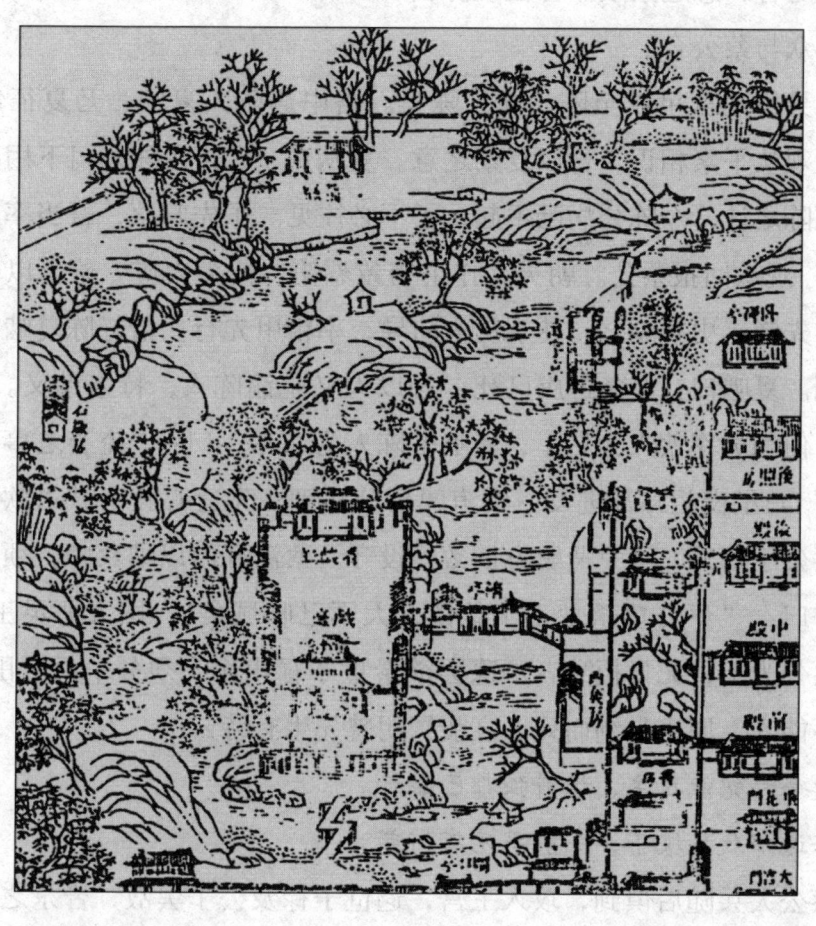

言："逆虔无道，弑兄杀侄[21]，又放逐我等，我二人此来，欲借汝兵力，报兄之仇。事成，当以王位属子。"弃疾仓皇无计，答曰："且请从容商议。"朝吴曰："二公子馁矣，有餐且共食。"子干、子皙食讫，朝吴使速行。遂宣言于众曰："蔡公实召二公子同与大事，已盟于郊，遣二公子先行入楚矣。"弃疾止之曰："勿诬我！"朝吴曰："郊外坎牲载书，岂无有见之者？公勿讳，但速速成事，共取富贵，乃为上策。"朝吴乃复号于市曰："楚王无道，灭我蔡国，今蔡公许复封我，汝等皆蔡百姓，岂忍宗祀沦亡？可共随蔡公赶上二公子，一同入楚。"蔡人闻呼，一时俱集，各执器械，集于蔡公之门。朝吴曰："人心已齐，公宜急抚而用之，不然有变！"弃疾曰："汝迫我上虎背耶？计将安出？"朝吴曰："二公子尚在郊，宜急与之合，悉起蔡众。吾往说陈公，帅师从公。"弃疾从之。子干、子皙率其众与蔡公合。

朝吴使观从星夜至陈，欲见陈公。路中遇陈人夏啮，乃夏征舒之玄孙，与观从平素相识，告以复蔡之意。夏啮曰："吾在陈公门下用事，亦思为复陈之计，今陈公病已不起，子不必往见。子先归蔡，吾当率陈人为一队。"观从回报蔡公。朝吴又作书密致蔡洧，使为内应。蔡公以家臣须务牟为先锋，史猈副之，使观从为向导，率精甲先行。恰好陈夏啮亦起陈众来到。夏啮曰："穿封戌已死，吾以大义晓谕陈人，特来助义。"蔡公大喜，使朝吴率蔡人为右军，夏啮率陈人为左军，曰："掩袭之事，不可迟也！"乃星夜望郢都进发。蔡洧闻蔡公兵到，先遣心腹出城送款。斗成然迎蔡公于郊外，令尹蒍罢方欲敛兵设守。蔡洧开门以纳蔡师，须务牟先入，呼曰："蔡公攻杀楚王于乾溪，大军已临城矣！"国人恶灵王无道，皆愿蔡公为王，无肯拒敌者。蒍罢欲奉世子禄出奔，须务牟兵已围王宫，蒍罢不能入，回家自刎而死。哀哉！胡曾先生有诗云：

漫夸私党能扶主，谁料强都已酿奸。

若遇郏敖泉壤下，一般恶死有何颜？

蔡公大兵随后俱到，攻入王宫，遇世子禄及公子罢敌，皆杀之。蔡公扫除王宫，欲奉子干为王；子干辞。蔡公曰："长幼不可废也。"子干乃即位，以子皙为令尹，蔡公为司马。朝吴私谓蔡公曰："公首倡义举，奈何以王位让人耶？"蔡公曰："灵王犹在乾溪，国未定也。且越二兄而自立，人将议我。"朝吴已会其意，乃献谋曰："王卒暴露已久，必然思归，若遣人以利害招之，必然奔溃。大军继之，王可擒也。"蔡公以为然。乃使观从往乾溪，告其众曰："蔡公已入楚，杀王二子，奉子干为王矣。今新王有令，先归者复其田里，后归者劓^㉒之，有相从者，罪及三族^㉓，或以饮食馈献，罪亦如之。"军士闻之，一时散其大半。

灵王尚醉卧于乾溪之台，郑丹慌忙入报。灵王闻二子被杀，自床上投身于地，放声大哭。郑丹曰："军心已离，王宜速返！"灵王拭泪言曰：

"人之爱其子，亦如寡人否？"郑丹曰："鸟兽犹知爱子，何况人也？"灵王叹曰："寡人杀人子多矣！人杀吾子，何足怪！"少顷，哨马报："新王遣蔡公为大将，同鬪成然率陈、蔡二国之兵，杀奔乾溪来了。"灵王大怒曰："寡人待成然不薄，安敢叛吾？宁一战而死，不可束手就缚！"遂拔

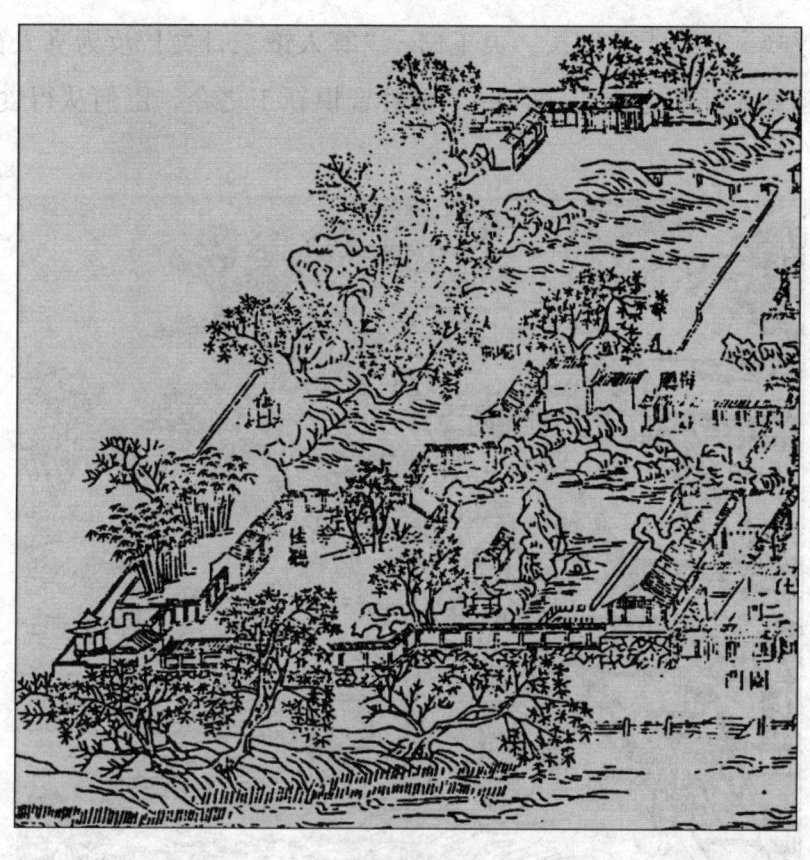

寨都起，自夏口从汉水而上，至于襄州㉔，欲以袭郢。士卒一路奔逃，灵王自拔剑杀数人，犹不能止，比到訾梁㉕，从者才百人耳。灵王曰："事不济矣！"乃解其冠服，悬于岸柳之上。郑丹曰："王且至近郊，以察国人之向背何如？"灵王曰："国人皆叛，何待察乎？"郑丹曰："若不然，出奔他国，乞师以自救亦可。"灵王曰："诸侯爱我者？吾闻大福不再，徒自取辱。"郑丹见不从其计，恐自己获罪，即与倚相私奔归楚。

灵王不见了郑丹，手足无措，徘徊于釐泽㉖之间，从人尽散，只剩单

身，腹中饥馁，欲往乡村觅食，又不识路径。村人也有晓得是楚王的，因闻逃散的军士传说，新王法令甚严，那个不怕，各远远闪开。灵王一连三日，没有饮食下咽，饿倒在地，不能行动。单单只有两目睁开，看着路旁，专望一识面之人，经过此地，便是救星。忽遇一人前来，认得是旧时守门之吏，比时唤作涓人，名畴。灵王叫道："畴，可救我！"涓人畴见是灵王呼唤，只得上前叩头。灵王曰："寡人饿三日矣！汝为寡人觅一盂饭，尚延寡人呼吸之命。"畴曰："百姓皆惧新王之令，臣何从得食？"灵

王叹气一口，命畴近身而坐，以头枕其股，且安息片时。畴候灵王睡去，

取土块为枕以代股，遂奔逃去讫。

　　灵王醒来，唤畴不应，摸所枕，乃土块也。不觉呼天痛哭，有声无气。须臾，又有一人乘小车而至，认得灵王声音，下车视之，果是灵王，乃拜倒在地，问曰："大王为何到此地位？"灵王流泪满面，问曰："卿何人也？"其人奏曰："臣姓申名亥，乃芊尹申无宇之子也。臣父两次得罪于吾王，王赦不诛。臣父往岁临终嘱臣曰：'吾受王两次不杀之恩，他日王若有难，汝必舍命相从。'臣牢记在心，不敢有忘。近传闻郢都已破，子干自立，星夜奔至乾溪，不见吾王，一路追寻到此，不期天遣相逢。今遍地皆蔡公之党，王不可他适。臣家在棘村，离此不远，王可暂至臣家，再作商议。"乃以干糒㉗跪进，灵王勉强下咽，稍能起立。申亥扶之上车，至于棘村。灵王平昔住的是章华之台，崇宫邃室，今日观看申亥农庄之家，筚门蓬户，低头而入，好生凄凉，泪流不止。申亥跪曰："吾王请宽心。此处幽僻，无行人来往，暂住数日，打听国中事情，再作进退。"灵王悲不能语。申亥又跪进饮食，灵王只是啼哭，全不沾唇。亥乃使其亲生二女侍寝，以悦灵王之意。王衣不解带，一夜悲叹，至五更时分，不闻悲声。二女启门报其父曰："王已自缢于寝所矣。"胡曾先生咏史诗曰：

　　茫茫衰草没章华，因笑灵王昔好奢。

　　台土未干箫管绝，可怜身死野人家。

　　申亥闻灵王之死，不胜悲恸，乃亲自殡殓，杀其二女以殉葬焉。后人论申亥感灵王之恩，葬之是矣，以二女殉，不亦过乎？有诗叹曰：

　　章华霸业已沉沦，二女何辜伴窀穸㉘。

　　堪恨暴君身死后，余殃犹自及闺人。

　　时蔡公引着鬬成然、朝吴、夏啮众将，追灵王于乾溪。半路遇着郑丹、倚相二人，述楚王如此恁般，"今侍卫俱散，独身求死，某不忍见，是以去之。"蔡公曰："汝今何往？"二人曰："欲还国中耳。"蔡公曰："公等且住我军中，同访楚王下落，然后同归可也。"蔡公引大军寻访，及于訾梁，并无踪迹。有村人知是蔡公，以楚王冠服来献，言："三日前，于岸柳上得之。"蔡公问曰："汝知王生死否"村人曰："不知。"蔡公收其衣冠服，重赏之而去。蔡公更欲追寻，朝吴进曰："楚王去其衣冠，势

穷力敝，多分死于沟渠，不足再究。但子干在位，若发号施令，收拾民心，不可图矣。"蔡公曰："然则若何？"朝吴曰："楚王在外，国人未知下落，乘此人心未定之时，使数十小卒，假称败兵，绕城相呼，言：'楚王大兵将到！'再令鬬成然归报子干，如此如此，子干、子皙，皆懦弱无谋之辈，一闻此信，必惊惶自尽。明公徐徐整旅而归，稳坐宝位，高枕无忧，岂不美哉？"

蔡公然之，乃遣观从引小卒百余人，诈作败兵，奔回郢都，绕城而走，呼曰："蔡公兵败被杀，楚王大兵，随后便至！"国人信以为实，莫

不惊骇。须臾，鬬成然至，所言相同。国人益信，皆上城了望。成然奔告子干，言："楚王甚怒，来讨君擅立之罪，欲如蔡般、齐庆封故事。君须早自为计，免致受辱，臣亦逃命去矣。"言讫，狂奔而出。子干乃召子皙言之，子皙曰："此朝吴误我也。"兄弟相抱而哭。宫外又传："楚王兵已入城！"子皙先拔佩剑，刎其喉而死。子干慌迫，亦取剑自刭。宫中大乱，宦官宫女，相惊自杀者，横于宫掖，号哭之声不绝。鬬成然引众复入，扫除尸首，率百官迎接蔡公。国人不知，尚疑来者是灵王；及入城，乃蔡公也，方悟前后报信，皆出蔡公之计。

蔡公既入城，即位，改名熊居，是为平王。昔年共王曾祷于神，当璧而拜者为君，至是果验矣。国人尚未知灵王已死，人情汹汹，尝中夜讹传王到，男女皆惊起，开门外探。平王患之，乃密与观从谋，使于汉水之旁，取死尸加以灵王冠服，从上流放至下流，诈云已得楚王尸首，殡于訾梁，归报平王。平王使鬬成然往营葬事，谥曰灵王。然后出榜安慰国人，人心始定。后三年，平王复访求灵王之尸，申亥以葬处告，乃迁葬焉。此是后话。

却说司马督等围徐，久而无功，惧为灵王所诛，不敢归，阴与徐通，列营相守。闻灵王兵溃被杀，乃解围班师。行至豫章㉙，吴公子光率师要击㉚，败之，司马督与三百乘悉为吴所获。光乘胜取楚州来之邑。此皆灵王无道之所致也。

再说楚平王安集楚众，以公子之礼，葬子干、子皙。录功用贤，以鬬成然为令尹，阳匄字子瑕，为左尹。念䓨掩、伯州犁之冤死，乃以犁子郤宛为右尹，掩弟䓨射、䓨越俱为大夫。朝吴、夏啮、蔡洧俱拜下大夫之职。以公子鲂敢战，使为司马。时伍举已卒，平王嘉其生前有直谏之美，封其子伍奢于连，号曰连公㉛。奢子尚亦封于棠㉜，为棠宰，号曰棠君。其他䓨启彊、郑丹等一班旧臣，官职如故。欲官观从，从言其先人开卜，"愿为卜尹㉝。"平王从之。群臣谢恩，朝吴与蔡洧独不谢，欲辞官而去。平王问之，二人奏曰："本辅吾王兴师袭楚，欲复蔡国，今王大位已定，而蔡之宗祀，未沾血食，臣何面目立于王之朝乎？昔灵王以贪功兼并，致失人心，王反其所为，方能令人心悦服。欲反其所为，莫如复陈、蔡之

祀。"平王曰："善。"乃使人访求陈、蔡之后，得陈世子偃师之子名吴，蔡世子有之子名庐，乃命太史择吉，封吴为陈侯，是为陈惠公^㉞；庐为蔡侯，是为蔡平公^㉟，归国奉宗祀。朝吴、蔡洧随蔡平公归蔡，夏啮随陈惠公归陈。所率陈、蔡之众，各从其主，厚加犒劳。前番灵王掳掠二国重器货宝，藏于楚库者，悉给还之。其所迁荆山六小国，悉令还归故土，秋毫无犯。各国君臣上下，欢声若雷，如枯木之再荣，朽骨之复活。此周景王十六年事也。髯翁有诗云：

　　枉竭民脂建二城，留将后主作人情。

早知故物仍还主，何苦当时受恶名。

平王长子名建，字子木，乃蔡国郧阳㊱封人之女所生，时年已长，乃立为世子，使连尹伍奢为太师。有楚人费无极，素事平王，善于贡谀，平王宠之，任为大夫。无极请事世子，乃以为少师。以奋扬为东宫司马。平王既即位，四境安谧，颇事声色之乐。吴取州来，王不能报。无极虽为世子少师，日在平王左右，从于淫乐。世子建恶其谄佞，颇疏远之。令尹成然恃功专恣，无极谮而杀之，以阳匄为令尹。世子建每言成然之冤，无极心怀畏惧，由是阴与世子建有隙。无极又荐鄢将师于平王，使为右领㊲，亦有宠。这段情节，且暂搁起。

话分两头。再说晋自筑虒祈宫之后，诸侯窥其志在苟安，皆有贰心。昭公新立，欲修复先人之业，闻齐侯遣晏婴如楚修聘，亦使人征朝于齐。齐景公见晋、楚多事，亦有意乘间图霸，欲观晋昭公之为人，乃装束如晋，以勇士古冶子从行。方渡黄河，其左骖之马，乃景公所最爱者，即令圉人于从舟取至，系于船头，亲督圉人饲料。忽大雨骤至，波涛汹涌，舟船将覆。有大鼋舒头于水面，张开巨口，抢向船头，衔左骖之马，入于深渊。景公大惊。古冶子在侧，言曰："君勿惧也，臣请为君索之。"乃解衣裸体，拔剑跃于水中，凌波踢浪而去。载沉载浮，顺流九里，望之无迹。景公叹曰："冶子死矣！"少顷，风浪顿息，但见水面流红。古冶子左手挽骖马之尾，右手提血沥沥一颗鼋头，浴波而出。景公大骇曰："真神勇也！先君徒设勇爵，焉有勇士如此哉！"遂厚赏之。

既至绛州，见了晋昭公，昭公设宴享之。晋国是荀吴相礼，齐国是晏婴相礼。酒酣，晋侯曰："筵中无以为乐，请为君侯投壶㊳赌酒。"景公曰："善。"左右设壶进矢，齐侯拱手让晋侯先投。晋侯举矢在手，荀吴进辞曰："有酒如淮，有肉如坻㊴，寡君中此，为诸侯师。"晋侯投矢，果中中壶，将余矢弃掷于地。晋臣皆伏地称千岁。齐侯意殊不怿，举矢亦效其语曰："有酒如渑㊵，有肉如陵。寡人中此，与君代兴。"扑的投去，恰在中壶，与晋矢相并，齐侯大笑，亦弃余矢。晏婴亦伏地呼千岁。晋侯勃然变色。荀吴谓齐景公曰："君失言矣！今日辱觇敝邑，正以寡君世主夏盟之故。君曰'代兴'，是何言也？"晏婴代答曰："盟无常主，惟有德者居焉。昔齐失霸业，晋方代之。若晋有德，谁敢不服？如其无德，吴、楚亦将迭进，岂惟敝邑！"羊舌肸曰："晋已师诸侯矣，安用壶矢？此乃荀

相之失言也！"荀吴自知其误，嘿然不语。齐臣古冶子立于阶下，厉声曰："日昃君劳，可辞席矣！"齐侯即逊谢而去，次日遂行。羊舌肸曰："诸侯将有离心，不以威胁之，必失霸业。"晋侯以为然。乃大阅甲兵之数，总计有四千乘，甲士三十万人。羊舌肸曰："德虽不足，而众可用也。"于是先遣使如周，请王臣降临为重，因遍请诸侯，约以秋七月俱集平丘[41]相会。诸侯闻有王臣在会，无敢不赴者。

至期，晋昭公留韩起守国，率荀吴、魏舒、羊舌肸、羊舌鲋、籍谈、

梁丙、张骼、智跞等,尽起四千乘之众,望濮阳城进发。连络三十余营,遍卫地皆晋兵。周卿士刘献公挚先到。齐、宋、鲁、卫、郑、曹、莒、邾、滕、薛、杞、小邾十二路诸侯毕集,见晋师众盛,人人皆有惧色。既会,羊舌肸捧盘盂进曰:"先臣赵武,误从弭兵之约,与楚通好。楚虔无信,自取陨灭。今寡君欲效践土故事,徼惠于天子,以镇抚诸夏,请诸君同歃为信!"诸侯皆俯首曰:"敢不听命!"惟齐景公不应。羊舌肸曰:"齐侯岂不愿盟耶?"景公曰:"诸侯不服,是以寻盟;若皆用命,何以盟为?"羊舌肸曰:"践土之盟,不服者何国?君若不从,寡君惟是甲车四千乘,愿请罪于城下。"说犹未毕,坛上鸣鼓,各营俱建起大旆。景公虑其见袭,乃改辞谢曰:"大国既以盟不可废,寡人敢自外耶?"于是晋侯先歃,齐、宋以下相继。刘挚王臣,不使与盟,但监临其事而已。邾、莒以鲁国屡屡侵伐,诉于晋侯。晋侯辞鲁昭公于会,执其上卿季孙意如,闭之幕中。子服回私谓荀吴曰:"鲁地十倍邾、莒,晋若弃之,将改事齐、楚,于晋何益?且楚灭陈、蔡不救,而复弃兄弟之国乎?"荀吴然其言,告于韩起。起言于晋侯,乃纵意如奔归。自是诸侯益不直[42]晋,晋不复能主盟矣。史臣有诗叹云:

一心效楚筑虒祁,列国离心复示成。

壶矢有灵侯统散,山河如故事全非!

不知后事如何,且看下回分解。

【注释】

①周景王十二年:即公元前533年。

②道:春秋时汉东小国名。故址在今河南确山县北。

③行狩(shòu 受):同巡守。指帝王离开京城巡行境内。

④州来:本周时诸侯国名,后并于楚。在今安徽凤台县境内。

⑤颖水之尾:颖水下游。颖水为淮河支流,从凤台西流入淮河。

⑥司马督：人名，名督，官司马。馀不详。

⑦乾（qián 前）溪：春秋时楚地名。在今安徽亳县东南。

⑧复陶裘：一种用禽兽毛绒做的袍子。

⑨翠羽被（pī 披）：用鸟类羽毛做的披风。被，同"披"。

⑩豹舄（xì 系）：豹皮做的鞋子。单底称履，复底加木者为舄。

⑪单褐：粗麻布做的单衣。

⑫顶兜（dōu 都）穿甲：头戴兜鍪，身披铁甲。

⑬左史：周代史官分左、右史，相传左史记言，右史记事。

⑭《三坟》《五典》《八索》《九邱》：皆上古时典籍名。今皆不存。或云，《三坟》为三皇之书，《五典》为五帝之书，《八索》为八卦占卜之书，《九邱》为九州志。

⑮祭（zhài 债）公谋父：周公姬旦之孙，周公子祭伯之子。

⑯《祈招》：《诗经》逸诗名，仅存以下六句，馀佚。

⑰愔愔（yīn 殷）：和乐安闲的样子。

⑱形：同"刑"。作制约、节约解。

⑲祈父：周代官名，即司马。

⑳观从：公孙归生之家宰。其父观起为楚康王车裂而死，故有意向楚康王长弟灵王报仇。

㉑弑兄杀侄：弑兄二字不实，因楚康王系病死。杀侄，指杀死楚康王子熊麇。见第六十七回。

㉒劓（yì 易）：古代割鼻之刑。

㉓三族：指父族、母族及妻族。

㉔襄州：即今湖北襄阳市。襄州乃西魏所置，春秋时尚无此地名。

㉕訾（zī 资）梁：春秋时楚地名。在今河南信阳市境内。

㉖厘泽：春秋时楚地名。地址不详。

㉗干糒（bèi 倍）：干粮。

㉘圹窀（xì zhūn 细准）：墓穴。本应作窀圹，因叶韵故倒换。

㉙豫章：春秋时楚之地名。指安徽霍邱一带经河南固始、光山到湖北
应山间大片土地。

㉚要（yāo 腰）击：中途拦击。要，通"邀"。

㉛连公：即连尹，楚朝中官名。连非地名，前句"封其子伍奢于连"，系作者误以为"连"乃地名而来。

㉜棠：春秋时楚邑名。在今河南遂平县西。

㉝卜尹：楚官名，掌占卜之官，秩比大夫。

㉞陈惠公：名妫吴，陈哀公之孙。在位二十四年（前529—前506）。

㉟蔡平公：即姬庐，蔡灵公之孙。在位八年（前529—前522）。

㊱郧阳：春秋时蔡邑名。故址不详。

㊲右领：楚官职名。似为右广的首领。

㊳投壶：古代的一种游戏，投矢于酒壶口内，以多寡为输赢。

㊴"有酒"二句：指酒多如淮河之流水，肉多如河上之洲渚。坻（chí 池），水中高地。

㊵渑（shéng 绳）：春秋时齐国水名。源出今山东临淄区西北，注入时水。今已湮塞。

㊶平丘：春秋时卫国地名。在今河南封丘县东四十里。

㊷不直：不以之为正确，引申为不赞成，不支持。

第七十一回　晏平仲二桃杀三士
楚平王娶媳逐世子

话说齐景公归自平丘，虽然惧晋兵威，一时受歃，已知其无远大之谋，遂有志复桓公之业，谓相国晏婴曰："晋霸西北，寡人霸东南，何为不可？"晏婴对曰："晋劳民于兴筑，是以失诸侯。君欲图霸，莫如恤民。"景公曰："恤民何如？"晏婴对曰："省刑罚，则民不怨；薄赋敛，则民知恩。古先王春则省耕，补其不足；夏则省敛，助其不给①。君何不法之？"景公乃除去烦刑，发仓廪以贷贫穷，国人感悦。于是征聘于东方诸侯。徐子不从，乃用田开疆为将，帅师伐之。大战于蒲隧②，斩其将嬴爽，获甲士五百余人。徐子大惧，遣使行成于齐。齐侯乃约郯子③、莒子同徐子结盟于蒲隧。徐以甲父④之鼎赂之。晋君臣虽知，而不敢问。齐自是日强，与晋并霸。

景公录田开疆平徐之功，复嘉古冶子斩鼋之功，仍立"五乘之宾"以旌之。田开疆复举荐公孙捷之勇。那公孙捷生得面如靛染，目睛突出，身长一丈，力举千钧。景公见而异之，遂与之俱猎于桐山。忽然山中赶出一只吊睛白额虎来，那虎咆哮发喊，飞奔前来，径扑景公之马。景公大惊。只见公孙捷从车上跃下，不用刀枪，双拳直取猛虎，左手揪住项皮，右手挥拳，只一顿，将那只大虫打死，救了景公。景公嘉其勇，亦使与"五乘之宾"。公孙捷遂与田开疆、古冶子结为兄弟，自号"齐邦三杰"。挟功恃勇，口出大言，凌铄⑤闾里，简慢公卿。在景公面前，尝以尔我相称，全无礼体。景公惜其才勇，亦姑容之。

时朝中有个佞臣唤做梁丘据，专以先意逢迎，取悦于君。景公甚宠爱之。据内则献媚景公，以固其宠；外则结交三杰，以张其党。况其时陈无

宇厚施得众，已伏移国之兆，那田开疆与陈氏是一族，异日声势相倚，为国家之患，晏婴深以为忧。每欲除之，但恐其君不听，反结了三人之怨。

忽一日，鲁昭公以不合于晋之故，欲结交于齐，亲自来朝。景公设宴相待。鲁国是叔孙婼相礼，齐国是晏婴相礼。三杰带剑，立于阶下，昂昂自若，目中无人。二君酒至半酣，晏子奏曰："园中金桃已熟，可命荐新，为两君寿。"景公准奏，宣园吏取金桃来献。晏子奏曰："金桃难得之物，

臣当亲往监摘。"晏子领钥匙去讫。景公曰："此桃自先公时，有东海人，以巨核来献，名曰万寿金桃，出白海外度索山，亦名蟠桃，植之三十余年，枝叶虽茂，花而不实。今岁结有数颗，寡人惜之，是以封锁园门。今日君侯降临，寡人不敢独享，特取来与贤君臣共之。"鲁昭公拱手称谢。

少顷，晏子引着园吏将雕盘献上。盘中堆着六枚桃子，其大如碗，其赤如炭，香气扑鼻，真珍异之果也。景公问曰："桃实止此数乎？"晏子曰："尚有三四枚未熟，所以只摘得六枚。"景公命晏子行酒。晏子手捧玉爵，恭进鲁侯之前，左右献上金桃，晏子致词曰："桃实如斗，天下罕有；两君食之，千秋同寿！"鲁侯饮酒毕，取桃一枚食之，甘美非常，夸奖不已。次及景公，亦饮酒一杯，取桃食讫。景公曰："此桃非易得之物，叔孙大夫贤名著于四方，今又有赞礼之功，宜食一桃。"叔孙婼跪奏曰："臣之贤，万不及相国。相国内修国政，外服诸侯，其功不小。此桃宜赐相国食之，臣安敢僭？"景公曰："既叔孙大夫推让相国，可各赐酒一杯，桃一枚。"二臣跪而领之，谢恩而起。晏子奏曰："盘中尚有二桃，主公可传令诸臣中，言其功深劳重者，当食此桃，以彰其贤。"景公曰："此言甚善！"即命左右传谕，使阶下诸臣，有自信功深劳重，堪食此桃者，出班自奏，相国评功赐桃。

公孙捷挺身而出，立于筵上而言曰："昔从主公猎于桐山，力诛猛虎，其功若何？"晏子曰："擎天保驾，功莫大焉！可赐酒一爵，食桃一枚，归于班部。"古冶子奋然便出曰："诛虎未足为奇。吾曾斩妖鼋于黄河，使君危而复安，此功若何？"景公曰："此时波涛汹涌，非将军斩绝妖鼋，必至覆溺，此盖世奇功也！饮酒食桃，又何疑哉？"晏子慌忙进酒赐桃。只见田开疆撩衣破步而出曰："吾曾奉命伐徐，斩其名将，俘甲首五百余人，徐君恐惧，致赂乞盟。郯、莒畏威，一时皆集，奉吾君为盟主。此功可以食桃乎？"晏子奏曰："开疆之功，比于二将，更自十倍。争奈无桃可赐，暂赐酒一杯，以待来年。"景公曰："卿功最大，可惜言之太迟，以此无桃，掩其大功。"田开疆按剑而言曰："斩鼋打虎，小可事耳！吾

跋涉千里之外，血战成功，反不能食桃，受辱于两国君臣之间，为万代耻笑，何面目立于朝廷之上耶？”言讫，挥剑自刎而死。公孙捷大惊，亦拔剑而言曰："我等微功而食桃，田君功大，反不能食。夫取桃不让，非廉也；视人之死而不能从，非勇也。"言讫，亦自刎。古冶子奋气大呼曰："吾三人义均骨肉，誓同生死，二人已亡，吾独苟活，于心何安？"亦自刎而亡。景公急使人止之，已无及矣。鲁昭公离席而起曰："寡人闻三臣皆天下奇勇，可惜一朝俱尽矣。"景公闻言嘿然，变色不悦。晏婴从容进曰："此皆吾国一勇之夫，虽有微劳，何足挂齿？"鲁侯曰："上国如此勇将，还有几人？"晏婴对曰："筹策庙堂，威加万里，负将相之才者数十人；若血气之勇，不过备寡君鞭策之用而已，其生死何足为齐轻重哉！"景公意始释然。晏子更进觞于两君，欢饮而散。三杰墓在荡阴里。后汉诸葛孔明《梁父吟》，正咏其事：

步出齐东门，遥望荡阴里⑥。里中有三坟，累累正相似。问是谁家冢？田疆古冶子。力能排南山，文能绝地纪⑦。一朝中阴谋，二桃杀三士。谁能为此者？相国齐晏子。

鲁昭公别后，景公召晏婴问曰："卿于席间，张大其辞，虽然存了齐国一时体面，只恐三杰之后，难乎其继，如之奈何？"晏子对曰："臣举一人，足兼三杰之用。"景公曰："何人？"曰："有田穰苴者，文能附众，武能威敌，真大将之才也！"景公曰："得非田开疆一宗乎？"晏子对曰："此人虽出田族，然庶孽微贱，不为田氏所礼，故屏居东海之滨。君欲选将，无过于此。"景公曰："卿既知其贤，何不早闻？"晏子对曰："善仕者不但择君，兼欲择友。田疆、古冶辈血气之夫，穰苴岂屑与之比肩哉？"景公口虽唯唯，终以田陈同族为嫌，踌躇不决。

忽一日，边吏报道："晋国探知三杰俱亡，兴兵犯东阿⑧之境；燕国亦乘机侵扰北鄙。"景公大惧，于是令晏子以缯帛诣东海之滨，聘穰苴入朝。苴敷陈兵法，深合景公之意，即日拜为将军，使帅车五百乘，北拒燕、晋之兵。穰苴请曰："臣素卑贱，君擢之间里之中，骤然授以兵权，人心不服。愿得吾君宠臣一人，为国人素所尊重者，使为监军，臣之令乃可行也。"景公从其言，命嬖大夫庄贾，往监其军。苴与贾同时谢恩而出。至朝门之外，庄贾问穰苴出军之期，苴曰："期在明日午时，某于军门专候同行，勿过日中也。"言毕别去。

至次日午前，穰苴先至军中，唤军吏立木为表⑨，以察日影；因使人催促庄贾。贾年少，素骄贵，侍景公宠幸，看穰苴全不在眼。况且自为监军，只道权尊势敌，缓急自由。是日亲戚宾客，俱设酒饯行，贾留连欢

饮，使者连催，坦然不以为意。穰苴候至日影移西，军吏已报未牌，不见庄贾来到，遂吩咐将木表放倒，倾去漏水⑩，竟自登坛誓众，申明约束。号令方完，日已将晡⑪。遥见庄贾高车驷马，徐驱而至，面带酒容。既到军门，乃从容下车，左右拥卫，踱上将台。穰苴端然危坐⑫，并不起身，但问："监军何故后期？"庄贾拱手而对曰："今日远行，蒙亲戚故旧携酒饯送，是以迟迟也。"穰苴曰："夫为将者，受命之日，即忘其家；临军约束，则忘其亲；秉枹鼓^⑬，犯矢石，则忘其身。今敌国侵凌，边境骚动，吾君寝不安席，食不甘味，以三军之众，托吾两人，冀旦夕立功，以救百姓倒悬之急，何暇与亲旧饮酒之乐哉？"庄贾尚含笑对曰："幸未误行期，无帅不须过责。"穰苴拍案大怒曰："汝倚仗君宠，怠慢军心，倘临敌如此，岂不误了大事！"即召军政司问曰："军法期而后至，当得何罪？"军政司曰："按法当斩！"庄贾闻一"斩"字，才有惧意，便要奔下将台。穰苴喝教手下，将庄贾捆缚，牵出辕门斩首。唬得庄贾滴酒全无，口中哀叫讨饶不已。

左右从人，忙到齐侯处报信求救。连景公也吃一大惊，急叫梁丘据持节往谕，特免庄贾一死；吩咐乘轺车疾驱，诚恐缓不及事。那时庄贾之首，已号令辕门了，梁丘据尚然不知，手捧符节，望军中驰去。穰苴喝令阻住，问军政司曰："军中不得驰车，使者当得何罪？"答曰："按法亦当斩！"梁丘据面如土色，战做一团，口称："奉命而来，不干某事。"穰苴曰："既有君命，难以加诛，然军法不可废也。"乃毁车斩骖，以代使者之死。梁丘据得了性命，抱头鼠窜而去。于是大小三军，莫不股栗。穰苴之兵，未出郊外，晋师闻风遁去。燕人亦渡河北归。苴追击之，斩首万余。燕人大败，纳赂请和。班师之日，景公亲劳于郊，拜为大司马，使掌兵权。史臣有诗云：

宠臣节使且膺刑，国法无私令必行。

安得穰苴今日起，大张敌忾^⑭慰苍生。

诸侯闻穰苴之名，无不畏服。景公内有晏婴，外有穰苴，国治兵强，四境无事，日惟田猎饮酒，略如桓公任管仲之时也。

一日，景公在宫中与姬妾饮酒，至夜，意犹未畅，忽思晏子，命左右将酒具移于其家。前驱往报晏子曰："君至矣！"晏子玄端^⑮束带，执笏拱立于大门之外。景公尚未下车，晏子前迎，惊惶而问曰："诸侯得无有故乎？国家得无有故乎？"景公曰："无有。"晏子曰："然则君何为非时而夜辱于臣家？"景公曰："相国政务烦劳，今寡人有酒醴之味，金石之声，

不敢独乐，愿与相国共享。"晏子对曰："夫安国家，定诸侯，臣请谋之。若夫布荐席，除簋簋⑯者，君左右自有其人，臣不敢与闻也。"景公命回车，移于司马穰苴之家，前驱报如前。司马穰苴冠缨披甲，操戟拱立于大门之外，前迎景公之车，鞠躬而问曰："诸侯得无有兵乎？大臣得无有叛者乎？"景公曰："无有。"穰苴曰："然则昏夜辱于臣家者何也？"景公曰："寡人无他，念将军军务劳苦，寡人有酒醴之味，金石之乐，思与将军共之耳。"穰苴对曰："夫御寇敌，诛悖乱，臣请谋之。若夫布荐席，陈簋簋，君左右不乏，奈何及于介胄之士耶？"景公意兴索然。左右问曰：

"将回宫乎？"景公曰："可移于梁丘大夫之家。"前驱驰报亦如前。景公车未及门，梁丘据左操琴，右挈竽[17]，口中行歌而迎景公于巷口。景公大悦，于是解衣卸冠，与梁丘据欢呼于丝竹之间，鸡鸣而返。明日，晏婴、穰苴同入朝谢罪，且谏景公不当夜饮于人臣之家。景公曰："寡人无二卿，何以治吾国？无梁丘据，何以乐吾身？寡人不敢妨二卿之职，二卿亦勿与寡人之事也。"史臣有诗云：

双柱擎天将相功，小臣便辟[18]岂相同？

景公得士能专任，赢得芳名播海东。

是时中原多故，晋不能谋，昭公立六年薨，世子去疾即位，是为顷公[19]。顷公初年，韩起、羊舌肸俱卒。魏舒为政，荀跞、范鞅用事，以贪冒闻。祁氏家臣祁胜，通于邬臧之室[20]，祁盈执祁胜。胜行赂于荀跞，跞谮于顷公，反执祁盈。羊舌食我党于祁氏，为之杀祁胜。顷公怒，杀祁盈、食我，尽灭祁、羊舌二氏之族，国人冤之。其后鲁昭公为强臣季孙意如所逐，荀跞复取货于意如，不纳昭公。于是齐景公合诸侯于鄢陵[21]，以谋鲁难，天下俱高其义。齐景公之名，显于诸侯。此是后话。

却说周景王十九年，吴王夷昧在位四年，病笃，复申父兄之命，欲传位于季札。札辞曰："吾不受位明矣！昔先君有命，札不敢从，富贵于我如秋风之过耳，吾何爱焉？"遂逃归延陵[22]。群臣奉夷昧之子州于为王，改名曰僚，是为王僚。诸樊之子名光，善于用兵，王僚用之为将。与楚战于长岸[23]，杀楚司马公子鲂，楚人惧，筑城于州来，以御吴。时费无极以谗佞得宠。蔡平公庐已立嫡子朱为世子，其庶子名东国，欲谋夺嫡，纳货于无极。无极先谮朝吴，逐之奔郑。及蔡平公薨，世子朱立，无极诈传楚王之命，使蔡人逐朱，立东国为君。平王问曰："蔡人何以逐朱？"无极对曰："朱将叛楚，蔡人不愿，是以逐之。"平王遂不问。无极又心忌太子建，欲离间其父子，而未有计。一日，奏平王曰："太子年长矣，何不为之婚娶？欲求婚，莫如秦国。秦，强国也，而睦于楚；两强为婚，楚势益张矣。"平王从之，遂遣费无极往聘秦国，因为世子求婚。

秦哀公[24]召群臣谋其可否。群臣皆言："昔秦、晋世为婚姻，今晋好久绝，楚势方盛，不可不许。"秦哀公遂遣大夫报聘，以长妹孟嬴许婚。

今俗家小说称为无祥公主者是也。公主之号，自汉代始有之[25]，春秋时焉有此号哉？平王复命无极领金珠彩币，往秦迎娶。无极随使者入秦，呈上聘礼。哀公大悦，即诏公子蒲送孟嬴至楚，装资百辆，从媵之妾数十余人。孟嬴拜辞其兄秦伯而行。

无极于途中，察知孟嬴有绝世之色；又见媵女内有一人，仪容颇端，私访其来历，乃是齐女，自幼随父宦秦，遂入宫中，为孟嬴侍妾。无极访得备细，因宿馆驿，密召齐女谓曰："我相你有贵人之貌，有心要抬举你，做个太子正妃，汝能隐吾之计，管你将来富贵不尽。"齐女低首无言。无极先一日行，趋入宫中，回奏平王，言："秦女已到，约有三舍之远。"平王问曰："卿曾见否？其貌若何？"无极知平王是酒色之徒，正要夸张秦女之美，动其邪心，恰好平王有此一问，正中其计，遂奏曰："臣阅女子多矣，未见有如孟嬴之美者。不但楚国后宫，无有其对，便是相传古来绝色，如妲己骊姬，徒有其名，恐亦不如孟嬴之万一矣！"平王闻秦女之美，面皮通红，半晌不语，徐徐叹曰："寡人枉自称王，不遇此等绝色，诚所谓虚过一生耳！"无极请屏左右，遂密奏曰："王慕秦女之美，何不自取之？"平王曰："既聘为子妇，恐碍人伦。"无极奏曰："无害也。此女虽聘于太子，尚未入东宫，王迎入宫中，谁敢异议？"平王曰："群臣之口可钳，何以塞太子之口？"无极奏曰："臣观从媵之中，有齐女才貌不凡，可充作秦女。臣请先进秦女于王宫，复以齐女进于东宫，嘱以毋漏机关，则两相隐匿，而百美俱全矣。"平王大喜，嘱无极机密行事。

无极谓公子蒲曰："楚国婚礼，与他国异。先入宫见舅姑，而后成婚。"公子蒲曰："惟命。"无极遂命耕车将孟嬴及妾媵，俱送入王宫，留孟嬴而遣齐女。令宫中侍妾扮作秦媵，齐女假作孟嬴，令太子建迎归东宫成亲。满朝文武及太子，皆不知无极之诈。孟嬴问："齐女何在？"则云："已赐太子矣。"潜渊咏史诗云：

卫宣作俑[26]是新台，蔡国奸淫长逆胎[27]。

堪恨楚平伦理尽，又招秦女入宫来。

平王恐太子知秦女之事，禁太子入宫，不许他母子相见。朝夕与秦女在后宫宴乐，不理国政。外边沸沸扬扬，多有疑秦女之事者。无极恐太子知觉，或生祸变，乃告平王曰："晋所以能久霸天下者，以地近中原故也。昔灵王大城陈，蔡，以镇中华，正是争霸之基。今二国复封，楚仍退守南

方，安能昌大其业？何不令太子出镇城父^⑧，以通北方？王专事南方，天下可坐而策也。"平王踌躇未答。无极又附耳密言曰："秦婚之事，久则事泄。若远屏太子，岂不两得其利？"平王恍然大悟。遂命太子建出镇城父，以奋扬为城父司马，谕之曰："事太子如事寡人也！"伍奢知无极之谗，将欲进谏。无极知之，复言于平王，使伍奢往城父辅助太子。太子行后，平王遂立秦女孟嬴为夫人，出蔡姬归于郧。太子到此，方知秦女为父所换，然无可奈何矣。

孟嬴虽蒙王宠爱，然见平王年老，心甚不悦。平王自知非匹，不敢问之。逾年，孟嬴生一子，平王爱如珍宝，遂名曰珍。珍周岁之后，平王始问孟嬴曰："卿自入宫，多愁叹，少欢笑，何也？"孟嬴曰："妾承兄命，适事君王。妾自以为秦、楚相当，青春两敌。及入宫庭，见王春秋鼎盛㉒，妾非敢怨王，但自叹生不及时耳！"平王笑曰："此非今生之事，乃宿世之姻契也。卿嫁寡人虽迟，然为后则不知早几年矣。"孟嬴心惑其言，细细盘问宫人，宫人不能隐瞒，遂言其故。孟嬴凄然垂泪。平王觉其意，百计媚之，许立珍为世子。孟嬴之意稍定。

　　费无极终以太子建为虑，恐异日嗣位为王，祸必及己，复乘间谮于平王曰："闻世子与伍奢有谋叛之心，阴使人通于齐、晋二国，许为之助，王不可不备。"平王曰："吾儿素柔顺，安有此事？"无极曰："彼以秦女之故，久怀怨望。今在城父缮甲厉兵㉚有日矣。常言穆王行大事㉛，其后安享楚国，子孙繁盛，意欲效之。王若不行，臣请先辞，逃死于他国，免受诛戮。"平王本欲废建而立少子珍，又被无极说得心动，便不信也信了，即欲传令废建。无极奏曰："世子握兵在外，若传令废之，是激其反也。太师伍奢是其谋主，王不如先召伍奢，然后遣兵袭执世子，则王之祸患可除矣。"平王然其计，即使人召伍奢。奢至，平王问曰："建有叛心，汝知之否？"伍奢素刚直，遂对曰："王纳子妇已过矣！又听细人之说，而疑骨肉之亲，于心何忍？"平王惭其言，叱左右执伍奢而囚之。无极奏曰："奢斥王纳妇，怨望明矣。太子知奢见囚，能不动乎？齐晋之众，不可当也。"平王曰："吾欲使人往杀太子，何人可遣？"无极对曰："他人往，太子必将抗斗。不若密谕司马奋扬，使袭杀之。"平王乃使人密谕奋扬，曰："杀太子，受上赏；纵太子，当死！"奋扬得令，即时使心腹私报太子，教他："速速逃命，无迟顷刻！"太子建大惊。时齐女已生子名胜，建遂与妻子连夜出奔宋国。

　　奋扬知太子已去，使城父人将自己囚系，解到郢都，来见平王，言："太子逃矣！"平王大怒曰："言出于余口，入于尔耳，谁告建耶？"奋扬曰："臣实告之。君王命臣曰：'事建如事寡人。'臣谨守斯言，不敢贰心，是以告之。后思罪及于身，悔已无及矣！"平王曰："尔既私纵太子，又敢来见寡人，不畏死乎？"奋扬对曰："既不能奉王之后命，又畏死而

不来，是二罪也。且太子未有叛形，杀之无名，苟君王之子得生，臣死为幸矣。"平王恻然，似有愧色，良久曰："奋扬虽违命，然忠直可嘉也！"遂赦其罪，复为城父司马。史臣有诗云：

　　无辜世子已偷生，不敢逃刑就鼎烹。

　　谗佞纷纷终受戮，千秋留得奋扬名。

平王乃立秦女所生之子珍为太子，改费无极为太师。

无极又奏曰：“伍奢有二子，曰尚、曰员，皆人杰也。若使出奔吴国，必为楚患。何不使其父以免罪召之？彼爱其父，必应召而来；来则尽杀之，可免后患。”平王大喜，狱中取出伍奢，令左右授以纸笔，谓曰：“汝教太子谋反，本当斩首示众；念汝祖父有功于先朝，不忍加罪。汝可写书，召二子归朝，改封官职，赦汝归田。”伍奢心知楚王挟诈，欲召其父子同斩。乃对曰：“臣长子尚，慈温仁信，闻臣召必来。少子员，少好于文，长习于武，文能安邦，武能定国，蒙垢忍辱，能成大事。此前知㉜之士，安肯来耶？”平王曰：“汝但如寡人之言，作书往召；召而不来，无与尔事。”奢念君父之命，不敢抗违，遂当殿写书，略云：

书示尚、员二子：吾因进谏忤旨，待罪缧绁㉝。吾王念先人功绩，免我一死，已听群臣议功赎罪，改封尔等官职。尔兄弟可连夜前来。若违命延迟，必至获罪。书到速速！

伍奢写毕，呈上平王看过，缄封停当，仍复收狱。

平王遣鄢将师为使，驾驷马，持封函印绶，往棠邑来，伍尚已回城父矣。鄢将师再至城父，见伍尚，口称“贺喜”。尚曰：“父方被囚，何贺之有？”鄢将师曰：“王误信人言，囚系尊公，今有群臣保举，称君家三世忠臣，王内惭过听㉞，外愧诸侯之耻，反拜尊公为相国，封二子为侯，尚赐鸿都侯，员赐盖侯。尊公久系初释，思见二子，故复作手书，遣某奉迎。必须早早就驾，以慰尊公之望。”伍尚曰：“父在囚系，中心如割，得免为幸，何敢贪印绶㉟哉？”将师曰：“此王命也，君其勿辞。”伍尚大喜，乃将父书入室，来报其弟伍员。

不知伍员肯同赴召否，且看下回分解。

【注释】

① “古先王”四句：古先王，指上古尧、舜等贤君。以下出《孟

子·梁惠王下》："春省耕而补不足，秋省敛而助不给。"赵歧注："春省耕，问未耜之不足；秋省敛，助其力不给也。"省，视察，访问。敛，收获。不给，指劳力不够。

②蒲隧（suì 碎）：春秋时地名。在今江苏睢宁县西南。

③郯（tán 谈）子：郯乃诸侯国名，己姓，爵为子。故城在今山东郯城县境。郯子即郯君。

④甲父：古国名。其地在今山东金乡县南。

⑤凌铄（lì 利）：欺压，侵犯。

⑥荡阴里：春秋时村里名。在今山东淄博临淄区南。

⑦"文能"句：智慧可以斩断维系大地的绳子。地纪，古代传说，天圆地方，大地四角有巨绳维系，才使地有定位。

⑧东阿：即柯邑。春秋时齐邑名，汉代始置东柯县。故址在今山东阳谷县东北。

⑨表：测量日影的标杆。

⑩漏水：漏壶之水。古代用木表以记时，以铜制漏壶以记刻。

⑪晡（bū 逋）：即申时，下午三至五时。

⑫危坐：正坐。

⑬枹（fú 扶）鼓：鼓槌和鼓。古代击鼓进军，此指进攻之时。

⑭敌忾（kài 慨）：抵抗所愤恨的敌人。敌，对抗。忾，气愤。

⑮玄端：古代诸侯、大夫的礼服。

⑯除簠簋（fǔ guǐ 府轨）：摆设饮食器皿。簠、簋皆为盛食物之器。簋，多为方形。簋，多为圆形。

⑰挈竽（qiè yú 怯于）：用手提竽。竽为管乐器，二十余管，分前后两排，口吹之而成声。

⑱便（pián 骈）辟：逢迎谄媚。

⑲顷公：晋顷公姬去疾，在位十四年（前525—前512）。

⑳通于邬臧之室：指祁胜、邬臧二人住房相互凿通，以利淫乱。二人均为祁盈家臣。

㉑鄢陵：春秋时郑邑名。在今河南鄢陵县北。

㉒延陵：春秋时吴邑名。季札之封邑，故人称札为延陵季子。其地在今江苏武进区。

㉓长岸：春秋时楚地名。在今安徽当涂县西南之西梁山。

㉔秦哀公：即秦景公子，在位三十六年（前536—前501）。

㉕"公主之号"二句：此句欠准确。战国时即有称者。《史记·吴起传》："公叔为相，尚魏公主。"即为其例，但不普遍。至汉时始定为制度。

㉖作俑（yǒng 勇）：俑，指用以殉葬的木偶或泥俑。作俑，制造殉葬的偶人，以后发展为用真人殉葬。故孔子说："始作俑者，其无后乎。"意指创造了一个极坏的先例。

㉗"蔡固"句：指蔡景公（名固）与世子般之妻芈氏私通，世子般弑景公自立一事。见第六十七回。

㉘城父：春秋时楚邑名。在今河南宝丰县东。

㉙春秋鼎盛：年岁已高的宛转说法。

㉚缮甲厉兵：修整盔甲，磨好武器。

㉛穆王行大事：指楚穆王商臣弑其父楚成王而自立，后代子孙相继为王一事。见第四十六回。

㉜前知：预见未来之事，主要指善于观察和决策，能适应形势的
发展。

㉝缧绁（léi xiè 雷谢）：拘系犯人的绳索，引申为牢狱。

㉞过听：误听。

㉟印绶：指官印及系印的带子。此代指官职。

第七十二回 棠公尚捐躯奔父难
伍子胥微服过昭关

话说伍员字子胥，监利①人，生得身长一丈，腰大十围，眉广一尺，目光如电，有扛鼎拔山之勇，经文纬武之才。乃世子太师连尹奢之子，棠君尚之弟。尚与员俱随其父奢于城父。鄢将师奉楚平王之命，欲诱二子入朝，先见了伍尚，因请见员。尚乃持父手书入内，与员观看，曰："父幸免死，二子封侯，使者在门，弟可出见之。"员曰："父得免死，已为至幸。二子何功，而复封侯？此诱我也。往必见诛！"尚曰："父见有手书，岂相诳哉？"员曰："吾父忠于国家，知我必欲报仇，故使并命②于楚，以绝后虑。"尚曰："吾弟乃臆度之语。万一父书果是真情，吾等不孝之罪何辞？"员曰："兄且安坐，弟当卜其吉凶。"员布卦已毕，曰："今日甲子日，时加于巳，支伤日下③，气不相受。主君欺其臣，父欺其子。去且就诛，何封侯之有哉？"尚曰："非贪侯爵，思见父耳。"员曰："楚人畏吾兄弟在外，必不敢杀吾父。兄若误往，是速④父之死也。"尚曰："父子之爱，恩从中出。若得一面而死，亦所甘心！"于是伍员乃仰天叹曰："与父俱诛，何益于事？兄必欲往，弟从此辞矣！"尚泣曰："弟将何往？"员曰："能报楚者，吾即从之。"尚曰："吾之智力，远不及弟。我当归楚，汝适他国。我以殉父为孝，汝以复仇为孝。从此各行其志，不复相见矣！"伍员拜了伍尚四拜，以当永诀。尚拭泪出见鄢将师，言："弟不愿封侯，不能强之。"将师只得同伍尚登车。既见平王，王并囚之。伍奢见伍尚单身归楚，叹曰："吾固知员之不来也！"

无极复奏曰："伍员尚在，宜急捕之，迟且逃矣。"平王准奏，即遣大夫武城黑，领精卒二百人，往袭伍员。员探知楚兵来捕己，哭曰："吾

父兄果不免矣！"乃谓其妻贾氏曰："吾欲逃奔他国，借兵以报父兄之仇，不能顾汝，奈何？"贾氏睁目视员曰："大丈夫含父兄之怨，如割肺肝，何暇为妇人计耶？子可速行，勿以妾为念！"遂入户自缢。伍员痛哭一场，藁葬其尸。即时收拾包裹，身穿素袍，贯弓佩剑而去。未及半日，楚兵已至，围其家，搜伍员不得，度员必东走，遂命御者疾驱追之。约行三百里，及于旷野无人之处。员乃张弓布矢，射杀御者，复注矢欲射武城黑。黑惧，下车欲走。伍员曰："本欲杀汝。姑留汝命归报楚王，欲存楚国宗祀，必留我父兄之命。若其不然，吾必灭楚，亲斩楚王之头，以泄吾恨！"

武城黑抱头鼠窜，归报平王，言："伍员已先逃矣。"平王大怒，即命费无极押伍奢父子于市曹斩之。临刑，伍尚唾骂无极，谗言惑主，杀害忠良。伍奢止曰："见危授命⑤，人臣之职。忠佞自有公论，何以詈为！但员儿不至，吾虑楚国君臣，自今以后，不得安然朝食矣。"言罢，引颈受戮。百姓观者，无不流涕。是日天昏日暗，悲风惨冽。史臣有诗云：

惨惨悲风日失明，三朝忠裔忽遭坑⑥。

楚庭从此皆谗佞，引得吴兵入郢城。

平王问："伍奢临刑有何怨言？"无极曰："并无他语，但言伍员不至，楚国君臣不能安食也。"平王曰："员虽走，必不远，宜更追之。"乃遣左司马沈尹戍率三千人，穷其所往。伍员行及大江，心生一计，将所穿白袍，挂于江边柳树之上，取双履弃于江边，足换芒鞋，沿江直下。沈尹戍追至江口，得其袍履，回奏："伍员不知去向。"无极进曰："臣有一计，可绝伍员之路。"王问："何计？"无极对曰："一面出榜四处悬挂，不拘何人，有能捕获伍员来者，赐粟五万石，爵上大夫；容留及纵放者，全家处斩。诏各路关津渡口，凡来往行人，严加盘诘。又遣使遍告列国诸侯，不得收藏伍员。彼进退无路，纵一时不能就擒，其势已孤，安能成其大事哉？"平王悉从其计。画影图形，访拿伍员，各关隘十分紧急。

再说伍员沿江东下，一心欲投吴国，奈路途遥远，一时难达。忽然想起："太子建逃奔宋国，何不从之？"遂望睢阳一路而进。行至中途，忽见一簇车马前来。伍员疑是楚兵截路，不敢出头，伏于林中察之，乃故人申包胥也，与员有八拜之交⑦，因出使他国回转，在此经过。伍员趋出，立于车左。包胥慌忙下车相见，问："子胥何故独行至此？"伍员把平王枉杀父兄之事，哭诉一遍。包胥闻之，恻然动容，问曰："子今何往？"员曰："吾闻'父母之仇，不共戴天'。吾将奔往他国，借兵伐楚，生嚼楚王之肉，车裂无极之尸，方泄此恨！"包胥劝曰："楚王虽无道，君也；子累世食其禄，君臣之分定矣。奈何以臣而仇君乎？"员曰："昔桀、纣见诛于其臣，惟无道也。楚王纳子妇，弃嫡嗣，信谗佞，戮忠良，吾请兵入郢，乃为楚国扫荡污秽，况又有骨肉之仇乎？若不能灭楚，誓不立于天地之间！”包胥曰：“吾欲教子报楚，则为不忠；教子不报，又陷子于不孝。子勉之，行矣！朋友之谊，吾必不漏泄于人。然子能覆楚，吾必能存楚；子能危楚，吾必能安楚。”伍员遂辞包胥而行。不一日，到了宋国，寻见了太子建，抱头而哭，各诉平王之过恶。员曰：“太子曾见宋君否？”建曰：“宋国方有乱，君臣相攻，吾尚未通谒也。”

却说宋君名佐，乃宋平公嬖妾之子。平公听寺人伊戾之谗，杀太子痤而立佐。周景王十三年[8]，平公薨，佐嗣立，是为元公[9]。元公为人，貌丑而性柔，多私无信。恶世卿华氏之强，与公子寅、公子御戎、向胜、向行等，谋欲除去之。向胜泄其谋于向宁，宁与华向、华定、华亥相善，谋先期作乱。华亥乃伪为有疾，群臣皆来问疾。华亥执公子寅与御戎杀之，囚向胜、向行于仓廪之中。元公闻之，亟驾车亲至华氏之门，请释二向。华亥并劫元公，索要世子及亲臣为质，方从其请。元公曰："周，郑交质，自昔有之。寡人以世子质于卿家，卿之子亦应质于寡人。"华氏商议，将华亥之子无感、华定之子启、向宁之子向罗，质于公所。元公亦召世子栾、与母弟辰、公子地，质于华亥之家。华亥始释向胜、向行，从元公还朝。元公与夫人，心念世子栾，每日必至华氏，视世子食毕方归。华亥嫌其不便，欲送世子归宫。元公甚喜。向宁不肯曰："所以质太子者，惟不信也。若质去，祸必至矣。"元公闻华亥中悔，大怒，召大司马华费遂，将帅甲攻华氏。费遂对曰："世子在彼，君不念耶？"元公曰："死生有命，寡人不能忍其耻辱！"费遂曰："君意既决，老臣安敢庇其私族，以违君命哉？"即日整顿兵甲。元公遂将所质华无感、华启、向罗，尽皆斩首，将攻华氏。华登素善于华亥，奔往告之。华亥忙集家甲迎战，兵败。向宁欲杀世子，华亥曰："得罪于君，又杀君子，人将议我。"乃尽归其质，与其党出奔陈国。

华费遂有三子，长华䝙，次华多僚，华登其第三子也。多僚与䝙素不睦，因华氏之乱，潜于元公，言："华䝙实与亥、定同谋，今自陈召之，将为内应。"元公信之，使寺人宜僚告于费遂。费遂曰："此必多僚潜言也。君既疑䝙，则请逐之。"华䝙之家臣张匄，微闻其事，讯于宜僚。宜僚不肯言。张匄拔剑在手，曰："汝若不言，吾即杀汝！"宜僚惧，尽吐其实。张匄报于华䝙，请杀多僚。华䝙曰："登出奔，已伤司马之心矣。吾兄弟复相残，何以自立？吾将避之。"华䝙往辞其父，张匄从行。恰好费遂自朝中出，多僚为之御车。张匄一见，怒气勃发，拔佩剑砍杀多僚，劫华费遂同出卢门[①]，屯于南里。使人至陈，招回华亥、向宁等一同谋叛。宋元公拜乐大心为大将，率兵围南里。华登如楚借兵，楚平王使薳越帅师来救华氏。伍员闻楚师将到，曰："宋不可居矣！"乃与太子建及其母子，西奔郑国。有诗为证：

千里投人未息肩⑪，卢门金鼓又喧天。

孤臣孽子多颠沛，又向荥阳快著鞭。

楚兵来救华氏，晋顷公亦率诸侯救宋，诸侯不欲与楚战，劝宋解南里之围，纵华亥、向宁等出奔楚国，两下罢兵。此是后话。

是时郑上卿公孙侨新卒，郑定公不胜痛悼。素知伍员乃三代忠臣之后，英雄无比，况且是时晋、郑方睦，与楚为仇，闻太子建之来，甚喜，使行人致馆，厚其廪饩。建与伍员，每见郑伯，必哭诉其冤情。郑定公曰："郑国微兵寡，不足用也。子欲报仇，何不谋之于晋？"世子建留伍员于郑，亲往晋国，见晋顷公。顷公叩其备细，送居馆驿，召六卿共议伐楚之事。那六卿：魏舒、赵鞅、韩不信、士鞅、荀寅、荀跞。时六卿用事，各不相下，君弱臣强，顷公不能自专。就中惟魏舒、韩不信有贤声，余四卿皆贪权怙势⑫之辈，而荀寅好赂尤甚。郑子产当国，执礼相抗，晋卿畏之。及游吉代为执政，荀寅私遣人求货于吉，吉不从，由是寅有恶郑之心。至是，密奏顷公曰："郑阴阳⑬晋、楚之间，其心不定，非一日矣。今楚世子在郑，郑必信之。世子能为内应，我起兵灭郑，即以郑封太子，然后徐图灭楚，有何不可？"顷公从其计，即命荀寅以其谋私告世子建，建欣然诺之。

建辞了晋顷公，回至郑国，与伍员商议其事。员谏曰："昔秦将杞子、杨孙谋袭郑国，事既不成，窜身无所。夫人以忠信待我，奈何谋之？此侥幸之计，必不可！"建曰："吾已许晋君臣矣。"员曰："不为晋应，未有罪也。若谋郑，则信义俱失，何以为人？子必行之，祸立至矣。"建贪于得国，遂不听伍员之谏，以家财私募骁勇，复交结郑伯左右，冀其助己。左右受其贿赂，转相要结。因晋国私遣人至建处，约会日期，其谋渐泄，遂有人密地投首。郑定公与游吉计议，召太子建游于后圃，从者皆不得入，三杯酒罢，郑伯曰："寡人好意容留太子，不曾怠慢，太子奈何见图？"建曰："从无此意。"定公使左右面质其事，太子建不能讳。郑伯大

怒，喝令力士，擒建于席上，斩之，并诛左右受赂不出首者二十余人。伍员在馆驿，忽然肉跳不止，曰："太子危矣！"少顷，建从人逃回驿中，言太子被杀之事。伍员即时携建子胜出了郑城，思量无路可奔，只得往吴国逃难。髯翁有诗，单咏太子建自取杀身之祸。诗云：

亲父如仇隔釜鬵[14]，郑君假馆反谋侵。

人情难料皆如此，冷尽英雄好义心。

再说伍员同公子胜，惧郑国来追，一路昼伏夜行，千辛万苦，不必细述。行过陈国，知陈非驻足之处，复东行数日，将近昭关⑮。那座关，在小岘山之西，两山并峙，中间一口，为庐、濠⑯往来之冲，出了此关，便是大江，通吴的水路了，形势险隘，原设有官把守，近因盘诘伍员，特遣右司马薳越，带领大军驻扎于此。伍员行至历阳山，离昭关约六十里之程，偃息深林，徘徊不进。忽有一老父携杖而来，径入林中，见伍员，奇其貌，乃前揖之。员亦答礼。老父曰："君莫非伍氏子乎?"员大骇曰："何为问及于此?"老父曰："吾乃扁鹊之弟子东皋公也。自少以医术游于列国，今年老，隐居于此。数日前，薳将军有小恙，邀某往视，见关上悬有伍子胥形貌，与君正相似，是以问之。君不必讳，寒舍只在山后，请那步⑰暂过，有话可以商量。"伍员知其非常人，乃同公子胜随东皋公而行。

约数里，有一茅庄，东皋公揖伍员而入。进了草堂，伍员再拜。东皋公慌忙答礼曰："此尚非君停足之处。"复引至堂后西偏，进一小小笆门，过一竹园，园后有土屋三间，其门如窦。低头而入，内设床几，左右开小窗透光，东皋公推伍员上座。员指公子胜曰："有小主在，吾当侧侍。"东皋公问："何人?"员曰："此即楚太子建之子，名胜。某实子胥也。以公长者，不敢隐情。某有父兄切骨之仇，誓欲图报，幸公勿泄!"东皋公乃坐胜于上，自己与伍员东西相对，谓员曰："老夫但有济人之术，岂有杀人之心哉! 此处虽住一年半载，亦无人知觉。但昭关设守甚严，公子⑱如何可过? 必思一万全之策，方可无虞。"员下跪曰："先生何计能脱我难? 日后必当重报!"东皋公曰："此处荒僻无人，公子且宽留。容某寻思一策，送尔君臣过关。"员称谢。

东皋公每日以酒食款待，一住七日，并不言过关之事。伍员乃谓东皋公曰："某有大仇在心，以刻为岁，迁延于此，宛如死人。先生高义，宁不哀乎?"东皋公曰："老夫思之已熟，欲待一人未至耳。"伍员狐疑不决。是夜，寝不能寐。欲要辞了东皋公前行，恐不能过关，反惹其祸。欲待再住，又恐担搁时日，所待者又不知何人。展转寻思，反侧不安，身心如在芒刺之中。卧而复起，绕室而走，不觉东方发白。只见东皋公叩门而入，见了伍员，大惊曰："足下须鬓，何以忽然改色？得无愁思所致耶？"员不信，取镜照之，已苍然颁白[19]矣！世传伍子胥过昭关，一夜愁白了头，非浪言也。员乃投镜于地，痛哭曰："一事无成，双鬓已斑，天乎，天乎！"东皋公曰："足下勿得悲伤，此乃足下佳兆也。"员拭泪问曰："何谓佳兆？"东皋公曰："公状貌雄伟，见者易识。今须鬓顿白，一时难辨，可以混过俗眼。况吾友，老夫已请到，吾计成矣。"员曰："先生计安在？"东皋公曰："吾友复姓皇甫，名讷，从此西南七十里龙洞山居住。此人身长九尺，眉广八寸，仿佛与足下相似。教他假扮作足下，足下却扮为仆者，倘吾友被执，纷论[20]之间，足下便可抢过昭关矣。"伍员曰："先生之计虽善，但累及贵友，于心不安！"东皋公曰："这个不妨，自有解救之策在后，老夫已与吾友备细言之。此君亦慷慨之士，直任无辞，不必过虑。"言毕，遂使人请皇甫讷至土室中，与伍员相见。员视之，果有三分相像，心中不胜之喜。东皋公又将药汤与伍员洗睑，变其颜色。捱至黄昏，使伍员解其素服，与皇甫讷穿之。另将紧身褐衣，与员穿著，扮作仆者。芈胜亦更衣，如村家小儿之状。伍员同公子胜，拜了东皋公四拜："异日倘有出头之日，定当重报！"东皋公曰："老夫哀君受冤，故欲相脱，岂望报也！"员与胜跟随皇甫讷，连夜望昭关而行，黎明已到，正值开关。

却说楚将蒍越，坚守关门，号令："凡北人东度者，务要盘诘明白，方许过关。"关前画有伍子胥面貌查对，真个"水泄不通，鸟飞不过"。皇甫讷刚到关门，关卒见其状貌，与图形相似，身穿素缟，且有惊悸之状，即时盘住，入报蒍越。越飞驰出关，遥望之曰："是矣！"喝令左右一齐下手，将讷拥入关上。讷诈为不知其故，但乞放生。那些守关将士，及关前后百姓，初闻捉得子胥，尽皆踊跃观看。伍员乘关门大开，带领公子胜，杂于众人之中，一来扰攘之际，二来装扮不同，三来子胥面色既改，须鬓俱白，老少不同，急切无人认得，四来都道子胥已获，便不去盘诘了。遂捱捱挤挤，混出关门。正是："鲤鱼脱却金钩去，摆尾摇头再不来。"有诗为证：

> 千群虎豹据雄关，一介亡臣已下山。
> 从此勾吴㉑添胜气，郢都兵革不能闲。

再说楚将薳越，欲将皇甫讷绑缚拷打，责令供状，解去郢都。讷辩曰："吾乃龙洞山下隐士皇甫讷也。欲从故人东皋公出关东游，并无触犯，何故见擒？"薳越闻其声音，想到："子胥目如闪电，声若洪钟。此人形貌虽然相近，其声低小，岂途路风霜所致耶？"正疑惑间，忽报"东皋公来见"。薳越命押在一边，延东皋公入，各序宾主而坐。东皋公曰："老汉欲出关东游，闻将军捉得亡臣伍子胥，特来称贺！"薳越曰："小卒拿得一人，貌类子胥，而未肯招承。"东皋公曰："将军与子胥父子，共立楚朝，岂不能辨别真伪耶？"蘧越曰："子胥目如闪电，声如洪钟。此人目小而声雌，吾疑憔悴已久，失其故态耳。"东皋公曰："老汉与子胥亦有一面，请借此人与吾辨之，便知虚实。"蘧越命取原囚至前。讷望见东皋公，遽呼曰："公相期出关，何不早至？累我受辱！"东皋公笑谓蘧越曰："将军误矣！此吾乡友皇甫讷也。约吾同游，期定关前相会，不意他先行一程。将军不信，老夫有过关文牒在此，焉可诬为亡臣耶？"言毕，即于袖中取出文牒，呈与蘧越观看。越大惭，亲释其缚，命酒压惊曰："此乃小卒识认不真，万勿见怪！"东皋公曰："此将军为朝廷执法，老夫何怪之有。"蘧越又取金帛相助，为东游之资。二人称谢下关。蘧越号令将士，坚守如故。

再说伍员过了昭关，心中暗喜，放步而行。走不上数里，遇着一人，伍员认得他姓左名诚，见为昭关击柝[22]小吏。他原是城父人，曾跟随伍家父子射猎，所以识认颇真。见伍员，大惊曰："朝廷索公子甚急，公子如何过关？"伍员曰："主公知我有一颗夜光之珠，问我取索，此珠已落人手，将往取之，适才禀过蘧将军，蒙他释放来的。"左诚不信曰："楚王有令：'纵放公子者，全家处斩。'某请同公子暂回关上，问明了主将，方才可行。"伍员曰："若见主将，我说美珠已交付与你，恐汝难于分剖。不如做人情放我，他日好相见也。"左诚知伍员英勇，不敢相抗，遂纵之东行，回到关上，隐过其事不提。

伍员疾行，至于鄂渚，遥望大江，茫茫浩浩，波涛万顷，无舟可渡。伍员前阻大水，后虑追兵，心中十分危急。忽见有渔翁乘船，从下流沂水[23]而上，员喜曰："天不绝我命也！"乃急呼曰："渔父渡我！渔父速速渡我！"那渔父方欲拢船，见岸上又有人行动，乃放声歌曰：

日月昭昭乎侵已驰[24]，与子期乎芦之漪[25]。

伍员闻歌会意，即望下流沿江趋走，至于芦洲，以芦荻自隐。少顷，渔翁将船拢岸，不见了伍员，复放声歌曰：

日已夕兮，予心忧悲。月已驰兮，何不渡为？

伍员同芈胜从芦丛中钻出，渔翁急招之。二人践石登舟，渔翁将船一篙点开，轻抃⑧兰桨，飘飘而去。不勾一个时辰，达于对岸。渔翁曰："夜

来梦将星坠于吾舟，老汉知必有异人问渡，所以荡桨出来，不期遇子。观子容貌，的非常人，可实告我，勿相隐也。"伍员遂告姓名。渔翁嗟呀不已，曰："子面有饥色，吾往取食啖子，子姑少待。"渔翁将舟系于绿杨

下，入村取食，久而不至。员谓胜曰："人心难测，安知不聚徒擒我？"乃复隐于芦花深处。

少顷，渔翁取麦饭、鲍鱼羹、盎浆㉗，来至树下，不见伍员，乃高唤曰："芦中人！芦中人！吾非以子求利者也！"伍员乃出芦中而应。渔翁曰："知子饥困，特为取食，奈何相避耶？"伍员曰："性命属天，今属于丈人矣。忧患所积，中心皇皇，岂敢相避？"渔翁进食，员与胜饱餐一顿，临去，解佩剑以授渔翁，曰："此先王所赐，吾祖父佩之三世矣。中有七星，价值百金，以此答丈人之惠。"渔翁笑曰："吾闻楚王有令：'得伍员者，赐粟五万石，爵上大夫。'吾不图上卿之赏，而利汝百金之剑乎？且'君子无剑不游'，子所必需，吾无所用也。"员曰："丈人既不受剑，愿乞姓名，以图后报！"渔翁怒曰："吾以子含冤负屈，故渡汝过江。子以后报唊㉘我，非丈夫也！"员曰："丈人虽不望报，某心何以自安？"固请言之。渔翁曰："今日相逢，子逃楚难，吾纵楚贼，安用姓名为哉？况我舟楫活计，波浪生涯，虽有名姓，何期而会？万一天遣相逢，我但呼子为'芦中人'，子呼我为'渔丈人'，足为志记耳。"员乃欣然拜谢。方行数步，复转身谓渔翁曰："倘后有追兵来至，勿泄吾机。"只因转身一言，有分丧了渔翁性命。

要知后事，且看下回分解。

【注释】

①监利：古代县名。三国时吴始置。即今湖北监利县。

②并命：同死。

③支伤日下：支，指地支。即子、丑、寅、卯等。伤，相克。日下，即日，当天。这里指当天的甲子日与巳时相克。

④速：催促，加快。

⑤见危授命：指在危难关头敢于贡献出自己的生命。语出《论语·宪

问》。

⑥"三朝"句：伍参、伍举、伍奢均为楚国忠臣，故称"三朝忠裔"。坑，本指活埋，此借作处死。

⑦八拜之交：异姓结为兄弟。旧时异姓结拜，依例要在神前八拜，故称。

⑧周景王十三年：即公元前532年。

⑨元公：即宋平公子子佐。在位十五年（前531—前517）。

⑩卢门：宋都睢阳东城南门。

⑪息肩：休息，立足。

⑫贪权怙势：追逐权势。

⑬阴阳：比喻变幻莫测，摇摆不定。

⑭"亲父"句：意为亲生之父视之如仇人，情感不通。釜、鬵（qín芹），均为炊具。釜为无脚之锅，鬵乃有脚之釜。隔釜鬵，指两情相阻。

⑮昭关：古关塞名。春秋时为楚吴交界。地在今安徽含山县北。

⑯庐、濠：指庐州、濠州一带。庐州在今安徽合肥、六安、庐江一带。濠州则指今安徽凤阳、定远一带。

⑰那（nuó 挪）步：移动脚步。那，同"挪"。

⑱公子：员父伍奢，曾为连公，故称其为公子。

⑲颁白：即斑白。颁，通"斑"。

⑳纷论：即乱争论。

㉑勾吴：即吴国国名。《史记·吴世家》："太伯之奔荆蛮，自号勾吴。"

㉒击柝（tuò 唾）：打更敲梆。柝为巡夜所敲之木梆。

㉓沂（sù 速）水：逆水而上。沂，同"溯"。

㉔侵已驰：不断飞驰而过。侵，渐也，引申为不停顿。

㉕芦之漪：芦苇岸边。

㉖抔（huá 华）：通"划"，拨动。

㉗盎浆：开水罐。盎，一种大腹敛口的盆。

㉘唻：引诱，利诱。

第七十三回 伍员吹箫乞吴市
专诸进炙刺王僚

话说渔丈人已渡伍员，又与饮食，不受其剑。伍员去而复回，求丈人秘密其事，恐引追兵前至，有负盛意。渔翁仰天叹曰："吾为德于子，子犹见疑。倘若追兵别渡，吾何以自明？请以一死绝君之疑！"言讫，解缆开船，拔舵放浆，倒翻船底，溺于江心。史臣有诗云：

数载逃名隐钓纶①，扁舟渡得楚亡臣。

绝君后虑甘君死，千古传名渔丈人。

至今武昌②东北通淮门外，有解剑亭，当年子胥解剑赠渔父处也。伍员见渔丈人自溺，叹曰："我得汝而活，汝为我而死，岂不哀哉！"

伍员与芈胜遂入吴境。行至溧阳③，馁而乞食。遇一女子，方浣纱于濑水④之上，筥⑤中有饭。伍员停足问曰："夫人可假一餐乎？"女子垂头应曰："妾独与母居，三十未嫁，岂敢售餐于行客哉？"伍员曰："某在穷途，愿乞一饭自活！夫人行赈恤之德，又何嫌乎？"女子抬头看见伍员状貌魁伟，乃曰："妾观君之貌，似非常人，宁⑥以小嫌，坐视穷困？"于是发其筥⑦，取盎浆，跪而进之。胥与胜一餐而止。女子曰："君似有远行，何不饱食？"二人乃再餐，尽其器。临行谓女子曰："蒙夫人活命之恩，恩在肺腑。某实亡命之夫，倘遇他人，愿夫人勿言。女子凄然叹曰："嗟乎！妾侍寡母三十未嫁，贞明自矢，何期馈饭，乃与男子交言。败义堕节，何以为人！子行矣。"伍员别去，行数步，回头视之，此女抱一大石，自投濑水中而死。后人有赞云：

溧水之阳，击绵之女，惟治母餐，不通男语。矜此旅人，发其筐筥，君腹虽充，吾节已窬⑧。捐此屏躯，以存壶矩⑨，濑流不竭，兹人千古！

伍员见女子投水，感伤不已，咬破指头，沥血书二十字于石上，曰：

尔浣纱，我行乞，我腹饱，尔身溺。十年之后，千金报德！

伍员题讫，复恐后人看见，掬土以掩之。

过了溧阳，复行三百余里，至一地，名吴趋⑩。见一壮士，碓颡⑪而深目，状如饿虎，声若巨雷，方与一大汉厮打，众人力劝不止。门内有一妇人唤曰："专诸不可！"其人似有畏惧之状，即时敛手归家。员深怪之，问于旁人曰："如此壮士，而畏妇人乎？"旁人告曰："此吾乡勇士，力敌万人，不畏强御，平生好义，见人有不平之事，即出死力相为。适才门内唤声，乃其母也。所唤专诸，即此人姓名。素有孝行，事母无违，虽当盛怒，闻母至即止。"员叹曰："此真烈士⑫矣！"次日，整衣相访。专诸出迎，叩其来历。员具道姓名，并受冤始末。专诸曰："公负此大冤，何不求见吴王，借兵报仇？"员曰："未有引进之人，不敢自媒。"专诸曰："君言是也。今日下顾荒居，有何见谕？"员曰："敬子孝行，愿与结交。"

专诸大喜，乃入告于母，即与伍员八拜为交。员长于诸二岁，呼员为兄。员请拜见专诸之母。专诸复出其妻子相见，杀鸡为黍，欢如骨肉。遂留员、胜二人宿了一夜。次早，员谓专诸曰："某将辞弟入都，觅一机会，求事吴王。"专诸曰："吴王好勇而骄，不如公子光亲贤下士，将来必有所成。"员曰："蒙弟指教，某当牢记。异日有用弟之处，万勿见拒！"专诸应诺。三人分别。

员胜相随前进，来到梅里^⑬，城郭卑隘，朝市粗立，舟车嚷嚷，举目无亲。乃藏芈胜于郊外，自己被发佯狂，跣足涂面，手执斑竹箫一管，在市中吹之，往来乞食。其箫曲第一叠^⑭云：

伍子胥！伍子胥！跋涉宋郑身无依，千辛万苦凄复悲！父仇不报，何以生为？

第二叠云：

伍子胥！伍子胥！昭关一度变须眉，千惊万恐凄复悲！兄仇不报，何以生为？

第三叠云：

伍子胥！伍子胥！芦花渡口溧阳溪，千生万死及吴陲^⑮，吹箫乞食凄复悲！身仇不报，何以生为？

市人无有识者。时周景王二十五年^⑯，吴王僚之七年也。

再说吴公子姬光，乃吴王诸樊之子。诸樊薨，光应嗣位，因守父命，欲以次传位于季札，故馀祭、夷昧以次相及。及夷昧薨后，季札不受国，仍该立诸樊之后，争奈王僚贪得不让，竟自立为王。公子光心中不服，潜怀杀僚之意，其如群臣皆为僚党，无与同谋，隐忍于中，乃求善相者曰被离，举为吴市吏，嘱以咨访豪杰，引为己辅。

一日，伍员吹箫过于吴市。被离闻箫声甚哀，再一听之，稍辨其音。出见员，乃大惊曰："吾相人多矣，未见有如此之貌也！"乃揖而进之，逊于上坐。伍员谦让不敢。被离曰："吾闻楚杀忠臣伍奢，其子子胥出亡外国，子殆是乎？"员踟蹰未对。被离又曰："吾非祸子者。吾见子状貌

非常，欲为子求富贵地耳。"伍员乃诉其实。早有侍人知其事，报知王僚。僚召被离引员入见。被离一面使人私报姬光得知，一面使伍员沐浴更衣，一同入朝，进谒王僚。王僚奇其貌，与之语，知其贤，即拜为大夫之职。次日，员入谢，道及父兄之冤，咬牙切齿，目中火出。王僚壮其气，意复冷之，许为兴师复仇。

姬光素闻伍员智勇，有心收养他，闻先谒王僚，恐为僚所亲用，心中微愠，乃往见王僚曰："光闻楚之亡臣伍员，来奔我国，王以为何如人？"僚曰："贤而且孝。"光曰："何以见之？"僚曰："勇壮非常，与寡人筹策国事，无不中窾⑰，是其贤也。念父兄之冤，未曾须臾忘报，乞师于寡人，是其孝也。"光曰："王许以复仇乎？"僚曰："寡人怜其隋，已许之矣。"光谏曰："万乘之主，不为匹夫兴师。今吴、楚构兵已久，未见大胜。若为子胥兴师，是匹夫之恨，重于国耻也。胜则彼快其愤，不胜则我益其辱，必不可！"王僚以为然，遂罢伐楚之议。伍员闻光之入谏，曰："光方有内志⑱，未可说以外事也。"乃辞大夫之职不受。光复言于王僚曰："子胥以王不肯兴师，辞职不受，有怨望之心，不可用之。"僚遂疏伍员，听其辞去，但赐以阳山⑲之田百亩。

员与胜遂耕于阳山之野。姬光私往见之，馈以米粟布帛，问曰："子出入吴、楚之境，曾遇有才勇之士，略如子胥者乎？"员曰："某何足道。所见有专诸者，真勇士也！"光曰："愿因子胥得交于专先生。"员曰："专诸去此不远，当即召之，明旦可入谒也。"光曰："既是才勇之士，某即当造请，岂敢召乎？"乃与伍员同车共载，直造专诸之家。专诸方在街坊磨刀，为人屠豕，见车马纷纷，方欲走避。伍员在车上呼曰："愚兄在此。"专诸慌忙停刀，候伍员下车相见。员指公子光曰："此吴国长公子，慕吾弟英雄，特来造见，弟不可辞。"专诸曰："某闾巷小民，有何德能，敢烦大驾。"遂揖公子光而进。筚门蓬户⑳，低头而入。公子光先拜，致生平相慕之意。专诸答拜。光奉上金帛为贽，专诸固让。伍员从旁力劝，方才肯受。自此专诸遂投于公子光门下。

光使人日馈粟肉，月给布帛，又不时存问其母，专诸甚感其意。一日，问光曰："某村野小人，蒙公子豢养之恩，无以为报。倘有差遣，惟命是从。"光乃屏左右，述其欲刺王僚之意。专诸曰："前王夷眜卒，其子分自当立，公子何名而欲害之？"光备言祖父遗命，以次相传之故："季札既辞，宜归适长。适长之后，即光之身也，僚安得为君哉？吾力弱不足以图大事，故欲借助于有力者。"专诸曰："何不使近臣从容言于王侧，陈前王之命，使其退位？何必私备剑士，以伤先王之德？"光曰："僚贪而恃力，知进之利，不能退让，若与之言，反生忌害。光与僚势不两立!"专诸奋然曰："公子之言是也。但诸有老母在堂，未敢以死相许。"光曰："吾亦知尔母老子幼，然非尔无与图事者。苟成其事，君之子母，即吾子母也，自当尽心养育，岂敢有负于君哉?"专诸沉思良久，

对曰："凡事轻举无功，必图万全。夫鱼在千仞之渊，而入渔人之手者，以香饵在也。欲刺王僚，必先投王之所好，乃能亲近其身。不知王所好何在?"光曰："好味。"专诸曰："味中何者最甘?"光曰："尤好鱼炙。"专诸曰："某请暂辞。"公子光曰："壮士何往?"专诸曰："某往学治味，庶可近吴王耳。"专诸遂往太湖学炙鱼。凡三月，尝其炙者，皆以为美。然

后复见姬光，光乃藏专诸于府中。髯翁有诗云：

刚直人推伍子胥，也因献媚进专诸。

欲知弑械㉑从何起？三月湖边学炙鱼。

姬光召伍子胥，谓："专诸已精其味矣，何以得近吴王？"员对曰："夫鸿鹄所以不可制者，以羽翼在也。欲制鸿鹄，必先去其羽翼。吾闻公子庆忌，筋骨如铁，万夫莫当，手能接飞鸟，步能格猛兽，王僚得一庆忌，旦夕相随，尚且难以动手；况其母弟掩余、烛庸并握兵权，虽有擒龙搏虎之勇，鬼神不测之谋，安能济事。公子欲除王僚，必先去此三子，然后大位可图。不然，虽幸而成事，公子能安然在位乎？"光俯思半晌，恍然曰："君言是也。且归尔田，俟有闲隙，然后相议耳。"员乃辞去。

是年，周景王崩，有嫡世子曰猛，次曰匄，长庶子曰朝。景王宠爱朝，嘱于大夫宾孟，欲更立世子之位，未行而崩。刘献公挚亦卒，子刘卷字伯蚡嗣立，素与宾孟有隙，遂同单穆公旗杀宾孟，立世子猛，是为悼王。尹文公固、甘平公鳝㉒、召庄公奂，素附子朝，三家合兵，使上将南宫极率之以攻刘卷。卷出奔扬㉓，单旗奉王猛次于皇㉔。子朝使其党鄩肸伐皇，肸败死。晋顷公闻王室大乱，遣大夫籍谈、荀跞帅师纳王于王城。尹固亦立子朝于京。未几，王猛病卒，单旗、刘卷复立其弟匄，是为敬王㉕，居翟泉㉖。周人呼匄为东王，朝为西王。二王互相攻杀，六年不决。召庄公奂卒，南宫极为天雷震死，人心耸惧。晋大夫荀跞，复率诸侯之师，纳敬王于成周，擒尹固，子朝兵溃。召奂之子嚣反攻子朝，朝出奔楚，诸侯遂城成周而还。敬王以召嚣为反覆，与尹固同斩于市，周人快之。此是后话。

且说周敬王即位之元年，吴王僚之八年也。时楚故太子建之母在郧㉗，费无极恐其为伍员内应，劝平王诛之。建母闻之，阴使人求救于吴。吴王僚使公子光往郧取建母，行及钟离㉘，楚将䢰越帅师拒之，驰报郢都。平王拜令尹阳匄为大将，并征陈、蔡、胡、沈、许五国之师。胡子名髡，沈子名逞，二君亲自引兵。陈遣大夫夏啮，顿、胡二国亦遣大夫助战。胡、沈、陈之兵营于右，顿、许、蔡之兵营于左，薳越大军居中。姬光亦驰报吴王。王僚同公子掩余率大军一万，罪人三千，来至鸡父^㉙下寨。两边尚未约战，适楚令尹阳匄暴疾卒，薳越代领其众，姬光言于王僚曰："楚亡大将，其军已丧气矣。诸侯相从者虽众，然皆小国，畏楚而来，非得已也。胡、沈之君，幼不习战。陈夏啮勇而无谋。顿、许、蔡三国久困楚令，其心不服，不肯尽力。七国同役而不同心，楚帅位卑无威，若分师先犯胡沈与陈，必先奔。诸国乖乱，楚必震惧，可全败也。请示弱以诱之，而以精卒持其后。"王僚从其计。乃为三军，自率中军，姬光在左，公子掩余在右，各饱食严阵以待。先遣罪人三千，乱突楚之右营。

时秋七月晦日，兵家忌晦，故胡子髡、沈子逞及陈夏啮，俱不做整备。及闻吴兵到，开营击之。罪人原无纪律，或奔或止，三国以吴兵散乱，彼此争功追逐，全无队伍。姬光帅左军乘乱进击，正遇夏啮，一戟刺于马下。胡、沈二君心慌，夺路欲走。公子掩余右军亦到，二君如飞禽入网，无处逃脱，俱为吴军所获。军士死者无数，生擒甲士八百余人。姬光喝教将胡、沈二君斩首，却纵放甲士，使奔报楚之左军，言："胡、沈二君及陈大夫俱被杀矣！"许、蔡、顿三国将士，吓得心胆堕地，不敢出战，各寻走路。王僚合左右二军，如泰山一般倒压下来。中军薳越未及成阵，军士散其大半。吴兵随后掩杀，杀得尸横遍野，流血成渠。薳越大败，奔五十里方脱。姬光直入郧阳，迎取楚夫人以归。蔡人不敢拒敌。薳越收拾败兵，止存其半，闻姬光单师来郧阳取楚夫人，乃星夜赴之。比及楚军至蔡，吴兵已离郧阳二日矣。薳越知不可追，仰天叹曰："吾受命守关，不能缉获亡臣，是无功也。既丧七国之师，又失君夫人，是有罪也。无一功而负二罪，何面复见楚王乎？"遂自缢而死。

楚平王闻吴师势大，心中甚惧，用囊瓦为令尹，以代阳匄之位。瓦献计谓郢城卑狭，更于其东辟地，筑一大城，比旧高七尺，广二十余里，名旧城为纪南城，以其在纪山之南也；新城仍名郢，徙都居之。复筑一城于西，以为右臂，号曰麦城。三城似品字之形，联络有势，楚人皆以为瓦

功。沈尹戌笑曰："子常不务修德政，而徒事兴筑，吴兵若至，虽十郢城何益哉？"囊瓦欲雪鸡父之耻，大治舟楫，操演水军。三月，水手习熟，囊瓦率舟师，从大江直逼吴疆，耀武而还。吴公子光闻楚师犯边，星夜来援，比至境上，囊瓦已还师矣。姬光曰："楚方耀武而还，边人必不为备。"乃潜师袭巢㉚，灭之㉛，并灭钟离，奏凯而归。

楚平王闻二邑被灭，大惊，遂得心疾，久而不愈。至敬王四年，疾笃，召囊瓦及公子申至于榻前，以太子珍嘱之，而薨。囊瓦与郤宛商议曰："太子珍年幼，且其母乃太子建所聘，非正也。子西长而好善，立长则名顺，建善则国治，诚立子西，楚必赖之。"郤宛以囊瓦之言，告于公子申。申怒曰："若废太子，是彰君王之秽行也。太子秦出，其母已立为君夫人，可谓非嫡嗣乎？弃嫡而失大援，外内恶之。令尹欲以利祸我，其病狂乎？再言及，吾必杀之！"囊瓦惧，乃奉珍主丧即位，改名曰轸，是为昭王。囊瓦仍为令尹，伯郤宛为左尹，鄢将师为右尹，费无极以师傅旧恩，同执国政。

却说郑定公闻吴人取楚夫人以归，乃使人赍珠玉簪珥追送之，以解杀建之恨。楚夫人至吴，吴王赐宅西门之外，使芈胜奉之。伍员闻平王之死，捶胸大哭，终日不止。公子光怪而问曰："楚王乃子仇人，闻死当称快，胡反哭之？"员曰："某非哭楚王也，恨吾不能枭彼之头，以雪吾恨，使得终于牖下耳。"光亦为嗟叹。胡曾先生有诗曰：

父兄冤恨未曾酬，已报淫狐获首丘[32]。

手刃不能偿夙愿，悲来霜鬓又添秋。

伍员自恨不能及平王之身，报其仇怨，一连三夜无眠，心中想出一个计策来，谓姬光曰："公子欲行大事，尚无间可乘耶？"光曰："昼夜思之，未得其便。"员曰："今楚王新殁，朝无良臣，公子何不奏过吴王，乘楚丧乱之中，发兵南伐，可以图霸？"光曰："倘遣吾为将，奈何？"员曰："公子误为坠车而得足疾者，王必不遣。然后荐掩余、烛庸为将，更使公子庆忌结连郑、卫，共攻楚国，此一网而除三翼，吴王之死在目下矣。"光又问曰："三翼虽去，延陵季子在朝，见我行篡，能容我乎？"员曰："吴、晋方睦，再令季子使晋，以窥中原之衅[33]。吴王好大而疏于计，必然听从。待其远使归国，大位已定，岂能复议废立哉？"光不觉下拜曰："孤之得子胥，乃天赐也！"次日，以乘丧伐楚之利，入言于王僚，僚欣然听之。光曰："此事某应效劳，奈因坠车损其足胫，方就医疗，不能任劳。"僚曰："然则何人可将？"光曰："此大事，非至亲信者，不可托也。

王自择之。"僚曰："掩余、烛庸可乎？"光曰："得人矣。"光又曰："向来晋楚争霸，吴为属国，今晋既衰微，而楚复屡败，诸侯离心，未有所归，南北之政，将归于东。若遣公子庆忌往收郑、卫之兵，并力攻楚；而使延陵季子聘晋，以观中原之衅；王简练舟师，以拟其后，霸可成也。"王僚大喜，使掩余、烛庸帅师伐楚，季札聘于晋国，惟庆忌不遣。

单说掩余、烛庸引师二万，水陆并进，围楚潜邑^㉞。潜邑大夫坚守不出，使人入楚告急。时楚昭王新立，君幼臣谗，闻吴兵围潜，举朝慌急无措。公子申进曰："吴人乘丧来伐，若不出兵迎敌，示之以弱，启其深入之心。依臣愚见，速令左司马沈尹戌率陆兵一万救潜，再遣左尹郤宛率水军一万，从淮汭⑤顺流而下，截住吴兵之后，使他首尾受敌，吴将可坐而擒矣。"昭王大喜，遂用子西之计，调遣二将，水陆分道而行。

却说掩余、烛庸正围潜邑，谍者报："救兵来到。"二将大惊，分兵一半围城，一半迎敌。沈尹戌坚壁不战，使人四下将樵汲之路，俱用石子垒断。二将大惊。探马又报："楚将郤宛引舟师从沙汭塞断江口。"吴兵进退两难，乃分作两寨，为掎角之势，与楚将相持，一面遣人入吴求救。姬光曰："臣向者欲征郑、卫之兵，正为此也。今日遣之，尚未为晚。"王僚乃使庆忌纠合郑、卫。四公子俱调开去了，单留姬光在国。

伍员乃谓光曰："公子曾觅利匕首乎？欲用专诸，此其时矣。"光曰："然。昔越王允常，使欧冶子造剑五枚，献其三枚于吴，一曰湛庐，二曰磐郢，三曰鱼肠。鱼肠乃匕首也，形虽短狭，砍铁如泥。先君以赐我，至今宝之，藏于床头，以备非常。此剑连夜发光，意者神物欲自试，将饱王僚之血乎？"遂出剑与员观之，员夸奖不已。即召专诸以剑付之。专诸不待开言，已知光意，慨然曰："王信可杀也。二弟远离，公子出使，彼孤立耳，无如我何。但死生之际，不敢自主，候禀过老母，方敢从命。"

专诸归视其母，不言而泣。母曰："诸何悲之甚也？岂公子欲用汝耶？吾举家受公子恩养，大德当报，忠孝岂能两全？汝必亟往，勿以我为念！汝能成人之事，垂名后世，我死亦不朽矣。"专诸犹依依不舍。母曰："吾思饮清泉，可于河下取之。"专诸奉命汲泉于河，比及回家，不见老母在堂，问其妻。妻对曰："姑适言困倦，闭户思卧，戒勿惊之。"专诸心疑，启牖而入，老母自缢于床上矣。髯仙有诗云：

愿子成名不惜身，肯将孝子换忠臣。

世间尽为贪生误，不及区区老妇人。

专诸痛哭一场，收拾殡殓，葬于西门之外。谓其妻曰："吾受公子大恩，所以不敢尽死者，为老母也。今老母已亡，我将赴公子之急。我死，汝母子必蒙公子恩眷。勿为我牵挂。"言毕，来见姬光，言母死之事。光十分不过意，安慰了一番。良久，然后复论及王僚之事。专诸曰："公子

盍设享以来⑧吴王？王若肯来，事八九济矣。"光乃入见王僚曰："有庖人从太湖来，新学炙鱼，味甚鲜美，异于他炙。请王辱临下舍而尝之！"王僚好的是鱼炙，遂欣然许诺："来日当过王兄府上，不必过费。"光是夜预伏甲士于窟室之中，再命伍员暗约死士百人，在外接应。于是大张饮具。

次早，复请王僚。僚入宫，告其母曰："公子光具酒相延，得无有他谋乎？"母曰："光心气怏怏，常有愧恨之色，此番相请，谅无好意，何不辞之？"僚曰："辞则生隙；若严为之备，又何惧哉！"于是被猱貒㉛之甲三重，陈设兵卫，自王宫起，直至光家之门，街衢皆满，接连不断。僚驾及门，光迎入拜见。既入席安坐，光侍坐于傍。僚之亲戚近信，布满堂阶。侍席力士百人，皆操长戟，带利刀，不离王之左右。庖人献馔，皆从庭下搜简更衣，然后膝行而前，十余力士握剑夹之以进。庖人置馔，不敢仰视，复膝行而出。光献觞致敬，忽作蹉足，伪为痛苦之状，乃前奏曰："光足疾举发，痛彻心髓，必用大帛缠紧，其痛方止。幸王宽坐须臾，容裹足便出。"僚曰："王兄请自方便。"光一步一蹶，入内潜进窟室中去了。

少顷，专诸告进鱼炙，搜简如前。谁知这口鱼肠短剑，已暗藏于鱼腹之中。力士挟专诸膝行至于王前，用手擘㊳鱼以进，忽地抽出匕首，径椎王僚之胸。手势去得十分之重，直贯三层坚甲，透出背脊。王僚大叫一声，登时气绝。侍卫力士，一拥齐上，刀戟并举，将专诸剁作肉泥，堂中大乱。姬光在窟室中知已成事，乃纵甲士杀出，两下交斗。这一边知专诸得手，威加十倍，那一边见王僚已亡，势减三分。僚众一半被杀，一半奔逃，其所设军卫，俱被伍员引众杀散。奉姬光升车入朝，聚集群臣，将王僚背约自立之罪，宣布国人明白："今日非光贪位，实乃王僚之不义也。光权摄大位，待季子返国，仍当奉之。"乃收拾王僚尸首，殡殓如礼。又厚葬专诸，封其子专毅为上卿。封伍员为行人之职，待以客礼而不臣。市吏被离举荐伍员有功，亦升大夫之职。散财发粟，以赈穷民，国人安之。

姬光心念庆忌在外，使善走者觇其归期，姬光自率大兵，屯于江上以待之。庆忌中途闻变，即驰去。姬光乘驷马追之，庆忌弃车而走，其行如飞，马不能及。光命集矢射之。庆忌挽手接矢，无一中者。姬光知庆忌必不可得，乃诚西鄙严为之备，遂还吴国。又数日，季札自晋归，知王僚已死，径往其墓，举哀成服。姬光亲诣墓所，以位让之，曰："此祖父诸叔之意也。"季札曰："汝求而得之，又何让为？苟国无废祀，民无废主，能立者即吾君矣。"光不能强，乃即吴王之位，自号为阖闾。季札退守臣位。此周敬王五年事也。札耻争国之事，老于延陵，终身不入吴国，不与吴事，时人高之。及季札之死，葬于延陵，孔子亲题其碑曰："有吴延陵季子之墓。"史臣有赞云：

贪夫殉利，箪豆见色[39]。春秋争弑，不顾骨肉。孰如季子，始终让国，堪愧僚光，无惭泰伯。

宋儒又论季札辞国生乱，为贤名之玷[40]。有诗云：

只因一让启群争，辜负前人次及情。

若使延陵成父志，苏台麋鹿岂纵横？

且说掩余、烛庸困在潜城，日久救兵不至，正在踌躇脱身之计，忽闻姬光弑主夺位，二人放声大哭，商议道："光既行弑夺之事，必不相容。欲要投奔楚国，又恐楚不相信。正是'有家难奔，有国难投'，如何是好？"烛庸曰："目今困守于此，终无了期。且乘夜从僻路逃奔小国，以图后举。"掩余曰："楚兵前后围裹，如飞鸟入笼，焉能自脱？"烛庸曰："吾有一计，传令两寨将士，诈称来日欲与楚兵交锋，至夜半，与兄微服密走，楚兵不疑。"掩余然其言。两寨将士秣马蓐食[41]，专候军令布阵。掩余与烛庸同心腹数人，扮作哨马小军，逃出本营。掩余投奔徐国，烛庸投奔钟吾[42]。及天明，两寨皆不见其主将，士卒混乱，各抢船只奔归吴国。所弃甲兵无数，皆被郤宛水军所获。诸将欲乘吴之乱，遂伐吴国。郤宛曰："彼乘我丧非义，吾奈何效之？"乃与沈尹戌一同班师，献吴俘。楚昭王以郤宛有功，以所获甲兵之半赐之，每事咨访，甚加敬礼。费无极忌之益深，乃生一计，欲害郤宛。

毕竟费无极用何计策，且看下回分解。

【注释】

①钓纶：钓竿上的线。喻打鱼生涯。

②武昌：古邑名。地址待考。古代名武昌者，除今武昌外，尚有湖北

鄂城，三国吴置。但此二武昌均不符本文地望。

③溧（lì 历）阳：古县名。秦置。故城在今江苏溧阳市西。

④濑（lài 赖）水：即溧水。源出今安徽芜湖市，经溧阳注入太湖。

⑤筥（jǔ 举）：圆形竹筐。

⑥宁：岂能，岂可。

⑦箪（dān 担）：盛饭用的竹器，亦为圆形。

⑧窳（yǔ 羽）：不坚实。引申为败坏。

⑨壸（kǔn 捆）矩：妇女遵守的规矩。壸，通"阃"，指闺门，借代妇女。

⑩吴趋：曲巷之名，今苏州有吴趋坊。

⑪碓颡（duì sǎng 对嗓）：高额头。指眉额突出如碓。碓乃旧时舂米用具。颡，额角。

⑫烈士：指坚贞不屈的刚强之士。

⑬梅里：即泰伯城，周太王子泰伯之所居。一直是吴国之都城，至诸樊时始徙都于吴（今苏州市）。故城在今江苏无锡市东南。

⑭叠：曲，遍。

⑮吴陲（chuí 垂）：吴国边境。

⑯周景王二十五年：即公元前 520 年。

⑰中窾（kuǎn 款）：合乎法度，很有道理。

⑱内志：指对本国有所谋划。

⑲阳山：一名万安山，在今苏州市西北，背阴面阳，故名。

⑳筚（bì 毕）门蓬户：应作"蓬门筚户"。喻贫寒人家。蓬，野草名。筚，指用竹或荆条编成的遮拦物。

㉑弑械：弑君的计谋。

㉒尹文公固、甘平公鳅（qiū 丘）：均为人名。尹、甘及上文之刘、单（shàn 扇）均为东周畿内诸侯之领地。尹，在今河南洛宁县境。甘，在今洛阳市南郊。刘，在今河南偃师县西南。单，在今河南济源市南。又，尹文公固，应为尹文公圉（yǔ 羽）之误。

㉓扬：春秋时畿内地名。在今河南偃师县境内。

㉔皇：春秋时畿内地名。在今河南巩市义西南。

㉕敬王：即东周景王子姬丐。在位四十四年（前 519—前 476）。

㉖翟泉：东周王畿内地名。在今河南洛阳市郊。

㉗郧：本国名，后为楚县。在今湖北安陆市。

㉘钟离：春秋时吴楚相邻地名。在今安徽凤阳县境内。

㉙鸡父：春秋时楚地名。在今河南固始县东南。

㉚巢：春秋时楚吴边界邑名。在今安徽巢县东北。

㉛灭：攻破，占领。春秋时城邑多为诸侯国都，城邑攻破意味国家灭亡。故破城亦称灭。

㉜首丘：指寿终，正常死亡。出《九章·哀郢》："狐死必首丘"。丘为狐之窠穴，故狐死时头朝向其窠处。

㉝衅（xìn 信）：缝隙，裂痕。

㉞潜邑：潜本国名，后为楚邑。地在今安徽霍山县南。

㉟淮汭（ruì 锐）：淮水曲折之处。

㊱来（lài 赖）：同"徕"。使之来。

㊲猰㺄（táng ní 唐泥）：兽名。其皮可作铠甲。古代铠甲多用其图像为饰。

㊳擘（bò 簸）：分剖。

㊴箪豆见色：箪、豆均为盛食品之器皿，这里代指些小利益。见色，见之于颜色。

㊵贤名之玷（diàn 店）：追求贤名所导致的缺陷。玷，白玉上面的污点。

㊶蓐食：早晨未起身，在床席上进食。也可作饱食解。

㊷钟吾：春秋时小国名。在今江苏宿迁市东北。后因纳烛庸事为吴所灭。

第七十四回　囊瓦惧谤诛无极
要离贪名刺庆忌

　　话说费无极心忌伯郤宛，与鄢将师商量出一个计策来，诈谓囊瓦曰："子恶欲设享相延，托某探相国之意，未审相国肯降重①否？"囊瓦曰："彼若见招，岂有不赴之理？"无极又谓郤宛曰："令尹向吾言，欲饮酒于吾子之家，未知子肯为治具否？托吾相探。"郤宛不知是计，应曰："某位居下僚，蒙令尹枉驾，诚为荣幸！明日当备草酌奉候，烦大夫致意。"无极曰："子享令尹，以何物致敬？"郤宛曰："未知令尹所好何在？"无极曰："令尹最好者，坚甲利兵也。所以欲饮酒于公家者，以吴之俘获，半归于子，故欲借观耳。子尽出所有，吾为子择之。"郤宛果然将楚平王所赐，及家藏兵甲，尽出以示无极。无极取其坚利者各五十件，曰："足矣。子帷②而置诸门，令尹来必问，问则出示之。令尹必爱而玩之，因以献焉。若他物，非所好也。"郤宛信以为然，遂设帷于门之左，将甲兵置于帷中。盛陈肴核，托费无极往邀囊瓦。

　　囊瓦将行，无极曰："人心不可测也。吾为子先往，探其设享之状，然后随行。"无极去少顷，踉跄而来，喘吁未定，谓囊瓦曰："某几误相国。子恶今日相请，非怀好意，将不利于相国也。适见帷兵甲于门，相国误往，必遭其毒！"囊瓦曰："子恶素与我无隙，何至如此？"无极曰："彼恃王之宠，欲代子为令尹耳。且吾闻子恶阴通吴国，救潜之役，诸将欲遂伐吴国，子恶私得吴人之赂，以为乘乱不义，遂强左司马班师而回。夫吴乘我丧，我乘吴乱，正好相报，奈何去之！非得吴赂，焉肯违众轻退？子恶若得志，楚国危矣。"囊瓦意犹未信，更使左右往视，回报："门幕中果伏有甲兵。"囊瓦大怒，即使人请鄢将师至，诉以郤宛欲谋害

之事。将师曰："郤宛与阳令终、阳完、阳佗、晋陈三族合党，欲秉楚政，非一日矣。"囊瓦曰："异国匹夫③，乃敢作乱，吾当手刃之！"遂奏闻楚王，令鄢将师率兵甲以攻伯氏。伯郤宛知为无极所卖，自刎而死。其子伯嚭，惧祸逃出郊外去了。囊瓦命焚伯氏之居，国人莫肯应者。瓦益怒，出令曰："不焚伯氏，与之同罪！"众人尽知郤宛是个贤臣，谁肯焚烧其宅，被囊瓦逼迫不过，各取禾藁一札在手，投于伯氏门外而走。瓦乃亲率家众，将前后门围住，放起大火。可怜左尹府第一区，登时化为灰烬，连郤

宛之尸，亦烧毁无存。尽灭伯氏之族。复拘阳令终、阳完、阳佗、晋陈，诬以通吴谋叛，皆杀之，国中无不称冤者。

忽一日，囊瓦于月夜登楼，闻市上歌声，朗然可辨。瓦听之，其歌云：

莫学郤大夫，忠而见诛，身既死，骨无余。楚国无君，惟费与鄢，令尹木偶，为人作茧④。天若有知，报应立显。

瓦急使左右察其人不得。但见市廛家家祀神，香火相接，问："神何姓名？"答曰："即楚忠臣伯郤宛也。无罪枉杀，冀其上诉于天耳。"左右还报囊瓦。瓦乃访之朝中，公子申等皆言："郤宛无通吴之事。"瓦心中颇悔。沈尹戌闻郊外赛神者，皆咒诅令尹，乃来见囊瓦曰："国人胥怨矣！相国独不闻乎？夫费无极，楚之谗人也，与鄢将师共为蒙蔽。去朝吴，出蔡侯朱，教先王为灭伦之事，致太子建身死外国，冤杀伍奢父子，今又杀左尹，波及阳、晋二家，百姓怨此二人，入于骨髓。皆云相国纵其为恶，怨詈咒诅，遍于国中。夫杀人以掩谤，仁者犹不为，况杀人以兴谤乎？子为令尹，而纵谗慝以失民心，他日楚国有事，寇盗兴于外，国人叛于内，相国其危哉！与其信谗以自危，孰若除谗以自安耶？"囊瓦瞿然下席，曰："是瓦之罪也。愿司马助吾一臂，诛此二贼！"沈尹戌曰："此社稷之福，敢不从命！"

沈尹戌即使人扬言于国中曰："杀左尹者，皆费、鄢二人所为，令尹已觉其奸。今往讨之，国人愿从者皆来！"言犹未毕，百姓争执兵先驱。囊瓦乃收费无极、鄢将师，数其罪，枭之于市。国人不待令尹之命，将火焚两家之宅，尽灭其党，于是谤诅方息。史臣有诗云：

下焚伯氏焚鄢费，公论公心在国人。

令尹早同司马计，谗言何至害忠臣！

又有一诗，言鄢、费二人一生害人，适以自害，谗口作恶，亦何益哉？诗云：

顺风放火去烧人，忽地风回烧自身。

毒计奸谋浑似此，恶人几个不遭屯⑤！

再说吴王阖闾元年，乃周敬王之六年⑥也。阖闾访国政于伍员，曰："寡人欲强国图霸，如何而可？"伍员顿首垂泪而对曰："臣，楚国之亡虏也，父兄含冤，骸骨不葬，魂不血食⑦，蒙垢受辱，来归命于大王，幸不加戮，何敢与闻吴国之政？"阖闾曰："非夫子，寡人不免屈于人下。今幸蒙一言之教，得有今日，方且托国于子，何故中道忽生退志？岂以寡人为不足耶？"伍员对曰："臣非以大王为不足也。臣闻'疏不间亲，远不间近'。臣岂敢以羁旅之身，居吴国谋臣之上乎？况臣大仇未报，方寸摇摇，自不知谋，安能谋国？"阖闾曰："吴国谋臣，无出子右者，子勿辞。俟国事稍定，寡人为子报仇，惟子所命！"伍员曰："王所谋者，何也？"阖闾曰："吾国僻在东南，险阻卑湿，又有海潮之患，仓库不设，田畴不垦，国无守御，民无固志，无以威示邻国，为之奈何？"伍员对曰："臣闻治民之道，在安居而理。夫霸王之业，从近制远。必先立城郭，设守备，实仓廪，治兵革，使内有可守，而外可以应敌。"阖闾曰："善。寡人委命于子，子为寡人图之。"

伍员乃相土形之高卑，尝水味之咸淡，乃于姑苏山⑧东北三十里，得善地，造筑大城，周回四十七里，陆门八，象天八风⑨；水门八，法地八聪⑩。那八门？南曰盘门、蛇门，北曰齐门、平门，东曰娄门、匠门，西曰阊门、胥门。盘门者，以水之盘曲也，蛇门者，以在巳方，生肖属蛇也；齐门者，以齐国在其北也；平门者，水陆地相称也；娄门者，娄江⑪之水所聚也；匠门者，聚匠作于此也；阊门者，通阊阖之气⑫也；胥门者，向姑胥山也。越在东南，正在巳方，故蛇门之上，刻有木蛇，其首向内，示越之臣服于吴也。南向复筑小城，周围十里，南北西俱有门，惟东不开门，欲以绝越之光明也。吴地在东为辰方，生肖属龙，故小城南门上为两鲵⑬，以象龙角。城郭既成，迎阖闾自梅里徙都于此。城中前朝后市，左祖右社⑭，仓廪府库，无所不备。大选民卒，教以战阵射御之法。别筑一城于凤凰山之南，以备越寇，名南武城。

　　阖闾以鱼肠为不祥之物，函封不用。筑冶城于牛首山[16]，铸剑数千，号曰扁诸[17]。又访得吴人干将，与欧冶子[18]同师，使居匠门，别铸利剑。干将乃采五山[19]之铁精[20]，六合[21]之金英，候天伺地，妙选时日，天地下降，百神临观，聚炭如丘，使童男童女三百人，装炭鼓橐[22]。如是三月，而金铁之精不销，干将不知其故。其妻莫邪谓曰："夫神物之化，须人气而后成。今子作剑三月不就，得无待人而成乎？"干将曰："昔吾师为冶不化，夫妻俱入炉中，然后成物。至今即山作冶，必麻经草衣[23]祭炉，然后敢发。今吾铸剑不成，亦若是耶？"莫邪曰："师能铄身以成神器，吾何难效之？"于是莫邪沐浴断发剪爪，立于炉旁，使男女复鼓橐，炭火方烈，莫邪自投于炉。顷刻销铄，金铁俱液，遂泻成二剑。先成者为阳，即名"干将"；后成者为阴，即名"莫邪"。阳作龟文[24]，阴作漫理[25]。干将匿其阳，止以莫邪献于吴王。王试之石，应手而开。今虎丘㉖试剑石是也。王赏之百金。其后吴王知干将匿剑，使人往取，如不得剑，即当杀之。干将取剑出观，其剑自匣中跃出，化为青龙，干将乘之，升天而去，疑已作剑仙矣。使者还报，吴王叹息，自此益宝莫邪。莫邪留吴，不知下落。直至六百馀年㉗之后，晋朝张华㉘丞相，见牛斗之间有紫气，闻雷焕㉙妙达象纬㉚，召而问之。焕曰：“此宝剑之精，在豫章丰城㉛。”华即补焕为丰城令。焕既到县，掘狱屋基，得一石函，长逾六尺，广三尺，开视之，内有双剑。以南昌西山之土拭之，光芒艳发。以一剑送华，留一剑自佩之。华报曰：“详观剑文，乃干将也。尚有莫邪，何为不至？虽然，神物终当合耳。”其后焕同华佩剑过延平津，剑忽跃出入水，急使人入水求之，惟见两龙张鬣相向，五色炳耀，使人恐惧而退。以后二剑更不出现，想神物终归天上矣。今丰城县有剑池，池前石函，土瘗其半，俗呼石门，即雷焕得剑处。此乃干将、莫邪之结末也。后人有宝剑铭云：

五山之精，六气㉞之英。炼为神器，电烨霜凝㉟。虹蔚波映㊱，龙藻㊲龟文。断金切玉，威动三军。

话说吴王阖闾既宝莫邪，复募人能作金钩者，赏以百金。国人多有作钩来献者。有钩师贪王之重赏，将二子杀之，取其血以衅金，遂成二钩，献于吴王。越数日，其人诣宫门求赏。吴王曰：“为钩者众，尔独求赏，尔之钩何以异于人乎？”钩师曰：“臣利王之赏，杀二子以成钩，岂他人可比哉？”王命取钩，左右曰：“已混入众钩之中，形制相似，不能辨识。”钩师曰：“臣请观之。”左右悉取众钩，置于钩师之前，钩师亦不能辨。乃向钩呼二子之名曰：“吴鸿、扈稽！我在于此，何不显灵于王前也？”叫声未绝，两钩忽飞出，贴于钩师之胸。吴王大惊曰：“尔言果不谬矣！”乃以百金赏之，遂与莫邪俱佩服于身。

其时楚伯嚭出奔在外，闻伍员已显用于吴，乃奔吴，先谒伍员。员与之相对而泣，遂引见阖闾。阖闾问曰：“寡人僻处东海，子不远千里，远辱下土，将何以教寡人乎？”嚭曰：“臣之祖父㊳，效力于楚再世矣。臣父

无罪，横被焚戮。臣亡命四方，未有所属。今闻大王高义，收伍子胥于穷厄，故不远千里，束身归命。惟大王死生之！”阖闾恻然，使为大夫，与伍员同议国事。吴大夫被离私问于伍员曰：“子何见而信嚭乎？”员曰：“吾之怨正与嚭同，谚云：‘同疾相怜，同忧相救’。惊翔之鸟，相随而集；濑㊴下之水，因复俱流。子何怪焉？”被离曰：“子见其外，未见其内也。吾观嚭之为人，鹰视虎步，其性贪佞，专功而擅杀，不可亲近。若重用之，必为子累。”伍员不以为然，遂与伯嚭俱事吴王。后人论被离既识伍员之贤，又识伯嚭之佞，真神相也，员不信其言，岂非天哉！有诗云：

能知忠勇辨奸回⑩，神相如离亦羿哉！

若使子胥能预策，岂容麋鹿到苏台？

话分两头。再说公子庆忌逃奔于艾城⑪，招纳死士，结连邻国，欲待时乘隙，伐吴报仇。阖闾闻其谋，谓伍员曰："昔专诸之事，寡人全得子力。今庆忌有谋吴之心，饮食不甘味，坐不安席，子更为寡人图之。"伍员对曰："臣不忠无行，与大王图王僚于私室之中，今复图其子，恐非皇天之意。"阖闾曰："昔武王诛纣，复杀武庚，周人不以为非。皇天所废，顺天而行。庆忌若存，王僚未死，寡人与子成败共之，宁可以小不忍而酿大患？寡人更得一专诸，事可了矣。子访求谋勇之士，已非一日，亦有其人否乎？"伍员曰："难言也。臣所厚有一细人，似可与谋者。"阖闾曰："庆忌力敌万人，岂细人所能谋哉？"员对曰："是虽细人，实有万人之勇。"阖闾曰："其人为谁？子何以知其勇？试为寡人言之。"伍员遂将勇士姓名出处备细说来。正是：

说时华岳山摇动，话到长江水逆流。

只为子胥能举荐，要离姓字播春秋。

伍员曰："其人姓要名离，吴人也。臣昔曾见其折辱壮士椒丘䜣，是以知其勇。"阖闾曰："折辱之事如何？"员对曰："椒丘䜣者，东海土人也。有友人仕于吴而死，䜣至吴奔其丧。车过淮津，欲饮马于津。津吏曰：'水中有神，见马即出取之，君勿饮也。'䜣曰：'壮士在此，何神收于我哉！'乃使从者解骖，饮于津水，马果嘶而入水。津吏曰：'神取马去矣！'椒丘䜣大怒，祖褐⑫持剑入水，求神决战。神兴涛鼓浪，终不能害。三日三夜，椒丘䜣从水中出，一目为神所伤，遂眇。至吴行吊，坐于丧席，䜣恃其与水神交战之勇，以气凌人，轻傲于士大夫，言词不逊。时要离与䜣对坐，忽然有不平之色，谓䜣曰：'子见士大夫而有傲色，得无以勇士自居耶？吾闻勇士之斗也，与日战不移表⑬，与鬼神战不旋踵⑭，与人战不违声⑮，宁死不受其辱。今子与神斗于水，失马不能追，又受眇目之羞，形残名辱，不与并命，而犹恋恋于余生，此天地间最无用之物，且不当以面目见人，况傲士乎！'椒丘䜣被辱，顿口无言，含愧出席而去。要离至晚还舍，诫其妻曰：'我辱勇士椒丘䜣干大家之丧，恨怨郁积，今夜必来杀我，以报其耻。吾当僵卧室中，以待其来，慎勿闭门。'妻知要离之勇，从其言。椒丘䜣果于夜半挟利刃，径造要离之舍，见门扉不掩，堂户大开，直趋其室。见一人垂手放发，临窗僵卧，观之，乃要离也。见

䜣来，直挺不动，亦无惧意。䜣以剑承要离之颈，数之曰：'汝有当死者三，汝知之乎？'离曰：'不知。'䜣曰：'汝辱我于大家之丧，一死也；归不关闭，二死也；见我而不起避，三死也。汝自求死，勿以我为怨！'要离曰：'我无三死之过，尔有三不肖之愧，尔知之乎？'䜣曰：'不知。'

要离曰：'吾辱尔于千人之众，尔不敢酬一言，一不肖也；入门不咳，登堂无声，有掩袭之心，二不肖也；以剑承吾之颈，尚敢大言，三不肖也。尔有三不肖，而反责我，不可鄙哉？'椒丘诉乃收剑叹曰：'吾之勇，自计世人莫有及者，离乃加吾之上，真乃天下勇士。吾若杀之，岂不贻笑于人？然不能杀汝，亦难以勇称于世矣！'乃投剑于地，以头触牖而死。方其在丧席之时，臣亦与坐，故知其详。岂非有万人之勇乎？"阖闾曰："子为我召之。"伍员乃往见要离曰："吴王闻吾子高义，愿一见颜色。"离惊曰："吾乃吴下小民，有何德能，敢奉吴王之诏？"伍员再申言吴王愿见之意。要离乃随伍员入谒。

阖闾初闻伍员夸要离之勇，意必魁伟非常，及见离，身材仅五尺余，腰大一束，形容丑陋，大失所望，心中不悦。问曰："子胥称勇士要离，乃子乎？"离曰："臣细小无力，迎风则伏，负风则僵，何勇之有。然大王有所遣，不敢不尽其力。"阖闾嘿然不应。伍员已知其意，奏曰："夫良马不在形之高大，所贵者力能任重，足能致远而已。要离形貌虽陋，其智术非常，非此人不能成事，王勿失之！"阖闾乃延入后宫赐坐。要离进曰："大王意中所患，得非亡王之公子乎？臣能杀之。"阖闾笑曰："庆忌骨腾肉飞⁴⁶，走逾奔马，矫捷如神，万夫莫当，子恐非其敌也！"要离曰："善杀人者，在智不在力。臣能近庆忌，刺之，如割鸡耳。"阖闾曰："庆忌明智之人，招纳四方亡命，岂肯轻信国中之客，而近子哉？"要离曰："庆忌招纳亡命，将以害吴。臣诈以负罪出奔，愿王戮臣妻子，断臣右手。庆忌必信臣而近之矣。如是而后可图也。"阖闾愀然不乐曰："子无罪，吾何忍加此惨祸于子哉？"要离曰："臣闻'安妻子之乐，不尽事君之义，非忠也；怀室家之爱，不能除君之患，非义也'。臣得以忠义成名，虽举家就死，其甘如饴矣！"伍员从旁进曰："要离为国忘家，为主忘身，真千古之豪杰！但于功成之后，旌表其妻孥，不没其绩，使其扬名后世足矣。"阖闾许之。

次日，伍员同要离入朝，员荐要离为将，请兵伐楚。阖闾骂曰："寡人观要离之力，不及一小儿，何能胜伐楚之任哉！况寡人国事粗定，岂堪用兵？”要离进曰：“不仁哉王也！子胥为王定吴国，王乃不为子胥报仇乎？”阖闾大怒曰：“此国家大事，岂野人所知？奈何当朝责辱寡人！”叱力士执要离断其右臂，囚于狱中，遣人收其妻子。伍员叹息而出。群臣皆

不知其繇。过数日，伍员密谕狱吏宽要离之禁，要离乘间逃出。阖闾遂戮其妻子，焚弃于市。宋儒论此事，以为杀一不辜而得天下，仁人不肯为之，今乃无故戮人妻子，以求售其诈谋，阖闾之残忍极矣！而要离与王无

生平之恩，特以贪勇侠之名，残身害家，亦岂得为良士哉？有诗云：

只求成事报吾君，妻子无辜枉杀身。

莫向他邦夸勇烈，忍心害理是吴人！

要离奔出吴境，一路上逢人诉冤，访得庆忌在卫，遂至卫国求见。庆忌疑其诡诈，不纳。要离乃脱衣示之。庆忌见其右臂果断，方信为实，乃问曰："吴王既杀汝妻子，刑汝之躯，今来见我何为？"离曰："臣闻吴王弑公子之父而夺大位，今公子连结诸侯，将有复仇之举，故臣以残命相投。臣能知吴国之情，诚以公子之勇，用臣为向导，吴可入也。大王报父仇，臣亦少雪妻子之恨！"庆忌犹未深信。未几，有心腹人从吴中探事者归报，要离妻子果焚弃于市上，庆忌遂坦然不疑。问要离曰："吾闻吴王任子胥、伯嚭为谋主，练兵选将，国中大治。吾兵微力薄，焉能泄胸中之气乎？"离曰："伯嚭乃无谋之徒，何足为虑？吴臣止一子胥，智勇足备，今亦与吴王有隙矣。"庆忌曰："子胥乃吴王之恩人，君臣相得，何云有隙？"要离曰："公子但知其一，未知其二。子胥所以尽心于阖闾者，欲借兵伐楚，报其父兄之仇。今平王已死，费无极亦亡，阖闾得位，安于富贵，不思与子胥复仇，臣为子胥进言，致触王怒，加臣惨戮，子胥之心怨吴王亦明矣。臣之幸脱囚系，亦赖子胥周全之力。子胥嘱臣曰：'此去必见公子，观其志向何如，若肯为伍氏报仇，愿为公子内应，以赎窜室同谋之罪。'公子不乘此时发兵向吴，待其君臣复合，臣与公子之仇，俱无再报之日矣！"言罢大哭，以头拟柱，欲自触死。庆忌急止之曰："吾听子！吾听子！"遂与要离同归艾城，任为腹心，使之训练士卒，修治舟舰。三月之后，顺流而下，欲袭吴国。

庆忌与要离同舟，行至中流，后船不相接属。要离曰："公子可亲坐船头，戒饬舟人。"庆忌来至船头坐定，要离只手执短矛侍立。忽然江中起一阵怪风，要离转身立于上风，借风势以矛刺庆忌，透入心窝，穿出背外。庆忌倒提要离，溺其头于水中，如此三次，乃抱要离置于膝上，顾而笑曰："天下有如此勇士哉？乃敢加刃于我！"左右持戈戟欲攒刺之，庆

忌摇手曰："此天下之勇士也。岂可一日之间，杀天下勇士二人哉！"乃诫左右："勿杀要离，可纵之还吴，以旌其忠。"言毕，推要离于膝下，自以手抽矛，血流如注而死。

不知要离性命如何，且看下回分解。

【注释】

①降重：降临，光临。指以贵重之躯亲临下顾。

②帷：用作动词，张帷。

③异国匹夫：伯郤宛本晋臣伯州犁之子，故称。

④为人作茧：指被人束缚，愚弄。作茧，即作茧自缚。蚕作茧时与外界隔绝，借喻不通外事，受人摆布。

⑤屯：《易经》卦名。震下坎上为屯，屯，谓艰难，引申为灾难。

⑥周敬王六年：即公元前514年。

⑦血食：指祭祀。古时杀牲取血，用以祭祀。《汉书·高帝纪》注："祭者尚血腥，故曰血食也。"

⑧姑苏山：古山名。在今苏州市西南，又名姑胥山、胥台山。

⑨八风：八方之风。名目不一，《吕氏春秋》以炎风、滔风、熏风、巨风、凄风、飕风、厉风、寒风为八风。

⑩八聪：八条通道，指朝向东、南、西、北及东北、东南、西北、西南的路径。聪，这里作通路、通畅解。

⑪娄江：古水名，即今江苏之浏河，为太湖之支流。

⑫阊阖（chāng hé 昌何）：即阊阖风，西风。《史记·律书》："阊阖风居西方。阊者，倡也；阖者，藏也。言阳气道万物，阖黄泉也。"

⑬鲵（ní 泥）：鱼的一种，即人鱼，俗称娃娃鱼。因有四足象龙，故以代龙。

⑭"城中"二句：城中前有宫廷，后有市集，左有祖庙，右有社坛，即祭土神之所。

⑮南武城：在今江苏昆山市西北。《汉书·地理志》："娄县（今松江）有南武城，阖闾所造以候越。"

⑯冶城：即冶炼之城，故址在今南京市朝天宫附近。牛首山：一名牛头山。在南京市西南。双峰角立，形如牛首，故名。

⑰扁诸：古剑名。

⑱欧冶子：春秋时冶工，曾应越王之聘，铸湛庐、巨阙、胜邪、鱼肠、纯铜五剑，后又与干将为楚王铸龙渊、泰阿、工布三剑。见《吴越春

秋》《越绝书》。

⑲五山：即五岳，泛指天下名山。

⑳铁精：美铁，铁中精良者。下句之"金英"，意同。

㉑六合：古代以天地四方为六合，这里泛指全国、天下。

㉒橐：古代冶炼时用来鼓风吹火的装置，犹今之风箱。

㉓麻绖（dié 迭）草衣：结草为衣，腰间束以麻带。

㉔龟文：龟背的纹理，指符号图案。

㉕漫理：同曼理，本指肌肤之细腻，此处借喻表面光洁，无花纹。

㉖虎丘：山名。在苏州市西北阊门外，一名海涌山。相传吴王阖闾葬于此，三日，有虎踞其上，故名。为苏州之名胜。试剑石在虎丘山南麓。

㉗六百馀年：自吴王阖闾即位之初（前514）至晋张华出任丞相之时（晋太康以后，即公元280年以后），应为近八百年。

㉘张华（232—300）：西晋文学家，字茂先。范阳方城（今河北固安）人。曾官中书令（相当于丞相）及司空，他以博洽著称。后为赵王司马伦所杀。

㉙牛斗：即牛宿和斗宿，均为二十八宿之一。古人以牛、斗二宿为吴越之分野。

㉚雷焕：晋代豫章（今江西省）人。任丰城令后，掘狱得龙泉、太阿二剑。与本书略有不符。见《晋书·张华传》。

㉛象纬：指日月五星，代表天文。

㉜丰城：古县名，即今江西丰城市。晋太康元年（280）始置。

㉝延平津：古津名。亦称建溪、东溪。在今福建南平市东南，为闽江上游。

㉞六气：指天地四时之气。

㉟电烨（yè 夜）霜凝：指宝剑光芒闪耀，色白如霜。

㊱虹蔚波映：指宝剑在水波映照之下，呈现出五采光芒。

㊲龙藻：即龙形纹。《太平御览》卷三四四引《魏都赋》："剑则流彩之珍，素质之宝。或虹蔚映波，龟文龙藻。"

㊳祖、父：指祖伯州犁与父伯郤宛两代。故下文言"再世"。

㊴濑（lài 赖）：湍急之水，水激石间为濑。

㊵奸回：奸邪。回，《说文》："邪也，曲也。"

㊶艾城：古邑名。治所在今江西修水县西，乃吴楚交界之地。

㊷袒裼（tǎn xī 坦锡）：去衣露上身，即赤膊。

㊸不移表：即不移时。表，古代测量日影以计时的标杆。这里代指

时间。

㊹不旋踵：不转身，指不畏避退缩。

㊺不违声：不躲开对方的声音，意指敢于相互怒吼。

㊻骨腾肉飞：意指善于奔腾跳跃。

第七十五回　孙武子演阵斩美姬
蔡昭侯纳质乞吴师

话说庆忌临死，诚左右勿杀要离，以成其名。左右欲释放要离，要离不肯行，谓左右曰："吾有三不容于世，虽公子有命，吾敢偷生平？"众问曰："何谓三不容于世？"要离曰："杀吾妻子而求事吾君，非仁也；为新君而杀故君之子，非义也；欲成人之事，而不免于残身灭家，非智也。有此三恶，何面目立于世哉！"言讫，遂投身于江。舟人捞救出水，要离曰："汝捞我何意？"舟人曰："君返国，必有爵禄，何不俟之？"要离笑曰："吾不爱室家性命，况于爵禄？汝等以吾尸归，可取重赏。"于是夺从人佩剑，自断其足，复刎喉而死。史臣有赞云：

古人一死，其轻如羽；不惟自轻，并轻妻子。阖门毕命，以殉一人；一人既死，吾志已伸。专诸虽死，尚存其胤；伤哉要离，死无形影[①]！岂不自爱？遂人之功；功遂名立，虽死犹荣！击剑死侠，酿成风俗；至今吴人，趋义如鹄[②]。

又有诗单道庆忌力敌万人，死于残疾匹夫之手，世人以勇力恃者可戒矣。诗云：

庆忌骁雄天下少，
匹夫一臂须臾了。
世人休得逞强梁，
牛角伤残鼹鼠饱[②]。

众人收要离肢体，并载庆忌之尸，来投吴王阖闾。阖闾大悦，重赏降卒，收于行伍，以上卿之礼，葬要离于阊门城下，曰："藉子之勇，为吾守门。"追赠其妻子。与专诸同立庙，岁时祭祀。以公子之礼，葬庆忌于王僚之墓侧。大宴群臣。伍员泣奏曰："王之祸患皆除，但臣之仇何日可复？"伯嚭亦垂泪请兵伐楚。阖闾曰："俟明旦当谋之。"

次早，伍员同伯嚭复见阖闾于宫中。阖闾曰："寡人欲为二卿出兵，谁人为将？"员、嚭齐声曰："惟王所用，敢不效命！"阖闾心念："二子皆楚人，但报己仇，未必为吴尽力。"乃嘿然不言，向南风而啸，顷之，复长叹。伍员已窥其意，复进曰："王虑楚之兵多将广乎？"阖闾曰：

"然。"员曰:"臣举一人,可保必胜。"阖闾欣然问曰:"卿所举何人?其能若何?"员对曰:"姓孙名武,吴人也。"阖闾闻说是吴人,便有喜色。员复奏曰:"此人精通韬略,有鬼神不测之机,天地包藏之妙,自著《兵法》十三篇,世人莫知其能,隐于罗浮山④之东。诚得此人为军师,虽天下莫敌,何论楚哉?"阖闾曰:"卿试为寡人召之。"员对曰:"此人不轻仕进,非寻常之比,必须以礼聘之,方才肯就。"阖闾从之。乃取黄金十镒、白璧一双,使员驾驷马,往罗浮山取聘孙武。

员见武,备道吴王相慕之意。乃相随出山,同见阖闾。阖闾降阶而迎,赐坐,问以兵法。孙武将所著十三篇,次第进上。阖闾令伍员从头朗诵一遍,每终一篇,赞不容口。那十三篇?一曰《始计篇》,二曰《作战篇》,三曰《谋攻篇》,四曰《军形篇》,五曰《兵势篇》,六曰《虚实篇》,七曰《军争篇》,八曰《九变篇》,九曰《行军篇》,十曰《地形篇》,十一曰《就地篇》,十二曰《火攻篇》,十三曰《用间篇》。阖闾顾伍员曰:"观此《兵法》,真通天彻地之才也。但恨寡人国小兵微,如何而可?"孙武对曰:"臣之《兵法》,不但可施于卒伍,虽妇人女子,奉吾军令,亦可驱而用之。"阖闾鼓掌而笑曰:"先生之言,何迂阔也!天下岂有妇人女子,可使其操戈习战者?"孙武曰:"王如以臣言为迂,请将后宫女侍,与臣试之。令如不行,臣甘欺罔之罪。"

阖闾即召宫女三百,令孙武操演。孙武曰:"得大王宠姬二人,以为队长,然后号令方有所统。"阖闾又宣宠姬二人,名曰右姬、左姬至前,谓武曰:"此寡人所爱,可充队长乎?"孙武曰:"可矣。然军旅之事,先严号令,次行赏罚,虽小试,不可废也。请立一人为执法,二人为军吏,主传谕之事;二人值鼓;力士数人,充为牙将,执斧锧刀戟,列于坛上,以壮军容。"阖闾许于军中选用。孙武吩咐宫女分为左右二队,右姬管辖右队,左姬管辖左队,各披挂持兵。示以军法:一不许混乱行伍,二不许言语喧哗,三不许故违约束。明日五鼓,皆集教场听操。王登台而观之。

次日五鼓,宫女二队,俱到教场,一个个身披甲胄,头戴兜鍪,右手操剑，左手握盾。二姬顶盔束甲，充做将官，分立两边，伺候孙武升帐。武亲自区画绳墨，布成阵势。使传谕官将黄旗二面，分授二姬，令执之为前导；众女跟随队长之后，五人为伍，十人为总，各要步迹相继，随鼓进退，左右回旋，寸步不乱。传谕已毕，令二队皆伏地听令。少顷，下令曰："闻鼓声一通，两队齐起；闻鼓声二通，左队右旋，右队左旋；闻鼓声三通，各挺剑为争战之势。听鸣金，然后敛队而退。"众宫女皆掩口嬉

笑。鼓吏禀："鸣鼓一通。"宫女或起或坐，参差不齐。孙武离席而起曰："约束不明，申令不信，将之罪也！"使军吏再申前令。鼓吏复鸣鼓，宫咸成起立，倾斜相接，其笑如故。孙武乃揎起双袖，亲操枹⑤以击鼓，又申前令，二姬及宫女无不笑者。孙武大怒，两目忽张，发上冲冠，遽唤：

东周列国志

"执法何在？"执法者前跪。孙武曰："约束不明，申令不信，将之罪也；既已约束再三，而士不用命，士之罪矣！于军法当如何？"执法曰："当斩！"孙武曰："士难尽诛，罪在队长。"顾左右："可将女队长斩讫示众！"左右见孙武发怒之状，不敢违令，便将左右二姬绑缚。

阖闾在望云台上看孙武操演，忽见绑其二姬，急使伯嚭持节驰救之，令曰："寡人已知将军用兵之能，但此二姬侍寡人巾栉，甚适寡人之意，寡人非此二姬，食不甘味，请将军赦之！"孙武曰："军中无戏言。臣已

受命为将，将在军，虽君命不得受。若徇君命而释有罪，何以服众？"喝令左右："速斩二姬！"，枭其首于军前。于是二队宫女，无不股慄失色，不敢仰视。孙武于队中再取二人，为左右队长。再申令击鼓：一鼓起立，二鼓旋行，三鼓合战，鸣金收军。左右进退，回旋往来，皆中绳墨，毫发不差，自始至终，寂然无声。乃使执法往报吴王曰："兵已整齐，愿王观

之，惟王所用。虽使赴汤蹈火，亦不敢退避矣。"髯仙有诗咏孙武试兵之事云：

强兵争霸业，试武耀军容。尽出娇娥辈，犹如战斗雄。戈挥罗袖卷，甲映粉颜红。掩芝分旗下，含羞立队中。闻声趋必肃，违令法难通。已借妖姬首，方知上将风。驱驰赴汤火，百战保成功。

阖闾痛此二姬，乃厚葬之于横山，立祠祭之，名曰爱姬祠。因思念爱姬，遂有不用孙武之意。伍员进曰："臣闻'兵者，凶器也'，不可虚谈。诛杀不果，军令不行。大王欲征楚而伯天下，思得良将，夫将以果毅⑤为能，非孙武之将，谁能涉淮逾泗，越千里而战者乎？夫美色易得，良将难求，若因二姬而弃一贤将，何异爱莠草而弃嘉禾哉！"阖闾始悟。乃封孙武为上将军，号为军师，责成以伐楚之事。

伍员问孙武曰："兵从何方而进？"孙武曰："大凡行兵之法，先除内患，然后方可外征。吾闻王僚之弟掩余在徐，烛庸在钟吾，二人俱怀报怨之心。今日进兵，宜先除二公子，然后南伐。"伍员然之。奏过吴王，王曰："徐与钟吾皆小国，遣使往索逋臣，彼不敢不从。"乃发二使，一往徐国取掩余，一往钟吾取烛庸。徐子章羽不忍掩余之死，私使人告之，掩余逃去。路逢烛庸亦逃出，遂相与商议，往奔楚国。楚昭王喜曰："二公子怨吴必深，宜乘其穷而厚结之。"乃居于舒城，使之练兵以御吴。阖闾怒二国之违命，令孙武将兵伐徐，灭之。徐子章羽奔楚。遂伐钟吾，执其君以归。复袭破舒城，杀掩余、烛庸。阖闾便欲乘胜入郢。孙武曰："民劳，未可骤用也。"遂班师。于是伍员献谋曰："凡以寡胜众，以弱胜强者，必先明于劳逸之数。晋悼公三分四军⑦，以敝楚师，卒收萧鱼之绩⑧，惟自逸而以劳予人也。楚执政皆贪庸之辈，莫肯任患，请为三师以扰楚。我出一师，彼必皆出，彼出则我归，彼归则我复出，使彼力疲而卒惰，然后猝然乘之，无不胜矣。"阖闾以为然。乃三分其军，迭出以扰楚境，楚遣将来救，吴兵即归，楚人苦之。

吴王有爱女名胜玉，因内宴，庖人进蒸鱼，王食其半，而以其余赐女，女怒曰："王乃以剩鱼辱我，我何用生为？"退而自杀。阖闾悲之，厚为殓具，安葬于国西阊门之外。凿池积土，所凿之处，遂成太湖，今女坟湖⑨是也。又斫文石以为椁，金鼎、玉杯、银尊、珠襦之宝，府库几倾

其半，又取磐郢名剑，皆以送女。乃舞白鹤于吴市之中，令万民随而观之，因令观者皆入隧门送葬。隧道内设有伏机，男女既入，遂发其机，门闭，实之以土，男女死者万人。阖闾曰："使吾女得万人为殉，庶不寂寞也。"至今吴俗殡事，丧亭上制有白鹤，乃其遗风。杀生送死，阖闾之无道极矣！史臣有诗云：

> 三良殉葬共非秦，鹤市何当杀万人？
>
> 不待夫差方暴骨，阖闾今日已无民！

话分两头。却说楚昭王卧于宫中，既醒，见枕畔有寒光，视之，得一宝剑。及旦，召相剑者风胡子入宫，以剑示之。风胡子观剑大惊曰："君王何从得此？"昭王曰："寡人卧觉，得之于枕畔，不知此剑何名？"风胡子曰："此名湛卢之剑，乃吴中剑师欧冶子所铸。昔越王铸名剑五口，吴王寿梦闻而求之，越王乃献其三，曰鱼肠、磐郢、湛卢。鱼肠以刺王僚，

磐郢以送亡女，惟湛卢之剑在焉。臣闻此剑乃五金之英，太阳之精，出之有神，服之有威。然人君行逆理之事，其剑即出。此剑所在之国，其国祚必绵远昌炽。今吴王弑王僚自立，又坑杀万人，以葬其女，吴人悲怨，故湛卢之剑去无道而就有道也。"昭王大悦，即佩于身，以为至宝，宣示国人，以为天瑞。

阖闾失剑，使人访求之，有人报此剑归于楚国。阖闾怒曰："此必楚王赂吾左右而盗吾剑也！"杀左右数十人。遂使孙武、伍员、伯嚭率师伐

楚。复遣使征兵于越。越王允常未与楚绝，不肯发兵。孙武等拔楚六、潜⑩二邑，因后兵不继，遂班师。阖闾怒越之不同于伐楚，复谋伐越。孙武谏曰："今年岁星在越⑪，伐之不利。"阖闾不听，遂伐越，败越兵于檇李⑫，大掠而还。孙武私谓伍员曰："四十年之后，越强而吴尽矣！"伍员默记其言。此阖闾五年⑬事也。

其明年，楚令尹囊瓦率舟师伐吴，以报潜、六之役。阖闾使孙武、伍员击之，败楚师于巢⑭，获其将芈繁以归。阖闾曰："不入郢都，虽败楚兵，犹无功也。"员对曰："臣岂须臾忘郢都哉！顾楚国天下莫强，未可轻敌。囊瓦虽不得民心，而诸侯未恶。闻其索赂无厌，不久诸侯有变，乃可乘矣。"遂使孙武演习水军于江口。伍员终日使人探听楚事。忽一日，报有唐、蔡二国遣使臣通好，已在郊外。伍员喜曰："唐、蔡皆属楚国，无故遣使远来，必然与楚有怨，天使吾破楚入郢也。"

原来楚昭王为得了湛卢之剑，诸侯毕贺，唐成公与蔡昭侯亦来朝楚。蔡侯有羊脂白玉佩一双，银貂鼠裘二副，以一裘一佩献于楚昭王，以为贺礼，自己佩服其一。囊瓦见而爱之，使人求之于蔡侯。蔡侯爱此裘佩，不与囊瓦。唐侯有名马二匹，名曰肃霜。肃霜乃雁名，其羽如练之白，高首而长颈，马之形色似之，故以为名。后人复加马旁曰骕骦，乃天下希有之马也。唐侯以此马驾车来楚，其行速而稳。囊瓦又爱之，使人求之于唐侯。唐侯亦不与。二君朝礼既毕，囊瓦即谮于昭王曰："唐、蔡私通吴国，若放归，必导吴伐楚，不如留之。"乃拘二君于馆驿，各以千人守之，名为护卫，实则监押。其时昭王年幼，国政皆出于囊瓦。二君一住三年，思归甚切，不得起身。唐世子不见唐侯归国，使大夫公孙哲至楚省视，知其见拘之故。奏曰："二马与一国孰重？君何不献马以求归？"唐侯曰："此马希世之宝，寡人惜之！且不肯献于楚王，况令尹乎？且其人贪而无厌，以威劫寡人，寡人宁死，决不从之。"公孙哲私谓从者曰："吾主不忍一马，而久淹于楚，何其重畜而轻国哉！我等不如私盗肃霜，献于令尹。倘得主公归唐，吾辈虽坐盗马之罪，亦何所恨！"从者然之，乃以酒灌醉圉人，私盗二马献于囊瓦曰："吾主以令尹德尊望重，故令某等献上良马，以备驱驰之用。"囊瓦大喜，受其所献。次日，入告昭王曰："唐侯地褊兵微，谅不足以成大事，可赦之归国。"昭王遂放唐成公出城。唐侯既归，

公孙哲与众从者，皆自系于殿前待罪。唐侯曰："微诸卿献马于贪夫，寡人不能返国，此寡人之罪，二三子勿怨寡人足矣。"各厚赏之。今德安府⑮随州城北，有骕骦陂，因马过此得名也。唐胡曾先生有诗云：

行行西至一荒陂，因笑唐公下见机。

莫惜骕骦输令尹，汉东宫阙早时归。

又髯仙有诗云：

三年拘系辱难堪，只为名驹未售贪。

不是便宜私窃马，吾侯安得离荆南？

蔡侯闻唐侯献马得归，亦解裘佩以献瓦。瓦复告昭王曰："唐、蔡一体，唐侯既归，蔡不可独留也。"昭王从之。

蔡侯出了郢都，怒气填胸，取白璧沈于汉水，誓曰："寡人若不能伐楚而再南渡者，有如大川！"及返国，次日，即以世子元为质于晋，借兵伐楚。晋定公为之诉告于周，周敬王命卿士刘卷，以王师会之。宋、齐、鲁、卫、陈、郑、许、曹、莒、邾、顿、胡、滕、薛、杞、小邾子连蔡，共是十七路诸侯，个个恨囊瓦之贪，皆以兵从。晋士鞅为大将，荀寅副之，诸军毕集于召陵之地。荀寅自以为蔡兴师，有功于蔡，欲得重货，使人谓蔡侯曰："闻君有裘佩以遗楚君臣，何独敝邑而无之？吾等千里兴师，专为君侯，不知何以犒师也？"蔡侯对曰："孤以楚令尹瓦贪冒不仁，弃而投晋，惟大夫念盟主之义，灭强楚以扶弱小，则荆襄五千里，皆犒师之物也，利孰大焉。"荀寅闻之甚愧。其时周敬王十四年⑯之春三月，偶然大雨连旬，刘卷患疟，荀寅遂谓士鞅曰："昔五伯莫盛于齐桓，然驻师召陵，未尝少损于楚。先君文公仅一胜之，其后构兵不已。自交见以后，晋、楚无隙，自我开之不可。况水潦方降，疾疟方兴，恐进未必胜，退为楚乘，不可不虑。"士鞅亦是个贪夫，也思蔡侯酬谢，未遂其欲，托言雨水不利，难以进兵，遂却蔡侯之质，传令班师。各路诸侯见晋不做主，各散回本国。髯仙有诗云：

冠裳济济拥兵车，直捣荆襄力有余。

谁道中原无义士，也同囊瓦索苞苴⑰。

蔡侯见诸军解散，大失所望。归过沈国，怪沈子嘉不从伐楚，使大夫公孙姓袭灭其国，虏其君杀之，以泄其愤。楚囊瓦大怒，兴师伐蔡，围其城。公孙姓进曰："晋不足恃矣。不如东行求救于吴。子胥、伯嚭诸臣，与楚有大仇，必能出力。"蔡侯从之。即令公孙姓约会唐侯，共投吴国借兵，以其次子公子乾为质。伍员引见阖闾曰："唐、蔡以伤心之怨，愿为先驱。夫救蔡显名，破楚厚利。王欲入郢，此机不可失也。"阖闾乃受蔡侯之质，许以出兵，先遣公孙姓归报。

阖闾正欲调兵，近臣报道："今有军师孙武自江口归，有事求见。"阖闾召入，问其来意。孙武曰："楚所以难攻者，以属国众多，未易直达其境也。今晋侯一呼，而十八国群集，内中陈、许、顿、胡皆素附于楚，亦弃而从晋，人心怨楚，不独唐、蔡，此楚势孤之时矣。"阖闾大悦。使被离、专毅辅太子波居守，拜孙武为大将，伍员、伯嚭副之，亲弟公子夫概为先锋，公子山专督粮饷。悉起吴兵六万，号为十万，从水路渡淮，直抵蔡国。囊瓦见吴兵势大，解围而走，又恐吴兵追赶，直渡汉水，方才屯扎，连打急报至郢都告急。

再说蔡侯迎接吴王，泣诉楚君臣之恶。未几唐侯亦到。二君愿为左右翼，相从灭楚。临行，孙武忽传令军士登陆，将战舰尽留于淮水之曲。伍员私问舍舟之故，孙武曰："舟行水逆而迟，使楚得徐为备，不可破矣。"员服其言。大军自江北陆路走章山⑱，直趋汉阳⑲。楚军屯于汉水之南，吴兵屯于汉水之北。囊瓦日夜愁吴军济汉，闻其留舟于淮水，心中稍安。

楚昭王闻吴兵大举，自召诸臣问计。公子申曰："子常非大将之才，速令左司马沈尹戍领兵前往，勿使吴人渡汉。彼远来无继，必不能久。"昭王从其言，使沈尹戍率兵一万五千，同令尹协力拒守。沈尹戍来至汉阳，囊瓦迎入大寨。戍问曰："吴兵从何而来，如此之速？"瓦曰："弃舟于淮汭，从陆路自豫章⑳至此。"戍连笑数声曰："人言孙武用兵如神，以此观之，真儿戏耳！"瓦曰："何谓也？"戍曰："吴人惯习舟楫，利于水战，今乃舍舟从陆，但取便捷，万一失利，更无归路，吾所以笑之。"瓦曰："彼兵见屯汉北，何计可破？"戍曰："吾分兵五千与子，子沿汉列营，将船只尽拘集于南岸，再令轻舟旦夕往来于江之上下，使吴军不得掠舟而渡。我率一军从新息㉑抄出淮汭，尽焚其舟，再将汉东隘道用木石磊断。然后令尹引兵渡汉江，攻其大寨，我从后而击之。彼水陆路绝，首尾受敌，吴君臣之命，皆丧于吾手矣。"囊瓦大喜曰："司马高见，吾不及也。"于是沈尹戍留大将武城黑统军五千，相助囊瓦，自引一万人望新息进发。

　　不知后来胜败如何，且看下回分解。

【注释】

①死无形影：意指全家俱死，形影不存。

②鹄（gǔ 古）：箭靶的中心。此处用箭射向靶心以比喻吴人趋利之心的强烈和不可阻遏。

③"牛角"句：典出《春秋·成公七年》："鼷鼠食郊牛角，改卜牛。"鼷鼠，鼠类之最小者。《本草纲目集解》言其能"食人皮及牛马等

皮肤成疮"。此处以牛喻庆忌，以鼷鼠喻要离，以说明力敌万人的勇夫反为细人所制。

④罗浮山：古代山名，在今江苏泰州境内。

⑤枹（fú 扶）：击鼓杖，即鼓槌。

⑥果毅：果断而坚忍。《国语·周语》注："杀敌为果，致果为毅。"

⑦三分四军：指晋国将原来四军分成三批，轮流伐楚，以敝楚师。见第六十回。

⑧萧鱼之绩：指晋悼公率诸侯伐郑，营于萧鱼，郑求和行成。见六十一回。

⑨女坟湖：古代湖名，地在苏州阊门外。

⑩六、潜：均为古邑名，亦为古国名，后为楚地。六在今安徽六安市北。潜在今安徽霍山县南。

⑪岁星在越：岁星即木星。木星每十二年运行黄道一周。在越，即在越地之分野斗宿。

⑫樵李：古地名，又作醉李、就李。在今浙江嘉兴市西南。

⑬阖闾五年：即周敬王十年，公元前510年。越灭吴在三十七年之后，即公元前473年。接近于四十年之数。

⑭巢：古国名，后属楚。在今安徽巢县东北五里。

⑮今德安府：即明代之德安府。德安府为北宋时置，治所在安陆（今湖北安陆市）。宋时辖境无随州（今湖北随州市），明时始扩大至随州。

⑯周敬王十四年：即公元前506年。

⑰苴苴（jū 狙）：财物之贿赂。苞苴本意为裹鱼肉的草包，引申为行贿的财物。《荀子·大略》注："货贿必以物包裹，故总谓之苞苴。"

⑱章山：一称内方山，在今湖北钟祥市西北。

⑲汉阳：指汉水东北。

⑳豫章：古地区名。《左传》杜预注一作"在江北、淮水南"（昭十三年），一作"汉东、江北地名"（定四年）。与古称江西省为豫章郡并非一处。

㉑新息：古县名。地在今河南息县西南，即原来之息国。至汉时始置县，改名新息。

第七十六回　楚昭王弃郢西奔
伍子胥掘墓鞭尸

话说沈尹戌去后，吴、楚夹汉水而军，相持数日。武城黑欲献媚于令尹，进言曰："吴人舍舟从陆，违其所长，且又不识地理，司马已策其必败矣。今相持数日，不能渡江，其心已怠，宜速击之。"瓦之爱将史皇亦曰："楚人爱令尹者少，爱司马者多，若司马引兵焚吴舟，塞隘道，则破吴之功，彼为第一也。令尹官高名重，屡次失利，今又以第一之功，让于司马，何以立于百僚之上？司马且代子为政矣。不如从武城将军之计，渡江决一胜负为上。"囊瓦惑其言，遂传令三军，俱渡汉水，至小别山①列成阵势。史皇出兵挑战，孙武使先锋夫概迎之。夫概选勇士三百人，俱用坚木为大棒，一遇楚兵，没头没脑乱打将去。楚兵从未见此军形，措手不迭，被吴兵乱打一阵，史皇大败而走。囊瓦曰："子令我渡江，今才交兵便败，何面目来见我？"史皇曰："战不斩将，攻不擒王，非兵家大勇。今吴王大寨扎在大别山之下，不如今夜出其不意往劫之，以建大功。"囊瓦从之。遂挑选精兵万人，披挂衔枚，从间道杀出大别山后。诸军得令，依计而行。

却说孙武闻夫概初战得胜，众皆相贺。武曰："囊瓦乃斗筲②之辈，贪功侥幸，今史皇小挫，未有亏损，今夜必来掩袭大寨，不可不备。"乃令夫概、专毅各引本部，伏于大别山之左右，但听哨角为号，方许杀出。使唐、蔡二君，分两路接应。又令伍员引兵五千，抄出小别山，反劫囊瓦之寨，却使伯嚭接应。孙武又使公子山保护吴王，移屯于汉阴山，以避冲

突。大寨虚设旌旗，留老弱数百守之，号令已毕。当时三鼓，囊瓦果引精

兵，密从山后抄出。见大寨中寂然无备，发声喊，杀入军中，不见吴王，疑有埋伏，慌忙杀出。忽听得哨角齐鸣，专毅、夫概两军，左右突出夹攻，囊瓦且战且走，三停兵士，折了一停。才得走脱，又闻炮声大震，右有蔡侯，左有唐侯，两下截住。唐侯大叫："还我肃霜马，免汝一死！"蔡侯又叫："还我裘佩，饶汝一命！"囊瓦又羞又恼，又慌又怕。正在危急，却得武城黑引兵来，大杀一阵，救出囊瓦。约行数里，一起守寨小军来报："本营已被吴将伍员所劫，史将军大败，不知下落。"囊瓦心胆俱裂，引着败兵，连夜奔驰，直到柏举③，方才驻足。良久，史皇亦引残兵

来到，余兵渐集，复立营寨。囊瓦曰："孙武用兵，果有机变，不如弃寨逃归，请兵复战。"史皇曰："令尹率大兵拒吴，若弃寨而归，吴兵一渡汉江，长驱入郢，令尹之罪何逃？不如尽力一战，便死于阵上，也留个香名于后！"

囊瓦正在踌躇，忽报："楚王又遣一军来接应。"囊瓦出寨迎接，乃大将薳射也。射曰："主上闻吴兵势大，恐令尹不能取胜，特遣小将带军一万，前来听命。"因问从前交战之事。囊瓦备细详述了一遍，面有惭色。薳射曰："若从沈司马之言，何至如此。今日之计，惟有深沟高垒，勿与吴战，等待司马兵到，然后合击。"囊瓦曰："某因轻兵劫寨，所以反被其劫。若两阵相当，楚兵岂遽弱于吴哉！今将军初到，乘此锐气，宜决一死敌。"薳射不从。遂与囊瓦各自立营，名虽互为犄角，相去有十余里。囊瓦自恃爵高位尊，不敬薳射；薳射又欺囊瓦无能，不为之下，两边各怀异意，不肯和同商议。

吴先锋夫概探知楚将不和，乃入见吴王曰："囊瓦贪而不仁，素失人心；薳射虽来赴援，不遵约束。三军皆无斗志，若追而击之，可必全胜。"阖闾不许。夫概退曰："君行其令，臣行其志，吾将独往，若幸破楚军，郢都可入也。"晨起，率本部兵五千，竟奔囊瓦之营。孙武闻之，急调伍员引兵接应。

却说夫概打入囊瓦大寨，瓦全不准备，营中大乱。武城黑舍命敌住。瓦不及乘车，步出寨后，左胛已中一箭，却得史皇率本部兵到，以车载之，谓瓦曰："令尹可自方便，小将当死于此！"囊瓦卸下袍甲，乘车疾走，不敢回郢，竟奔郑国逃难去了。髯翁有诗云：

披裘佩玉驾名驹，只道千年住郢都。

兵败一身逃难去，好教万口笑贪夫。

伍员兵到，史皇恐其追逐囊瓦，乃提戟引本部杀入吴军，左冲右突，杀死吴兵将二百余人。楚兵死伤，数亦相当。史皇身被重伤而死。武城黑战夫概不退，亦被夫概斩之。

囊射之子囊延，闻前营有失，报知其父，欲提兵往救。囊射不许，自立营前弹压，令军中："乱动者斩！"囊瓦败军皆归于囊射，点视尚有万余，合成一军，军势复振。囊射曰："吴军乘胜掩至，不可当也。及其未至，整队而行，退至郢都，再作区处。"乃令大军拔寨都起，囊延先行，囊射亲自断后。夫概探得囊射移营，尾其后追之，及于清发④。楚兵方收集船只，将谋渡江。吴兵便欲上前奋击，夫概止之曰："困兽犹斗，况人乎？若逼之太急，将致死力。不如暂且驻兵，待其半渡，然后击之。已渡者得免，未渡者争先，谁肯死斗？胜之必矣！"乃退二十里安营。中军孙武等俱到，闻夫概之言，人人称善。阖闾谓伍员曰："寡人有弟如此，何患郢都不入。"伍员曰："臣闻被离曾相夫概，言其毫毛倒生，必有背国叛主之事，虽则英勇，不可专任。"阖闾不以为然。

再说囊射闻吴兵来追，方欲列阵拒敌，又闻其复退，喜曰："固知吴人怯，不敢穷追也。"乃下令五鼓饱食，一齐渡江。刚刚渡及十分之三，夫概兵到，楚军争渡大乱。囊射禁止不住，只得乘车疾走。军士未渡者，都随着主将乱窜。吴军从后掩杀，掠取旗鼓戈甲无数。孙武命唐、蔡二君，各引本国军将，夺取渡江船只，沿江一路接应。囊射奔至雍澨⑤，将卒饥困，不能奔走。所喜追兵已远，暂且停留，埋锅造饭。饭才熟，吴兵又到，楚兵将不及下咽，弃食而走。留下现成熟饭，反与吴兵受用。吴兵饱食，复尽力追逐。楚兵自相践踏，死者更多。囊射车颠，被夫概一戟刺死。其子囊延亦被吴兵围住，延奋勇冲突，不能得出。忽闻东北角喊声大振，囊延曰："吴又有兵到，吾命休矣！"

原来那枝兵，却是左司马沈尹戌行至新息，得囊瓦兵败之信，遂从旧路退回，却好在雍澨遇着吴兵围住囊延。戌遂将部下万人，分作三路杀入。夫概恃其屡胜，不以为意。忽见楚三路进兵，正不知多少军马，没抵敌一头处，遂解围而走。沈尹戌大杀一阵，吴兵死者千余人。沈尹戌正欲追杀，吴王阖闾大军已到，两下扎营相拒。沈尹戌谓其家臣吴句卑曰："令尹贪功，使吾计不遂，天也！今敌患已深，明日吾当决一死战。幸而

胜，兵不及郢，楚国之福。万一战败，以首托汝，勿为吴人所得。"又谓
蘧延曰："汝父已殁于敌，汝不可以再死，宜亟归，传语子西，为保郢
计。"蘧延下拜曰："愿司马驱除东寇，早建大功！"垂泪而别。

明旦，两下列阵交锋。沈尹戌平昔抚士有方，军卒用命，无不尽力死
斗。夫概虽勇，不能取胜，看看欲败。孙武引大军杀来，右有伍员、蔡
侯，左有伯嚭、唐侯，强弓劲弩在前，短兵在后，直冲入楚军，杀得七零
八落。戌死命杀出重围，身中数箭，僵卧车中，不能复战，乃呼吴句卑
曰："吾无用矣！汝可速取吾首，去见楚王！"句卑犹不忍。戌尽力大喝
一声，遂瞑目不视。句卑不得已，用剑断其首，解裳裹而怀之，复掘土掩
盖其尸，奔回郢都去了。吴兵遂长驱而进。史官有赞云：

楚谋不臧，贼贤升佞。伍族既捐，郤宗复尽。表表沈尹，一木支厦。
操敌掌中，败于贪瓦。功隳身亡，凌霜暴日。天祐忠臣，归元于国。

话说蘧延先归，见了昭王，哭诉囊瓦败奔，其父被杀之事。昭王大惊，急召子西、子期等商议，再欲出军接应。随后吴句卑亦到，呈上沈尹戍之首，备述兵败之由："皆因令尹不用司马之计，以至如此。"昭王痛哭曰："孤不能早用司马，孤之罪也。"因大骂囊瓦："误国奸臣，偷生于世，犬豕不食其肉！"句卑曰："吴兵日逼，大王须早定保郢之计。"昭王一面召沈诸梁领回父首，厚给葬具，封诸梁为叶公⑥；一面议弃城西走。子西号哭谏曰："社稷陵寝，尽在郢都，王若弃去，不可复入矣。"昭王曰："所恃江汉为险，今已失其险。吴师旦夕将至，安能束手受擒乎？"子期奏曰："城中壮丁，尚有数万，王可悉出宫中粟帛，激励将士，固守城堞。遣使四出，往汉东诸国，令合兵入援。吴人深入我境，粮饷不继，岂能久哉？"昭王曰："吴因粮于我，何患乏食？晋人一呼，顿、胡皆往，吴兵东下，唐、蔡为导，楚之宇下，尽已离心，不可恃也。"子西又曰："臣等悉师拒敌，战而不胜，走犹未晚。"昭王曰："国家存亡，皆在二兄，当行则行，寡人不能与谋矣。"言罢，含泪入宫。

子西与子期计议，使大将斗巢引兵五千，助守麦城⑦，以防北路；大将宋木引兵五千，助守纪南城，以防西北路；子西自引精兵一万，营于鲁洑江⑧，以扼东渡之路；惟西路川江，南路湘江，俱是楚地，地方险远，非吴人楚之道，不必置备。子期督令王孙繇于、王孙圉、钟建、申包胥等，在内巡城，十分严紧。

再说吴王阖闾聚集诸将，问入郢之期。伍员进曰："楚虽屡败，然郢都全盛，且三城联络，未易拔也。西去鲁洑江，乃入楚之径路，必有重兵把守。必须从北打大宽转，分军为三：一军攻麦城，一军攻纪南城，大王率大军直捣郢都，彼疾雷不及掩耳，顾此失彼，二城若破，郢不守矣。"孙武曰："子胥之计甚善！"乃使伍员同公子山引兵一万，蔡侯以本国之师助之，去攻麦城；孙武同夫概引兵一万，唐侯以本国之师助之，去攻纪南城；阖闾同伯嚭等，引大军攻郢城。

且说伍员东行数日，谍者报："此去麦城，止一舍之远，有大将鬭巢引兵守把。"员命屯住军马；换了微服，小卒二人跟随，步出营外，相度地形。来至一村，见村人方牵驴磨麦，其人以捶击驴，驴走磨转，麦屑纷纷而下。员忽悟曰："吾知所以破麦城矣！"当下回营，暗传号令："每军

士一名，要布袋一个，内皆盛土；又要草一束，明日五鼓交割，如无者斩！"至次日五鼓，又传一令："每车要带乱石若干。如无者斩！"比及天明，分军为二队：蔡侯率一队往麦城之东，公子乾率一队往麦城之西。吩咐各将所带石土草束，筑成小城，以当营垒。员身自规度，督率军士用力，须臾而就。东城狭长，以象驴形，名曰："驴城"；西城正圆，以象磨形，名曰："磨城"。蔡侯不解其意。员笑曰："东驴西磨，何患'麦'之不下耶？"

　　鬬巢在麦城闻知吴兵东西筑城，急忙引兵来争，谁知二城已立，屹如坚垒。鬬巢先至东城，城上旌旗布满，铎声不绝。鬬巢大怒，便欲攻城。

只见辕门开处，一员少年将军引兵出战。鬭巢问其姓名，答曰："吾乃蔡侯少子姬乾也。"鬭巢曰："孺子非吾敌手，伍子胥安在？"姬乾曰："已取汝麦城去矣！"鬭巢愈怒，挺着长戟，直取姬乾。姬乾奋戈相迎，两下交锋，约二十余合。忽有哨马飞报："今有吴兵攻打麦城，望将军速回！"鬭巢恐巢穴有失，急鸣金收军，军伍已乱。姬乾乘势掩杀一阵，不敢穷追而返。

鬭巢回至麦城，正遇伍员指挥军马围城。鬭巢横戈拱手曰："子胥别来无恙？足下先世之冤，皆由无极，今谗人已诛，足下无冤可报矣。宗国三世之恩，足下岂忘之乎？"员对曰："吾先人有大功于楚，楚王不念，冤杀父兄，又欲绝吾之命，幸蒙天祐，得脱于难。怀之十九年，乃有今日。子如相谅，速速远避，勿撄吾锋，可以相全。"鬭巢大骂："背主之贼，避汝不算好汉！"便挺戟来战伍员，员亦持戟相迎。略战数合，伍员曰："汝已疲劳，放汝入城，明日再战。"鬭巢曰："来日决个死敌！"两下各自收军。城上看见自家人马，开门接应入城去了。至夜半，忽然城上发起喊来，报道："吴兵已入城矣！"原来伍员军中多有楚国降卒，故意放鬭巢入城，却教降卒数人，一样妆束，杂在楚兵队里混入，伏于僻处，夜半，于城上放下长索，吊上吴军。比及知觉，城上吴军已有百余，齐声呐喊，城外大军应之，守城军士乱窜，鬭巢禁约不住，只得乘轺车出走。伍员也不追赶，得了麦城，遣人至吴王处报捷。潜渊有诗云：

> 西磨东驴下麦城，偶然触目得功成。
>
> 子胥智勇真无敌，立见荆蛮右臂倾！

话说孙武引兵过虎牙山⑨，转入当阳阪，望见漳江⑩在北，水势滔滔，纪南地势低下，西有赤湖，湖水通纪南及郢都城下。武看在肚里，心生一计，命军士屯于高阜之处，各备畚锸，俾一夜之间，要掘开深壕一道，引漳江之水，通于赤湖，却筑起长堤，坝住江水。那水进无所泄，平地高起二三丈，又遇冬月，西风大发，即时灌入纪南城中。守将宋木，只道江涨，驱城中百姓奔郢都避水。那水势浩大，连郢都城下，一望如江湖了。

孙武使人于山上砍竹造筏，吴军乘筏薄城。城中方知此水乃吴人决漳江所致，众心惶惧，各自逃生。楚王知郢都难守，急使箴尹固具舟西门，取其爱妹季芈，一同登舟。子期在城上，正欲督率军士捍水，闻楚王已行，只得同百官出城保驾，单单走出一身，不复顾其家室矣。郢都无主，不攻自破。史官有诗云：

虎踞方城阻汉川，吴兵迅扫若飞烟。

忠良弃尽谗贪售，不怕隆城高入天。

孙武遂奉阖闾入郢都城，即使人掘开水坝，放水归江，合兵以守四郊。伍员亦自麦城来见。阖闾升楚王之殿，百官拜贺已毕，然后唐、蔡二君，亦入朝致词称庆。阖闾大喜，置酒高会。是晚，阖闾宿于楚王之宫，左右得楚王夫人以进。阖闾欲使侍寝，意犹未决。伍员曰："国尚有之，况其妻乎？"王乃留宿，淫其妾媵殆遍。左右或言："楚王之母伯嬴，乃太子建之妻，平王以其美而夺之，今其齿尚少，色未衰也。"阖闾心动，使人召之，伯嬴不出。阖闾怒，命左右："牵来见寡人。"伯嬴闭户，以剑击户而言曰："妾闻诸侯者，一国之教也。礼，男女居不同席，食不共器，所以示别。今君王弃其表仪，以淫乱闻于国人，未亡人宁伏剑而死，不敢承命。"阖闾大惭，乃谢曰："寡人敬慕夫人，愿识颜色，敢及乱乎？夫人休矣。"使其旧侍为之守户，诚从人不得妄入。

伍员求楚昭王不得，乃使孙武、伯嚭等，亦分据诸大夫之室，淫其妻妾以辱之。唐侯、蔡侯同公子山往搜囊瓦之家，裘佩尚依然在笥，肃霜马亦在厩中，二君各取其物，俱转献于吴王。其他宝货金帛，充牣室中，恣左右运取，狼藉道路。囊瓦一生贪贿，何曾受用？公子山欲取囊瓦夫人，夫概至，逐山而自取之。是时君臣宣淫，男女无别，郢都城中，几于兽群而禽聚矣。髯翁有诗云：

行淫不避楚君臣，但快私心渎大伦。

只有伯嬴持晚节，清风一线未亡人。

伍员言于吴王，欲将楚宗庙尽行拆毁。孙武进曰："兵以义动，方为有名。平王废太子建而立秦女之子，任用谗贪，内戮忠良，而外行暴于诸侯，是以吴得至此。今楚都已破，宜召太子建之子芈胜，立之为君，使主宗庙，以更昭王之位。楚人怜故太子无辜，必然相安，而胜怀吴德，世世贡献不绝。王虽赦楚，犹得楚也。如此，则名实俱全矣！"阖闾贪于灭楚，遂不听孙武之言，乃焚毁其宗庙。唐、蔡二君，各辞归本国去讫。

阖闾复置酒章华之台，大宴群臣，乐工奏乐，群臣皆喜，惟伍员痛哭不已。阖闾曰："卿报楚之志已酬矣，又何悲乎？"员含泪而对曰："平王已死，楚王复逃，臣父兄之仇，尚未报万分之一也。"阖闾曰："卿欲何如？"员对曰："乞大王许臣掘平王之冢墓，开棺斩首，方可泄臣之恨。"阖闾曰："卿为德于寡人多矣，寡人何爱于枯骨，不以慰卿之私耶？"遂许之。

　　伍员访知平王之墓在东门外地方室丙庄寥台湖，乃引本部兵往。但见平原衰草，湖水茫茫，并不知墓之所在。使人四下搜觅，亦无踪影。伍员乃捶胸向天而号曰："天平，天平! 不令我报父兄之怨乎?"忽有老父至前，揖而问曰："将军欲得平王之冢何故?"员曰："平王弃子夺媳，杀忠任佞，灭吾宗族，吾生不能加兵其颈，死亦当戮其尸，以报父兄于地下。"老父曰："平王自知多怨，恐人发掘其墓，故葬于湖中。将军必欲得棺，须涸湖水而求之，乃可见也。"因登寥台，指示其处。员使善没之士，入水求之，于台东果得石椁。乃令军士各负沙一囊，堆积墓旁，壅住流水，然后凿开石椁，得一棺甚重，发之，内惟衣冠及精铁数百斤而已。老叟曰："此疑棺也，真棺尚在其下。"更去石板下层，果然有一棺。员令毁棺，拽出其尸，验之，果楚平王之身也。用水银殓过，肤肉不变。员一见其尸，怨气冲天，手持九节铜鞭，鞭之三百，肉烂骨折。于是左足践其腹，右手抉其目，数之曰："汝生时枉有目，殊不辨忠佞，听信谗言，杀吾父兄，岂不冤哉！"遂断平王之头，毁其衣衾棺木，同骸骨弃于原野。髯翁有赞云：

怨不可汉，冤不可极。极冤无君长，积怨无存殁。匹夫逃死，僇⑪及朽骨。泪血洒鞭，怨气昏日。孝意夺忠，家仇及国。烈哉子胥，千古犹为之饮泣！

伍员既挞平王之尸，问老叟曰："子何以知平王葬处及其棺木之诈？"老叟曰："吾非他人，乃石工也。昔平王令吾石工五十余人，砌造疑冢，恐吾等泄漏其机，冢成之后，将诸工尽杀冢内，独老汉私逃得免。今日感将军孝心诚切，特来指明，亦为五十余冤鬼，稍偿其恨耳。"员乃取金帛厚酬老叟而去。

再说楚昭王乘舟西涉沮水⑫，又转而南渡大江⑬，入于云中⑭。有草寇数百人，夜劫昭王之舟，以戈击昭王。时王孙繇于在旁，以背蔽王，大喝曰："此楚王也，汝欲何为？"言未毕，戈中其肩，流血及踵，昏倒于地。寇曰："吾辈但知有财帛，不知有王！且令尹大臣，尚且贪贿，况小民乎？"乃大搜舟中金帛宝货之类。箴尹固急扶昭王登岸避之。昭王呼曰："谁为我护持爱妹，勿令有伤！"下大夫钟建背负季芈，以从王于岸。回顾群盗放火焚舟，乃夜走数里。至明旦，子期同宋木、斗辛、斗巢陆续踪迹而至。斗辛曰："臣家在郧⑮，去此不及四十里，吾王且勉强到彼，再作区处。"少顷，王孙繇于亦至，昭王惊问曰："子负重伤，何以得免？"繇于曰："臣负痛不能起，火及臣身，忽若有人推臣上岸，昏迷中闻其语曰：'吾乃楚之故令尹孙叔敖也。传语吾王，吴师不久自退，社稷绵远。'因以药敷臣之肩，醒来时血止痛定，故能及此。"昭王曰："孙叔产于云中，其灵不泯。"相与嗟叹不已。

斗巢出干精同食，箴尹固解匏瓢汲水以进。昭王使斗辛觅舟于成臼之津⑯，辛望见一舟东来，载有妻小，察之，乃大夫蓝尹亹也。辛呼曰："王在此，可以载之。"蓝尹亹曰："亡国之君，吾何载焉！"竟去不顾。鬬辛伺候良久，复得渔舟，解衣以授之，才肯舣舟拢岸。王遂与季芈同渡，得达郧邑。鬬辛之仲弟鬬怀，闻王至出迎。辛令治馔。鬬怀进食，屡以目视昭王。鬬辛疑之，乃与季弟巢亲侍王寝。至夜半，闻淬刀声，鬬辛

开门出看，乃鬬怀也，手执霜刃，怒气勃勃。辛曰："弟淬刃⑰欲何为乎？"怀曰："欲弑王耳！"辛曰："汝何故生此逆心？"怀曰："昔吾父忠于平王，平王听费无极谗言而杀之。平王杀我父，我杀平王之子，以报其仇，有何不可。"辛怒骂曰："君犹天也，天降祸于人，人敢仇乎？"怀曰："王在国，则为君，今失国，则为仇，见仇不杀，非人也。"辛曰："古者，怨不及嗣。王又悔前人之失，录用我兄弟，今乘其危而弑之，天

理不容。汝若萌此意，吾先斩汝！"鬬怀挟刃出门而去，恨恨不已。昭王闻户外叱喝之声，披衣起窃听，备闻其故，遂不肯留郧。鬬辛、鬬巢与子期商议，遂奉王北奔随国。

却说子西在鲁洑江把守，闻郢都已破，昭王出奔，恐国人遗散，乃服王服，乘王舆，自称楚王，立国于脾泄[18]，以安人心。百姓避吴乱者，依之以居。已而闻王在随，晓谕百姓，使知王之所在，然后至随，与王相从。伍员终以不得楚昭王为恨，言于阖闾曰："楚王未得，楚未可灭也。臣愿率一军西渡，踪迹昏君，执之以归。"阖闾许之。伍员一路追寻，闻楚王在随，竟往随国，致书随君，要索取楚王。

毕竟楚王如何得免，且看下回分解。

【注释】

①小别山：据清代汪之昌考，今湖北天门县东南有大别山，其西有二小山，小别山当在其中。

②斗筲（shāo 梢）：均为量器。斗容十升，筲为竹器，容一斗二升。二者都是容量很小的量器，用以比喻人之才识短浅，器量狭小。

③柏举：地址不详。旧说在今湖北麻城市，麻城在湖北东北部，与汉水相距甚远，恐非是。

④清发：水名，即清水，古称清发水，在今湖北安陆市西。

⑤雍滋（shì 势）：楚地名，天门河之支流旁地，在今湖北京山县西南。

⑥叶公：叶为古邑名，地在今河南叶县。

⑦麦城：古城名。相传为楚昭王所筑，故址在今湖北当阳东南沮、漳两水间。

⑧鲁洑江：古水名。在今湖北监利县北。

⑨虎牙山：古山名。在今湖北荆门市西南。下句当阳阪应在湖北当阳

县东北。

⑩漳江：古水名。源出湖北南漳县西南之蓬莱洞，东南流经钟祥、当阳，合沮水为沮漳河，复经江陵县（即楚之郢都）入长江。

⑪僇（lù 陆）：通"戮"，残害。

⑫沮（jū 拘）水：源于湖北保康县西南，东南流至当阳汇合为沮漳河。此指沮漳河。

⑬大江：此处疑指汉水，亦称汉江。

⑭云中：指长江中游平原一带古之云梦泽。或曰江南称梦，江北称

⑮郧（yún 云）：古代地名，在今湖北安陆市。

⑯成白：楚国境内古河名，即白水，亦名白成河。源出湖北京山县，西南流入沔水。今已改道。成白之津，即成白河渡口。疑在湖北钟祥市南汉水旁之旧口。

⑰淬（cuì 萃）刃：本指将刀烧红，即浸水中，使之坚硬。此处借指磨刀。

⑱脾泄：古地名。在今湖北江陵县附近。

第七十七回　泣秦庭申包胥借兵
退吴师楚昭王返国

话说伍员屯兵于随国之南鄙，使人致书于随侯，书中大约言："周之子孙在汉川者，被楚吞噬殆尽。今天祐吴国，问罪于楚君。若出楚珍①，与吴为好，汉阳之田，尽归于君，寡君与君世为兄弟，同事周室。"随侯看毕，集群臣计议。楚臣子期面貌与昭王相似，言于随侯曰："事急矣！我伪为王而以我出献，王乃可免也。"随侯使太史卜其吉凶，太史献繇曰：

平必陂，往必复②。故勿弃，新勿欲。西邻为虎，东邻为肉③。

随侯曰："楚故而吴新，鬼神示我矣。"乃使人辞伍员曰："敝邑依楚为国，世有盟誓。楚君若下辱，不敢不纳。然今已他徙矣，惟将军察之！"

伍员以囊瓦在郑，疑昭王亦奔郑，且郑人杀太子建，仇亦未报，遂移兵伐郑，围其郊。时郑贤臣游吉新卒，郑定公大惧，归咎囊瓦，瓦自杀。郑伯献瓦尸于吴军，说明楚王实未至郑。吴师犹不肯退，必欲灭郑，以报太子之仇。诸大夫请背城一战，以决存亡。郑伯曰："郑之士马孰若楚？楚且破，况于郑乎？"乃出令于国中曰："有能退吴军者，寡人愿与分国而治。"悬令三日。时鄂渚渔丈人之子，因避兵亦逃在郑城之中，闻吴国用伍员为主将，乃求见郑君，自言："能退吴军。"郑定公曰："卿退吴兵，用车徒几何？"对曰："臣不用一寸之兵，一斗之粮，只要与臣一桡④，行歌道中，吴兵便退。"郑伯不信，然一时无策，只得使左右以一桡授之："果能退吴，不吝上赏。"渔丈人之子，缒城而下，直入吴军，于营前叩桡而歌曰：

芦中人！芦中人！腰间宝剑七里文，不记渡江时，麦饭鲍鱼羹？

军士拘之，来见伍员。其人歌"芦中人"如故。员下席惊问曰："足下是何人？"举桡而对曰："将军不见吾手中所操乎？吾乃鄂渚渔丈人之子也。"员恻然曰："汝父因吾而死，正思报恩，恨无其路。今日幸得相遇，汝歌而见我，意何所须？"对曰："别无所须也。郑国惧将军兵威，令于国中：'有能退吴军者，与之分国而治。'臣念先人与将军有仓卒之遇，今欲从将军乞赦郑国。"员乃仰天叹曰："嗟乎！员得有今日，皆渔丈人所赐，上天苍苍，岂敢忘也！"即日下令解围而去。渔丈人之子回报郑伯。郑伯大喜，乃以百里之地封之，国人称之曰"渔大夫"。至今溱、洧之间⑤，有丈人村，即所封地也。髯翁有诗云：

密语芦洲隔死生，桡歌强似楚歌声。

三军既散分茅土⑥，不负当时江上情。

伍员既解郑国之围，还军楚境，各路分截守把，大军营于麇地⑦，遣人四出招降楚属，兼访求昭王甚急。

却说申包胥自郢都破后，逃避在夷陵⑧石鼻山中，闻子胥掘墓鞭尸，复求楚王，乃遣人致书于子胥，其略曰：

子故平王之臣，北面事之，今乃僇辱其尸，虽云报仇，不已甚乎？物极必反，子宜速归。不然，胥当践"复楚"之约。

伍员得书，沉吟半晌，乃谓来使曰："某因军务倥偬⑨，不能答书，借汝之口，为我致谢申君：忠孝不能两全，吾日暮途远，故倒行而逆施耳⑩！"使者回报包胥，包胥曰："子胥之灭楚必矣。吾不可坐而待之。"想起楚平王夫人乃秦哀公之女⑪，楚昭王乃秦之甥，要解楚难，除非求秦。乃昼夜西驰，足踵俱开，步步流血，裂裳而裹之。奔至雍州，来见秦哀公曰："吴贪如封豕⑫，毒如长蛇，久欲荐食⑬诸侯，兵自楚始。寡君失守社稷，逃于草莽之间，特命下臣，告急于上国，乞君念甥舅之情，代为兴兵解厄。"秦哀公曰："秦僻在西陲，兵微将寡，自保不暇，安能为人？"包胥曰："楚、秦连界，楚遭兵而秦不救，吴若灭楚，次将及秦，君之存楚，亦以固秦也。若秦遂有楚国，不犹愈于吴乎？倘能抚而存之，不绝其祀，情愿世世北面事秦。"秦哀公意犹未决，曰："大夫姑就馆驿安下，容孤与群臣商议。"包胥对曰："寡君越⑭在草莽，未得安居，下臣何敢就馆自便乎？"时秦哀公沉湎于酒，不恤国事。包胥请命愈急，哀公终不肯发兵。于是，包胥不脱衣冠，立于秦庭之中，昼夜号哭，不绝其声。如此七日七夜，水浆一勺不入其口。哀公闻之，大惊曰："楚臣之急其君，一至是乎？楚有贤臣如此，吴犹欲灭之；寡人无此贤臣，吴岂能相容哉？"为之流涕，赋《无衣》⑮之诗以旌之。诗曰：

岂曰无衣？与子同袍。王于兴师，与子同仇。

包胥顿首称谢，然后始进壶飧。

秦哀公命大将子蒲、子虎帅车五百乘，从包胥救楚。包胥曰："吾君在随望救，不啻如大旱之望雨。胥当先往一程，报知寡君。元帅从商、谷^⑯而东，五日可至襄阳，折而南，即荆门。而胥以楚之余众，自石梁山^⑰南来，计不出二月，亦可相会。吴恃其胜，必不为备，军士在外，日久思归，若破其一军，自然瓦解。"子蒲曰："吾未知路径，必须楚兵为导，大夫不可失期。"

包胥辞了秦帅，星夜至随，来见昭王，言："臣请得秦兵，已出境矣。"昭王大喜，谓随侯曰："卜人所言：'西邻为虎，东邻为肉。'秦在楚之西，而吴在其东，斯言果验矣。"时蒍延、宋木等，亦收拾余兵，从王于随。子西，子期并起随众，一齐进发。秦师屯于襄阳，以待楚师。包胥引子西、子期等与秦帅相见。楚兵先行，秦兵在后，遇夫概之师于沂水[18]。子蒲谓包胥曰："子率楚师先与吴战，吾当自后会之。"包胥便与夫概交锋。夫概恃勇，看包胥有如无物，约斗十余合，未分胜败。子蒲、子虎驱兵大进，夫概望见旗号有秦字，大惊曰："西兵何得至此？"急急收兵，已折大半。子西、子期等乘胜追逐五十里方止。

夫概奔回郢都，来见吴王，盛称秦兵势锐，不可抵当，阖闾有惧色。孙武进曰："兵，凶器，可暂用而不可久也。且楚土地尚广，人心未肯服吴，臣前请王立芈胜以抚楚，正虞今日之变耳。为今之计，不如遣使与秦通好，许复楚君；割楚之西鄙[19]，以益吴疆，君亦不为无利也。若久恋楚宫，与之相持，楚人愤而力，吴人骄而惰，加以虎狼之秦，臣未保其万全。"伍员知楚王必不可得，亦以武言为然。阖闾将从之，伯嚭进曰："吾兵自离东吴，一路破竹而下，五战拔郢，遂夷楚社。今一遇秦兵，即便班师，何前勇而后怯耶？愿给臣兵一万，必使秦兵片甲不回。如若不胜，甘当军令！"阖闾壮其言，许之。孙武与伍员力止不可交兵，伯嚭不从。引兵出城，两军相遇于军祥[20]，排成阵势。伯嚭望见楚军行列不整，便教鸣鼓，驰车突入，正遇子西，大骂："汝万死之余，尚望寒灰再热耶？"子西亦骂："背国叛夫，今日何颜相见？"伯嚭大怒，挺戟直取子西，子西亦挥戈相迎。战不数合，子西诈败而走。伯嚭追之，未及二里，左边沈诸梁一军杀来，右边蒍延一军杀来，秦将子蒲、子虎引生力军，从中直贯吴阵。三路兵将吴兵截为三处，伯嚭左冲右突，不能得脱。却得伍员兵到，大杀一阵，救出伯嚭。一万军马，所存不上二千人。

伯嚭自囚，入见吴王待罪。孙武谓伍员曰："伯嚭为人，矜功自任，久后必为吴国之患，不如乘此兵败，以军令斩之。"伍员曰："彼虽有丧师之罪，然前功不小，况敌在目前，不可斩一大将。"遂奏吴王赦其罪。秦兵直逼郢都，阖闾命夫概同公子山守城，自引大军屯于纪南城，伍员、伯嚭分屯磨城，驴城，以为犄角之势，与秦兵相持。又遣使征兵于唐、蔡。楚将子西谓子蒲曰："吴以郢为巢穴，故坚壁相持，若唐、蔡更助之，不可敌矣！不若乘间加兵于唐，唐破，则蔡人必惧而自守，吾乃得专力于吴。"子蒲然其计。于是子蒲同子期分兵一支，袭破唐城，杀唐成公，灭其国。蔡哀公惧，不敢出兵助吴。

却说夫概自恃有破楚之首功，因沂水一败，吴王遂使协守郢都，心中郁郁不乐。及闻吴王与秦相持不决，忽然心动，想道："吴国之制，兄终弟及，我应嗣位。今王立子波为太子，我不得立矣！乘此大兵出征，国内空虚，私自归国，称王夺位，岂不胜于久后相争乎？"乃引本部军马，偷出郢都东门，渡汉而归，诈称："阖闾兵败于秦，不知所往，我当次立。"遂自称吴王，使其子扶臧悉众据准水，以遏吴王之归路。吴世子波，与专毅闻变，登城守御，不纳夫概。夫概乃遣使由三江㉑通越，说其进兵，夹攻吴国，事成割五城为谢。

再说阖闾闻秦兵灭唐，大惊，方欲召诸将计议战守之事，忽公子山报到，言："夫概不知何故，引本部兵私回吴国去了。"伍员曰："夫概此行，其反必矣。"阖闾曰："将若之何?"伍员曰："夫概一勇之夫，不足为虑。所虑者，越人或闻变而动耳。王宜速归，先靖内乱。"阖闾于是留孙武、子胥退守郢都，自与伯嚭以舟师顺流而下。既渡汉水，得太子波告急信，言："夫概造反称王，又结连越兵入寇，吴都危在旦夕。"阖闾大惊曰："不出子胥所料也。"遂遣使往郢都，取回孙武、伍员之兵。一面星夜驰归，沿江传谕将士："去夫概来归者，复其本位；后到者诛。"淮上之兵，皆倒戈来归。扶臧奔回谷阳㉒。夫概欲驱民授甲，百姓闻吴王尚在，俱走匿。夫概乃独率本部出战。阖闾问曰："我以手足相托，何故反叛?"夫概对曰："汝弑王僚，非反叛耶?"阖闾怒，教伯嚭："为我擒贼!"战不数合，阖闾麾大军直进。夫概虽勇，争奈众寡不敌，大败而走。扶臧具舟于江，以渡夫概，逃奔宋国去了。阖闾抚定居民，回至吴都，太子波迎接入城，打点拒越之策。

却说孙武得吴王班师之诏，正与伍员商议，忽报："楚军中有人送书到。"伍员命取书看之，乃申包胥所遣也。书略云：

子君臣据郢三时，而不能定楚，天意不欲亡楚，亦可知矣。子能践"覆楚"之言，吾亦欲酬"复楚"之志。朋友之义，相成而不相伤。子不竭吴之威，吾亦不尽秦之力。

伍员以书示孙武曰："夫吴以数万之众，长驱入楚，焚其宗庙，堕其社稷，鞭死者之尸，处生者之室，自古人臣报仇，未有如此之快者。且秦兵虽败我余军，于我未有大损也。兵法：'见可而进，知难则退。'幸楚未知吾急，可以退矣。"孙武曰："空退为楚所笑，子何不以芈胜为请?"伍员曰："善。"乃复书曰：

平王逐无罪之子，杀无罪之臣，某实不胜其愤，以至于此。昔齐桓公存邢立卫，秦穆公三置晋君，不贪其土，传诵至今。某虽不才，窃闻兹义。今太子建之子胜，糊口于吴，未有寸土。楚若能归胜，使奉故太子之祀，某敢不退避，以成吾子之志。

　　申包胥得书，言于子西。子西曰："封故太子之后，正吾意也。"即遣使迎芈胜于吴。沈诸梁谏曰："太子已废，胜为仇人，奈何养仇以害国乎？"子西曰："胜匹夫耳，何伤？"竟以楚王之命召之，许封大邑。楚使既发，孙武与伍员遂班师而还。凡楚之府库宝玉，满载以归，又迁楚境户口万家，以实吴空虚之地。

伍员使孙武从水路先行，自己从陆路打从历阳山经过，欲求东皋公报之，其庐舍俱不存矣。再遣使于龙洞山问皇甫讷，亦无踪迹。伍员叹曰："真高士也！"就其地再拜而去。至昭关，已无楚兵把守，员命毁其关。复过溧阳濑水之上，乃叹曰："吾尝饥困于此，向一女子乞食，女子以盎浆及饭饲我，遂投水而亡。吾曾留题石上，未知在否？"使左右发土，其石字宛然不磨。欲以千金报之，未知其家，乃命投金于濑水中曰："女子如有知，明吾不相负也！"行不一里，路旁一老妪，视兵过而哭泣。军士欲执之，问曰："妪何哭之悲也？"妪曰："吾有女守居三十年不嫁，往年浣纱于濑，遇一穷途君子，而辄饭之，恐事泄，自投濑水。闻所饭者，乃楚亡臣伍君也。今伍君兵胜而归，不得其报，自伤虚死，是以悲耳。"军士乃谓妪曰："吾主将正伍君也。欲报汝千金，不知其家，已投金于水中，盍往取之？"妪遂取金而归。至今名其水为投金濑。髯仙有诗云：

投金濑下水溅溅，犹忆亡臣报德时。

三十年来无匹偶，芳名已共子胥垂。

越子允常闻孙武等兵回吴国，知武善于用兵，料难取胜，亦班师而回，曰："越与吴敌也。"遂自称为越王，不在话下。

阖闾论破楚之功，以孙武为首。孙武不愿居官，固请还山。王使伍员留之。武私谓员曰："子知天道乎？暑往则寒来，春还则秋至。王恃其强盛，四境无虞，骄乐必生。夫功成不退，将有后患。吾非徒自全，并欲全子。"员不谓然。武遂飘然而去。赠以金帛数车，俱沿路散于百姓之贫者。后不知其所终。史臣有赞云：

孙子之才，彰于伍员。法行二嫔，咸振三军。御众如一，料敌若神。大伸于楚，小挫于秦。智非偏拙，谋不尽行。不爱爵禄，知亡知存。身出道显，身去名成。书十三篇，兵有所尊。

阖闾乃拜伍员为相国，亦仿齐仲父、楚子文之意，呼为子胥而不名。伯嚭为太宰，同预国政。更名阊门曰破楚门。复垒石于南界，留门使兵守之，以拒越人，号曰石门关㉒。越大夫范蠡亦筑城于浙江之口，以拒吴，号曰固陵^㉔，言其可固守也。此周敬王十五年^㉕事。

　　话分两头。再说子西与子期重入郢城，一面收葬平王骸骨，将宗庙社稷，重新草创，一面遣申包胥以舟师迎昭王于随。昭王与随君定盟，誓无侵伐。随君亲送昭王登舟，方才回转。昭王行至大江之中，凭栏四望，想起来日之苦，今日重渡此江，中流自在，心中甚喜。忽见水面一物，如斗

之大，其色正红，使水手打捞得之，遍问群臣，皆莫能识。乃拔佩刀砍开，内有瓤似瓜，试尝之，甘美异常。乃遍赐左右曰："此无名之果，可识之，以俟博物之士也。"不一日，行至云中，昭王叹曰："此寡人遇盗之处，不可以不识。"乃泊舟江岸，使鬬辛督人夫筑一小城于云梦之间，以便行旅投宿。今云梦县有地名楚王城，即其故址。子西、子期等离郢都五十里，迎接昭王。君臣交相慰劳。既至郢城，见城外白骨如麻，城中宫

阙，半已残毁，不觉凄然泪下。遂入宫来见其母伯嬴，子母相向而泣。昭王曰："国家不幸，遭此大变，至于庙社凌夷，陵墓受辱，此恨何时可雪？"伯嬴曰："今日复位，宜先明赏罚，然后抚恤百姓，徐俟气力完足，以图恢复可也。"昭王再拜受教。是日不敢居寝，宿于斋宫。

次日，祭告宗庙社稷，省视坟墓，然后升殿，百官称贺。昭王曰："寡人任用匪人，几至亡国，若非卿等，焉能重见天日。失国者，寡人之罪；复国者，卿等之功也。"诸大夫皆稽首谢不敢。昭王先宴劳秦将，厚犒其师，遣之归国。然后论功行赏，拜子西为令尹，子期为左尹。以申包胥乞师功大，欲拜为右尹。申包胥曰："臣之乞师于秦，为君也，非为身也。君既返国，臣志遂矣，敢因以为利乎？"固辞不受。昭王强之，包胥乃挈其妻子而逃。妻曰："子劳形疲神，以乞秦师，而定楚国，赏其分也，又何逃乎？"包胥曰："吾始为朋友之义，不泄子胥之谋，使子胥破楚，吾之罪也。以罪而冒功，吾实耻之！"遂逃入深山，终身不出。昭王使人求之不得，乃旌表其闾曰"忠臣之门"。以王孙繇于为右尹，曰："云中代寡人受戈，不敢忘也。"其他沈诸梁、钟建、宋木、𫚉辛、𫚉巢、薳延等，俱进爵加邑。亦召𫚉怀欲赏。子西曰："𫚉怀欲行弑逆之事，罪之为当，况可赏乎？"昭王曰："彼欲为父报仇，乃孝子也。能为孝子，何难为忠臣？"亦使为大夫。

蓝尹亹求见昭王，王思成臼不肯同载之恨，将执而诛之，使人谓曰："尔弃寡人于道路，今敢复来，何也？"蓝尹亹对曰："囊瓦惟弃德树怨，是以败于柏举。王奈何效之？夫成臼之舟，孰若郢都之宫之安？臣之弃王于成臼，以儆王也！今日之来，欲观大王之悔悟与否，王不省失国之非，而记臣不载之罪，臣死不足惜，所惜者楚宗社耳。"子西奏曰："亹之言直，王宜赦之，以无忘前败。"昭王乃许亹入见，使复为大夫如故。群臣见昭王度量宽洪，莫不大悦。昭王夫人自以失身阖闾，羞见其夫，自缢而死。

时越方与吴构难，闻楚王复国，遣使来贺，因进其宗女于王，王立为继室。越姬甚有贤德，为王所敬礼。王念季芈相从患难，欲择良婿嫁之。季芈曰："女子之义，不近男人。钟建常负我矣，是即我夫也，敢他适乎？"昭王乃以季芈嫁钟建，使建为司乐大夫。又思故相孙叔敖之灵，使人立祠于云中祭之。子西以郢都残破，且吴人久居，熟其路径，复择都[26]

地筑城建宫，立宗庙社稷，迁都居之，名曰新郢。昭王置酒新宫，与群臣大会，饮酒方酣，乐师扈子恐昭王安今之乐，忘昔之苦，复蹈平王故辙，乃抱琴于王前奏曰："臣有《穷岨》[27]之曲，愿为大王鼓之。"昭王曰："寡人愿闻。"扈子援琴而鼓，声甚凄怨。其词曰：

王耶王耶何乖考？不顾宗庙听谗尊！任用无忌多所杀，诛夷忠孝大纲绝。二子东奔适吴越，吴王哀痛助怆怛㉓。垂涕举兵将西伐，子胥伯嚭孙武决。五战破郢王奔发，留乒纵骑虏荆阙。先王骸骨遭发掘，鞭辱腐尸耻难雪！几危宗庙社稷灭，君王逃死多跋涉。卿士凄怆民泣血，吴军虽去怖不歇。愿王更事托忠节，勿为谗口能谤褻！

昭王深知琴曲之情，垂涕不已。扈子收琴下阶，昭王遂罢宴。自此早朝晏罢，勤于国政，省刑薄敛，养士训武，修复关隘，严兵固守。

芈胜既归，楚昭王封为白公胜，筑城名白公城㉙，遂以白为氏，聚其本族而居。夫概闻楚王不念旧怨，自宋来奔。王知其勇，封之堂溪㉚，号为堂溪氏。子西以祸起唐、蔡，唐已灭而蔡尚存，乃请伐蔡报仇。昭王曰："国事粗定，寡人尚未敢劳民也。"按《春秋传》楚昭王十年㉛出奔，十一年返国，直至二十年，方才用兵灭顿㉜，掳顿子牂；二十一年灭胡，掳胡子豹，报其从晋侵楚之仇；二十二年围蔡，问其从吴入郢之罪，蔡昭侯请降，迁其国于江、汝㉝之间。中间休息民力近十年，所以师辄有功，楚国复兴，终符"湛卢"之祥，"萍实㉞"之瑞也。

要知后事，且看下回分解。

【注释】

①楚珍：即楚昭王芈轸，珍乃即位前原名，不称王名，以表蔑视。

②"平必陂（bēi 杯）"二句：语出《易·泰卦》："无平不陂，无往不复。"平原与山坡，去与回都是一组对立概念，但都可相互转化。言外之意，是指胜败亦可转化。

③"西邻"二句：西邻指秦，东邻指吴。暗示秦将败吴。

④桡（ráo 饶）：船桨。

⑤溱洧（zhēn wěi 真伟）：指郑国境内之溱水与洧水。溱水源出今河南密县东北。洧水源出今河南登封市东阳城山，东流至新郑市会溱水，复

入贾鲁河。溱、洧之间指今河南密县一带。

⑥茅土：古时帝王社稷之坛以五色土建成，分封诸侯或大夫时，多用茅包土，故后来称受封为分茅土。

⑦麇（mí 弥）地：楚地名，在今湖北郧阳区西，靠近陕西。据《左传》：此乃"麇（jūn 君）"之误，麇在今湖北京山县境，居随都与郢都之间。

⑧夷陵：春秋时楚邑名，在今湖北宜昌市东南。

⑨倥偬（kǒng zǒng 孔总）：繁忙，匆迫。

⑩"日暮途远"二句：日暮喻年已衰迈，途远指报仇之艰巨。倒行逆施言违反常理，不择手段。

⑪秦哀公之女：据第七十一回，楚平王夫人孟嬴，乃秦哀公之长妹。前后矛盾。

⑫封豕：大猪，比喻贪暴之人。《左传·昭公二十八年》："贪惏无餍，忿颣无期，谓之封豕。"

⑬荐食：荐，麋鹿所食的草。像兽吞食草那样称荐食。

⑭越：逃亡，失落。

⑮《无衣》：《诗经·秦风》篇名。据《诗序》，谓刺用兵。秦人以其君好攻战，累用兵，而不与民同欲，因作此诗。但近人多解释为军中歌谣，反映战士慷慨从军报国之志。用在此处，似有不符。

⑯商谷：古地区名，即今陕西东南之商县与湖北西北之谷城间一带。

⑰石梁山：应在今湖北西部，具体地址待考。

⑱沂水：据《左传》，应为地名，在今河南正阳县境内。与鲁国之沂水不同。

⑲西鄙：吴国在楚国之东，故此处应为东鄙。但诸本皆误。

⑳军祥：楚地名。在今湖北随州市西南。

㉑三江：古以三江为称者甚多，此处应指吴淞江、钱塘江、浦阳江。

㉒谷阳：古代地名，今无考。疑在谷水之北。古谷水乃吴淞江分支，自苏州东南流浙江平湖入海。

㉓石门关：古地名，在今浙江崇德县。

㉔固陵：古地名，在今浙江萧山区西。

㉕周敬王十五年：即公元前 505 年。

㉖鄀（ruò 弱）：本古国名，允姓。地在今湖北宜城市东南，后灭于楚。春秋后期曾为楚都。

㉗《穷蚋（nǔ 女）》：诗篇名。其义为挫折、失败。

㉘忉怛（dāo dá 刀达）：悲伤，痛苦。

㉙白公城：在今河南息县东七十里。

㉚堂溪：古地名，在今河南遂平县西北。

㉛昭王十年：即周敬王十四年，公元前 506 年。

㉜顿：古国名，后南迁称南顿。其都在今河南项城市西之南顿故城。

㉝汝：古水名。流经郾城、西平、上蔡、遂平一带。蔡此时都州来（即今安徽凤台），被迫西迁到汝水以南。

㉞萍实：萍蓬草的果实。即楚昭王渡江时所得无名之果。后为孔子所辨识，见下回。

第七十八回　会夹谷孔子却齐
堕三都闻人伏法

　　话说齐景公见晋不能伐楚，人心星散，代兴之谋愈急，乃纠合卫、郑，自称盟主。鲁昭公前为季孙意如所逐①，景公谋纳之，意如固拒不从，昭公改而求晋。晋荀跞得意如贿赂，亦不果纳。昭公客死。意如遂废太子衍及其母弟务人，而援立庶子宋为君，是为定公②。因季氏与荀跞通贿，遂事晋而不事齐。齐侯大怒，用世臣国夏为将，屡侵鲁境，鲁不能报。未几，季孙意如卒，子斯立，是为季康子。说起季、孟、叔三家，自昭公在国之日，已三分鲁国，各用家臣为政，鲁君不复有公臣。于是家臣又窃三大夫之权，展转恣肆，凌铄其主。今日季孙斯、孟孙何忌、叔孙州仇，虽然三家鼎立，邑宰各据其城，以为己物，三家号令不行，无可奈何。季氏之宗邑曰费③，其宰公山不狃；孟氏之宗邑曰成④，其宰公敛阳；叔氏之宗邑曰郈⑤，其宰公若藐。这三处城垣，皆三家自家增筑，极其坚厚，与曲阜都城一般。那三个邑宰中，惟公山不狃尤为强横。更有家臣一人，姓阳名虎，字货，生得鸢肩巨额，身长九尺有余，勇力过人，智谋百出，季斯起初任为腹心，使为家宰，后渐专季氏之家政，擅作成福。季氏反为所制，无可奈何。季氏内为陪臣所制，外受齐国侵凌，束手无策。时又有少正卯者，为人博闻强记，巧辩能言，通国号为"闻人"，三家倚之为重。卯面是背非，阴阳其说，见三家则称颂其佐君匡国之功，见阳虎等又托为强公室抑私家之说，使之挟鲁侯以令三家，挑得上下如水火，而人皆悦其辨给，莫悟其奸。

内中单说孟孙何忌，乃是仲孙貜之子，仲孙蔑之孙。貜在位之日，慕鲁国孔仲尼之名，使其子从之学礼。那孔仲尼名丘，其父叔梁纥尝为邹邑

大夫，即偪阳手托悬门之勇士也。纥娶于鲁之施氏，多女而无子。其妾生一子曰孟皮，病足成废人。乃求婚于颜氏。颜氏有五女，俱未聘，疑纥年老，谓诸女曰："谁愿适邹大夫者？"诸女莫对。最幼女曰徵在，出应曰："女子之义，在家从父，惟父所命，何问焉？"颜氏奇其语，即以徵在许婚。既归纥，夫妇忧无子，共祷于尼山⑥之谷。徵在升山时，草木之叶皆上起，及祷毕而下，草木之叶皆下垂。是夜，徵在梦黑帝⑦见召，嘱曰："汝有圣子，若产，必于'空桑'之中。"觉而有孕。一日，恍惚若梦，

见五老人列于庭，自称"五星之精"，挟一兽，似小牛而独角，文如龙鳞，向徵在而伏，口吐玉尺，上有文曰："水精之子，继衰周而素王⑧。"徵在心知其异，以绣绂⑨系其角而去。告于叔梁纥，纥曰："此兽必麒麟也。"及产期，徵在问："地有名空桑者乎？"叔梁纥曰："南山有空窦，窦有石门而无水，俗名亦呼空桑。"徵在曰："吾将往产于此。"纥问其故，徵在乃述前梦。遂携卧具于空窦中。其夜，有二苍龙自天而下，守于山之左右，又有二神女擎香露于空中，以沐徵在，良久乃去。徵在遂产孔子。石门中忽有清泉流出，自然温暖，浴毕，泉即涸。今曲阜县南二十八里，俗呼女陵山，即空桑也。

孔子生有异相，牛唇虎掌，鸳肩龟脊，海口辅喉⑩，顶门状如反字⑪。父纥曰："此儿秉尼山之灵。"因名曰丘，字仲尼。仲尼生未几而纥卒，育于徵在。既长，身长九尺六寸，人呼为"长人"。有圣德，好学不倦。周游列国，弟子满天下，国君无不敬慕其名，而为权贵当事所忌，竟无能用之者。是时适在鲁国，何忌言于季斯曰："欲定内外之变，非用孔子不可。"季斯召孔子，与语竟日，如在江海中，莫窥其际。季斯起更衣⑫，忽有费邑人至，报曰："穿井者得土缶⑬，内有羊一只，不知何物。"斯欲试孔子之学，嘱使勿言，既入座，谓孔子曰："或穿井于土中得狗，此何物也？"孔子曰："以某言之，此必羊也，非狗也。"斯惊问其故。孔子曰："某闻山之怪曰夔⑭、魍魉，水之怪曰龙、罔象⑮，土之怪曰羵羊⑯。今得之穿井，是在土中，其为羊必矣。"斯曰："何以谓之羵羊？"孔子曰："非雌非雄，徒有其形。"斯乃召费人问之，果不成雌雄者。于是大惊曰："仲尼之学，果不可及！"乃用为中都⑰宰。

此事传闻至楚，楚昭王使人致币于孔子，询以渡江所得之物。孔子答使者曰："是名萍实，可剖而食也。"使者曰："夫子何以知之？"孔子曰："某曾问津于楚，闻小儿谣曰：'楚王渡江得萍实，大如斗，赤如日，剖而尝之甜如蜜。'是以知之。"使者曰："可常得乎？"孔子曰："萍者，浮泛不根之物，乃结而成实，虽千百年不易得也。此乃散而复聚，衰而复兴之兆，可为楚王贺矣。"使者归告昭王，昭王叹服不已。孔子在中都大治，四方皆遣人观其政教，以为法则。鲁定公知其贤，召为司空。

周敬王十九年[18]，阳虎欲乱鲁而专其政，知叔孙辄无宠于叔孙氏，而与费邑宰公山不狃相厚，乃与二人商议，欲以计先杀季孙，然后并除仲叔，以公山不狃代斯之位，以叔孙辄代州仇之位，己代孟孙何忌之位。虎慕孔子之贤，欲招致门下，以为己助，使人讽之来见，孔子不从。乃以蒸豚馈之，孔子曰："虎诱我往谢而见我也。"令弟子伺虎出外，投刺于门而归，虎竟不能屈。孔子密言于何忌曰："虎必为乱，乱必始于季氏，子预为之备，乃可免也。"何忌伪为筑室于南门之外，立栅聚材，选牧圉[19]

之壮勇者三百人为佣，名曰兴工，实以备乱。又语成宰公敛阳，使缮甲待命，倘有报至，星夜前来赴援。

是年秋八月，鲁将行禘祭[20]，虎请以禘之明日，享季孙于蒲圃[21]。何忌闻之曰："虎享季孙，事可疑矣。"乃使人驰告公敛阳，约定日中率甲由东门至南门，一路观变。至享期，阳虎亲至季氏之门，请季斯登车。阳虎在前为导，虎之从弟阳越在后，左右皆阳氏之党。惟御车者林楚，世为季氏门下之客。季斯心疑有变，私语林楚曰："汝能以吾车适孟氏乎？"林楚点头会意。行至大衢，林楚遽挽辔南向，以鞭策连击其马，马怒而驰。阳越望见，大呼："收辔！"林楚不应，复加鞭，马行益急。阳越怒，弯弓射楚，不中，亦鞭其马，心急鞭坠，越拾鞭，季氏之车已去远矣。季斯出南门，径入孟氏之室，闭其栅，号曰："孟孙救我！"何忌使三百壮士，挟弓矢伏于栅门以待。须臾，阳越至，率其徒攻栅。三百人从栅内发矢，中者辄倒，阳越身中数箭而死。

且说阳货行及东门，回顾不见了季孙，乃转辕复循旧路至大衢，问路人曰："见相国车否？"路人曰："马惊，已出南门矣。"语未毕，阳越之败卒亦到，方知越已射死，季孙已避入孟氏新宫。虎大怒，驱其众急往公宫，劫定公以出朝。遇叔孙州仇于途，并劫之。尽发公宫之甲与叔孙氏家众，共攻孟氏于南门。何忌率三百人力拒之。阳虎命以火焚栅，季斯大惧。何忌使视日方中，曰："成兵且至，不足虑也。"言未毕，只见东角上一员猛将，领后呼哨而至，大叫："勿犯吾主！公敛阳在此！"阳虎大怒，便奋长戈，迎住公敛阳厮杀。二将各施逞本事，战五十余合，阳虎精神愈增，公敛阳渐渐力怯。叔孙州仇遽从后呼曰："虎败矣！"即率其家众，前拥定公西走，公徒亦从之。何忌引壮士开栅杀出，季氏之家臣苫越，亦帅甲而至。

阳虎孤寡无助，倒戈而走，入欢阳关[22]据之。三家合兵以攻关，虎力不能支，命放火焚莱门。鲁师避火却退，虎冒火而出，遂奔齐国。见景公，以所据欢阳之田献之，欲借兵伐鲁。大夫鲍国进曰："鲁方用孔某，不可敌也。不如执阳虎而归其田，以媚孔某。"景公从之。乃囚虎于西鄙。虎以酒醉守者，乘辎车逃奔宋国，宋使居于匡[23]。阳虎虐用匡人，匡人欲杀之。复奔晋国，仕于赵鞅为臣。不在话下。宋儒论阳虎以陪臣而谋贼其

家主，固为大逆，然季氏放逐其君，专执鲁政，家臣从旁窃视，已非一日，今日效其所为，乃天理报施之常，不足怪也。有诗云：

当时季氏凌孤主，今日家臣叛主君。

自作忠奸还自受，前车音响后车闻。

又有言鲁自惠公之世，僭用天子礼乐[24]，其后三桓之家，舞《八佾》[25]，歌《雍》彻[26]，大夫目无诸侯，故家臣亦目无大夫，悖逆相仍，其来远矣。诗云：

九成[27]干戚[28]舞团团，借问何人启僭端？

要使国中无叛逆，重将礼乐问《周官》㉙。

齐景公失了阳虎，又恐鲁人怪其纳叛，乃使人致书鲁定公，说明阳虎奔宋之故，就约鲁侯于齐、鲁界上夹谷山㉚前，为乘车之会，以通两国之好，永息干戈。定公得书，即召三家商议。孟孙何忌曰："齐人多诈，主公不可轻往。"季孙斯曰："齐屡次加兵于我，今欲修好，奈何拒之？"定公曰："寡人若去，何人保驾？"何忌曰："非臣师孔某不可。"定公即召孔子，以相礼之事属之。乘车已具，定公将行，孔子奏曰："臣闻'有文事者，必有武备'。文武之事，不可相离。古者，诸侯出疆，必具官以从。宋襄公会盂之事可鉴也。请具左右司马，以防不虞。"定公从其言，乃使大夫申句须为右司马，乐颀为左司马，各率兵车五百乘，远远从行。又命大夫兹无还率兵车三百乘，离会所十里下寨。

既至夹谷，齐景公先在，设立坛位，为土阶三层，制度简略。齐侯幕于坛之右，鲁侯幕于坛之左。孔子闻齐国兵卫甚盛，亦命申句须、乐颀紧紧相随。时齐大夫黎弥以善谋称，自梁丘据死后，景公特宠信之。是夜，黎弥叩幕请见，景公召入，问："卿有何事，昏夜来此？"黎弥奏曰："齐、鲁为仇，非一日矣。止为孔某贤圣，用事于鲁，恐其他日害齐，故为今日之会耳。臣观孔某为人，知礼而无勇，不习战伐之事。明日主公会礼毕后，请奏四方之乐，以娱鲁君，乃使莱夷㉛三百人假做乐工，鼓噪而前，觑便拿住鲁侯，并执孔某。臣约会车乘，从坛下杀散鲁众，那时鲁国君臣之命，悬于吾手，凭主公如何处分，岂不胜于用兵侵伐耶？"景公曰："此事可否，当与相国谋之。"黎弥曰："相国素与孔某有交，若通彼得知，其事必不行矣，臣请独任。"景公曰："寡人听卿，卿须仔细！"黎弥自去暗约莱兵行事去了。

次早，两君集于坛下，揖让而登。齐是晏婴为相，鲁是孔子为相。两相一揖之后，各从其主，登坛交拜。叙太公、周公之好，交致玉帛酬献之礼，既毕，景公曰："寡人有四方之乐，愿与君共观之。"遂传令先使莱人上前，奏其本土之乐。于是坛下鼓声大振，莱夷三百人，杂执旍旄㉜、羽袯③、矛戟、剑楯，蜂拥而至，口中呼哨之声，相和不绝。历阶之半，定公色变。孔子全无惧意，趋立于景公之前，举袂而言曰："吾两君为好会，本行中国之礼，安用夷狄之乐？请命有司去之。"晏子不知黎弥之计，亦奏景公曰："孔某所言，乃正礼也。"景公大惭，急麾莱夷使退。

黎弥伏于坛下，只等莱夷动手，一齐发作，见齐侯打发下来，心中甚愠，乃召本国优人，吩咐："筵席中间召汝奏乐，要歌《敝笱》㉞之诗，任情戏谑，若得鲁君臣或笑或怒，我这里有重赏。"原来那诗乃文姜淫乱故事，欲以羞辱鲁国。黎弥升阶奏于齐侯曰："请奏宫中之乐，为两君寿。"景公曰："宫中之乐，非夷乐也，可速奏之。"黎弥传齐侯之命，倡优侏儒二十余人，异服涂面，装女扮男，分为二队，拥至鲁侯面前，跳的跳，舞的舞，口中齐歌的都是淫词，且歌且笑。孔子按剑长目，觑定景公奏曰："匹夫戏诸侯者，罪当死！请齐司马行法！"景公不应。优人戏笑如故。孔子曰："两国既已通好，如兄弟然，鲁国之司马，即齐之司马也。"乃举袖向下麾之，大呼："申句须、乐颐何在？"二将飞驰上坛，于男女二队中，各执领班一人，当下斩首，余人惊走不迭。景公心中骇然。鲁定公随即起身。黎弥初意还想于坛下邀截鲁侯，一来见孔子有此手段，二来见申、乐二将英雄，三来打探得十里之外，即有鲁军屯扎，遂缩颈而退。会散，景公归幕，召黎弥责之曰："孔某相其君，所行者皆是古人之道，汝偏使寡人入夷狄之俗。寡人本欲修好，今反成仇矣。"黎弥惶恐谢罪，不敢对一语。晏子进曰："臣闻'小人知其过，谢之以文；君子知其过，谢之以质'。今鲁有汶阳之田㉟三处，其一曰欢，乃阳虎所献不义之物；其二曰郓㊱，乃昔年所取以寓鲁昭公者；其三曰龟阴㊲，乃先君顷公时仗晋力索之于鲁者。那三处皆鲁故物，当先君桓公之日，曹沫登坛劫盟，单取此田，田不归鲁，鲁志不甘，主公乘此机以三田谢过，鲁君臣必喜，而齐、鲁之交固矣。"景公大悦，即遣晏子致三田于鲁。此周敬王二十四年㊳事也。史臣有诗云：

纷然鼓噪起莱戈，无奈坛前片语何？

知礼之人偏有勇，三田买得两君和。

又诗单赞齐景公能虚心谢过，所以为贤君，几于复霸。诗云：

盟坛失计听黎弥，臣谏君从两得之。

不惜三田称谢过，显名千古播华夷。

这汶阳田原是昔时鲁僖公赐与季友者，今日名虽归鲁，实归季氏。以此季斯心感孔子，特筑城于龟阴，名曰谢城，以旌孔子之功，言于定公，升孔子为大司寇之职。

时齐之南境，忽来一大鸟，约长三尺，黑身白颈，长喙独足，鼓双翼舞于田间，野人逐之不得，飞腾望北而去。季斯闻有此怪，以问孔子。孔子曰：“此鸟名曰商羊^㊴，生于北海之滨。天降大雨，商羊起舞，所见之地，必有淫雨为灾。齐、鲁接壤，不可不预为之备。”季斯预戒汶上百姓，修堤盖屋。不三日，果然天降大雨，汶水泛溢，鲁民有备无患。其事传布齐邦，景公益以孔子为神。自是孔子博学之名，传播天下，人皆呼为“圣人”矣。有诗为证：

五典三坟漫究详，谁知萍实辨商羊？

多能将圣由天纵^㊵，赢得芳名四海扬。

季斯访人才于孔子之门，孔子荐仲由^㊶、冉求^㊷可使从政，季氏俱用为家臣。忽一日，季斯问于孔子曰：“阳虎虽去，不狃复兴，何以制之？”孔子曰：“欲制之，先明礼制。古者臣无藏甲，大夫无百雉之城^㊸，故邑宰无所据以为乱。子何不堕其城，撤其武备，上下相安，可以永久。”季斯以为然，转告于孟、叔二氏。孟孙何忌曰：“苟利家国，吾岂恤其私哉？”时少正卯忌孔子师徒用事，欲败其功，使叔孙辄密地送信于公山不狃。不狃欲据城以叛，知孔子素为鲁人所敬重，亦思借助，乃厚致礼币，遗以书曰：

鲁自三桓擅政，君弱臣强，人心积愤。不狃虽为季宰，实慕公义，愿以费归公为公臣，辅公以锄强暴，俾鲁国复见周公之旧。夫子倘见许，愿移驾过费，面决其事。不腆路犒^㊹，伏惟不鄙^㊺。

孔子谓定公曰：“不狃若叛，未免劳兵。臣愿轻身一往，说其回心改过，何如？”定公曰：“国家多事，全赖夫子主持，岂可去寡人左右耶？”孔子遂却其书币。不狃见孔子不往，遂约会成宰公敛阳，郈宰公若藐，同时起兵为逆。阳与藐俱不从。

却说郈邑马正^㊻侯犯，勇力善射，为郈人所畏服，素有不臣之志，遂使圉人刺藐杀之，自立为郈宰，发郈众登城为拒命之计。州仇闻郈叛，往告何忌。何忌曰：“吾助子一臂，当共灭此叛奴。”于是孟、叔二家，连兵往讨，遂围郈城。侯犯悉力拒战，攻者多死，不能取胜。何忌教州仇求援于齐。时叔氏家臣驷赤在郈城中，伪附侯犯，侯犯亲信之。赤谓犯曰：

"叔氏遣使如齐乞师矣。齐、鲁合兵，不可当也。子何不以郈降齐？齐外虽亲鲁，内实忌之。得郈可以逼鲁，齐必大喜，而倍以他地酬子。总之得地，而可去危以就安，又何不利之有？"侯犯曰："此计甚善。"即遣人乞降于齐，以郈邑献之。

齐景公召晏婴问曰："叔孙氏乞兵伐郈，侯犯又以郈来降，寡人将何适从？"晏子对曰："方与鲁讲好，岂可受其叛臣之献乎？助叔孙氏为是。"景公笑曰："郈乃叔孙私邑，于鲁侯无与。况叔孙氏君臣自相鱼肉，鲁之不幸，实齐之幸也。寡人有计在此，当两许其使以误之。"乃使司马穰苴屯兵于界上，以观其变。若侯犯能御叔孙，便分兵据郈，迎侯犯归于齐国；若叔孙胜了侯犯，便说助攻郈城，临时便宜行事。此是齐景公的奸雄处。

却说驷赤见侯犯遣使往齐去了，复谓犯曰："齐新与鲁侯为会，助鲁助郈，未可定也。宜多置兵甲于门，万一事变不测，可以自卫。"侯犯乃一勇之夫，信为好语，遂选精甲利兵，留于门下。驷赤将羽书射于城外，鲁兵拾得，献于州仇。州仇发书看之，书中言："臣赤已安排逆犯十有七八，不日城中当有内变，主君不须挂念。"州仇大喜，报知何忌，严兵以待。数日后，侯犯使者自齐回，言："齐侯已许下矣，愿以他邑相偿。"驷赤入贺侯犯而出，使人宣言于众曰："侯氏将迁郈民以附齐，使者回言齐师将至，奈何！"一时人情汹汹，多有造驷赤处问信者。赤曰："吾亦闻之，齐新与鲁好，不便得地，将迁尔户口，以实聊摄[47]之虚耳。"自古道："安土重迁。"说了离乡背井，那一个不怕的？众人听说，互相传说，各有怨心。

忽一夜，驷赤探知侯犯饮酒方酣，遂命心腹数十人，绕城大呼曰："齐师已至城外矣！吾等速治行李，三日内便要起身。"因继以哭。郈众大惊，俱集于侯氏之门，此时老弱惟有涕泣，那壮者无不咬牙切齿，愤恨侯犯。忽见门内藏甲甚多，正适其用，大家抢得穿着起来，各执兵器，发声喊，将侯犯家四面围住，连守城之兵都反了侯氏，与众助兴了。驷赤亟

入告侯犯曰："郈众不愿附齐，满城俱变。子更有甲兵否？吾请率而攻

之。"犯曰："甲兵俱被众掠取矣。今日之事，免祸为上。"驷赤曰："吾舍命送子。"遂出谓众曰："汝等让一路，容侯氏出奔，侯氏出，齐师亦不至矣。"众人依言，放开一路。驷赤当先，侯犯在后，家属尚有百余人，车十余乘，驷赤直送出东门。因引鲁兵入于郈城，安抚百姓。何忌请追侯犯，驷赤曰："臣已许之免祸矣。"乃纵之不追。遂堕郈城三尺，即用驷赤为郈宰。侯犯奔齐师，穰苴知鲁师已定郈，乃班师还齐。州仇、何忌亦回鲁国。

公山不狃初闻侯犯据郈以叛，叔、仲二家往讨，喜曰："季氏孤矣！乘虚袭鲁，国可得也。"遂尽驱费众，杀至曲阜，叔孙辄为内应，开门纳

之。定公急召孔子问计。孔子曰："公徒弱，不足用也。臣请御君以往季氏。"遂驱车至季氏之宫，宫内有高台，坚固可守，定公居之。少顷，司马申句须、乐颀俱至。孔子命季斯尽出其家甲，以授司马，使伏于台之左右，而使公徒列于台前。公山不狃同叔孙辄商议曰："我等此举，以扶公室抑私家为名，不奉鲁侯为主，季氏不可克也。"乃齐叩公宫，索定公不得。盘桓许久，知已往季氏，遂移兵来攻。与公徒战，公徒皆散走。忽然左右大噪，申句须、乐颀二将，领着精甲杀至。孔子扶定公立于台上，谓费人曰："吾君在此，汝等岂不知顺逆之理？速速解甲，既往不咎！"费人知孔子是个圣人，谁敢不听，俱舍兵拜伏台下。公山不狃、叔孙辄势穷，遂出奔吴国去了。

叔孙州仇回鲁，言及郈都已堕。季斯亦命堕了费城，复其初制。何忌亦欲堕成都，成宰公敛阳问计于少正卯，卯曰："郈、费因叛而堕，若并堕成，何以别子于叛臣乎？汝但云：'成乃鲁国北门之守，若堕成，齐师侵我北鄙，何以御之？'坚持其说，虽拒命不为叛也。"阳从其计，使其徒穿甲而登城，谢叔孙氏曰："吾非为叔孙氏守，为鲁社稷守也。恐齐兵旦暮猝至，无守御之具，愿捐此性命，与城俱碎，不敢动一砖一土！"孔子笑曰："阳不辨此语，必'闻人'教之耳。"

季斯嘉孔子定费之功，自知不及万分之一，使摄行相事，每事咨谋而行。孔子有所陈说，少正卯辄变乱其词，听者多为所惑。孔子密奏于定公曰："鲁之不振，由忠佞不分，刑赏不立也。夫护嘉苗者，必去莠草。愿君勿事姑息，请出太庙中斧钺，陈于两观之下。"定公曰："善。"明日，使群臣参议成城不堕利害，但听孔子裁决。众人或言当堕，或言不当堕。少正卯欲迎合孔子之意，献堕成六便。何谓六便？一，君无二尊；二，归重都城形势；三，抑私门；四，使跋扈家臣无所凭借；五，平三家之心；六，使邻国闻鲁国兴革当理，知所敬重。孔子奏曰："卯误矣！成已作孤立之势，何能为哉？况公敛阳忠于公室，岂跋扈之比？卯辩言乱政，离间君臣，按法当诛！"群臣皆曰："卯乃鲁闻人，言或不当，罪不及死。"孔子复奏曰："卯言伪而辩，行僻而坚⁴⁸，徒有虚名惑众，不诛之无以为政。臣职在司寇，请正斧钺之典。"遂命力士缚卯于两观之下，斩之。群臣莫不变色，三家心中亦俱凛然。史臣有诗云：

养高华士太公诛⁴⁹，孔子偏将少正除。

下是圣人开正眼，世间尽读两人书⁵⁰。

自少正卯诛后，孔子之意始得发舒，定公与三家皆虚心以听之。孔子乃立纲陈纪，教以礼义，养其廉耻，故民不扰而事治。三月之后，风俗大变。市中鬻羔豚者，不饰虚价；男女行路，分别左右，不乱；遇路有失物，耻非己有，无肯拾取者。四方之客，一入鲁境，皆有常供，不至缺乏，宾至如归。国人歌之曰："衮衣章甫⁵¹，来适我所；章甫衮衣，慰我无私。"此歌诗传至齐国，齐景公大惊曰："吾国必为鲁所并矣！"

不知景公如何计较，且看下回分解。

【注释】

①"鲁昭公"句：鲁昭公二十五年（前517年）为季氏等权臣所逐，先奔齐，后奔晋，终于客死于乾侯（晋地，今河北成安县东南）。

②鲁定公：即姬宋，据《左传》杜注，乃鲁襄公子，昭公之弟。在位十五年（前509—495）。上句言系昭公"庶子"，不确。

③费（bì 毕）：春秋时鲁邑名。在今山东鱼台县旧城西南。

④成：一作郕，鲁邑名，在今山东宁阳县东北九十里。

⑤郈（hòu 后）：鲁邑名，在今山东东平县东南四十里。

⑥尼山：古山名，在今山东曲阜县东南。

⑦黑帝：传说五天帝中主北方之神，名叶光纪。《史记·天官书》正义："黑帝，北方叶光纪之帝也。冬万物闭藏，为之动，为之开闭也。"

⑧素王：指有帝王之德而不居其位之人。旧时常称孔子为素王。王充《论衡·定贤》："孔子不王，素王之业在《春秋》。"

⑨绂（fú 扶）：丝带。

⑩海口辅喉：大而深的嘴叫海口。辅，胫骨下端，俗称骼楞骨。喉结大似骼楞叫辅喉。这些都指圣人的奇表异相。《陈书·高帝纪》："海口河目，圣贤之表既彰。"

⑪反宇：一作反羽。指人头顶四周高而中央低。王充《论衡》："皋陶马口，孔子反宇。"

⑫更衣：本指换衣。古时休息处备有厕所，宾主如厕即托言更衣。

⑬土缶：一种瓦器，圆腹，小口有盖，用以汲水。

⑭夔：异兽名。《山海经·中山经》："有兽状如牛，苍身而无角，一足，名曰夔。"

⑮罔象：传说中的水怪。《孔子世家》集解："罔象，食人，一名沐肿。"

⑯羵（fén 坟）羊：传说土中怪羊，雌雄不分。

⑰中都：春秋时鲁邑名，在今山东汶上县西。

⑱周敬王十九年：即公元前 501 年。

⑲牧圉（yǔ 语）：养牛马之人。

⑳禘（dì 帝）祭：古代各种大祭的总名。分三类，一是夏祭曰禘；二为郊祭以祭天；三为天子诸侯宗庙之大祭。此时属秋，似为祭天。因鲁自惠公时，即僭用郊禘。

㉑蒲圃：鲁都曲阜东门外著名场圃，较大，有四门。

㉒谨、阳关：似应为相距不远之两地。谨，鲁地名，在今山东宁阳县北。阳关，在今山东泰安市西南。两地均为齐鲁分界处。

㉓匡：春秋宋邑名。在今河南睢县西。

㉔"鲁自惠公"二句：指鲁惠公时郊禘祭天，见第四回。

㉕八佾（yì 易）：古代天子专用舞乐。佾，舞列，每列均为八人。天子用八佾，诸侯用六，大夫用四，士用二。

㉖歌《雍》彻：雍为乐曲名。古时撤膳时所奏，一般为天子所奏。《周颂·臣工》注："天子祭于宗庙，歌之以《雍》彻。"

㉗九成：多次演奏，或称九奏、九变。音乐奏完一曲称一成。《尚书·益稷》："箫韶九成。"疏："成，犹终也。每曲一终，必变更奏。"

㉘干戚：盾与斧，皆古兵器。古武舞有操干戚而舞者，称舞干戚。

㉙《周官》：古经典名，即《周礼》。内容系记载周王室及诸侯官制，但与当时实情多不符。

㉚夹谷山：古山名。在今山东莱芜市境内夹谷峪。

㉛莱夷：东夷的一支，分布于今蓬莱、莱州市，一带。公元前 567 年

并于齐。

㉜旌（jīng 京）旄：指用旄牛尾及鸟羽装饰旗杆的旌旗。

㉝羽祓（bō 剥）：古代演奏乐舞时所执的一种舞具。

㉞《敝笱》：《诗经·齐风》篇名，刺鲁庄公不能防闲文姜。内容见第十四回。

㉟汶阳之田：指汶水北岸一带。汶水源于今山东莱芜市北，经泰安东南，西流至东平。

㊱郓：鲁地名。在今山东郓城县东。昭公奔齐时曾居于此。

㊲龟阴：鲁地名。在今山东泰安县东。"仗晋力索之于鲁"，此事《左传》亦未做记载。

㊳周敬王二十四年：即公元前 496 年。

㊴商羊：传说中大鸟名。王充《论衡》："商羊者，知雨之物也。天

且雨，屈其一足起舞矣！”

㊵天纵：上天所赋予，而非人力之所能达。《论语·子罕》：“固天纵之将圣，又多能也。”

㊶仲由（前542—前480）：春秋卞人，字子路，一字季路。后仕卫，为卫大夫孔悝邑宰。

㊷冉求：春秋鲁人，字子有，亦称冉有。为季孙氏家臣。

㊸百雉之城：指高一丈、长三百丈的城墙。雉，方丈曰堵，三堵曰雉。《左传·隐元年》：“都城过百丈，国之害也。”都城乃分给卿大夫的城邑。

㊹不腆路犒：不丰厚的犒劳之费。

㊺不鄙：鄙有轻贱意，不鄙可引申为不嫌弃。

㊻马正：司马之官。诸侯、卿大夫皆设此官。

㊼聊、摄：聊城与摄城，均齐邑名。聊城在今山东聊城西。摄城在今山东茌平县西。

㊽行僻而坚：行为邪恶而又固执。

㊾“养高华士”句：姜太公诛养高华士一事，待考。

㊿两人书：指姜太公和孔子二人的著作。据《汉书·艺文志》有《太公》二三七篇，《隋书·经籍志》有《太公六韬》五卷，皆后人依托之作。

(51)衮衣章甫：衮衣指绣龙之礼服，乃帝王公侯所穿。章甫乃古代一种缁布冠，为士庶人所戴。此言无论贵族还是平民。

第七十九回　归女乐黎弥阻孔子
　　　　　　栖会稽文种通宰嚭

话说齐侯自会夹谷归后，晏婴病卒，景公哀泣数日，正忧朝中乏人，复闻孔子相鲁，鲁国大治，惊曰："鲁相孔子必霸，霸必争地，齐为近邻，恐祸之先及，奈何？"大夫黎弥进曰："君患孔子之用，何不沮之？"景公曰："鲁方任以国政，岂吾所能沮乎？"黎弥曰："臣闻治安之后，骄逸必生。请盛饰女乐，以遗鲁君，鲁君幸而受之，必然怠于政事，而疏孔子。孔子见疏，必弃鲁而适他国，君可安枕而卧矣。"景公大悦，即命黎弥于女闾①之中，择其貌美年二十以内者，共八十人，分为十队，各衣锦绣，教之歌舞。其舞曲名《康乐》，声容皆出新制，备态极妍，前所未有。教习已成，又用良马一百二十匹，金勒雕鞍，毛色各别，望之如锦，使人致献鲁侯。使者张设锦棚二处，于鲁高门之外，东棚安放马群，西棚陈列女乐。先致国书于定公，公发书看之。书曰：

杵臼顿首启鲁贤侯殿下：孤向者获罪夹谷，愧未忘心。幸贤侯鉴其谢过之诚，克终会好。日②以国之多虞，聘问缺然。兹有歌婢十群，可以侑欢，良马三十驷，可以服车，敬致左右，聊申悦慕，伏惟存录。

且说鲁相国季斯安享太平，忘其所自，侈乐之志，已伏胸中。忽闻齐馈女乐，如此之盛，不胜艳慕。即时换了微服，与心腹数人，乘车潜出南门往看。那乐长方在演习，歌声遏云，舞态生风，一进一退，光华夺目，如游天上，睹仙姬，非复人间思想所及。季斯看了多时，又阅其容色之美，服饰之华，不觉手麻脚软，目睁口呆，意乱神迷，魂消魄夺。鲁定公

以国书示之。季斯奏曰："此齐君美意，不可却也。"定公亦有想慕之意，便问："女乐何在？可试观否？"季斯曰："见列高门之外，车驾如往，臣当从行，但恐惊动百官，不如微服为便。"

于是君臣皆更去法服，各乘小车，驰出南门，竟到西棚之下。早有人传出："鲁君易服亲来观乐了。"使者吩咐女子用心献技。那时歌喉转娇，舞袖增艳，十队女子，更番迭进，真乃盈耳夺目，应接不暇，把鲁国君臣二人，喜得手舞足蹈，不知所以。有诗为证：

一曲娇歌一块金，一番妙舞一盘琛③。
只因十队女人面，改尽君臣两个心。

从人又夸东棚良马。定公曰："只此已是极观，不必又问马矣。"

是夜，定公入宫，一夜不寐，耳中犹时闻乐声，若美人之在枕畔也。

恐群臣议论不一，次早独宣季斯入宫，草就答书，书中备述感激之意，不必尽述。又将黄金百镒，赠与齐使。将女乐收入宫中，以三十人赐季斯，其马付于圉人喂养。定公与季斯新得女乐，各自受用，日则歌舞，夜则枕席，一连三日，不去视朝听政。

孔子闻知此事，凄然长叹。时弟子仲子路在侧，进曰："鲁君怠于政事，夫子可以行矣。"孔子曰："郊祭已近，倘大礼不废，国犹可为也。"及祭之期，定公行礼方毕，即便回宫，仍不视朝，并胙肉亦无心分给。主胙者叩宫门请命，定公诿之季孙，季孙又诿之家臣。孔子从祭而归，至晚，不见胙肉颁到，乃告子路曰："吾道不行，命也夫！"乃援琴而歌曰：

彼妇之口，可以出走。彼女之谒，可以死败④。优哉游哉，聊以卒岁！

歌毕，遂束装去鲁。子路、冉有亦弃官从孔子而行。自此鲁国复衰。史臣有诗云：

几行红粉胜钢刀，不是黎弥巧计高。

天运凌夷成瓦解，岂容鲁国独甄陶⑤。

孔子去鲁适卫，卫灵公喜而迎之，问以战阵之事。孔子对曰："丘未之学也。"次日遂行。过宋之匡邑，匡人素恨阳虎，见孔子之貌相似，以为阳虎复至，聚众围之。子路欲出战，孔子止之曰："某无仇于匡，是必有故，不久当自解。"乃安坐鸣琴。适灵公使人追还孔子，匡人乃知其误，谢罪而去。孔子复还卫国，主于贤大夫蘧瑗之家。

且说灵公之夫人曰南子，宋女也，有美色而淫。在宋时，先与公子朝相通。朝亦男子中绝色，两美相爱，过于夫妇。既归灵公，生蒯聩，已长，立为世子，而旧情不断。时又有美男子曰弥子瑕，素得君之宠爱，尝食桃及半，以其余推入灵公之口。灵公悦而啖之，夸于人曰："子瑕爱寡人甚矣！一桃味美，不忍自食，而分啖寡人。"群臣无不窃笑。子瑕恃宠弄权，无所不至。灵公外嬖子瑕，而内惧南子，思以媚之，乃时时召宋朝与夫人相会，丑声遍传，灵公不以为耻。蒯聩深恨其事，使家臣戏阳速因朝见之际，刺杀南子，以灭其丑。南子觉之，诉于灵公。灵公逐蒯聩，聩

奔宋，转又奔晋。灵公立蒯聩之子辄为世子⑥。及孔子再至，南子请见之。知孔子为圣人，倍加敬礼。忽一日，灵公与南子同车而出，使孔子为陪乘。过街市，市人歌曰：

同车者色耶？从车者德耶？

孔子叹曰："君之好德不如好色！"乃去卫适宋，与弟子习礼于大树之下。宋司马桓魋，亦以男色得宠于景公，方贵幸用事，忌孔子之来，遂使人伐其树，欲求孔子杀之。孔子微服去宋适郑。将适晋，至河，闻赵鞅杀贤臣窦犨、舜华，叹曰："鸟兽恶伤其类，况人乎？"复返卫。未几，卫灵公卒，国人立辄为君，是为出公⑦。蒯聩亦藉晋援，与阳虎袭戚⑧据之。是时，卫父子争国，晋助蒯聩，齐助辄。孔子恶其逆理，复去卫适陈，又将适蔡。

楚昭王闻孔子在陈、蔡之间，使人聘之。陈、蔡大夫相议，以为楚用孔子，陈、蔡危矣，乃相与发兵围孔子于野。孔子绝粮三日，而弦歌不辍。今开封府陈州界有地名桑落，其地有台，名曰厄台，即孔子当时绝粮处。宋刘敞⑨有诗云：

四海栖栖一旅人，绝粮三日死生邻。

自是天心劳木铎⑩，岂关陈蔡有愚臣。

忽一晚，有异人长九尺余，皂衣高冠，披甲持戈，向孔子大咤，声动左右。子路引出与战于庭，其人力大，子路不能取胜。孔子从旁谛视良久，谓子路曰："何不探其胁？"子路遂探其胁，其人力尽手垂，败而仆地，化为大鲇鱼⑪。弟子怪之。孔子曰："凡物老而衰，则群精附焉。杀之则已，何怪之有。"命弟子烹之以充饥。弟子皆喜曰："天赐也！"楚使者发兵以迎孔子。孔子至楚，昭王大喜，将以千社之地⑫封孔子。令尹子西谏曰："昔文王在丰，武王在镐，地仅百里，能修其德，卒以代殷。今孔子之德，不下文、武，弟子又皆大贤，若得据土壤，其代楚不难矣。"昭王乃止。孔子知楚不能用，乃复还卫。卫出公欲任以国政，孔子拒之。鲁相国季孙肥亦来召其门人冉有，孔子因而返鲁，鲁以大夫告老之礼待之。于是诸弟子中，子路、子羔⑬仕于卫，子贡⑭、冉有、有若⑮、宓子贱⑯仕于鲁。这都是后话，叙明留作话柄。

再说吴王阖闾自败楚之后，威震中原，颇事游乐。乃大治宫室，建长乐宫于国中，筑高台于姑苏山。山在城西南三十里，一名姑胥山。于胥门外为径九曲，以通山路。春夏则治于城外，秋冬则治于城中。忽一日，想起越人伐吴之恨，谋欲报之。忽闻齐与楚交通聘使，怒曰："齐、楚通好，此我北方之忧也！"欲先伐齐，后及越。相国子胥进曰："交聘乃邻国之常，未必助楚害吴，不可遽兴兵旅。今太子波元妃已殁，未有继室，王何不遣使求婚于齐？如其不从，伐之未晚。"阖闾从之，使大夫王孙骆往齐，为太子波求婚。时景公年已老耄，志气衰颓，不能自振。宫中止一幼女未嫁，不忍弃之吴地。无奈朝无良臣，边无良将，恐一拒吴命，兴师来伐，如楚国之受祸，悔之何及。大夫黎弥亦劝景公结婚于吴，勿激其怒。景公不得已，以女少姜许婚。王孙骆回复吴王，王复遣纳币于齐，迎齐女归国。景公爱女畏吴，两念交迫，不觉流泪出涕，叹曰："若平仲、穰苴一人在此，孤岂忧吴人哉？"谓大夫鲍牧曰："烦卿为寡人致女于吴，此寡人之爱女，嘱吴王善视之。"临行，亲扶少姜登车，送出南门而返。鲍牧奉少姜至吴，敬致齐侯之命，因慕子胥之贤，深相结纳。不在话下。

却说少姜年幼，不知夫妇之乐，与太子波成婚之后，一心只想念父母，日夜号泣。太子波再三抚慰，其哀不止，遂抑郁成病。阖闾怜之，乃改造北门城楼，极其华焕，更其名曰望齐门，令少姜日游其上。少姜凭栏北望，不见齐国，悲哀愈甚，其病转增。临绝命，嘱太子波曰："姜闻虞山[17]之巅，可见东海，乞葬我于此，倘魂魄有知，庶几一望齐国也！"波奏闻其父，乃葬于虞山顶上。今常熟县虞山有齐女墓，又有望海亭是也。有张洪[18]《齐女坟》诗为证。诗曰：

南风初劲北风微[19]，争长诸姬[20]复娶齐。

越境定须千两[21]送，半途应拭万行啼。

望乡不憧登台远，埋恨惟嫌起冢低。

蔓草垂垂犹泣露，倩谁滴向故乡泥？

太子波忆念齐女亦得病，未几卒。

阖闾欲于诸公子中，择可立者，意犹未定，欲召子胥决之。太子波前妃生子名夫差，年已二十六岁矣，生得昂藏英伟，一表人材。闻其祖阖闾择嗣，乃先趋见子胥曰："我嫡孙也，欲立太子，舍我其谁！此在相国一言耳。"子胥许之。少顷，阖闾使人召子胥，商议立储之事。子胥曰："立子以嫡，则乱不生。今太子虽不禄，有嫡孙夫差在。"阖闾曰："吾观夫差，愚而不仁，恐不能奉吴之统。"子胥曰："夫差信以爱人，敦于礼义，父死子代，经之明文，又何疑焉？"阖闾曰："寡人听子，子善辅之。"遂立夫差为太孙。夫差至子胥家稽首称谢。

周敬王二十四年[22]，阖闾年老，性益躁，闻越王允常薨，子勾践新立，遂欲乘丧伐越。子胥谏曰："越虽有袭吴之罪，然方有大丧，伐之不祥，宜少待之。"阖闾不听，留子胥与太孙夫差守国，自引伯嚭、王孙骆、专毅等，选精兵三万，出南门望越国进发。越王勾践^㉓亲自督师御之，诸稽郢为大将，灵姑浮为先锋，畴无余、胥犴为左右翼，与吴兵相遇于槜李。相距十里，各自安营下寨。两下挑战，不分胜负。阖闾大怒，遂悉众列陈于五台山，戒军中毋得妄动，俟越兵懈怠，然后乘之。

勾践望见吴阵上队伍整齐，戈甲精锐，谓诸稽郢曰："彼兵势甚振，不可轻敌，必须以计乱之。"乃使大夫畴无余、胥犴督敢死之士，左五百人，各持长枪；右五百人，各持大戟，一声呐喊，杀奔吴军。吴阵上全然不理，阵脚都用弓弩手把住，坚如铁壁。冲突三次，俱不能入，只得回转。勾践无可奈何。诸稽郢密奏曰："罪人可使也。"勾践悟，次日密传军令，悉出军中所携死罪者共三百人，分为三行，俱袒衣注剑于颈，安步造于吴军。为首者前致辞曰："吾主越王，不自量力，得罪于上国，致辱下讨。臣等不敢爱死，愿以死代越王之罪。"言毕，以次自刭。吴兵从未见如此举动，甚以为怪，皆注目而观之，互相传语，正不知其何故。越军中忽然鸣鼓，鼓声大振。畴无余、胥犴帅死士二队，各拥大檣，持短兵，呼哨而至。吴兵心忙，队伍遂乱。勾践统大军继进，右有诸稽郢，左有灵姑浮，冲开吴阵。王孙骆舍命与诸稽郢相持。灵姑浮奋长刀左冲右突，寻人厮杀，正遇吴王阖闾，灵姑浮将刀便砍。阖闾望后一闪，刀砍中右足，伤其将指^㉔，一屦坠于车下。却得专毅兵到，救了吴王。专毅身被重伤。王孙骆知吴王有失，不敢恋战，急急收兵，被越兵掩杀一阵，死者过半。阖闾伤重，即刻班师回寨。灵姑浮取吴王之屦献功，勾践大悦。

却说吴王因年老不能忍痛，回至七里之外，大叫一声而死。伯嚭护丧先行，王孙骆引兵断后，徐徐而返。越兵亦不追赶。史臣有诗论阖闾用兵不息，致有此祸。诗曰：

破楚凌齐意气豪，又思吞越起兵刀。

好兵终在兵中死，顺水叮咛莫放篙。

吴太孙夫差迎丧以归，成服嗣位。卜葬于破楚门外之海涌山，发工穿山为穴，以专诸所用鱼肠之剑殉葬，其他剑甲六千副，金玉之玩，充牣其中。既葬，尽杀工人以殉。三日后，有人望见葬处，有白虎蹲踞其上，因名曰虎丘山，识者以为埋金之气所现。后来秦始皇使人发阖闾之墓，凿山求剑无所得，其凿处遂成深涧，今虎丘剑池是也。专毅伤重亦死，附葬于山后，今亦不知其处矣。

　　夫差既葬其祖，立长子友为太子。使侍者十人，更番立于庭中，每自己出入经由，必大声呼其名而告曰："夫差！尔忘越王杀尔之祖乎？"即泣而对曰："唯！不敢忘！"欲以微惕其心。命子胥，伯嚭练水兵于太湖，又立射棚于灵岩山㉕以训射，俟三年丧毕，便为报仇之举。此周敬王二十四年事也。

　　是时，晋顷公失政，六卿㉖树党争权，自相鱼肉。荀寅与士吉射相睦，结为婚姻，韩不信、魏曼多忌之。荀跞有宠臣曰梁婴父，跞欲以为卿。婴父恃荀跞之爱，谋逐荀寅而代其位，故荀跞亦与范氏、中行氏相恶。上卿赵鞅有族子名午，封于邯郸。午之母，荀寅之娣，故寅呼午为甥。先年，卫灵公与齐景公合谋叛晋，晋赵鞅帅师伐卫，卫惧，贡户口五百家谢罪，鞅留于邯郸，谓之"卫贡"。未几，鞅欲迁五百家以实晋阳，午恐卫人不服，未即奉命。鞅怒午之抗己，遂诱午至晋阳，执而杀之。荀寅怒赵鞅私杀其甥，因与士吉射商议，欲共伐赵氏，为邯郸午报仇。赵氏有谋臣曰董安于，时为赵氏守晋阳城，闻二氏之谋，特至绛州，告于赵鞅曰："范、中行方睦，一旦作乱，恐不可制，主君宜先为之备。"赵鞅曰："晋国有令，始祸必诛，待其先发而后应之可也。"董安于曰："与其多害百姓，宁我独死，若有事，安于当之。"鞅不可。安于乃私具甲兵，以伺其变。荀寅、士吉射倡言于众曰："董安于治兵，将以害我。"于是连兵以伐赵氏，围其宫。却得董安于有备，引兵杀开一条血路，保护赵鞅奔晋阳城。恐二氏来攻，建垒自守。荀跞谓韩不信、魏曼多曰："赵氏六卿之长，寅与吉射不由君命而擅逐之，政其归二家矣。"韩不信曰："盍以始祸为罪，而并逐之？"三人遂同请于定公，各率家甲，奉定公以伐二家，寅、吉射悉力拒战，不能取胜。吉射谋劫定公，韩不信遽使人呼于市中曰："范、中行氏谋反，来劫其君矣！"国人信其言，各执兵器，来救定公。三家借国人之众，杀败范、中行之兵。寅、吉射奔于朝歌以叛。

韩不信告于定公曰："范、中行实为首祸，今已逐矣。赵氏世有大功于晋，宜复鞅位。"定公言无不从，遂召鞅于晋阳，复其爵禄。梁婴父欲代荀寅为卿，荀跞言于赵鞅。鞅问董安于，安于曰："晋惟政出多门，故祸乱不息。若立婴父，是乃又置一荀寅也！"鞅乃不从。婴父怒，知为董安于所阻，谓荀跞曰："韩、魏党于赵，智氏之势孤矣。赵氏所恃者，其谋臣董安于也，何不去之？"跞问曰："去之何策？"婴父曰："安于私具甲兵，以激成范、中行之变，若论始祸，还是安于为首。"荀跞如婴父之言，以责赵鞅，鞅惧。董安于曰："臣向者固以死自期矣。臣死而赵氏安，是死贤于生也。"乃退而自缢。赵鞅乃陈其尸于市，使人告于荀跞曰："安于已伏罪矣。"荀跞乃与赵鞅结盟，各无相害。鞅私祀董安于于家庙之中，以答其劳。

寅、吉射久据朝歌，诸侯叛晋者，皆欲借之以害晋。赵鞅屡次兴师攻之，齐、鲁、郑、卫遣使输粟助兵，以救二氏，鞅不能克。直至周敬王三十年，赵鞅合韩、魏、智三家之兵，攻下朝歌，寅、吉射奔邯郸，再奔柏人㉗。未几，柏人城复破，其党范皋夷、张柳朔俱战死；豫让为荀跞子荀甲所获，甲子荀瑶请而活之，遂为智氏之臣。寅、吉射逃奔齐国去讫。可怜荀林父五传至寅㉘，士芳七传至吉射㉙，祖宗俱晋室股肱之臣也，子孙贪横，遂至灭宗，岂不哀哉！晋六卿自此只有赵、韩、魏、智四卿矣。此是后话。髯仙有诗云：

六卿相并或存亡，总是私门作主张。

四氏瓜分谋愈急，下如留却范中行。

且说周敬王二十六年春二月，吴王夫差除丧已久，乃告于太庙，兴倾国之兵，使子胥为大将，伯嚭副之，从太湖取水道攻越。越王勾践集群臣计议，出师迎敌。大夫范蠡字少伯，出班奏曰："吴耻丧其君，誓矢图报者，三年于兹矣。其志愤，其力齐，不可当也。宜敛兵为坚守之计。"大夫文种字会，奏曰："以愚见，莫若卑词谢罪，以乞其和，俟其兵退而后图之。"勾践曰："二卿言守言和，皆非至计。夫吴，吾世仇也，伐而不战，以我不能军矣。"乃悉起国中丁壮，共三万人，迎于椒山㉚之下。

初合战，吴兵稍却，杀伤约百十人。勾践趋利直进，约行数里，正遇夫差大军，两下布阵大战。夫差立于船头，亲自秉枹击鼓，以激厉将士，勇气十倍。忽北风大起，波涛汹涌，子胥、伯嚭各乘余皇大舰，顺风扬帆而下，俱用强弓劲弩，箭如飞蝗般射来。越兵迎风，不能抵敌，大败而走，吴兵分三路逐之。越将灵姑浮舟覆溺水而死，胥犴中箭亦亡，吴兵乘胜追逐，杀死不计其数。勾践奔至固城㉛自保，吴兵围之数重，绝其汲道。夫差喜曰："不出十日，越兵俱渴死矣。"谁知山顶之上，自有灵泉，泉有嘉鱼，勾践命取鱼数百头，以馈吴王，吴王大惊。勾践留范蠡坚守，自帅残兵，乘间奔会稽山㉞。点阅甲楯之数，才剩得五千余人，勾践叹曰："自先君至于孤，三十年来，未尝有此败也！悔不听范、文二大夫之言，以至如此。"

吴兵攻固城益急，子胥营于右，伯嚭营于左，范蠡告急，一日三至。越王大恐。文种献谋曰："事急矣！及今请成，犹可及也。"勾践曰："吴不许成，奈何？"文种对曰："吴有太宰伯嚭者，其人贪财好色，忌功嫉能，与子胥同朝，而志趣不合。吴王畏事子胥，而暱于嚭。若私诣太宰之营，结其欢心，与定行成之约，太宰言于吴王，无不听。子胥虽知而阻之，亦无及矣。"勾践曰："卿见太宰，以何为赂？"种对曰："军中所乏者，女色耳。诚得美女而献之，天若祚越，嚭当见听。"勾践乃连夜遣使至都城，命夫人选宫中之有色者得八人，盛其容饰，加以白璧二十双，黄金千镒，夜造太宰之营求见。

太宰嚭初欲拒绝，姑使人探其来状，闻有所赍献，乃召入。嚭倨坐以待之。文种跪而致词曰："寡君勾践，年幼无知，不能善事大国，以致获罪。今寡君已悔恨无及。愿举国请为吴臣，而恐王见咎不纳，知太宰以巍巍功德，外为吴之干城㉝，内作王之心膂㉞，寡君使下臣种，先叩首于辕门，借重一言，收寡君于宇下。不腆之仪，聊效薄贽，自此当源源而来矣。"乃以赂单呈上。嚭犹作色谓曰："越国旦暮且破灭矣，凡越所有，何患不归吴？而以此区区者啖我为耶？"种复进曰："越兵虽败，然保会稽者，尚有精卒五千，堪当一战。战而不捷，将尽焚库藏之积，窜身异国，以图楚王之事，安得遽为吴有耶？即使吴尽有之，然大半归于王宫，太宰同诸将，不过瓜分一二。孰若主越之成，寡君非委身于王，实委身于太宰也，春秋贡献，未入王宫，先入宰府，是太宰独擅全越之利，诸将不得与焉。况困兽犹斗，背城一战，尚有不可测之事乎？"这一席话，说入伯嚭之心，不觉点头微笑。文种又指单上所开美人曰："此八人者，皆出自越宫，若民间更有美于此者，寡君若生还越国，当竭力搜求，以备太宰扫除之数。"伯嚭起立曰："大夫舍右营㉟而趋左，以某无乘危害人之意也。某来朝当引子先见吾王，以决其议。"逐尽收所献，留种于营中，叙宾主之礼。

次早，同造中军，来见夫差。伯嚭先入，备道越王勾践使文种请成之意。夫差勃然曰："越与寡人有不共戴天之恨，安得允其成哉？"嚭对曰："王不记孙武之言乎？'兵凶器，可暂用而不可久也。'越虽得罪于吴，然其下吴者已至矣。其君请为吴臣，其妻请为吴妾，越国之宝器珍玩，尽扫以贡于吴宫，所乞于王者，仅存宗祀一线耳。夫受越之降，厚实也，赦越之罪，显名也。名实俱收，吴可以伯。必欲穷兵力以诛越，彼勾践将焚宗庙，杀妻子，沉金玉于江，率死士五千人，致死于吴，得无有所伤于王之左右乎？与其杀是人，孰若得是国之为利？"夫差曰："今文种安在？"嚭对曰："见在幕外候宣。"夫差乃命种入见。

种膝行而前，复申前说，加以卑逊。夫差曰："汝君请为臣妾，能从寡人入吴否？"种稽首曰："既为臣妾，死生在君，敢不服事于左右！"嚭曰："勾践夫妇愿来吴国，吴名虽赦越，实已得之矣，王又何求焉？"夫差乃许其成。

早有人到右营报知子胥。子胥急趋至中军，见伯嚭同文种立于王侧。子胥怒气盈面，问吴王曰："王已许越和乎？"王曰："已许之矣。"子胥连叫曰："不可，不可！"吓得文种倒退几步，静听其说。子胥谏曰："越与吴邻，有不两立之势，若吴不灭越，越必灭吴。夫秦、晋之国，我攻而胜之，得其地，不能居，得其车，不能乘。如攻越而胜之，其地可居，其舟可乘，此社稷之利，不可弃也。况又有先王大仇，不灭越，何以谢立庭之誓乎？"夫差语塞不能对，惟以目视伯嚭。伯嚭前奏曰："相国之言误矣！先王建国，水陆并封，吴、越宜水，秦、晋宜陆。若以其地可居，其舟可乘，谓吴、越必不能共存，则秦、晋、齐、鲁皆陆国也，其地亦可居，其车亦可乘，彼四国者，亦将并而为一乎？若谓先王大仇，必不可赦，则相国之仇楚者更甚，何不遂灭楚国而遽许其和耶？今越王夫妇皆愿服役于吴，视楚仅纳芈胜更不相同，相国自行忠厚之事，而欲王居刻薄之名，忠臣不如是也。"夫差喜曰："太宰之言有理，相国且退，俟越国贡献至日，当分赠汝。"气得子胥面如土色，叹曰："吾悔不听被离之言㊱，与此佞臣同事！"口中恨恨不绝。只得步出幕府，谓大夫王孙雄曰："越十年生聚㊲，再加以十年之教训，不过二十年，吴宫为沼矣。"雄意殊未深信。子胥含愤，自回右营。

夫差命文种回复越王，再到吴军申谢。夫差问越王夫妇入吴之期，文种对曰："寡君蒙大王赦而不诛，将暂假归国，悉敛其玉帛子女，以贡于吴，愿大王稍宽其期。其或负心失信，安能逃大王之诛乎？"夫差许诺，遂约定五月中旬，夫妇入臣于吴。遣王孙雄押文种同至越国，催促起程。太宰伯嚭屯兵一万于吴山㊳以候之，如过期不至，灭越归报。夫差引大军先回。

毕竟越王如何入吴，且看下回分解。

【注释】

①女闾：即妓院。系管仲相齐时所设。

②日：从前，往日。

③琛（chēn 抻）：珍宝。

④死败：覆亡。

⑤甄陶：锻炼成器。引申为培育造就人才或推行教化。甄，制造陶器

的转轮。

⑥立蒯聩之子辄为世子：此句欠准确。辄乃灵公之嫡孙，不应称"世子"。据《左传》《史记》，灵公三十九年（前496）太子蒯聩奔晋。四十三年，灵公欲立其庶子郢为太子，未果而亡，其孙辄继位。故灵公在世时，辄并未被立储。

⑦卫出公：姬辄，灵公孙。曾两次在位：第一次十二年（前492—前481），第二次七年（前476—前470）。

⑧戚：春秋卫地，在今河南濮阳县北。

⑨刘敞（1019—1068）：北宋经学家，字原父。累官集贤院学士。长于《春秋》研究，著有《公是集》七十五卷。

⑩木铎：本指以木为舌的大铃。古时宣布政教法令，巡行时振动木铎以引起众人注意。此处借喻孔子宣扬其学说。《论语·八佾》："天将以夫子为木铎。"

⑪鲇（nián 年）鱼：又名鳀鱼，身滑无鳞，其涎黏污。

⑫千社之地：指很大一块土地。《管子·乘马》："方六里，名之曰社。"

⑬子羔：孔子弟子，名高柴。事卫出公为大夫。

⑭子贡：孔子弟子，名端木赐，善辞令，并擅长经商。

⑮有若：孔子弟子，字子有。鲁定公时臣。

⑯宓（fú 扶）子贱：孔子弟子，名不齐。曾为单父宰，鸣琴而治。

⑰虞山：山名，在今江苏常熟市西北。

⑱张洪：明代常熟人，字宗海，洪熙间翰林，永乐间为行人使缅甸，曾采摭见闻作《南夷书》。

⑲"南风"句：南风借喻南方之吴国。北风借喻中原齐、晋等大国。

⑳诸姬：指东周各姬姓之国如晋、郑、卫、燕及吴等。此句写吴与中原诸大国争霸。

㉑千两：指千辆车。

㉒周敬王二十四年：即公元前496年。

㉓勾践：越王允常子，在位三十二年（前496—前465）。嗣位第三年被吴击败，屈膝求和，入为吴囚三年。放还后二十年，终于灭吴。

㉔将（jiàng桨）指：脚的大指。

㉕灵岩山：又名研石山，在今江苏苏州西。夫差于此建馆娃宫。山下有石室，乃夫差囚勾践、范蠡之处。

㉖六卿：此时晋之六卿，即韩（不信）、赵（鞅）、魏（曼多）、智（荀跞）、范（士吉射）、中行（荀寅）等六家。

㉗柏人：春秋晋地名。在今河北隆尧县尧城镇。

㉘荀林父五传至寅：指荀林父传荀庚，庚传荀偃，偃传荀吴，吴传

苟寅。

㉙士芳七传至吉射：指士芳传士縠，縠传士会，会传士燮，燮传士匄，匄传士鞅，鞅传士吉射。

㉚椒山：古地名，《左传》作夫椒，本书第八十回亦作夫椒。似在会稽（今浙江绍兴市）之北。

㉛固城：疑指城之坚固者，指会稽城。参见《史记·越王勾践世家》。

㉜会稽山：山名。在今浙江绍兴市东南十二里。

㉝干城：干即盾，城即城郭。皆起捍卫防御之作用，故用以比喻保卫国家，御敌立功的将领。

㉞心脊：脊指脊椎骨，心脊皆为人身重要部分，借以比喻亲信和骨干。

㉟右营：指伍子胥之营。

㊱被离之言：指被离于伯嚭来奔时，曾相其面，以为性贪专攻。见第七十四回。

㊲生聚：指繁衍人口，蓄积物资。

㊳吴山：山名。在今浙江杭州市南。

第八十回　夫差违谏释越　勾践竭力事吴

话说越大夫文种，蒙吴王夫差许其行成，回报越王，言："吴王已班师矣。遣大夫王孙雄随臣到此，催促起程，太宰屯兵江上，专候我王过江。"越王勾践不觉双眼流泪。文种曰："五月之期迫矣！王宜速归，料理国事，不必为无益之悲。"越王乃收泪，回至越都，见市井如故，丁壮萧然①，甚有惭色。留王孙雄于馆驿，收拾库藏宝物，装成车辆，又括国中女子三百三十人，以三百人送吴王，三十人送太宰。时尚未有行动之日，王孙雄连连催促。勾践泣谓群臣曰："孤承先人余绪，兢兢业业，不敢怠荒。今夫椒一败，遂至国亡家破，千里而作俘囚，此行有去日，无归日矣！"群臣莫不挥涕。文种进曰："昔者汤囚于夏台②，文王系于羑里③，一举而成王；齐桓公奔莒，晋文公奔翟，一举而成伯。夫艰苦之境，天之所以开王伯也。王善承天意，自有兴期，何必过伤，以自损其志乎？"

勾践于是即日祭祀宗庙，王孙雄先行一日，勾践与夫人随后进发，群臣皆送至浙江④之上。范蠡具舟于固陵⑤，迎接越王，临水祖道⑥。文种举觞而前，祝曰：

皇天祐助，前沉后扬。祸为德根，忧为福堂⑦。威人者灭，服从者昌。王虽淹滞⑧，其后无殃。君臣生离，感动上皇。众夫哀悲，莫不感伤！臣请荐脯，行酒二觞。

勾践仰天叹息，举杯垂涕，默无所言。范蠡进曰："臣闻'居不幽者志不广，形不愁者思不远'。古之圣贤，皆遇困厄之难，蒙不赦之耻，岂独君王哉？”勾践曰：“昔尧任舜、禹而天下治，虽有洪水，不为大害。

寡人今将去越入吴，以国属诸大夫，大夫何以慰寡人之望乎？”范蠡谓同列曰：“吾闻‘主忧臣辱，主辱臣死’。今主上有去国之忧，臣吴之辱，以吾浙东之士，岂无一二豪杰，与主上分忧辱者乎？”于是诸大夫齐声曰：“谁非臣子？惟王所命！”勾践曰：“诸大夫不弃寡人，愿各言尔志：谁可从难？谁可守国？”文种曰：“四境之内，百姓之事，蠡不如臣；与君周旋，临机应变，臣不如蠡。”范蠡曰：“文种自处已审，主公以国事委之，可使耕战足备，百姓亲睦。至于辅危主，忍垢辱，往而必反，与君复仇者，臣不敢辞。”于是诸大夫以次自述。太宰苦成曰：“发君之令，明君之德，统烦理剧，使民知分，臣之事也。”行人⑨曳庸曰：“通使诸侯，解纷释疑，出不辱命，入不被尤，臣之事也。”司直⑩皓进曰：“君非臣谏，举过决疑，直心不挠，不阿亲戚，臣之事也。”司马诸稽郢曰：“望敌设阵，飞矢扬兵，贪进不退，流血滂滂，臣之事也。”司农皋如曰：“躬亲抚民，吊死存疾，食不二味，蓄陈储新，臣之事也。"太史计倪曰："候天察地，纪历阴阳，福见知吉，妖出知凶，臣之事也。"勾践曰："孤虽入于北国，为吴穷虏，诸大夫怀德抱术，各显所长，以保社稷，孤何忧焉！"乃留众大夫守国，独与范蠡偕行，君臣别于江口，无不流涕。勾践仰天叹曰："死者，人之所畏，若孤之闻死，胸中绝无忧惕。"遂登船径去。送者皆哭拜于江岸下，越王终不返顾。有诗为证：

斜阳山外片帆开，风卷春涛动地回。

今日一樽沙际别，何时重见渡江来？

越夫人乃据舷而哭，见乌鹊啄江渚之虾，飞去复来，意甚闲适，因哭而歌之，曰：

仰飞鸟兮乌鸢[11]，凌玄虚[12]兮翩翩。集洲渚兮优恣[13]，奋健翮兮云间。啄素虾兮饮水，任厥性兮往还。妾无罪兮负地，有何辜兮谴天？风飘飘兮西往，知再返兮何年？心辗辗兮若割，泪泫泫兮双悬！

越王闻夫人怨歌，心中内恸，强笑以慰夫人之心曰："孤之六翮[14]备矣，高飞有日，复何忧哉！"

越王既入吴界，先遣范蠡见太宰伯嚭于吴山，复以金帛女子献之。嚭问曰："文大夫何以不至？"蠡曰："为吾主守国，不得偕来也。"嚭遂随范蠡来见越王，越王深谢其覆庇之德。嚭一力担承，许以返国，越王之心稍安。伯嚭引军押送越王，至于吴下[15]，引入见吴王。勾践肉袒伏于阶下，夫人亦随之。范蠡将宝物女子，开单呈献于下。越王再拜稽首曰："东海役臣勾践，不自量力，得罪边境。大王赦其深辜，使执箕帚，诚蒙厚恩，得保须臾之命，不胜感戴！勾践谨叩首顿首。"夫差曰："寡人若念先君之仇，子今日无生理！"勾践复叩首曰："臣实当死，惟大王怜之！"时子胥在旁，目若熛火[16]，声如雷霆，乃进曰："夫飞鸟在青云之上，尚欲弯弓而射之，况近集于庭庑乎？勾践为人机险，今为釜中之鱼，命制庖人，故诡词令色，以求免刑诛。一旦稍得志，如放虎于山，纵鲸于海，不复可制矣！"夫差曰："孤闻诛降杀服，祸及三世。孤非爱越而不诛，恐见咎

于天耳！”太宰嚭曰：“子胥明于一时之计，不知安国之道，吾王诚仁者之言也！”子胥见吴王信伯嚭之佞言，不用其谏，愤愤而退。夫差受越贡献之物，使王孙雄于阖闾墓侧，筑一石室，将勾践夫妇贬入其中，去其衣冠，蓬首垢衣，执养马之事。伯嚭私馈食物，仅不至于饥饿。吴王每驾车出游，勾践执马棰[17]步行车前，吴人皆指曰："此越王也！"勾践低首而已。有诗为证：

　　堪叹英雄值坎坷，平生意气尽销磨。

　　魂离故苑归应少，恨满长江泪转多。

勾践在石室二月，范蠡朝夕侍侧，寸步不离。忽一日，夫差召勾践入见，勾践跪伏于前，范蠡立于后。夫差谓范蠡曰："寡人闻'哲妇[18]不嫁破亡之家，名贤不官灭绝之国'。今勾践无道，国已将亡，子君臣并为奴仆，羁囚一室，岂不鄙乎？寡人欲赦子之罪，子能改过自新，弃越归吴，寡人必当重用。去忧患而取富贵，子意何如？"时越王伏地流涕，惟恐范蠡之从吴也。只见范蠡稽首而对曰："臣闻'亡国之臣，不敢语政；败军之将，不敢语勇'。臣在越不忠不信，不能辅越王为善，致得罪于大王，幸大王不即加诛，得君臣相保，入备扫除，出给趋走，臣愿足矣，尚敢望富贵哉？"夫差曰："子既不移其志，可仍归石室。"蠡曰："谨如君命。"夫差起，入宫中。勾践与范蠡趋入石室。越王服犊鼻[19]，着樵头[20]，斫锉[21]养马。夫人衣无缘之裳[22]，施左关之襦[23]，汲水除粪洒扫。范蠡拾薪炊爨，面目枯槁。夫差时使人窥之，见其君臣力作，绝无几微怨恨之色，终夜亦无愁叹之声，以此谓其无志思乡，置之度外。

一日，夫差登姑苏台，望见越王及夫人端坐于马粪之旁，范蠡操棰而立于左，君臣之礼存，夫妇之仪具。夫差顾谓太宰嚭曰："彼越王不过小国之君，范蠡不过一介之士，虽在穷厄之地，不失君臣之礼，寡人心甚敬之。"伯嚭对曰："不惟可敬，亦可怜也。"夫差曰："诚如太宰之言，寡人目不忍见。倘彼悔过自新，亦可赦乎？"嚭对曰："臣闻'无德不复'。大王以圣王之心，哀孤穷之士，加恩于越，越岂无厚报？愿大王决意。"夫差曰："可命太史择吉日，赦越王归国。"伯嚭密遣家人以五鼓投石室，将喜信报知勾践。勾践大喜，告于范蠡。蠡曰："请为王占之。今日戊寅，以卯时闻信，戊为囚日，而卯复克戊。其繇曰：'天网四张，万物尽伤，祥反为殃。'虽有信，不足喜也。"勾践闻言，喜变为忧。

却说子胥闻吴王将赦越王，急入见曰："昔桀囚汤而不诛，纣囚文王而不杀，天道还反，祸转成福，故桀为汤所放，商为周所灭。今大王既囚越君，而不行诛，诚恐夏、殷之患至矣。"夫差因子胥之言，复有杀越王之意，使人召之。伯嚭复先报勾践，勾践大惊，又告于范蠡。蠡曰："王勿惧也。吴王囚王已三年矣。彼不忍于三年，而能忍于一日乎？去必无恙。”勾践曰：“寡人所以隐忍不死者，全赖大夫之策耳。”乃入城来见吴王，候之三日，吴王并不视朝。伯嚭从宫中出，奉吴王之命，使勾践复归石室。勾践怪问其故，伯嚭曰：“王惑子胥之言，欲加诛戮，所以相召。适王感寒疾不能起，某入宫问疾，因言‘禳灾宜作福事。今越王匍匐待诛于阙下，怨苦之气，上干于天。王宜保重，且权放还石室，待疾愈而图之’。王听某之言，故遣君出城耳。”勾践感谢不已。

　　勾践居石室，忽又三月，闻吴王病尚未愈，使范蠡卜其吉凶。蠡布卦已成，对曰：“吴王不死，至己巳日当减，壬申日必全愈。愿大王请求问疾，倘得入见，因求其粪而尝之，观其颜色，再拜称贺，言病愈之期。至期若愈，必然心感大王，而赦可望矣。”勾践垂泪言曰：“孤虽不肖，亦曾南面为君，奈何含污忍辱，为人尝泄便乎？"蠡对曰："昔纣囚西伯于羑里，杀其子伯邑考^㉑，烹而饷之，西伯忍痛而食子肉。夫欲成大事者，不矜细行。吴王有妇人之仁，而无丈夫之决，已欲赦越，忽又中变，不如此，何以取其怜乎？"勾践即日投太宰府中，见伯嚭曰："人臣之道，主疾则臣忧。今闻主公抱疴不瘳，勾践心孤失望，寝食不安，愿从太宰问疾，以伸臣子之情。"嚭曰："君有此美意，敢不转达。"伯嚭入见吴王，曲道勾践相念之情，愿入问疾。夫差在沉困之中，怜其意而许之。

嚭引勾践入于寝室，夫差强目视曰："勾践亦来见孤耶？"勾践叩首奏曰："囚臣闻龙体失调，如摧肝肺，欲一望颜色而无由也。"言未毕，夫差觉腹涨欲便，麾使出。勾践曰："臣在东海，曾事医师，观人泄便，能知疾之瘳剧。"乃拱立于户下。侍人将余桶近床，扶夫差便讫，将出户外。勾践揭开桶盖，手取其粪，跪而尝之。左右皆掩鼻。勾践复入叩首曰："囚臣敢再拜敬贺大王，王之疾，至己巳日有瘳，交三月壬申全愈矣。"夫差曰："何以知之？"勾践曰："臣闻于医师：'夫粪者，谷味也。顺时气则生，逆时气则死。'今囚臣窃尝大王之粪，味苦且酸，正应春夏发生之气，是以知之。"夫差大悦曰："仁哉勾践也！臣子之事君父，孰肯尝粪而决疾者？"时太宰嚭在旁，夫差问曰："汝能乎？"嚭摇首曰："臣虽甚爱大王，然此事亦不能。"夫差曰："不但太宰，虽吾太子亦不能也。"即命勾践离其石室，就便栖止："待孤疾瘳，即当遣伊还国。"勾践再拜谢恩而出。自此僦居民舍，执牧养之事如故。

夫差病果渐愈，一一如勾践所刻之期。心念其忠，既出朝，命置酒于文台^㉕之上，召勾践赴宴。勾践佯为不知，仍前囚服而来。夫差闻之，即令沐浴，改换衣冠。勾践再三辞谢，方才奉命。更衣入谒，再拜稽首。夫差慌忙扶起，即出令曰："越王仁德之人，焉可久辱！寡人将释其囚役，免罪放还。今日为越王设北面^㉖之坐，群臣以客礼事之。"乃揖让使就客坐，诸大夫皆列坐于旁。子胥见吴王忘仇待敌，心中不忿，不肯入坐，拂衣而出。伯嚭进曰："大王以仁者之心，赦仁者之过。臣闻'同声相和，

同气相求'。今日之坐，仁者宜留，不仁者宜去。相国刚勇之夫，其不坐，殆自惭乎？"夫差笑曰："太宰之言当矣。"酒三行，范蠡与越王俱起进觞，为吴王寿，口致祝辞曰：

皇王在上，恩播阳春。其仁莫比，其德日新。於乎休哉[21]！传德无极。延寿万岁，长保吴国。四海咸承，诸侯宾服。觞酒既升，永受万福！

吴王大悦，是日尽醉方休，命王孙雄送勾践于客馆："三日之内，孤当送尔归国。"

至次早，子胥入见吴王曰："昨日大王以客礼待仇人，果何见也？勾践内怀虎狼之心，外饰温恭之貌，大王爱须臾之谀，不虑后日之患，弃忠直而听谗言，溺小仁而养大仇，譬如纵毛于炉炭之上，而幸其不焦，投卵于千钧之下，而望其必全，岂可得耶？"吴王怫然曰："寡人卧疾三月，相国并无一好言相慰，是相国之不忠也；不进一好物相送，是相国之不仁也。为人臣不仁不忠，要他何用！越王弃其国家，千里来归寡人，献其货财，身为奴婢，是其忠也；寡人有疾，亲为尝粪，略无怨恨之心，是其仁也。寡人若徇相国私意，诛此善士，皇天必不佑寡人矣。"子胥曰："王何言之相反也。夫虎卑其势，将有击也；狸缩其身，将有取也。越王入臣于吴，怨恨在心，大王何得知之？其下尝大王之粪，实上食大王之心，王若不察，中其奸谋，吴必为擒矣。"吴王曰："相国置之勿言，寡人意已决！"子胥知不可谏，遂郁郁而退。

至第三日，吴王复命置酒于蛇门㉘之外，亲送越王出城。群臣皆捧觞饯行，惟子胥不至。夫差谓勾践曰："寡人赦君返国，君当念吴之恩，勿记吴之怨。"勾践稽首曰："大王哀臣孤穷，使得生还故国，当生生世世，竭力报效。苍天在上，实鉴臣心，如若负吴，皇天不佑！"夫差曰："君子一言为定，君其遂行。勉之，勉之！"勾践再拜跪伏，流涕满面，有依恋不舍之状。夫差亲扶勾践登车，范蠡执御，夫人亦再拜谢恩，一同升辇，望南而去。时周敬王二十九年㉙事也。史臣有诗云：

越王已作釜中鱼，岂料残生出会稽？

可笑夫差无远虑，放开罗网纵鲸鲵。

勾践回至浙江之上，望见隔江山川重秀，天地再清，乃叹曰："孤自意永辞万民，委骨异域，岂期复得返国而奉祀乎？"言罢，与夫人相向而泣，左右皆感动流泪。文种早知越王将至，率守国群臣，城中百姓，拜迎于浙水之上，欢声动地。勾践命范蠡卜日到国。蠡屈指曰："异哉，王之择日也，无如来日最吉，王宜疾趋以应之。"于是策马飞舆，星夜还都。告庙临朝，都不必叙。

勾践心念会稽之耻，欲立城于会稽，迁都于此，以自警惕，乃专委其事于范蠡。蠡乃观天文，察地理，规造新城，包会稽山于内。西北立飞翼楼于卧龙山㉚，以象天门；东南伏漏石窦，以象地户㉛。外郭周围，独缺西北，扬言"已臣服于吴，不敢壅塞贡献之道"，实阴图进取之便。城既成，忽然城中涌出一山，周围数里，其象如龟，天生草木盛茂，有人认得此山，乃琅玡东武山㉜，不知何故，一夕飞至。范蠡奏曰："臣之筑城，上应天象，故天降昆仑㉝，以启越之伯也。"越王大喜，乃名其山曰怪山，亦曰飞来山，亦曰龟山㉞。于山巅立灵台，建三层楼，以望灵物。制度俱备，勾践自诸暨㉟迁而居之，谓范蠡曰："孤实不德，以至失国亡家，身为奴隶，苟非相国及诸大夫赞助，焉有今日？"蠡曰："此乃大王之福，非臣等之功也。但愿大王时时勿忘石室之苦，则越国可兴，而吴仇可报矣。"勾践曰："敬受教！"于是以文种治国政，以范蠡治军旅，尊贤礼士，敬老恤贫，百姓大悦。

越王自尝粪之后，常患口臭。范蠡知城北有山，出蔬菜一种，其名曰蕺㊱，可食，而微有气息，乃使人采蕺，举朝食之，以乱其气。后人因名其山曰蕺山㊲。

勾践迫欲复仇，乃苦身劳心，夜以继日。目倦欲合，则攻之以蓼㊳；足寒欲缩，则渍之以水。冬常抱冰，夏还握火；累薪而卧，不用床褥。又悬胆于坐卧之所，饮食起居，必取而尝之。中夜潜泣，泣而复啸，"会稽"二字，不绝于口。以丧败之余，生齿亏减，乃著令使壮者勿娶老妻，老者勿娶少妇；女子十七不嫁，男子二十不娶，其父母俱有罪；孕妇将产，告于官．使医守之；生男赐以壶酒一犬，生女赐以壶酒一豚；生子三人，官养其二，生子二人，官养其一。有死者，亲为哭吊。每出游，必载饭与羹于后车，遇童子，必铺而啜之，问其姓名。遇耕时，躬身秉耒。夫人自织，与民间同其劳苦。七年不收民税。食不加肉，衣不重采。惟问候之使，无一月不至于吴。复使男女入山采葛，作黄丝细布，欲献吴王；尚未及进，吴王嘉勾践之顺，使人增其封。于是东至句甬㊳，西至檇李，南至姑蔑㊵，北至平原㊶，纵横八百余里，尽为越壤。勾践乃治葛布十万匹，甘蜜百坛，狐皮五双，晋竹㊷十艘，以答封地之礼。夫差大悦，赐越王羽

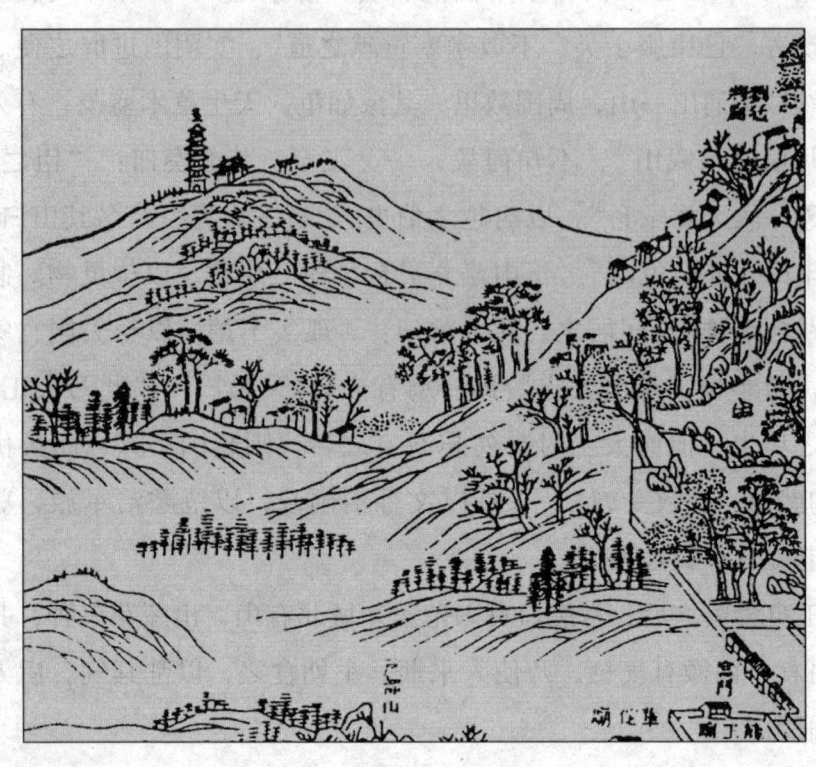

毛之饰。子胥闻之，称疾不朝。

夫差见越已臣服不贰，遂深信伯嚭之言。一日，问伯嚭曰："今日四境无事，寡人欲广宫室以自娱，何地相宜？"嚭奏曰："吴都之下，崇台胜境，莫若姑苏，然前王所筑，不足以当巨览。王不若重将此台改建，令其高可望百里，宽可容六千人，聚歌童舞女于上，可以极人间之乐矣。"夫差然之。乃悬赏购求大木。文种闻之，进于越王曰："臣闻'高飞之鸟，死于美食；深泉之鱼，死于芳饵'。今王志在报吴，必先投其所好，然后得制其命。"勾践曰："虽得其所好，岂遂能制其命乎？"文种对曰："臣所以破吴者有七术：一曰捐货币，以悦其君臣；二曰贵籴粟稿[13]，以虚其积聚；三曰遗美女，以惑其心志；四曰遗之巧工良材，使作宫室，以罄其财；五曰遗之谀臣，以乱其谋；六曰强其谏臣使自杀，以弱其辅；七曰积财练兵，以承其弊。"勾践曰："善哉！今日先行何术？"文种对曰：

"今吴王方改筑姑苏台，宜选名山神材，奉而献之。"

越王乃使木工三千余人，入山伐木，经年无所得。工人思归，皆有怨望之心，乃歌《木客之吟》曰：

朝采木，暮采木，朝朝暮暮入山曲，穷岩绝壑徒往复。天不生兮地不育，木客何辜兮，受此劳酷？

每深夜长歌，闻者凄绝。忽一夜，天生神木一双，大二十围，长五十寻㊹，在山之阳者曰梓，在山之阴者曰楠。木工惊睹，以为目未经见，奔告越王。群臣皆贺曰："此大王精诚格天，故天生神木，以慰王衷也。"勾践大喜，亲往设祭而后伐之。加以琢削磨砻，用丹青错画为五采龙蛇之文，使文种浮江而至，献于吴王曰："东海贱臣勾践，赖大王之力，窃为小殿，偶得巨材，不敢自用，敢因下吏献于左右。"夫差见木材异常，不胜惊喜。子胥谏曰："昔桀起灵台㊺，纣起鹿台㊻，穷竭民力，遂致灭亡。勾践欲害吴，故献此木，王勿受之。"夫差曰："勾践得此良材，不自用而献于寡人，乃其好意，奈何逆之？"遂不听，乃将此木建姑苏之台。三年聚材，五年方成，高三百丈，广八十四丈，登台望彻二百里。旧有九曲径以登山，至是更广之。百姓昼夜并作，死于疲劳者，不可胜数。有梁伯龙㊼诗为证：

千仞高台面太湖，朝钟暮鼓宴姑苏。

咸行海外三千里，霸占江南第一都。

越王闻之，谓文种曰："子所云'遗之巧匠良材，使作宫室，以尽其财'。此计已行。今崇台之上，必妙选歌舞以充之，非有绝色，不足佟其心志，子其为寡人谋之！"文种对曰："兴亡之数，定于上天，既生神木，何患无美女。但搜求民间，恐摇动人心。臣有一计，可阅国中之女子，惟王所择。"

不知文种又是何计，且看下回分解。

【注释】

①萧然：冷落萧条的样子。

②汤囚于夏台：夏台，又名钧台，在今河南禹县南。相传汤曾被夏桀囚于此。

③文王系于羑（yǒu 有）里：羑里，古城名，一名牖里，在今河南汤阴县北。《史记·殷本纪》："纣囚西伯（文王）羑里。"

④浙江：江水名。源出新安江、兰溪，下流分段称桐江、富春江、钱

塘江。总称为浙江。

⑤固陵：古地名，在今浙江萧山区西十二里。吴越时称西兴。《水经注》："昔范蠡筑城于浙江之滨，言可以固守，谓之固陵。"

⑥祖道：祖，道路之神。出行前祭祀路神，后成为饯行的代称。

⑦福堂：福德聚集之处。

⑧淹滞：本指沉抑下僚，此处引申为不走运，倒霉。

⑨行人：古官名，掌朝觐聘问。《周官》有大行人、小行人，属秋官。春秋时各国皆有行人之职，掌各种交际之事。

⑩司直：古官名。掌管监察，纠举不法等事。

⑪乌鸢（yuān 渊）：乌鸦、老鹰，均为贪食之鸟。

⑫玄虚：指天空、苍穹。

⑬优恣：优游自在。

⑭六翮（hé 河）：翮，鸟羽毛。六翮，代指双翅。

⑮吴下：即吴都姑苏。下，用于名词之后表示处所。

⑯熛（biāo 彪）火：闪动的火焰。

⑰箠（chuí 垂）：马鞭。

⑱哲妇：足智多谋之妇女。

⑲犊鼻：即犊鼻裤。指短裤、围裙。

⑳樵头：指樵夫用以束发的头巾，泛指粗布头巾。

㉑斫剉（cuò 错）：剁切草料。

㉒无缘之裳：指不缝边的衣服。

㉓左关之襦：疑即左衽。即前襟向左。此亦为死者的葬服。《礼记·丧大记》疏："生乡（向）右，左手解袖带便也；死则襟乡（向）左，示不复解也。"勾践夫人着葬服，以示待死之意。

㉔伯邑考：周文王之长子。被杀事见《礼记·檀弓上》《淮南子·氾论训》。

㉕文台：应为吴都城内之高台。

㉗於（wū乌）乎：即呜呼。休哉：美哉。

㉘蛇门：即吴都之南门。见第七十四回。

㉙周敬王二十九年：即公元前491年。

㉚卧龙山：山名。在今浙江绍兴市西。

㉛地户：地门。古时相传天有门，地有户；天门在西北，地户在东南。《河图括地象》："天不足西北，地不足东南。西北为天门，东南为地户。天门无上，地户无下。"

㉜琅玡东武山：琅玡，古郡名，在今山东胶南、诸城市一带。东武山在其郡内，传说后徙于会稽。《神异记》："琅玡东武山，徙于会稽，压杀

百姓。"《搜神记》卷六亦有类似记载。

㉝昆仑：即昆仑山，此处做山的代称。

㉞龟山：山名。在今绍兴市东，亦名宝林山。

㉟诸暨：越之旧都，自越王允常时即定都于此。即今浙江诸暨市。

㊱蕺（jí集）：蕺菜，一名葅菜，俗称鱼腥草，其叶有腥气，可入药。

㊲蕺山：山名。在今浙江绍兴市东北，因多产蕺菜而得名。

㊳蓼（liǎo了）：植物名。有水蓼、马蓼、辣蓼等，味辛辣，有刺激性。

㊴句甬：旧注为东海，但具体地点不详。疑即今浙江舟山群岛。即第八十三回之甬东，又称甬句东。

㊵姑蔑：地名。在浙江西部衢州东北。《国语·越语》："勾践之地，西至于姑蔑。"

㊶平原：地名，《越绝书》作"武原"，在今浙江海盐县。

㊷晋竹：即箭竹。晋，古音箭，故通。

㊸粟槁（gǎo皋）：指干燥易存的粮食。

㊹寻：长度单位，八尺曰寻。

㊺灵台：夏桀所筑之灵台，于史无考。《诗经·大雅·灵台》中"经始灵台"，乃周文王所筑。地在今西安市西北。

㊻鹿台：纣王所筑著名台观，在今河南汤阴县朝歌镇南，其大三里，高千尺。纣王兵败后，自焚于此。

㊼梁伯龙：即明代著名戏曲家梁辰鱼。著有《浣纱记》，演吴越相争事。

第八十一回　美人计吴宫宠西施
言语科子贡说列国

　　话说越王勾践欲访求境内美女，献于吴王，文种献计曰："愿得王之近竖百人，杂以善相人者，使挟其术，遍游国中，得有色者，而记其人地，于中选择，何患无人？"勾践从其计。半年之中，开报美女，何止二十余人。勾践更使人覆视，得尤美者二人，因图其形以进。那二人是谁？西施，郑旦。那西施乃苎萝山①下采薪者之女。其山有东西二村，多施姓者，女在西村，故以西施别之。郑旦亦在西村，与施女毗邻，临江而居，每日相与浣纱于江，红颜花貌，交相映发，不啻如并蒂之芙蓉②也。勾践命范蠡各以百金聘之。服以绮罗之衣，乘以重帷之车，国人慕美人之名，争欲识认，都出郊外迎候，道路为之壅塞。范蠡乃停西施、郑旦于别馆，传谕："欲见美人者，先输金钱一文。"设柜收钱，顷刻而满。美人登朱楼，凭栏而立，自下望之，飘飘乎天仙之步虚矣。美人留郊外三日，所得金钱无算，悉辇于府库，以充国用。勾践亲送美人别居土城③，使老乐师教之歌舞，学习容步，俟其艺成，然后敢进吴邦。时周敬王三十一年④，勾践在位之七年也。

　　先一年，齐景公杵臼薨，幼子荼⑤嗣立。是年楚昭王轸薨，世子章⑥嗣立。其时楚方多故，而晋政复衰，齐自晏婴之死，鲁因孔子之去，国俱不振，独吴国之强，甲于天下。夫差恃其兵力，有荐食山东之志，诸侯无不畏之。

　　就中单说齐景公，夫人燕姬，有子而夭，诸公子庶出者，凡六人，阳

生最长，荼最幼。荼之母鬻姒贱而有宠，景公因母及子，爱荼特甚，号为

安孺子。景公在位五十七年，年已七十余岁，不肯立世子，欲待安孺子长成而后立之。何期一病不起，乃属世臣国夏、高张，使辅荼为君。大夫陈乞，素与公子阳生相结，恐阳生见诛，劝使出避。阳生遂与其子壬及家臣阚止，同奔鲁国。景公果使国、高二氏逐群公子，迁于莱邑⑦。景公薨，安孺子荼既立，国夏、高张左右秉政。陈乞阳为承顺，中实忌之，遂于诸大夫面前，诡言：“高、国有谋，欲去旧时诸臣，改用安孺子之党。”诸大夫信之，皆就陈乞求计。陈乞因与鲍牧倡首，率诸大夫家众，共攻高、国，杀高张，国夏出奔莒国。

于是鲍牧为右相，陈乞为左相，立国书、高无丕以继二氏之祀。安孺

子年才数岁，言动随人，不能自立。陈乞有心要援立公子阳生，阴使人召之于鲁。阳生夜至齐郊，留阚止与其子壬干郊外，自己单身入城，藏于陈乞家中。陈乞假称祀先，请诸大夫至家，共享祭余。诸大夫皆至。鲍牧别饮于他所，最后方到。陈乞候众人坐定，乃告曰："吾新得精甲，请共观之。"众皆曰："愿观。"于是力士负巨囊自内门出，至于堂前。陈乞手自启囊，只见一个人，从囊中伸头出来，视之，乃公子阳生也。众人大惊。陈乞扶阳生出，南向立，谓诸大夫曰："立子以长，古今通典。安孺子年幼，不堪为君，今奉鲍相国之命，请改事长公子。"鲍牧睁目言曰："吾本无此谋，何得相诬？欺我醉耶？"阳生向鲍牧揖曰："废兴之事，何国无之？惟义所在。大夫度义可否，何问谋之有无？"陈乞不待言终，强拉鲍牧下拜。诸大夫不得已，皆北面稽首。陈乞同诸大夫歃血定盟。车乘已具，齐奉阳生升车入朝，御殿即位，是为悼公⑧。即日迁安孺子于宫外，杀之。悼公疑鲍牧不欲立己，访于陈乞。乞亦忌牧位在己上，遂阴谮牧与群公子有交，不诛牧，国终不靖。于是悼公复诛鲍牧，立鲍息，以存鲍叔牙之祀。陈乞独相齐国。国人见悼公诛杀无辜，顿有怨言。

再说悼公有妹，嫁与邾子益为夫人。益傲慢无礼，与鲁不睦。鲁上卿季孙斯言于哀公⑨，引兵伐邾，破其国，执邾子益，囚于负瑕⑩。齐悼公大怒曰："鲁执邾君，是欺齐也。"遂遣使乞师于吴，约同伐鲁。夫差喜曰："吾欲试兵山东，今有名矣！"遂许齐出师。鲁哀公大惧，即释放邾子益复归其国，使人谢齐。齐悼公使大夫公孟绰辞于吴王，言："鲁已服罪，不敢劳大王之军旅。"夫差怒曰："吴师行止，一凭齐命，吴岂齐之属国耶？寡人当亲至齐国，请问前后二命之故。"叱公孟绰使退。鲁闻吴王怒齐，遂使人送款与吴，反约吴王同伐齐国。夫差欣然即日起师，同鲁伐齐，围其南鄙。齐举国惊惶，皆以悼公无端召寇，怨言益甚。时陈乞已卒，子陈恒秉政，乘国人不顺，谓鲍息曰："子盍行大事，外解吴怨，而内以报家门之仇？"息辞以不能。恒曰："吾为子行之。"乃因悼公阅师，进鸩酒，毒杀悼公，以疾讣于吴军曰："上国膺受天命，寡君得罪，遂遘暴疾，上天代大王行诛，幸赐矜恤，勿陨社稷，愿世世服事上国。"夫差乃班师，鲁师亦归。国人皆知悼公死于非命，因畏爱陈氏，无敢言者。陈恒立悼公之子壬，是为简公⑪。简公欲分陈氏之权，乃以陈恒为右相，阚止为左相。昔人论齐祸皆启于景公，诗曰：

从来溺爱智逾昏，继统如何乱弟昆？

莫怨强臣与强寇，分明自己凿凶门⑫。

时越王教习美女三年，技态尽善，饰以珠帻，坐以宝车，所过街衢，香风闻于远近，又以美婢旋波、移光等六人为侍女，使相国范蠡进之吴国。夫差自齐回吴，范蠡入见，再拜稽首曰："东海贱臣勾践，感大王之恩，不能亲率妻妾，伏侍左右，遍搜境内，得善歌舞者二人，使陪臣纳之王宫，以供洒扫之役。"夫差望见，以为神仙之下降也，魂魄俱醉。子胥谏曰："臣闻'夏亡以妹喜，殷亡以妲己，周亡以褒姒'。夫美女者，亡国之物，王不可受！"夫差曰："好色，人之同心。勾践得此美女不自用，而进于寡人，此乃尽忠于吴之证也。相国勿疑。"遂受之。二女皆绝色，夫差并宠爱之，而妖艳善媚，更推西施为首。于是西施独夺歌舞之魁，居姑苏之台，擅专房之宠，出入仪制，拟于妃后。郑旦居吴宫，妒西施之宠，郁郁不得志，经年而死。夫差哀之，葬于黄茅山[13]，立祠祀之。此是后话。

且说夫差宠幸西施，令王孙雄特建馆娃宫于灵岩之上，铜沟玉槛，饰以珠玉，为美人游息之所。建响屧廊。何为响屧？屧乃鞋名，凿空廊下之地，将大瓮铺平，覆以厚板，令西施与宫人步屧绕之，铮铮有声，故名响屧。今灵岩寺圆照塔前小斜廊，即其址也。高启[14]《馆娃宫》诗云：

馆娃宫中馆娃阁，画栋侵云峰顶开。

犹恨当时高未极，不能望见越兵来！

王禹偁[15]有《响屧廊》诗云：

廊坏空留响屧名，为因西子绕廊行。

可怜伍相终尸谏[16]，谁记当时曳履声！

山上有玩花池、玩月池。又有井，名吴王井，井泉清碧，西施或照泉而妆，夫差立于旁，亲为理发。又有洞名西施洞，夫差与西施同坐于此。洞外石有小陷，今俗名西施迹。又尝与西施鸣琴于山巅，今有琴台。又令人种香于香山，使西施与美人泛舟采香。今灵岩山南望，一水直如矢，俗名箭泾，即采香泾故处。又有采莲泾，在郡城[17]东南，吴王与西施采莲处。又于城中开凿大濠，自南直北，作锦帆以游，号锦帆泾。高启诗云：

吴王在日百花开，画船载乐洲边来。吴王去后百花落，歌吹无闻洲寂寞。花开花落年年春，前后看花应几人？但见枝枝映流水，下知片片堕行尘。年年风雨荒台畔，日暮黄鹂肠欲断。岂惟世少看花人，从来此地无花看。

又城南有长洲苑，为游猎之所。又有鱼城养鱼，鸭城畜鸭，鸡陂畜鸡，酒城造酒。又尝与西施避暑于西洞庭^⑱之南湾，湾可十余里，三面皆山，独南面如门阙。吴王曰："此地可以消夏。"因名消夏湾。张羽^⑲又有《苏台歌》云：

馆娃宫中百花开，西施晓上姑苏台。霞裙翠袂当空举，身轻似展凌风羽。遥望三江^⑳水一杯，两点^㉑微茫洞庭树。转面凝眸未肯回，要见君王射麋处。城头落日欲栖鸦，下阶戏折棠梨花。隔岸行人莫倚盼，干将莫邪光粲粲。

夫差自得西施，以姑苏台为家，四时随意出游，弦管相逐，流连忘返。惟太宰嚭、王孙雄常侍左右，子胥求见，往往辞之。

越王勾践闻吴王宠幸西施，日事游乐，复与文种谋之。文种对曰："臣闻'国以民为本，民以食为天'。今岁年谷歉收，粟米将贵，君可请贷于吴，以救民饥。天若弃吴，必许我贷。"勾践即命文种以重币贿伯嚭，使引见吴王。吴王召见于姑苏台之宫，文种再拜请曰："越国湾下[22]，水旱不调，年谷不登，人民饥困。愿从大王乞太仓之谷万石，以救目前之馁，明年谷熟，即当奉偿。"夫差曰："越王臣服于吴，越民之饥，即吴民之饥也，吾何爱积谷，不以救之？"时子胥闻越使至，亦随至苏台，得见吴王，及闻许其请谷，复谏曰："不可，不可！今日之势，非吴有越，即越有吴。吾观越王之遣使者，非真饥困而乞籴也，将以空吴之粟也。与之不加亲，不与未成仇，王不如辞之。"吴王曰："勾践囚于吾国，却行马前，诸侯莫不闻知。今吾复其社稷，恩若再生，贡献不绝，岂复有背叛之虞乎？"子胥曰："吾闻越王早朝晏罢，恤民养士，志在报吴，大王又输粟以助之，臣恐麋鹿将游于姑苏之台矣。"吴王曰："勾践业已称臣，乌有臣而伐君者？"子胥曰："汤伐桀，武王伐纣，非臣伐君乎？"伯嚭从旁叱之曰："相国出言太甚，吾王岂桀、纣之比耶？"因奏曰："臣闻葵丘之盟，遏籴有禁，为恤邻也。况越，吾贡献之所自出乎？明岁谷熟，责其如数相偿，无损于吴，而有德于越，何惮而不为也？"夫差乃与越粟万石，谓文种曰："寡人逆群臣之议，而输粟于越，年丰必偿，不可失信！"文种再拜稽首曰："大王哀越而救其饥馁，敢不如约。"文种领谷万石，归越，越王大喜，群臣皆呼："万岁！"勾践即以粟颁赐国中之贫民，百姓无不颂德。

次年，越国大熟，越王问于文种曰："寡人不偿吴粟，则失信；若偿之，则损越而利吴矣。奈何？"文种对曰："宜择精粟，蒸而与之，彼爱吾粟，而用以布种，吾计乃得矣。"越王用其计，以熟谷还吴，如其斗斛之数。吴王叹曰："越王真信人也！"又见其谷粗大异常，谓伯嚭曰："越地肥沃，其种甚嘉，可散与吾民植之。"于是国中皆用越之粟种。不复发生，吴民大饥，夫差犹认以为地土不同，不知粟种之蒸熟也，文种之计亦毒矣。此周敬王三十六年㉒事也。

越王闻吴国饥困，便欲兴兵伐吴。文种谏曰："时未至也，其忠臣尚在。"越王又问于范蠡，蠡对曰："时不远矣，愿王益习战以待之。"越王曰："攻战之具，尚未备乎？"蠡对曰："善战者，必有精卒，精卒必有兼人之技，大者剑戟，小者弓弩，非得明师教习，不得尽善。臣访得南林有处女，精于剑戟；又有楚人陈音，善于弓矢，王其聘之。"越王分遣二使，持重币往聘处女及陈音。

单说处女不知名姓，生于深林之中，长于无人之野，不由师传，自然工于击刺。使者至南林，致越王之命，处女即随使北行。至山阴道中，遇一白须老翁，立于车前，问曰："来者莫非南林处女乎？有何剑术，敢受越王之聘？愿请试之！"处女曰："妾不敢自隐，惟公指教！"老翁即挽林内之竹，如摘腐草，欲以刺处女。竹折，末堕于地，处女即接取竹末，以刺老翁。老翁忽飞上树，化为白猿，长啸一声而去。使者异之。处女见越王，越王赐坐，问以击刺之道。处女曰："内实精神，外示安佚，见之如好妇，夺之似猛虎。布形候气，与神俱往，捷若腾兔，追形还影，纵横往来，目不及瞬。得吾道者，一人当百，百人当万。大王不信，愿得试之。"越王命勇士百人，攒戟以刺处女。处女连接其戟而投之，越王乃服，使教习军士，军士受其教者三千人。岁余，处女辞归南林，越王再使人请之，已不在矣。或曰："天欲兴越亡吴，故遣神女下授剑术，以助越也。"

再说楚人陈音，以杀人避仇于越。蠡见其射必命中，言于越王，聘为射师。王问音曰："请问弓弩何所而始？"陈音对曰："臣闻弩生于弓，弓生于弹㉔，弹生于古之孝子。古者人民朴实，饥食鸟兽，渴饮雾露，死则裹以白茅，投于中野。有孝子不忍见其父母为禽兽所食，故作弹以守之。时为之歌曰：'断木续竹，飞土逐肉。'至神农皇帝㉕兴，弦木为弧，剡木为矢，以立威于四方。有弧父㉗者，生于楚之荆山，生不见父母，自为儿时，习用弓矢，所射无脱。以其道传于羿㉘，羿传于逢蒙㉙，逢蒙传于琴氏③。琴氏以为诸侯相伐，弓矢不能制服，乃横弓著臂，施机设枢，加之以力，其名曰弩。琴氏传之楚三侯③，楚由是世世以桃弓棘矢，备御邻国。臣之前人，受其道于楚，五世于兹矣。弩之所向，鸟不及飞，兽不及走，惟王试之！"越王亦遣士三千，使音教习于北郊之外。音授以连弩之法，

三矢连续而去，人不能防。三月尽其巧。陈音病死，越王厚葬之，名其山曰陈音山③。此是后话。髯仙诗云：

　　击剑弯弓总为吴，卧薪尝胆泪几枯。

　　苏台歌舞方如沸，遑问邻邦事有无。

　　子胥闻越王习武之事，乃求见夫差，流涕而言曰："大王信越之臣顺，

今越用范蠡，日夜训练士卒，剑戟弓矢之艺，无不精良。一旦乘吾间而入，吾国祸不支矣。王如不信，何不使人察之？"夫差果使人探听越国，备知处女、陈音之事，回报夫差。夫差谓伯嚭曰："越已服矣，复治兵欲何为乎？"嚭对曰："越蒙大王赐地，非兵莫守。夫治兵，乃守国之常事，王何疑焉？"夫差终不释然，遂有兴兵伐越之意。

话分两头。再说齐国陈氏，世得民心，久怀擅国之志。及陈恒嗣位，逆谋愈急，惮高、国之党尚众，思尽去之，乃奏于简公曰："鲁邻国而共吴伐齐，此仇不可忘也。"简公信其言。恒因荐国书为大将，高无军、宗楼副之，大夫公孙夏、公孙挥、闾丘明等皆从。悉车千乘，陈恒亲送其师。屯于汶水之上，誓欲灭鲁方还。

时孔子在鲁，删述《诗》《书》。一日，门人琴牢㊱字子张，自齐至鲁，来见其师。孔子问及齐事，知齐兵在境上，大惊曰："鲁乃父母之国，今被兵，不可不救！"因问群弟子："谁能为某出使于齐，以止伐鲁之兵者？"子张、子石㉞俱愿往，孔子不许。子贡离席而问曰："赐可以去乎？"孔子曰："可矣。"子贡即日辞行，至汶上㉟，求见陈恒。恒知子贡乃孔门高弟，此来必有游说之语，乃预作色以待之。子贡坦然而入，旁若无人。恒迎入相见，坐定，问曰："先生此来，为鲁作说客耶？"子贡曰："赐之来，为齐非为鲁也。夫鲁，难伐之国，相国何为伐之？"陈恒曰："鲁何难伐也？"子贡曰："其城薄以卑，其池狭以浅，其君弱，大臣无能，士不习战，故曰'难伐'。为相国计，不如伐吴。吴城高而池广，兵甲精利，又有良将为守，此易攻耳。"恒勃然曰："子所言难易，颠倒不情，恒所不解。"子贡曰："请屏左右，为相国解之。"恒乃屏去从人，前席请教。子贡曰："赐闻'忧在外者攻其弱，忧在内者攻其强'。赐窃窥相国之势，非能与诸大臣共事者也。今破弱鲁以为诸大臣之功，而相国无与焉，诸大臣之势日盛，而相国危矣！若移师于吴，大臣外困于强敌，而相国专制齐国，岂非计之最便乎？"陈恒色顿解，欣然问曰："先生之言，彻恒肺腑。然兵已在汶上，若移而向吴，人将疑我，奈何？"子贡曰：

"但按兵勿动，赐请南见吴王，使救鲁而伐齐，如是而战吴，不患无词。"陈恒大悦，乃谓国书曰："吾闻吴将伐齐，吾兵姑驻此，未可轻动，打探吴人动静，须先败吴兵，然后伐鲁。"国书领诺，陈恒遂归齐国。

再说子贡星夜行至东吴，来见吴王夫差，说曰："吴、鲁连兵伐齐，齐恨入骨髓。今其兵已在汶上，将以伐鲁，其次必及吴。大王何不伐齐以救鲁？夫败万乘之齐，而收千乘之鲁，威加强晋，吴遂霸矣。"夫差曰："前者齐许世世服事吴国，寡人以此班师。今朝聘不至，寡人正欲往问其罪。但闻越君勤政训武，有谋吴之心，寡人欲先伐越国，然后及齐未晚。"子贡曰："不可！越弱而齐强，伐越之利小，而纵齐之患大。夫畏弱越而避强齐，非勇也；逐小利而忘大患，非智也；智勇俱失，何以争霸？大王必虑越国，臣请为大王东见越王，使亲橐鞬⑩以从下吏何如？"夫差大悦曰："诚如此，孤之愿也。"

子贡辞了吴王，东行至越。越王勾践闻子贡将至，使候人预为除道，郊迎三十里，馆之上舍，鞠躬而问曰："敝邑僻处东海，何烦高贤远辱？"子贡曰："特来吊君！"勾践再拜稽首曰："孤闻'祸与福为邻'。先生下吊，孤之福矣，请闻其说。"子贡曰："臣今者见吴王，说以救鲁而伐齐，吴王疑越谋之，其意欲先加诛于越。夫无报人之志，而使人疑之者，拙也；有报人之志，而使人知之者，危也。"勾践愕然长跪⑩曰："先生何以救我？"子贡曰："吴王骄而好佞，宰嚭专而善谗，君以重器悦其心，以卑辞尽其礼，亲率一军，从于伐齐，彼战而不胜，吴自此削矣；若战而胜，必侈然有霸诸侯之心，将以兵临强晋，如此，则吴国有间，而越可乘也。"勾践再拜曰："先生之来，实出天赐。如起死人而肉白骨，孤敢不奉教！"乃赠子贡以黄金百镒，宝剑一口，良马二匹。子贡固辞不受。还见吴王，报曰："越王感大王生全之德，闻大王有疑，意甚悚惧，旦暮遣使来谢矣。"

夫差使子贡就馆，留五日，越果遣文种至吴，叩首于吴王之前曰："东海贱臣勾践，蒙大王不杀之恩，得奉宗祀，虽肝脑涂地，未能为报！

今闻大王兴大义，诛强救弱，故使下臣种，贡上前王所藏精甲二十领，屈卢之矛⑱，步光之剑⑲，以贺军吏。勾践请问师期，将悉四境之内，选士三千人，以从下吏。勾践愿披坚执锐，亲受矢石，死无所惧。"夫差大悦，乃召子贡谓曰："勾践果信义人也。欲率选士三千，以从伐齐之役，先生以为可否？"子贡曰："不可。夫用人之众，又役及其君，亦太过矣。不如许其师而辞其君。"夫差从之。

子贡辞吴，复北往晋国，见晋定公，说曰："臣闻'无远虑者，必有近忧'。今吴之战齐有日矣。战而胜，必与晋争伯，君宜修兵休卒以待之。"晋侯曰："谨受教。"比及子贡反鲁，齐兵已为吴所败矣。

不知吴如何败齐，再看下回分解。

【注释】

①苎罗山：古山名。在今浙江诸暨市南。

②并蒂之芙蓉：指两朵花并排地长在同一根茎上的荷花。

③土城：越地名。在会稽东六里。

④周敬王三十一年：即公元前489年。

⑤幼子茶：号安孺子，在位仅一年（前489），故无谥号。

⑥世子章：即楚惠王芈章，越女之子。在位三十二年（前488—前457）。

⑦莱邑：春秋齐邑名。在今山东黄县东南莱山，为齐边远之邑。

⑧悼公：即齐景公之庶长子吕阳生，在位四年（前488—前485）。

⑨哀公：鲁哀公姬蒋，鲁定公子。在位二十七年（前494—前468）。

⑩负瑕：鲁地名。在今山东兖州区西二十五里。

⑪简公：齐简公吕壬，在位四年（前484—前481）。

⑫凶门：旧时办丧事在门外用白绢或白布结扎成门形，以做出丧之用，称为凶门。

⑬黄茅山：山名。在今苏州境内。

⑭高启（1336—1374）：明初著名诗人，字季迪，长洲（今苏州）人，又号青丘子。留有《高太史全集》。

⑮王禹偁（954—1001）：北宋著名文学家，字元之，巨野（今属山东）人。曾任翰林学士等职。著有《小畜集》。

⑯尸谏：以死谏君，古称尸谏。

⑰郡城：此指吴郡郡治。汉初置会稽郡，郡治在苏州，即此时吴都。又称吴郡。

⑱西洞庭：即太湖中之洞庭西山。

⑲张羽（1333—1385）：明初诗人，字来仪，吴兴人。与高启等称吴

中四杰。著有《静居集》。

⑳三江：此三江疑指流入太湖诸水。

㉑"两点"句：太湖中有洞庭东山、洞庭西山两岛。

㉒洿下：指地势低下。

㉓周敬王三十六年：即公元前484年。

㉔弹：即弹弓。

㉕"断木续竹"二句：据《吴越春秋》，"断木"当为"断竹"之误。前句言砍竹而以弦系之。下句言奔驰以追逐野兽，获取肉食。这是先民游猎生活写照，是古代较早的一首民歌。

㉖神农皇帝：五帝之一，即炎帝。教民制耒耜以兴农业，尝百草以治

国学经典文库

东周列国志

第八十一回

图文珍藏版

疾病。

㉗弧父：传说中古代著名射手。

㉘羿（yì 义）：古之善射者。或言夏有穷氏国君，曾代夏政，不修民事，为家臣寒浞所杀。见《左传·襄公四年》。或言唐尧时人。时十日并出，羿射落九日。其妻姮娥奔月。见《楚辞·天问》《淮南子·本经》。

㉙逄（páng 旁）蒙：古代善射者，羿之弟子，尽羿之技，思天下惟羿胜于己，于是杀羿。见《孟子·离娄下》。

㉚琴氏：古代善射者，馀待考。

㉛楚三侯：不详。疑为楚君熊渠之三子，曾僭号为王。见第十回注㉖。

㉜陈音山：古山名。在今绍兴市西南四里。

㉝琴牢：春秋卫人，字子开，一字子张，以字配姓又称琴张。

㉞子石：春秋楚人，名公孙龙。孔子弟子。

㉟汶上：即汶水之上。汶水出莱芜市北，经东平至梁山东南入济水。其中一段为齐鲁界河。

㊱橐（gāo 高）鞬：指藏箭和弓的器具。《左传·僖三年》注："橐以受箭，鞬以受弓。"这里泛指武器。

㊲长跪：古人席地而坐，坐时两膝据地，以臀部着足跟。有所敬则伸直腰股，身躯高于坐时，故称长跪。

㊳屈卢之矛：屈卢系古代造矛良匠之名。后用作良矛代称。

㊴步光之剑：古剑名。曹丕《大墙上蒿行》："吴之辟闾，越之步光。"

第八十二回　杀子胥夫差争敌
　　　　　　纳蒯聩子路结缨

话说周敬王三十六年春，越王勾践使大夫诸稽郢帅兵三千，助吴攻齐。吴王夫差遂征九郡①之兵，大举伐齐。预遣人建别馆于句曲②，遍植秋梧，号曰梧宫，使西施移居避暑，俟胜齐回日，即于梧宫过夏方归。吴兵将发，子胥又谏曰："越在，我心腹之病也；若齐，特疥癣耳。今王兴十万之师，行粮千里，以争疥癣之患，而忘大毒之在腹心，臣恐齐未必胜，而越祸已至也。"夫差怒曰："孤发兵有期，老贼故出不祥之语，阻挠大计，当得何罪？"意欲杀之。伯嚭密奏曰："此前王之老臣，不可加诛。王不若遣之往齐约战，假手齐人。"夫差曰："太宰之计甚善。"乃为书数齐伐鲁慢吴之罪，命子胥往见齐君，冀其激怒而杀子胥也。

子胥料吴必亡，乃私携其子伍封同行，至临淄，致吴王之命。齐简公大怒，欲杀子胥，鲍息谏曰："子胥乃吴之忠臣，屡谏不入，已成水火。今遣来齐，欲齐杀之，以自免其谤。宜纵之使归，令其忠佞自相攻击，而夫差受其恶名矣。"简公乃厚待子胥，报以战期，定于春末。子胥原与鲍牧相识，故鲍息谏齐侯勿杀子胥也。鲍息私叩吴事，子胥垂泪不言，但引其子伍封，使拜鲍息为兄，寄居于鲍氏，今后只称王孙封，勿用伍姓。鲍息叹曰："子胥将以谏死，故预谋存祀于齐耳。"不说子胥父子分离之苦。

再说吴王夫差，择日于西门出军，过姑苏台午膳，膳毕，忽然睡去，得其异梦。既觉，心中恍惚，乃召伯嚭告曰："寡人昼寝片时，所梦甚多。梦入章明宫③，见两釜炊而不熟；又有黑犬二只，一嗥南，一嗥北；又有钢锹二把，插于宫墙之上；又流水汤汤，流于殿堂；后房非鼓非钟，声若锻工；前园别无他植，横生梧桐。太宰为寡人占其吉凶！"伯嚭稽首称贺曰："美哉，大王之梦，应在兴师伐齐矣。臣闻：章明者，破敌成功，声

朗朗也；两釜炊而不熟者，大王德盛，气有余也，两犬嗥南嗥北者，四夷宾服，朝诸侯也；两锹插宫墙者，农工尽力，田夫耕也，流水入殿堂者，邻国贡献，财货充也；后房声若锻工者，宫女悦乐，声相谐也；前园横生梧桐者，桐作琴瑟，音调和也。大王此行，美不可言。"夫差虽喜其谀，而心中终未快然，复告于王孙骆，骆对曰："臣愚昧，不能通微。城西阳山，有一异士，唤做公孙圣，此人多见博闻，大王心上狐疑，何不召而决之？"夫差曰："子即为我召来。"

骆承命，驰车往迎公孙圣。圣闻其故，伏地涕泣。其妻从旁笑曰："子性太鄙，希见人主，卒闻宣召，涕泪如雨。"圣仰天长叹曰："悲哉！非汝所知。吾曾自推寿数，尽于今日。今将与汝永别，是以悲耳。"骆催

促登车，遂相与驰至姑苏之台。夫差召而见之，告以所梦之详。公孙圣曰："臣知言而必死，然虽死不敢不言。怪哉！大王之梦，应在兴师伐齐也。臣闻：章者，战不胜，走章皇也；明者，去昭昭，就冥冥也④。两釜炊而不熟者，大王败走，不火食也。黑犬嗥南嗥北者，黑为阴类⑤，走阴方也。两锹插宫墙者，越兵入吴，掘社稷也。流水入殿堂者，波涛漂没，后宫空也。后房声若锻工者，宫女为俘，长叹息也。前园横生梧桐者，桐作冥器⑥，待殉葬也。愿大王罢伐齐之师，更遣太宰嚭解冠肉袒，稽首谢罪于勾践，则国可安而身可保矣。"伯嚭从旁奏曰："草野匹夫，妖言肆毁，合加诛戮！"公孙圣睁目大骂曰："太宰居高官，食重禄，不思尽忠报主，专事谄谀，他日越兵灭吴，太宰独能保其首领乎？"夫差大怒曰："野人无识，一味乱言，不诛必然惑众！"顾力士石番："可取铁锤击杀此贼！"圣乃仰天大呼曰："皇天，皇天！知我之冤。忠而获罪，身死无辜，死后不愿葬埋，愿撇我在阳山⑦之下，后作影响⑧，以报大王也。"夫差已击杀圣，使人投其尸于阳山之下，数之曰："豺狼食汝肉，野火烧汝骨，风扬汝骸，形销影灭，何能为声响报我哉！"伯嚭捧觞趋进曰："贺大王，妖孽已灭，愿进一觞，兵便可发矣。"史臣有诗云：

妖梦先机已兆凶，骄君尚恋伐齐功。

吴庭多少文和武，谁似公孙肯尽忠！

夫差自将中军，太宰嚭为副，胥门巢将上军，王子姑曹将下军，兴师十万，同越兵三千，浩浩荡荡，望山东一路进发。先遣人约会鲁哀公合兵攻齐。子胥于中途复命，称病先归，不肯从师。

却说齐将国书，屯兵汶上，闻吴、鲁连兵来伐，聚集诸将商议迎敌。忽报："陈相国遣其弟陈逆来到。"国书同诸将迎入中军，叩问："子行此来何意？"陈逆曰："吴兵长驱，已过嬴、博⑨，国家安危，在于呼吸。相国恐诸君不肯用力，遣小将至此督战。今日之事，有进无退，有死无生，军中只许鸣鼓，不许鸣金。"诸将皆曰："吾等誓决一死敌！"国书传令，拔寨都起，往迎吴军。至于艾陵⑩，吴将胥门巢上军先到。国书问："谁

人敢冲头阵？"公孙挥欣然愿往，率领本部车马，疾驱而出。胥门巢急忙迎敌，两下交锋，约三十余合，不分胜败。国书一股锐气，按纳不住，自引中军夹攻。军中鼓声如雷，胥门巢不能支，大败而走。国书胜了一阵，意气愈壮，令军士临阵，各带长绳一条，曰："吴俗断发，当以绳贯其首。"一军若狂，以为吴兵旦暮可扫也。

胥门巢引败兵来见吴王，吴王大怒，欲斩巢以徇。巢奏曰："臣初至不知虚实，是以偶挫；若再战不胜，甘伏军法！"伯嚭亦力为劝解。夫差叱退，以大将展如代领其军。适鲁将叔孙州仇引兵来会，夫差赐以剑甲各一具，使为向导，离艾陵五里下寨。国书使人下战书，吴王批下："来日决战。"次早，两下各排阵势，夫差命叔孙州仇打第一阵，展如打第二阵，王子姑曹打第三阵。使胥门巢率越兵三千，往来诱敌。自与伯嚭引大军屯于高阜，相机救援。留越将诸稽郢于身旁观战。

却说齐军列阵方完，陈逆令诸将各具含玉^⑪，曰："死即入殓！"公孙夏、公孙挥使军中皆歌送葬之词，誓曰："生还者，不为烈丈夫也！"国书曰："诸君以必死自励，何患不胜乎？"两阵对圆，胥门巢先来搦战。国书谓公孙挥曰："此汝手中败将，可便擒之。"公孙挥奋戟而出，胥门巢便走，叔孙州仇引兵接住公孙挥厮杀。胥门巢复身又来，国书恐其夹攻，再使公孙夏出阵。胥门巢又走，公孙夏追之，吴阵上大将展如引兵便接住公孙夏厮杀。胥门巢又回车帮战，恼得齐将高无丕、宗楼性起，一齐出阵，王子姑曹挺身独战二将，全无惧怯。两军各自奋力，杀伤相抵。国书见吴兵不退，亲自执枹鸣鼓，悉起大军，前来助战。吴王在高阜处看得亲切，见齐兵十分奋勇，吴兵渐渐失了便宜，乃命伯嚭引兵一万，先去接应。国书见吴兵又至，正欲分军迎敌，忽闻金声大震，钲铎皆鸣。齐人只道吴兵欲退，不防吴王夫差自引精兵三万，分为三股，反以鸣金为号，从刺斜里直冲齐阵，将齐兵隔绝三处。展如、姑曹等，闻吴王亲自临阵，勇气百倍，杀得齐军七零八落。展如就阵上擒了公孙夏，胥门巢刺杀公孙挥于车中，夫差亲射宗楼，中之。闾丘明谓国书曰："齐兵将尽矣！元帅可微服遁去，再作道理。"国书叹曰："吾以十万强兵，败于吴人之手，何面目还朝？"乃解甲冲入吴军，为乱军所杀。闾丘明伏于草中，亦被鲁将州仇搜获。

夫差大胜齐师，诸将献功，共斩上将国书、公孙挥二人，生擒公孙夏、闾丘明二人，即斩首讫，只单走了高无丕、陈逆二人，其他擒斩不计其数，革车八百乘，尽为吴所有，无得免者。夫差谓诸稽郢曰："子观吴兵强勇，视越何如？"郢稽首曰："吴兵之强，天下莫当，何论弱越！"夫差大悦，重赏越兵，使诸稽郢先回报捷。齐简公大惊，与陈恒、阚止商议，遣使大贡金币，谢罪请和。夫差主张齐、鲁复修兄弟之好，各无侵害，二国俱听命受盟。夫差乃歌凯而回。史臣有诗曰：

艾陵白骨垒如山，尽道吴王奏凯还。

壮气一时吞宇宙！隐忧谁想伏吴关？

夫差回至句曲新宫，见西施谓曰："寡人使美人居此者，取相见之速耳。"西施拜贺且谢。时值新秋，桐阴正茂，凉风吹至，夫差与西施登台饮酒甚乐。至夜深，忽闻有众小儿和歌之声，夫差听之。歌曰：

　　桐叶冷，吴王醒未醒？梧叶秋，吴王愁更愁！

　　夫差恶之，使人拘群儿至宫，问："此歌谁人所教？"群儿曰："有一绯衣童子，不知何来，教我为歌，今不知何往矣。"夫差怒曰："寡人天之所生，神之所使，有何愁哉？"欲诛众小儿。西施力劝乃止。伯嚭进曰："春至而万物喜，秋至而万物悲，此天道也。大王悲喜与天同道，何所虑乎？"夫差乃悦。住梧宫三日，即起驾还吴。

　　吴王升殿，百官迎贺。子胥亦到，独无一言。夫差乃让之曰："子谏寡人不当伐齐，今得胜而回，子独无功，宁不自羞？"子胥攘臂大怒，释剑而对曰："天之将亡人国，先逢其小喜，而后授之以大忧。胜齐不过小喜也，臣恐大忧之即至也。"夫差愠曰："久不见相国，耳边颇觉清净，今又来絮聒耶？"乃掩耳瞑目，坐于殿上。顷间，忽睁眼直视久之，大叫："怪事！"群臣问曰："王何所见？"夫差曰："吾见四人相背而倚，须臾四分而走，又见殿下两人相对，北向人杀南向人。诸卿曾见之否？"群臣皆曰："不见。"子胥奏曰："四人相背而走，四方离散之象也。北向人杀南向人，为下贼上，臣弑君。王不知儆省，必有身弑国亡之祸。"夫差怒曰："汝言太不祥，孤所恶闻！"伯嚭曰："四方离散，奔走吴庭；吴国霸王，将有代周之事，此亦下贼其上，臣犯其君也。"夫差曰："太宰之言，足启心胸。相国耄矣，有不足采。"

过数日，越王勾践率群臣亲至吴邦来朝，并贺战胜，吴庭诸臣，俱有馈赂。伯嚭曰："此奔走吴庭之应也。"吴王置酒于文台之上，越王侍坐，诸大夫皆侍立于侧。夫差曰："寡人闻之：'君不忘有功之臣，父不忘有力之子。'今太宰嚭为寡人治兵有功，吾将赏为上卿；越王孝事寡人，始终不倦，吾将再增其国，以酬助伐之功。于众大夫之意如何？"群臣皆曰："大王赏功酬劳，此霸王之事也。"于是子胥伏地涕泣曰："呜呼哀哉！忠臣掩口，谗夫在侧，邪说谀辞，以曲为直。养乱畜奸，将灭吴国，庙社为墟，殿生荆棘。"夫差大怒曰："老贼多诈，为吴妖孽，乃欲专权擅威，倾覆吾国，寡人以前王之故，不忍加诛，今退自谋，无劳再见！"子胥曰："老臣若不忠不信，不得为前王之臣。譬如龙逢逢桀，比干逢纣，臣虽见诛，君亦随灭，臣与王永辞，不复见矣。"遂趋出。

吴王怒犹未息，伯嚭曰："臣闻子胥使齐，以其子托于齐臣鲍氏，有叛吴之心，王其察之！"夫差乃使人赐子胥以属镂⑫之剑。子胥接剑在手，叹曰："王欲吾自裁也！"乃徒跣下阶，立于中庭，仰天大呼曰："天乎，天乎！昔先王不欲立汝，赖吾力争，汝得嗣位。吾为汝破楚败越，威加诸侯。今汝不用吾言，反赐我死！我今日死，明日越兵至，掘汝社稷矣。"乃谓家人曰："吾死后，可抉吾之目，悬于东门，以观越兵之入吴也！"言讫，自刎其喉而绝。使者取剑还报，述其临终之嘱。夫差往视其尸，数之曰："胥，汝一死之后，尚何知哉?"乃自断其头，置于盘门⑬城楼之上；取其尸，盛以鸱夷⑭之器，使人载去，投于江中，谓曰："日月炙汝骨，鱼鳖食汝肉，汝骨变形灰，复何所见!"尸入江中，随流扬波，依潮来往，荡激崩岸。土人惧，乃私捞取，埋之于吴山，后世因改称胥山，今山有子胥庙。陇西居士有古风一篇云：

将军自幼弥英武，磊落堆才越千古。一旦蒙谗杀父兄，襄流⑮誓济吞荆楚。贯弓亡命欲何之? 荥阳睢水⑯空栖迟。昭关锁钥愁无翼，鬓毛一夜成霜丝。浣女沉溪渔丈死，箫声吹入吴人耳。鱼肠作合定君臣，复为强兵

进孙子。五战长驱据楚宫，君王含泪逃云中。掘墓鞭尸吐宿恨，精诚贯日生长虹。英雄再振匡吴业，夫椒一战栖强越。釜中鱼鳖宰夫手，纵虎归山还自啮。姑苏台上西施笑，谗臣称贺忠臣吊。可怜两世[17]辅吴功，到头翻把属镂报！鸱夷激起钱塘潮，朝朝暮暮如呼号。吴越兴衰成在事，忠魂千古恨难消！

夫差既杀子胥，乃进伯嚭为相国。欲增越之封地，勾践固辞乃止。于是勾践归越，谋吴益急。夫差全不在念，意益骄恣。乃发卒数万，筑邗城[18]，穿沟[19]，东北通射阳湖[20]，西北使江、淮水合，北达于沂[21]，西达于济。太子友知吴王复欲与中国会盟，欲切谏，恐触怒，思以讽谏感悟其父。清旦怀丸持弹，从后园而来，衣履俱湿，吴王怪而问之。友对曰："孩儿适游后园，闻秋蝉鸣于高树，往而观之，望见秋蝉趋风长鸣，自谓得所，不知螳螂超枝缘条，曳腰耸距，欲捕蝉而食之；螳螂一心只对秋蝉，不知黄雀徘徊绿阴，欲啄螳螂；黄雀一心只对螳螂，不知孩儿挟弹持弓，欲弹黄雀，孩儿一心只对黄雀，又不知旁有空坎，失足堕陷，以此衣履俱沾湿，为父王所笑。"吴王曰："汝但贪前利，不顾后患，天下之愚，莫甚于此。"友对曰："天下之愚，更有甚者。鲁承周公之后，有孔子之教，不犯邻国，齐无故谋伐之，以为遂有鲁矣。不知吴悉境内之士，暴师千里而攻之。吴国大败齐师，以为遂有齐矣，不知越王将选死士，出三江之口，入五湖之中，屠我吴国，灭我吴宫。天下之愚，莫甚于此！"吴王怒曰："此伍员之唾余，久已厌闻，汝复拾之，以挠我大计耶？再多言，非吾子也！"太子友悚然辞出。夫差乃使太子友同王子地、王孙弥庸守国，亲帅国中精兵，由邗沟北上，会鲁哀公于橐皋[22]，会卫出公于发阳[23]，遂约诸侯，大会于黄池[24]，欲与晋争盟主之位。

越王勾践闻吴王已出境，乃与范蠡计议，发习流[25]二千人，俊士[26]四万，君子[27]六千人，从海道通江以袭吴。前队畴无余先及吴郊，王孙弥庸出战，不数合，王子地引兵夹攻，畴无余马蹶被擒。次日，勾践大军齐到。太子友欲坚守，王孙弥庸曰："越人畏吴之心尚在，且远来疲敝，再胜之，必走。即不胜，守犹未晚。"太子友惑其言，乃使弥庸出师迎敌，友继其后。勾践亲立于行阵，督兵交战。阵方合，范蠡、泄庸两翼呼噪而至，势如风雨。吴兵精勇惯战者，俱随吴王出征，其国中皆未教之卒，那越国是数年训练就的精兵，弓弩剑戟，十分劲利，又范蠡、泄庸俱是宿将，怎能抵当，吴兵大败。王孙弥庸为泄庸所杀。太子友陷于越军，冲突不出，身中数箭，恐被执辱，自刎而亡。越兵直造城下，王子地把城门牢闭，率民夫上城把守，一面使人往吴王处告急。勾践乃留水军屯于太湖，陆营屯于胥、阊之间，使范蠡焚姑苏之台，火弥月不息，其余皇大舟，悉徙于湖中。吴兵不敢复出。

再说吴王夫差与鲁、卫二君，同至黄池，使人请晋定公赴会，晋定公不敢不至。夫差使王孙骆与晋上卿赵鞅议载书名次之先后。赵鞅曰："晋世主夏明，又何让焉？"王孙骆曰："晋祖叔虞，乃成王之弟，吴祖太伯，乃武王之伯祖，尊卑隔绝数辈。况晋虽主盟，会宋会虢，已出楚下，今乃欲踞吴之上乎？"于是彼此争论，连日不决。忽王子地密报至，言："越兵入吴，杀太子，焚姑苏台，见今围城，势甚危急。"夫差大惊。伯嚭拔剑砍杀使者，夫差问曰："尔杀使人何意？"伯嚭曰："事之虚实，尚未可知，留使者泄漏其语，齐、晋将乘危生事，大王安得晏然而归乎？"夫差曰："尔言是也。然吴、晋争长未定，又有此报，孤将不会而归乎？抑会而先晋乎？"王孙骆进曰："二者俱不可。不会而归，人将窥我之急，若会而先晋，我之行止，将听命于晋；必求主会，方保无虞。"夫差曰："欲主会，计将安出？"王孙骆密奏曰："事在危急，请王鸣鼓挑战，以夺晋人之气。"夫差曰："善。"

是夜出令，中夜士皆饱食秣马，衔枚疾驱，去晋军才一里，结为方阵。百人为一行，一行建一大旗，百二十行为一面。中军皆白舆、白旗、白甲、白羽之矰，望之如白茅吐秀，吴王亲自仗钺，秉素旄，中阵而立。左军面左，亦百二十行，皆赤舆、赤旗、丹甲、朱羽之矰，一望若火，太宰嚭主。右军面右，亦百二十行，皆黑舆、黑旗、玄甲、乌羽之矰，一

望如墨，王孙骆主之。带甲之士，共三万六千人。黎明阵定，吴王亲执枹鸣鼓，军中万鼓皆鸣，钟声铎声，丁宁、镎于⑳，一时齐扣。三军哗吟，响震天地。晋军大骇，不知其故，乃使大夫董褐至吴军请命。夫差亲对曰："周王有旨，命寡人主盟中夏，以缝诸姬之阙。今晋君逆命争长，迁延不决，寡人恐烦使者往来，亲听命于藩篱之外，从与不从，决于此日！"

董褐还报晋侯，鲁、卫二君皆在坐。董褐私谓赵鞅曰："臣观吴王口强而色惨，中心似有大忧，或者越人入其国都乎？若不许其先，必逞其毒于我；然而不可徒让也，必使之去王号以为名。"赵鞅言于晋侯，使董褐再入吴军，致晋侯之命曰："君以王命宣布于诸侯，寡君敢不敬奉！然上国以伯肇封，而号曰吴王，谓周室何？君若去王号而称公，惟君所命。"夫差以其言为正，乃敛兵就幕，与诸侯相见，称吴公，先歃。晋侯次之，鲁、卫以次受歃。

会毕，即班师从江淮水路而回。于途中连得告急之报，军士已知家国被袭，心胆俱碎，又且远行疲敝，皆无斗志。吴王犹率众与越相持，吴军大败。夫差惧，谓伯嚭曰："子言越必不叛，故听子而归越王。今日之事，子当为我请成于越。不然，子胥属镂之剑犹在，当以属子！"伯嚭乃造越军，稽首于越王，求赦吴罪，其犒军之礼，悉如越之昔日。范蠡曰："吴尚未可灭也，姑许成，以为太宰之惠。吴自今亦不振矣。"勾践乃许吴成，班师而归。此周敬王三十八年事也。

明年，鲁哀公狩于大野，叔孙氏家臣鉏商获一兽，麕身牛尾，其角有肉，怪而杀之，以问孔子。孔子观之曰："此麟也！"视其角，赤绂犹在，识其为颜母昔日所系，叹曰："吾道其终穷矣！"使弟子取而埋之。今巨野故城东十里有土台，广轮四十余步，俗呼为获麟堆，即麟葬处。孔子援琴作歌曰：

明王作㉙兮麟凤游，今非其时欲何求？麟兮麟兮我心忧！

于是取《鱼史》，自鲁隐公元年，至哀公获麟之岁㉚，共二百四十二年之事，笔削而成《春秋》，与《易》《诗》《书》《礼》《乐》，号为"六经"。

是年，齐右相陈恒知吴为越所破，外无强敌，内无强家，单单只碍一阚止，乃使其族人陈逆、陈豹等，攻杀阚止，齐简公出奔，陈恒追而弑之，尽灭阚氏之党。立简公弟骜，是为平公㉛。陈恒独相。孔子闻齐变，斋三日，沐浴而朝哀公，请兵伐齐，讨陈恒弑君之罪。哀公使告三家，孔子曰："臣知有鲁君，不知有三家。"陈恒亦惧诸侯之讨，乃悉归鲁、卫之侵地，北结好于晋之四卿，南行聘于吴、越。复修陈桓子之政，散财输粟，以赡贫乏，国人悦服。乃渐除鲍、晏、高、国诸家，及公族子姓，而割国之大半，为己封邑。又选国中女子长七尺以上者，纳于后房，不下百人，纵其宾客出入不禁，生男子七十余人，欲以自强其宗。齐都邑大夫宰，莫非陈氏。此是后话。

再说卫世子蒯聩在戚，其子出公辄率国人拒之，大夫高柴谏，不听。蒯聩之姊，嫁于大夫孔圉，生子曰孔悝，嗣为大夫，事出公，执卫政。孔氏小臣曰浑良夫，身长而貌美，孔圉卒，良夫通于孔姬。孔姬使浑良夫往戚问候其弟蒯聩，蒯聩握其手言曰："子能使我入国为君，使子服冕乘轩，三死无与㉜。"浑良夫归，言于孔姬。孔姬使良夫以妇人之服，往迎蒯聩。昏夜，良夫与蒯聩同为妇装，勇士石乞、孟黡为御，乘温车，诡称婢妾，溷入城中，匿于孔姬之室。孔姬曰："国家之事，皆在吾儿掌握，今饮于公宫，俟其归，当以威劫之，事乃有济耳。"使石乞、孟黡、浑良夫皆被甲怀剑以俟，伏蒯聩于台上。

须臾，孔悝自朝带醉而回，孔姬召而问曰："父母之族，孰为至亲？"悝曰："父则伯叔，母则舅氏而已。"孔姬曰："汝既知舅氏为母至亲，何故不纳吾弟？"孔悝曰："废子立孙，此先君遗命，悝不敢违也。"遂起身如厕。孔姬使石乞、孟黡候于厕外，俟悝出厕，左右帮定㉝，曰："太子相召。"不由分说，拥之上台，来见蒯聩。孔姬已先在侧，喝曰："太子在此，孔悝如何不拜！"悝只得下拜。孔姬曰："汝今日肯从舅氏否？"悝曰："惟命。"孔姬乃杀豭㉞，使蒯聩与悝歃血定盟。孔姬留石乞、孟黡守悝于台上，而以悝命召聚家甲，使浑良夫帅之袭公宫。出公辄醉而欲寝，闻乱，使左右往召孔悝。左右曰："为乱者，正孔悝也！"辄大惊，即时取宝器，驾轻车，出奔鲁国。群臣不愿附蒯聩者，皆四散逃窜。

仲子路为孔悝家臣，时在城外，闻孔悝被劫，将入城来救。遇大夫高柴自城中出，曰："门已闭矣！政不在子，不必与其难也。"子路曰："由已食孔氏之禄，敢坐视乎？"遂疾趋及门，门果闭矣。守门者公孙敢谓子路曰："君已出奔，子何入为？"子路曰："吾恶夫食人之禄而避其难者，是以来也。"适有人自内而出，子路乘门开，遂入城，径至台下，大呼曰："仲由在此，孔大夫可下台矣！"孔悝不敢应。子路欲取火焚台。蒯聩惧，

使石乞、孟黡二人持戈下台，来敌子路。子路仗剑来迎。怎奈乞、黡双戟并举，攒刺子路，又砍断其冠缨。子路身负重伤，将死，曰："礼，君子死不免冠。"乃整结其冠缨而死。

孔悝奉蒯聩即位，是为庄公㉟。立次子疾为太子，以浑良夫为卿。时孔子在卫，闻蒯聩之乱，谓众弟子曰："柴也其归乎！由也其死乎！"弟子问其故，孔子曰："高柴知大义，必能自全；由好勇轻生，昧于取裁，其死必矣。"说犹未了，高柴果然奔归，师弟相见，且悲且喜。卫之使者接踵而至，见孔子曰："寡君新立，敬慕夫子，敢献奇味。"孔子再拜而受，启视则肉醢。孔子遽命覆之，谓使者曰："得非吾弟子仲由之肉乎？"使者惊曰："然也。夫子何以知之？"孔子曰："非此，卫君必不以见颁也。"遂命弟子埋其醢，痛哭曰："某尝恐由不得其死，今果然矣！"使者辞去。未几，孔子遂得疾不起，年七十有三岁。时周敬王四十一年，夏四月己丑也。史臣有赞云：

尼丘诞圣，阙里㊱生德。七十升堂㊲，四方取则。行诛两观㊳，摄相夹谷。叹凤遽衰㊴，泣麟何促。九流仰镜㊵，万古钦躅㊶！

弟子营葬于北阜之曲，冢大一顷，鸟雀不敢栖止其树。累朝封大成至圣文宣王㊷，今改为大成至圣先师，天下俱立文庙，春秋二祭，子孙世袭为衍圣公㊸不绝。不在话下。

再说卫庄公蒯聩疑孔悝为出公辄之党，醉以酒而逐之，孔悝奔宋。庄公为府藏俱空，召浑良夫计议："用何计策，可复得宝器？"浑良夫密奏曰："亡君亦君之子也，何不召之？"

不知庄公曾召出公否，且看下回分解。

【注释】

①九郡：周制有郡，但郡小于县，由县统辖。秦汉后郡始成为中央直属最大地方机构。此处借用后代称呼，泛指全吴国。

②句曲：古山名，地在今江苏句容县东南，周百五十里，南连天目诸山。

③章明宫：吴宫殿名。

④"明者"三句：此为反训。昭昭，明亮貌。冥冥，谐音明，晦暗貌。

⑤阴类：旧时认为属于阴性的物类，如月、地、水、女人、夷狄、虫鼠、秋冬、西北、黑色等。

⑥冥器：指棺材，古时多以桐木为棺。

⑦阳山：一名蒸山，在今江苏苏州西北三十里。

⑧影响：比喻迅速感应，若影之随形，响之应声。

⑨嬴、博：均为齐邑名。嬴在今山东莱芜市西北四十里汶水之北，俗名城子县。博在今山东泰安县东南。

⑩艾陵：春秋齐地，在今山东莱芜市东。

⑪含玉：古代贵族死后入殓之时，口中均含玉石一片。

⑫属镂：良剑名。或言属，同镯，斫也；镂，钢铁也。见《荀子·荣辱》篇杨倞注。或言属镂即独鹿，乃山名，以此山之铁铸剑。故名。

⑬盘门：吴都城南门。见第七十四回。

⑭鸱（chī 吃）夷：即革囊，皮制包裹，其状如鸱鸟（即鹞鹰）。

⑮襄流：即襄河，汉水别名。

⑯荥阳睢水：代指郑、宋二国。伍子胥逃离楚时，曾过此二国。

⑰两世：指吴王阖庐、夫差两世。

⑱邗（hán 寒）城：吴王夫差时修筑，在今扬州市西蜀冈上。

⑲穿沟：此指开凿邗沟。邗沟为古运河之一，夫差为争夺中原而凿。从扬州引江水经高邮至淮安入淮水。

⑳射阳湖：地在今江苏淮安东南，又名古射陂。周围三百余里。

㉑沂（yí 移）：古水名。源出今山东沂源县，经江苏流入邗沟。

㉒橐皋：春秋时吴邑名。在今安徽巢县西北拓皋镇。

㉓发阳：古地名。疑为《春秋·哀十二年》中之"郧"，在今山东莒县南。

㉔黄池：春秋时卫地名，一名黄亭。在今河南封丘县西南，当济水与黄沟交会之处。

㉕习流：指善水战者。

㉖俊士：才能出众之人，借指精兵。

㉗君子：古时称在位者为君子。此处疑指各级将领。《吴越春秋》注："君子，谓君所子养有恩惠者。"意亦相近。

㉘丁宁、镎（chún 淳）于：皆为古代军乐器。丁宁，即铜钲，似钟而小。镎于，形如碓头，亦铜制，与鼓角相和。

㉙明王作：贤明的君王出现。据《孔丛子》，此三字作"唐虞世"。

㉚哀公获麟之岁：即鲁哀公十四年，元前487年。自鲁隐公元年（前722）至此时，共二四二年。

㉛平公：齐平公吕骜，在位二十五年（前480—前456）。时陈恒专权，安平（今山东益都）以东尽为田氏封邑。

㉜三死无与：誓词，指可犯三次死刑都免于诛杀。

㉝帮定：即架住。

㉞豭（jiā 家）：公猪。

㉟庄公：卫庄公姬蒯聩，在位三年（前480—前478）。

㊱阙里：孔子住址。即今山东曲阜城内阙里街，孔子曾在此讲学。因有两石阙，故名。

㊲七十升堂：人称学问精深为升堂入室。语本《论语·先进》："由也升堂矣，未入于室也。"七十，即指孔子之七十二贤弟子。

㊳行诛两观：指诛少正卯于两观之下。

㊴叹凤遽衰：孔子至楚，有人歌而过孔子曰："凤兮凤兮，何德之衰。"见《论语·微子》。

㊵仰镜：仰慕，效仿。

㊶钦躅（zhuó 浊）：敬重追随。

㊷大成至圣文宣王：孔子死后，汉以后皆尊孔子。唐开元二十七年

（739）追谥为"文宣王"。宋大中祥符元年（1008）加"玄圣"二字，五年又因避讳改称"至圣文宣王"。元大德十年（1306）封为"大成至圣文宣王"。明因之。

㊸衍圣公：孔子嫡系后裔世袭封号，自汉始。初封侯，后进爵为公。唐开元中封文宣王，至宋仁宗至和二年（1055），始改封孔子四十七世孙为衍圣公，后世沿袭。